증발

도깨비불

손안의책

민려 장편소설

증
발

도깨비불

손안의책

목차

신비사의 무당

처음에는 찰랑거리는 물소리였다. 이윽고 짜박거리는 발소리가 멀리서부터 들렸다. 얼굴로 축축한 물방울이 떨어졌다. 눅눅한 감촉이 기분 나쁘게 내게 들러붙었다. 앞이 보이지 않았고 목소리도 나오지 않았다.

내가 물과 흙의 경계 어딘가에 갇혀 있다고 느껴졌다. 마치 심연의 밑바닥에서 바닷물의 무게가 온몸을 짓누르는 것 같았다. 새끼손가락도, 발목 관절 하나조차도 움직일 수 없었다.

나는 어떻게든 움직여야 했다. 살아야 했다. 이곳이 어딘지 모르지만 벗어나야 했다. 살려주세요, 소리쳤다. 하지만 비어져 나오는 목소리를 실어 나를 공기가 없는지 아무것도 들리지 않았다. 제발, 제발, 제발이라며 연거푸 악을 쓰고 바득바득 질러댔다. 헛수고였다.

엄청난 양의 물과 함께 차츰 늪으로 빨려 들어가는 것 같았다. 진공 속으로, 어둠 속으로 점점 잠식되어 갔다. 팍! 그때 진흙에 뭔가가 부딪히는 파찰음이 들렸다.

팍. 팍. 파팍.

싹, 싹, 싸악.

싸리비가 마당을 쓸며 젖은 모래를 치워내는 소리가 들렸다. 소리는 매우 거슬리게 규칙적이었다. 영지는 천천히 눈을 떴다. 싸리비가 좌우로 움직일 때마다 장마에 흠뻑 젖은 나뭇잎들이 마당 구석으로 나자빠졌다. 시야가 푸르무레한 게 어스름한 새벽인 듯했고, 자신은 대청마루에서 밤새 점괘를 치다가 깜빡 잠들었다는 것이 떠올랐다. 온몸이 축축했다. 땀인지 들이닥친 비 때문인지 알 수 없었다. 그렇지만 불쾌했다. 불쾌한 소리였고, 불쾌하고 습한 먼지 냄새가 코로 들이닥쳤다.

싹, 싹, 싸악. 간밤에 강한 돌풍이 몰아쳤는지, 노파가 대비질을 해도 한여름의 이파리들이 마당에 그득했다. 싹, 싹, 탁. 싸리비가 마당에 우두커니 멈춰 섰다. 그것을 쥐고 있던 노파가 영지를 쏘아봤다. 새하얀 머리가 아니더라도 족히 아흔은 넘어 보이는 외모였다.

"아무리 백세시대라지만, 또 아무리 내가 보기보다 젊다지만, 내가 비질을 하는 게 말이 되는 거냐."

영지는 대답 대신 주변을 살폈다. 벽시계는 오전 9시를 넘어가고 있었다. 새벽이어서 푸른 게 아니라, 비바람에 따라온 운무로 인해 날인 흐린 것이었다. 다만 그 너머로 열심히 떠오른 해가 보이지 않았을 뿐이다. 영지는 무표정하게 몸을 일으켰다.

"저년, 대답 안 하는 거 봐."

노파는 혀를 끌끌 차며, 나이를 잊은 듯한 거친 대비질을 이어갔다.

강화도의 조그마한 시골 동네 산길을 따라 올라가다 보면, 불탈 신(燼), 팔 비(臂)를 새겨넣은 현판이 걸린 신당이 있다. '신비사'였다. 아직 이 시대에도 초가집이었고, 지붕에는 족히 삼 미터가 넘는 굵은 대나무 대가 거꾸로 세차게 꽂혀 있었다. 그 모습이 어찌나 기이하고 위압적인지 처음 보는 사람은 신비사 십 미터 이내에 발을 들이기도 쉽지 않았다.

요즘 같은 시대에 누가 무당굿을 하느냐고 하겠지만, 이미 동네의 크고 작은 행사에는 항상 영지 무당에게 굿을 부탁할 만큼, 그녀의 실력은 꽤 유명했다. 귀한 아들을 얻었을 때 집안의 길흉화복을 관장하는 성주신에게 비는 성줏굿부터, 강화도 전체의 작황이 좋지 않은 흉년에 풍년을 바라는 춘경문굿까지 모두 영지의 몫이었다.

영지는 세수를 하며 거울을 살폈다. 어느새 이마와 입가에 얄따란 주름이 파였다. 웃어서 생긴 주름이 아니라 세상과 싸워 생긴 훈장이라고 해도 좋았다. 퇴적과 침식작용처럼 그녀의 얼굴에 하나의 근심이 쌓였다가 떠나가며 하나의 깊은 주름을 남겼다. 오랜 반복으로 아픔과 슬픔이 영지에게 쌓이고 가시면서 어느덧 마흔셋의 인생에 다다랐다.

영지는 아침에 꾸었던 악몽이 떠올랐다. 한참을 잊고 있었다고 생각했는데 근자에 다시 그 악몽을 꾸게 되었다. 축축한 곳에 누워 누군가를 애타게 부르지만 마취된 것처럼 깨어나지 못하는 꿈, 아니 잊지 못할 경험.

영지는 세차게 고개를 젓고 오늘 있을 굿만 생각했다. 오늘은 꽤 긴장해야 했다. 왜냐하면 죽은 이를 저승으로 인도하는 새남굿이기 때문이다. 아무리 영험한 몸주신*을 모시는 강신무**로서 굿을 한다지만, 죽은 이의 영혼을 기리는 의식은 항상 정신을 바짝 차려야 했다.

오늘 기릴 영혼은, 근방에서 조업하다가 숨진 최 선장이었다. 우악스러웠던 사람인 만큼 그 우악스러운 영을 기리는 것이라 영지는 특별히 더 꼼꼼히 준비물을 챙겼다. 마당으로 나가니 싸리비는 가지런히 대문가 옆에 기대어 있고, 노파도 나갈 채비를 마친 상태였다. 뭔가 근심이 가득한 표정이었다.

"비가 확실히 그친 거 같진 않은데…. 비라도 오면 너는 괜찮겠어?"

---

* 무당의 몸에 실려 다른 사람의 점을 보는 주체가 되는 신.

** 신내림 받은 무당.

"괜찮아. 가요, 할매."

영지는 하늘을 올려다보았다. 안개가 서서히 걷히고 있어 딱히 비가 더 올 거 같지 않았다.

**

검정 승용차 한 대가 밤안개가 낀 강화초지대교를 뚫고 선수포구 방면으로 향했다. 한여름의 반소매 티셔츠 아래로 꽤 두툼함 가슴팍을 자랑하는 덩치 큰 사내는 고광춘 형사였다. 워낙 투박한 손 때문에 그가 쥐고 있는 핸들이 도넛으로 보일 정도였다. 손과 얼굴에 주름이 없어서인지 이제 갓 마흔을 넘긴 그이지만 또래보다 젊어 보였다. 조금은 둔하고 서글서글해 보이는 인상과는 대조적으로 눈빛만큼은 어둠 속에서도 예리한 총기를 머금고 있었다.

승용차가 마니산 자락을 넘을 즈음부터 굿거리의 취타가 차 안으로 흘러들어 왔다. 고개를 넘어오는 큰 북소리가 자신의 심장 박동과 함께 뛰었다. 광춘은 자못 긴장한 얼굴로 핸들을 잡으며 소리가 나는 곳을 따라가다 보니 어느새 신비사에 도착했다.

광춘은 라이트와 시동을 껐다. 몇 년 만에 만나는 건가. 그는 심호흡을 하고 차에서 내렸다.

장구와 해금 소리는 거칠고 정신 사나웠다. 간간이 타령 사이로 사람들의 곡소리도 함께 들렸다. 입구에는 청, 홍, 노랑으로 물들인 한지로 만든 모란꽃과 연꽃, 살제비꽃들이 걸려 있었다. 붉은 호롱이 걸린 곳은 굿당이었다. 그곳에는 광춘이 알지 못하는 누군가의 탱화*가 걸려 있었다. 필시

---

* 부처, 보살, 성현들을 그려서 벽에 거는 그림.

신령 중 한 명이겠거니, 그는 생각했다.

광춘은 더 들어가지 않고 잠시 그 앞에서 멈췄다.

영지가 보였다. 형형색색의 화려한 무복을 입고 제수가 차려진 상 앞에서 덩실덩실 타령 중이었다.

"넋이야 넋이로다. 영이별 팔월에 격무가 없는 넋이로다. 세상에 못 나올 망제, 놀고나 가자."

마을 주민들은 그녀의 발치에 앉아 익숙하다는 듯이 이 과정을 지켜보고 있었다. 하지만 영지의 굿이 오랜 시간을 진행해온 듯 다들 얼굴에서는 지친 표정이 역력했다. 최 선장의 아내와 딸은 영지의 발아래에 엎드려 울고 있었다. 특히 최 선장의 아내는 거의 혼절하기 직전이었다. 목 놓아 꺼이꺼이 남편의 이름을 부르는데, 새남굿을 모르는 사람이 보더라도 망자를 위한 굿거리라는 걸 충분히 알 수 있을 정도였다.

"여보, 갑자기 가면 우리 어떡하라고요."

"아빠, 거기서라도 발 뻗고 좀 쉬세요."

최 선장의 아내와 딸이 말을 마치자, 영지는 마치 최 선장인 양 건조하게 말했다.

"애 많이 썼다. 덕분에 좋은 곳에 가서 쉴 테니 슬픔은 넣어두려무나."

영지가 무릎을 꿇고 전통 상복을 입은 미망인에게 망자의 당부를 전달하자, 최 선장의 아내는 오열했다. 취타 장단은 더 커졌다. 재비들은 신명나게 풍악을 울렸다. 목피리와 곁피리가 귀를 따갑게 파고들었다. 장구와 북의 두들김이 골을 흔들었다.

멀찌감치 바라보고 있던 광춘의 귀에도 거칠게 휘몰아쳤다. 그는 무당들이 굿거리에서 정신없는 음악과 복장으로 유족의 혼을 빼놓는다고, 어디선가 들은 이야기가 떠올랐다.

굿거리는 다음 단계로 넘어간 듯, 할매보살이 기다란 삼베 천을 꺼내서 펼쳤다. 영지는 망자의 옷을 벗어 던지고 다시 자신의 무복으로 갈아입었다. 그리고 굿당 쪽에서 기다란 칼을 하나 꺼내 들었다. 이제 막 펼쳐진 삼베 천을 칼로 자를 기세였다.

그때였다.

삼베 위로 비가 한 방울 떨어졌다. 광춘의 어깨에도 몇 방울이 내려앉자마자, 한순간에 하늘이 열린 듯 정신을 차릴 새도 없이 소나기가 쏟아졌다. 주민들은 놀라며 처마 밑으로 뛰어 들어갔다. 그런데 할매보살은 어쩔 줄 모르며 영지를 쳐다보고 있었다.

칼을 든 영지의 손이 심하게 흔들렸다. 그녀의 눈알이 위로 구르더니 흰자위만 하얗게 차올랐다. 그녀의 입에서는 거품이 흘렀다. 마치 간질 환자처럼 영지는 몸을 부르르 떨며 그대로 뒤로 넘어갔다. 할매보살은 쥐고 있던 삼베 천을 내던지며 영지에게 달려갔다. 하지만 광춘이 더 빨랐다.

영지는 진흙탕에서 발작했다. 그녀는 허공에다가 칼을 휘둘렀다. 이대로 두면 위험했다. 광춘은 일단 몸을 날려 영지를 덮었다. 번쩍, 칼이 광춘의 눈을 지나 어깨를 스쳤다. 예리한 칼날이 닿은 곳에서는 붉은 피가 번졌다. 쓰러렸지만 광춘은 고통을 느낄 새도 없이 영지의 손에서 칼날을 뺏었다. 그리고 그는 영지를 번쩍 들어 대청에 눕혔다. 할매보살이 얼른 다가와 진정시키는 독경을 읊조리자 영지의 사지에서 힘이 빠지며 서서히 눈이 감겼다. 이내 시름시름 앓는 소리를 내더니 금세 잠에 빠져들었다.

서둘러 내린 만큼, 소나기는 빨리 그치며 밤하늘이 이전보다 맑게 개었다. 한 시간쯤 흘렀을까. 영지는 할매보살이 쏘아대는 목소리에 눈을 떴다. 자고 있으면 와서 늘 하는 잔소리이겠거니, 라고 생각했는데 다른 남자가 할매의 말에 대꾸를 하고 있었다.

"너도 말 참 안 들어. 제 명에 못 살 팔자야."

"할매는 오래 사시겠어요."

"여기 오면 너까지 다친다고 했잖아."

"저 사람한테 할 말만 잠시 전달하고 가면 돼요."

광춘도 완강했지만, 할매보살도 물러서지 않았다.

"자는 애를 깨워서 뭘 어쩌려고?"

"나 안 자, 할매."

영지는 둘의 대화를 끊으며 방에서 나왔다. 광춘은 반색하며 자리에서 일어났다.

"몸은 좀 어때요?"

"괜찮아요."

"여전히 물이 무서운 거예요?"

"물? 비도 비지만 네놈이 와서 그런 거 아냐. 에으! 몰라, 알아서들 해."

할매보살은 구시렁대며 자기 방으로 들어가 미닫이문을 닫았다. 쾅, 하고 부러 크게 낸 소리에서 심술이 묻어났다. 할매보살이 들어간 후에도 영지와 광춘은 서로 말이 없었다. 오랜 세월이 지나 만난 사이처럼 길고 고요한 어색함이 감돌았다.

"광춘 씨, 살이 많이 쪘네요."

"광춘 씨라…. 여전히 그 몸주신은 질투가 많은가 봐." 광춘은 혼잣말 비슷하게 읊조리다가 급작스럽게 분위기를 환기하려 넉살 좋게 웃었다.

"하하, 뭐 요새 앉아 있을 일이 많아서 그래요."

"그런데 갑자기 찾아오기에는 좀 늦은 시간이네요."

영지는 굿을 할 때와는 달리 부드러운 말투였다. 다만 표정 없는 얼굴은 그대로였다. 흡사 모든 감정이 그 날카로운 이목구비 뒤로 숨은 듯했다.

"급한 일이에요."

"난 도와줄 수 없어요."

"나는 말도 꺼낸 게 없는데."

"오늘 일은 고맙게 생각할게요."

유한 목소리였지만 영지는 꽤 꿋꿋했다. 광춘은 괜히 옆머리를 긁적이며 말을 돌렸다.

"여기 공기가 좋네. 서울과는 다른 거 같아요. 바닷바람이 불어서 그런가. 미세먼지도 없는 거 같고….."

"밤새 굿을 해서 좀 피곤하네요."

뱅뱅 돌리는 광춘의 말꼬리를 영지가 확 잡아챘다. 본론만 얘기하자는 의미였다.

"여름에도 왠지 춥다 했더니, 영지 씨한테서 칼바람이 부네. 오랜만에 봤으면 차라도 한 잔 줘야 하는 거 아닌가."

"나는요, 광춘 씨와 할 얘기가 없어요."

영지는 거절 의사를 보이고 돌아서려 했다.

"나도, 나도 여기까지 오는 길 힘들었어. 근데 오죽하면 왔겠어요. 내 처지도 헤아려줘요. 무당이라는 게 그런 일 하는 거라며…. 다른 사람 처지를 헤아려주고 위로하는 거."

광춘은 뒷주머니에서 사진을 꺼내 그녀의 얼굴 앞에 들이밀었다. 초등학교 저학년으로 보이는 여자아이가 퉁명스럽게 카메라를 보며 인상을 쓰고 있는 익살스러운 사진이었다. 영지의 매서운 시선은 광춘에서 사진 속의 소녀로 옮겨갔다. 그녀의 눈빛이 일순간 흔들리는 듯하더니 금방 호흡을 가다듬었다.

"안 되는 일을 해줄 순 없어요. 더군다나 제가 모든 사람의 처지를 헤아릴 이유도 없고요."

"자신이 없는 거예요? 아니면, 나 때문인 거예요?"

광춘도 크게 숨을 내쉬었다. 영지의 차가운 태도가 그의 숨을 얼어붙게 만든 양 가슴이 답답했다. 영지는 잠시 돌담 너머 허공을 응시했다.

"광춘 씨, 꿈꿔요?"

"아뇨."

"역시 속 편한 사람이네요. 나는요, 매일 같은 꿈을 꿔요. 잠드는 게 무서울 만큼 괴로운 악몽이죠. 그 속에서 저는 항상 혼자예요. 앞으로도 그럴 거고요. 그러니 이만 돌아가세요."

영지는 지금껏 매서웠던 태도보다는 처연한 아픔이 느껴지는 뒷모습을 보이며 건넌방으로 들어갔다. 나무 미닫이문도 영지만큼이나 기운 없이 닫혔다.

"이봐요, 영지 씨."

광춘은 쉽사리 물러날 생각이 없었다. 그는 방문을 힘차게 열었다. 그런데 워낙 힘이 좋다 보니 나무로 된 창호지 문이 픽, 하고 빠져 우당탕 큰소리를 내며 마루로 떨어졌다.

"아… 미안해요."

광춘은 당황해서 미닫이문을 붙이려 했다. 하지만 영지는 이 와중에도 대답이 없었다. 그녀는 불 꺼진 구석에서 정사각형으로 접힌 누런 색종이를 애틋하게 내려다볼 뿐이었다. 원래는 노란 원색의 색종이였을 테지만,

오랜 세월 손때가 묻어 종이는 해지고 한참이나 바랬다.

"내버려 두세요."

"아이씨, 이거 일부러 그런 게 아닌데, 문이 왜 이렇게 안 들어가지."

"아니, 날 좀 내버려 두라고요!"

정적이 흘렀다. 영지의 살기가 느껴지자 광춘은 낑낑대던 동작을 멈췄다. 탁, 그가 들고 있던 문을 바닥에 내려놓았다. 창호지가 군데군데 구멍이 뚫린 오래된 소나무 재질의 방문은 뒤틀려 있었다.

"영지 씨, 나도 속 편하게 살고 있는 거 아니에요. 그렇지만 어떻게 해서라도 움직여야 과거의 그림자에서 조금이라도 벗어나지. 혹시나 생각이 바뀔지도 모르니, 주소 하나 적어 놓고 갈게요."

광춘은 자신의 주머니에서 볼펜과 종이를 꺼내 주소를 써 내려갔다.

영지는 글을 쓰고 있는 광춘을 보다가 불현듯 벌떡 일어나 대청마루를 성큼성큼 내려갔다. 그녀가 그의 차 앞바퀴를 살피자 광춘은 영문을 몰라 두리번거렸다. 영지는 부엌으로 들어가더니 손에 막걸리 페트병을 들고 나왔다.

"그건 뭐예요?"

"차바퀴에 뿌리고 가요. 부정 옮아요."

"영지 씨가 모시는 그 몸주신이 그리 시켰어요? 그렇게 내가 걱정되면 같이 타고 가 주면 더 좋을 텐데."

광춘은 냉랭하던 분위기를 풀고자 객쩍은 농담을 건넸지만, 영지는 더욱더 차갑게 식었다.

"오늘 새남굿을 했어요, 내게서 부정이 옮아갈 테니까 이대로 가면 광춘 씨 다쳐요."

"넣어둬요, 난 이런 거 안 믿어."

"믿지도 않을 거면서 날 왜 찾아왔어요?"

"무속은 아직 잘 모르겠지만, 영지 씨라는 사람은 믿으니까."

"그럼 나를 믿고 뿌려요."

"좀 웃으면서 말해주면 어디가 덧나는 건가."

광춘도 계속되는 영지의 쌀쌀맞음에 기분이 불쾌해졌는지 의도치 않게 쏘아붙였다. 영지는 대청에 올려 둔 막걸릿병을 세차게 마당 바닥으로 내던졌다. 페트병 옆구리가 터지며 희끄무레한 막걸리가 찔끔찔끔 새어 나왔다. 그녀는 광춘을 무시한 채 쌩하니 다시 건넌방으로 들어갔다.

"하아, 예나 지금이나 계속 꼬이네."

광춘의 한숨이 땅에 닿았다. 그는 모래 위에 내동댕이쳐진 페트병을 집어 들었다.

"우연일 테지만, 이 아이도 초등학교 3학년이에요. 아니, 어쩌면 우리 에겐 필연일지도 모르지."

건넌방에서는 아무런 대답이 없었다. 광춘은 어쩔 수 없이 자신의 차로 돌아갔다. 그는 막걸릿병을 물끄러미 바라보다가 조수석에 던져 넣었다.

***

광춘이 신비사를 떠나온 뒤로부터 날이 흐려지더니 다시 빗방울이 투 두둑, 차의 앞 유리창에 떨어졌다. 오늘 날씨는 당최 가늠할 수가 없다. 광춘은 와이퍼를 켜고 블루투스로 전화를 걸었다. 수신인에는 '빼질이'라 고 떴다.

—네, 선배님.

남자치고는 얇은 목소리였다.

"아직 아무 연락 없어?"

ㅡ네, 똑같아요. 하아….

수화기 너머로 김형사의 긴 한숨이 들리자 광춘의 귀가 쫑긋 섰다.

"왜? 인마."

ㅡ선배님, 언제까지 이렇게 죽치고 있어야 해요. 아우 따분해 죽겠어요.

"김형사야, 따분할 때가…."

ㅡ좋은 거다? 그렇지만 선배님, 이게 하루 이틀도 아니고요.

광춘은 잠시 차선을 바꾸느라 대꾸를 하지 못했다. 어느새 창밖에는 비가 거세게 내리기 시작했다. 광춘이 잠시 말없이 있자 어색했는지 김형사가 다시 물었다.

ㅡ근데 선배님, 언제쯤 오십니까?

"한두 시간이면 도착할 거 같아. 지유 어머니는 어떠셔?"

ㅡ똑같죠…. 선배님, 차 꼭 안전하게 부탁드립니다. 아직 할부금 남은 거라서, 헤헤.

"두말하면 입 아프지."

전화를 끊자 광춘은 이 해안도로에 자신의 차만 덩그러니 있다는 걸 깨달았다. 이상했다. 분명히 퇴근 시간대에 도시로 진입하는 도로인 만큼 지금보다는 차가 더 있어야 정상이었다. 왼쪽에는 바위산이, 오른쪽에는 갯벌이, 그리고 굽은 도로에는 광춘의 차만 휑하게 있었다.

폭우처럼 쏟아지는 비도 희한했다. 더군다나 안개까지 껴서 창밖의 가시거리는 불과 오십 미터도 되지 않았다.

광춘은 괜스레 으슬으슬해지는 거 같아 켜둔 에어컨을 껐다. 그러자 전면 창에 김이 서렸다. 그는 앞 유리로 송풍할 생각에 버튼을 찾았다.

버튼을 잠시 찾고 있는 사이 차선이탈 경고가 띠띠띠, 하며 울렸다. 앞바퀴는 슬슬 차선을 밟았다.

"알았어, 잠시만."

광춘은 경고음에 혼잣말로 대꾸했다. 비가 점점 심하게 내렸다.

띠띠띠.

신경질적으로 차선이탈 경고가 연달아 울렸다. 차가 중앙선을 넘어가자 광춘은 핸들을 다시 안쪽으로 꺾었다. 승용차가 중앙선 안으로 들어오고 경고음이 꺼졌다.

분명히 한여름이었는데 차 안이 확 추워졌다. 차창 앞에 꼈던 성에는 노인 얼굴에 퍼진 검버섯처럼 덕지덕지 앞 유리를 덮었다. 광춘은 급한 대로 손으로 유리를 문질렀다. 그런데 이상하게도 검버섯은 그대로였다. 한 번 더 두꺼운 손으로 비벼 보았지만 똑같았다. 자세히 보니 차 안이 아닌 밖에 김이 서려 있었다.

상식적으로 이게 말이 되나? 비가 세차게 내리는 상황에서 창밖에 김이 서린다는 게…. 차를 잠깐 세울까도 생각했지만, 왕복 이차선 도로에는 갓길도 없어 차를 멈추기란 불가능했다. 광춘이 속도를 조금 줄이며 시야를 확보하기 위해 상향등을 켜자 번쩍, 하고 섬광이 앞을 향해 뻗었다. 이제야 좀 보이겠다고 생각하던 그때, 앞에 검은 물체가 떡하니 서 있는 게 보였다.

쿵.

광춘이 피해야 한다는 인지조차 하기도 전에 차의 앞머리가 둔탁하게 뭔가를 들이받았다. 브레이크를 급하게 밟았다. 타이어는 끼이익, 스키드마크를 내면서 땅바닥을 붙잡으려 애를 썼다. 하지만 무리였다. 급정지였고 사방이 물이었다. 차의 뒤꽁무니는 획하고 그립을 놓아버렸다. 차는 크게 반원을 그리면서 진창으로 미끄러졌다. 광춘의 몸에 엄청난 힘이 들어갔다. 차가 땅이 아니라 수면 위를 물수제비처럼 쓸고 지나가는 것 같았다. 광춘은 난리 치는 핸들의 각도를 유지하며 차가 뒤집히는 것을 막으려 했다.

차는 커다란 암석에 부딪히고 나서야 멈췄다. 전면과 측면 에어백이 터지면서 몸을 잡아주지 않았더라면 광춘도 심하게 다쳤을 상황이었다.

자동차의 경보음과 빗소리가 거슬리는 불협화음을 만들어냈다. 머리가 깨질 것 같았다. 뇌 안쪽에서 누군가가 대형 망치로 뇌세포를 짓이기는 느낌이었다. 광춘은 머리를 부여잡고 나왔다. 다행히 피는 나지 않았다.

차 안개등 위가 찌그러져 있었다. 온갖 고무 탄내가 바닷냄새를 뚫고 코로 훅 몰려들었다.

"후아…."

광춘은 자신이 지나왔던 도로를 쳐다보았다. 바닥의 거친 타이어 자국이 안개 속으로 이어져 있었다. 분명히 뭔가를 쳤다. 사람일 수도 있다. 그런 생각이 들자, 광춘은 섣불리 그곳으로 걸어가기가 두려웠다.

천천히 발을 떼며 검은 물체와 부딪혔던 곳으로 다가갔다. 타이어 자국 끝까지 갔지만 거기에는 아무것도 없었다. 광춘은 주변을 둘러보았다. 쏟아지는 소나기 때문에 다른 소리는 묻히고 있었다.

스마트폰의 조명을 켜서 주변을 둘러보았다. 핏자국은 발견할 수 없었다. 빗물에 씻겨나간 것인지, 아니면 애초에 그냥 돌멩이를 친 건지 헷갈렸다. 아니, 광춘은 그렇게 믿고 싶었다. 검은 물체가 사람이 아니라고….

그때 끄응, 하며 누군가의 앓는 소리가 들렸다. 광춘은 그쪽으로 걸어갔다. 가드레일이 입가에 피를 묻힌 체 아가리를 벌리고 있었다. 누군가 승용차의 후드에 부딪혀서 가드레일을 통과하며 묻힌 피였다. 그제야 광춘은 자신이 사람을 쳤다는 것을 깨달았다. 신음은 그 너머의 갯벌에서 들렸다.

"저는 경찰입니다. 괜찮으십니까?"

물어보는 광춘의 입으로 빗물이 쏟아졌다. 상대는 대답 없이 끙끙거리는 소리만 냈다. 광춘의 걸음이 빨라졌다. 둔덕을 내려가 갯벌에 발을 담갔다. 푹, 발이 빠졌다. 기분 나쁜 감촉이 발목을 휘감았다. 끼깅거리는 소리가 나는 곳에 다다르자, 광춘은 스마트폰 불빛을 더 가까이 비췄다. 검은 형체에 빛이 닿자 갈색 털이 반짝였다.

새끼 고라니였다.

다리 네 쪽이 모두 부러져 기이하게 몸이 뒤틀린 고라니가 달빛을 받으며 숨을 헐떡이고 있었다. 광춘은 얼른 다가가서 귀를 댔다. 미세하게나마 숨이 붙어 있었다. 그렇지만 살 수 있을 것 같진 않았다. 새끼 고라니는 쇼크가 왔는지 몸을 부르르 떨었다.

광춘은 한숨을 쉬며 다음을 궁리했다. 일단 사람이 아닌 건 다행이었지만, 지금 상황도 충분히 골치 아팠다. 머릿속의 망치질 때문에 머리가 깨질 듯이 쑤셔댔다. 거기에 비는 오지, 도움을 구할 차는 지나가지 않고, 주변은 보이는 것 하나 없으며, 발은 갯벌에 빠져 광춘의 사고도 덩달아 멈췄다. 그는 갑자기 모든 것이 환상이고 현실이 아닌 것처럼 느껴지며 멍해졌다.

한 10초 정도 그러고 있었을까. 죽어가는 새끼 고라니 뒤로 다른 검은 물체가 서서히 다가오는 모습이 보였다. 광춘은 서둘러 스마트폰 불빛을 비췄다. 불빛이 물체의 발끝을 핥자, 그것은 우두커니 섰다. 광춘은 불빛을 올렸다. 해무와 소나기로 인해 명확하진 않았지만 갈색의 뭉텅이가 보였다.

"누구십니까?"

이번에는 광춘이 한 발짝 다가갔다. 대꾸가 없었다. 자세히 보니, 광춘의 목까지 올 만한 크기의 고라니가 서 있었다. 바닥에서 헐떡이는 새끼 고라니와는 달리 날카로운 송곳니 두 개가 주둥이의 양옆으로 튀어나와 위협적으로 보였다. 광춘은 단번에 그 고라니가 어미라는 것을 알 수 있었다. 어미 고라니는 개흙 위에 죽어가는 자신의 새끼를 보자 크게 울어댔다. 광춘의 목덜미 털이 모두 곤두섰다. 고라니의 울음소리는 처음이었다. 끼아악, 하며 질러대는 듯한 날카로운 성인 여자의 고함과 비슷했다. 광춘의 몸이 움츠러들었다.

그는 자신도 모르게 뒤로 물러섰다.

"네 새끼구나…."

광춘은 읊조렸다. 어미 고라니는 끼아악, 하는 고함을 연이어 냈다. 분노와 비통함이 고스란히 느껴졌다.

"내가 미안해. 내가 치료하러 데려갈게. 그러니까…."

광춘이 상체를 수그리며 새끼 고라니를 안는 시늉을 하자, 지금까지 경계 태세이던 어미 고라니가 성큼 자신의 키만 한 거리를 뛰어왔다. 광춘은 움찔했다. 어미 고라니는 또 한 번 비명을 질렀다.

"가라는 거야? 이대로 두면…."

광춘이 다시 한번 도와준다는 행동을 보이자, 어미 고라니는 크게 앞발을 뻘밭에 찌르면서 위협해왔다. 광춘은 어쩔 줄 몰라 뒤로 한 걸음 물러났다. 어미는 계속 소리를 빽빽 지르며 앞으로 다가왔다. 자기 새끼를 건들지 말라는 명확한 위협이었다. 어미 고라니는 주둥이를 까뒤집으며 양쪽 송곳니를 갈았다. 광춘은 알겠다는 손짓으로 양 손바닥을 보이며 뒤로 물러섰다.

그가 죽어가는 자신의 새끼에게서 적당히 멀어졌다고 느꼈는지, 어미는 새끼 고라니 옆으로 다가왔다. 앞발을 꺾어 앉으며 죽어가는 새끼 고라니의 볼에 자신의 주둥이를 비볐다.

어느새 어미 고라니에겐 광춘은 안중에 없었다. 어미는 새끼 고라니를 주둥이로 밀면서 서서히 숨이 꺼져가는 자식을 움직여보려 하고 있었다. 하늘을 한 번 보며 허망한 눈빛을 보내는데, 사람보다 더 깊고 슬픈 눈망울이었다. 광춘은 그 모습에 눈을 떼지 못하며 뒤로 걸었다. 어미와 새끼 고라니는 희뿌연 안개 속으로 아스라이 사라져 갔다.

광춘은 갯벌을 벗어나 자신의 차로 돌아왔다. 뒤를 돌아보자, 어느새 쏟아붓던 비는 그치고 안개만이 신기루처럼 남아 있었다. 머릿속의 망치질은 어느새 멈췄다. 잊고 있었던 눅눅한 습기가 몸에 달라붙었다. 광춘은 차에 올라타 시동을 걸고 얼른 그곳을 벗어났다.

****

"아니 이게 어떻게 된 거예요, 선배님!"

김형사는 광춘을 보자마자 헐레벌떡 현관으로 뛰어나왔다. 광춘은 머쓱한 표정으로 얼굴의 아이스팩을 떼며 집으로 들어왔다. 왼쪽 팔에는 에어백의 사출로 인한 상처가 있었다.

"오버하지 마. 별거 아냐."

"어머, 고형사님 왜 그러세요?"

거실 소파에서 비스듬히 기대어 졸고 있던 향리도 현관으로 다가왔다. 간편한 면바지와 티를 걸친 그녀는 서른 정도로 보이는 매무새를 가졌지만, 얼굴은 상당히 오랜 시간 신경쇠약을 앓고 있는 사람처럼 누렇게 떠 있었다. 그래서인지 나이를 가늠하기가 어려웠다. 광춘은 마른 웃음을 보였다.

"아, 오다가 사고가 나서…."

"네? 무슨 사고요?" 향리에게 말했으나 김형사가 불쑥 끼어들었다. "선배님, 설마 차 사고는 아니죠?"

"아…, 그게 미안하게 됐어. 갑자기 고라니가 튀어나오는 바람에…."

"고라니요?"

김형사는 다음 대답도 듣기 전에 얼굴이 하얗게 질려 현관문을 박차고 나갔다. 현관문이 열렸다 닫히면서 한여름의 더운 열기가 들어왔다. 향리는 집주인답게 광춘을 안으로 들였다.

"어찌 된 영문인지 모르지만 와서 좀 앉으세요."

광춘은 향리의 손짓에 따라 거실 소파로 가서 앉았다.

서재 문이 열리면서 종석이 불쾌한 듯 찡그리며 고개를 내밀었다. 이제 겨우 마흔을 넘겼는데 옴폭 패인 광대와 퀭한 눈 때문인지 그는 나이보다 족히 열 살은 많아 보였다. 굉장히 예민하고 신경질적인 인상이다. 종석은 자신의 팔에 꽂힌 링거 바늘을 매만지더니 쾅, 하고 서재 문을 세게 닫았다.

"남편은 신경 쓰지 마세요."

"네, 지유 어머님도 저 신경 쓰지 마시고 들어가 일 보세요."

"아니에요. 아이스팩이 식은 거 같은데 주세요. 제가 다시 얼려올게요."

"번거로우실 텐데…."

광춘은 최대한 예의를 갖춰서 향리에게 두 손으로 이마에 대고 있던 아이스팩을 건넸다. 향리는 앙상하게 시들어가는 손으로 그걸 받고 부엌으로 갔다. 그녀의 불편한 다리는 한 걸음 내디딜 때마다 삐걱거리는 목각인형처럼 부자연스러웠다.

광춘은 지끈거리는 머리를 소파에 기댔다. 벌써 한 달 하고도 하루가 지났다. 향리와 종석의 딸 이지유가 실종된 지 정확히 31일 6시간이 지났다. 비 오는 날, 학원 통학 버스를 기다리던 초등학교 3학년의 어린 소녀는 돌연 사라졌다.

딸은 딱히 사라질 이유가 없다고 부모는 말했지만, 유괴라고 단정 지을 수도 없었다. 유괴라면 협박 전화가 와야 하는데, 한 달 동안 아무런 연락도 오지 않았기 때문이다. 그게 가장 이상했다. 가출할 일도 없고, 실종될 이유도 없고, 그렇다고 유괴범의 연락도 없는, 말 그대로 연기처럼 사라진 것이다.

생각이 꼬리에 꼬리를 물고 지난 한 달 남짓의 시간을 복기하고 있을 때, 향리는 시원한 주스를 컵에 담아왔다. 광춘은 몸을 곧추세웠다.

"굳이 쟁반에 안 받쳐서 줘도 되는데…, 잘 마시겠습니다."

"아니에요. 저 형사님, 그… 무당분은 뭐라고 하시던가요?"

"확답을 얻지 못했습니다."

"그렇군요. 고생하셨어요, 형사님."

향리의 목소리에는 아무런 감정도 묻어 나오지 않았다. 아이가 유괴된 후부터 항상 반복되는 기대와 실망에 지친 그녀였다. 그러다 보니 애초에 기대하지 않게 돼버린 것인지도 모른다.

"조금만 기다려보시죠. 원래 생각이 많은 사람이라서, 제가 충분히 잘 말해놨으니 곧 연락이 올 겁니다. 김형사한테 듣자 하니 오늘도 아무런 연락이 없었다면서요?"

광춘은 거실 협탁에 놓인 향리의 스마트폰을 응시했다. 스마트폰은 컴퓨터와 케이블로 이어져 있었다. 그리고 그 조그마한 컴퓨터는 헤드폰이 2개 연결되어 있었다. 혹여나, 지유가 유괴를 당한 것이고 유괴범에게 전화가 걸려오면 도청하기 위한 장치였다. 물론 아직 사용할 일은 없었다.

"똑같아요. 가끔은 제 남편 말이 맞는 게 아닐까 생각할 때도 있어요."

"어머님, 약해지시면 안 돼요."

"남편은 항상 맞는 말만 했어요. 논리적이고 설득력 있는 사람이니까요. 저보다 더 똑똑하기도 하고요. 그냥 단순한 가출이고, 어쩌면 우린 말도 안 되는 기대를 갖고 사는 것일지도 몰라요."

"아니에요, 분명히 목격자가 있습니다. 이럴 때일수록 작은 것에 집중하고 의미를 가져야 해요."

"실종된 아이는 72시간이 지나면 99퍼센트는 죽은 것으로 본다면서요?" 향리는 메마른 입술에 침을 묻히면서 덧붙였다. "유괴된 아이는 보통 하루 이틀 안에 걸리적거려서 죽이고요."

"지유 어머니, 남편분이 또 이상한 소리 하신 거 같은데 그렇지 않아요. 2000년 이후에 일어난 유괴 사건은 거의 다 검거했고요. 아이들도 다 생존했습니다."

"남편이 그렇게 말할 거라고도 했어요."

"사실이니까요."

광춘이 급하게 변명했다. 갑자기 가슴이 답답했다. 누군가가 심장을 움켜쥐고 좌우로 흔드는 것 같았다. 잠시 둘 사이에 정적이 흘렀다. 광춘도 더는 위로할 말이 떠오르지 않았다.

"그럼 쉬세요. 아이스팩은 한두 시간 정도 뒤에 냉동실에서 꺼내시면 돼요."

향리는 표정 없는 얼굴과 온도 없는 말투로 인사하며 안방으로 들어갔다.

광춘은 한여름에도 사람의 온기가 느껴지지 않는 이들 부부의 집을 둘러보았다. 집이라고 부를 수 있을까. 한 달 넘게 청소를 안 한 소파와 바닥에서는 먼지가 버적버적 밟혔다. 창문 커튼은 모두 쳐져 있어서 아침에도 밤처럼 어두웠다. 쾌쾌한 곰팡내를 뱉어내는 에어컨만 돌고 집 안은 생명체 하나 살지 않는 듯 조용했다. 안방과 서재에는 각각 삐쩍 곯은 아이의 엄마와 아빠만 시체처럼 지내고 있었다. 차라리 감옥이 더 즐거워 보일 정도였다.

광춘은 강력계에 근무하면서 크게 세 번의 유괴 사건을 접했다. 근래에는 유괴가 흔하지 않거니와, 유괴범들도 그 노력이면 차라리 보이스피싱을 하는 게 더 가성비가 좋다고 느껴서인지도 모른다. 그런데 확실한 건, 아이가 유괴되고 나면 처음에는 살아 있을 거란 기대를 하고 있던 부모도 점차 반복되는 실망 속에 불신이 피어오르게 된다는 점이다. 이때가 가장 위험하다. 왜냐하면 가장 애타게 찾아야 할 부모가 아이의 생사를 불신하고 있다는 그 생각이 바이러스처럼 삽시간에 주변으로 전이되기 때문이다. 경찰들도 슬슬 본인들의 수사 과정에 의구심을 품게 되고, '과연 살아 있을까?' '유괴범을 잡을 수나 있을까?' '이미 죽었는데 시간만 잡아먹고 있는 건 아닐까?'와 같은 잡념이 집중력을 흐리게 만든다.

벌써 이곳에 임시 수사팀을 차린 지도 시간이 꽤 지났고, 어떤 구체적인 성과도 없어 광춘과 김형사는 지쳐가는 중이었다.

현관문이 열리며 자신의 새 차를 살피러 나갔던 김형사가 돌아왔다. 분명 차를 확인하러 나갈 때는 멀끔했는데, 옷이 흠뻑 젖어서 들어왔다. 자신의 차를 구석구석 둘러보느라고 땀 좀 흘렸으리라.

"선배님, 술 먹고 운전하셨어요?"

"뭔 뚱딴지야."

김형사는 옆구리가 터진 막걸릿병을 들었다. 광춘은 어색하게 웃었다.

"하하, 아냐. 그거 진짜 내가 마신 거 아냐."

"아, 진짜. 선배님 차 어떡하실 거예요. 저거……."

"미안하게 됐어. 그, 보험은 들어있으니까 괜찮지?"

"사진은 찍으셨어요?"

"아, 그게 찍을 수도 없었고, 비도 오고 막 그래서 그게….."

"선배님! 형사가, 아니 형사가 사진을…. 아, 답답하네."

"미안하게 됐어. 일단 보험으로 처리하고, 분담금 넘어가는 건 내가 물어줄게."

"돈이 문제가 아니라, 제대로 밟아보기도 전에 차 안이 다 멍들었잖아요."

김형사의 멀끔한 얼굴이 과장되게 일그러졌다. 광춘은 베테랑 경감이었고, 김형사는 이제 막 경사를 달아 강력계가 어떻게 돌아가는지 알 법한 열혈 형사였지만, 광춘은 그의 구박에 그냥 허허실실 웃어넘길 수밖에 없었다. 사실 이 정도의 경력 차이라면 깍듯이 선배를 모셔야 하는 게 맞지만, 김형사의 불같은 성미를 광춘은 익히 알고 있어서 그냥 받아주곤 했다.

"그나저나 다친 데는 없으세요?"

김형사는 그제야 광춘의 팔에 있는 찰과상을 보았다.

"이제 묻는 거야? 서운해. 인마."

"제가 더 서운합니다. 그렇게 내 애마를 조심해달라고 신신당부를 드렸건만…. 잠시만 기다리세요."

김형사는 머쓱했는지 괜히 일어났다. 그가 부엌으로 가서 냉동실의 문을 여는 소리가 들렸다.

"선배님, 이거 아직 안 시원한데요."

김형사가 냉동실 문을 닫는 소리와 동시에 협탁 위에 놓인 향리의 스마트폰이 울렸다. 광춘과 김형사가 일제히 전화기를 쳐다보았다.

두 번째 전화벨 소리가 울리기도 전에 향리가 안방에서 튀어나왔다. 종석도 서재에서 뛰어나왔다. 둘은 자석처럼 이끌려 스마트폰 앞에 달라붙었다. 김형사도 얼른 달려와서 컴퓨터에 연결된 헤드폰을 썼다. 광춘도 부리나케 헤드폰을 썼다. 그는 향리에게 주먹을 들어 보이며 기다리라는 신호를 보냈다.

세 번째 전화벨이 울리고 나서야 광춘은 받으라고 눈짓했다. 향리는 조심스럽게 스마트폰을 들었다. 전화기 아래에 연결된 선이 빠지지 않게 잡는 것도 잊지 않았다.

"여보세요?"

향리는 갈라진 목소리로 물었다. 전화에서 잡음이 들리자 광춘은 인상을 찡그렸다. 이게 무슨 소리지? 김형사도 광춘을 쳐다보았다. 종석은 안절부절못했다.

"여보세요? 듣고 있습니다. 걸었으면 말을 하세요. 여보세요."

또다시 향리가 물었다. 지지직. 전화기 너머에서는 잡음이 계속됐다.

"이봐요! 누구야, 당신!" 향리의 목소리가 순식간에 높아졌다. "여보세요, 왜 말을 안 해!"

김형사는 향리를 보며 양손을 아래로 내려 흥분을 가라앉히라는 수신호를 보냈다. 그렇지만 향리는 갑자기 폭주하며 또 소리를 질렀다.

"너지? 네가 지유 데리고 있지? 누구야, 너! 왜 이래!"

뚝.

전화가 끊겼다.

"여보세요? 이봐! 이봐!"

향리는 끊어진 전화에 대고 소리쳤다. 광춘은 헤드폰을 내려놨다. 향리는 황망하게 전화기를 쳐다보았다. 얼굴이 붉으락푸르락한 김형사는 짜증이 묻어난 모습으로 헤드폰을 탁 던졌다.

"아니, 어머니 그렇게 다짜고짜 열을 올려서 통화하시면 어떡해요!"

김형사는 자리를 박차고 일어났다.

"김형사!"

광춘이 날카로운 눈매로 김형사를 노려보며 나무라자, 그는 억울하다는 듯이 대꾸했다.

"아니, 선배님도 보셨잖아요. 지금 첫 전화예요. 지금 한 달 넘게 의심스러운 전화라고는 이게 처음인데, 이게 어떻게 온 기회인데, 이걸 이렇게 초를 치면 어떡하자는 건지, 진짜."

"김형사, 앉아."

"당신, 너무 쉽게 지껄이는 거 아냐?"

김형사가 씩씩대자, 조금 전까지 얼빠진 채 서 있던 종석이 득달같이 쏘아붙였다. 가뜩이나 야윈 몸 때문에 성냥개비 인형이 움직이는 것처럼 보였다.

"지껄여? 제가 뭘 지껄여요? 아놔, 답답해 죽겠네, 진짜."

"답답해? 당신네 짭새 새끼들이 하는 짓거리가 더 답답해."

성냥개비 인형은 자신의 명치를 주먹으로 툭툭 쳤다.

"하아… 진짜, 지유 아버님 말씀 좀 가려서 하시죠."

"왜? 찔려? 지금 한 달 넘게 우리 집 와서 죽치고 앉아 뭐 제대로 하는 게 있냐고!"

"저희는 최선을 다하고 있어요. 서에서도 진작 손 뗀 사건을 꾸역꾸역

진행하고 있는 게 누군데, 그렇게 말씀하시면 섭섭하죠."

"김형사 그만하라고."

광춘이 말렸지만 김형사는 이미 타오르는 불길이었다. 그런 불길과 성냥개비가 부딪치는 꼴이니, 김형사와 종석의 언성은 점점 뜨거워질 수밖에 없었다.

꺼진 스마트폰을 잡으면서 부르르 떨던 향리는 말없이 일어났다. 그녀는 김형사와 종석의 다툼도 귀찮고 상관없다는 듯이 안방으로 들어갔다.

"여보, 어디 가?"

종석이 뒤에서 불렀지만 향리는 들은 척도 하지 않았다. 광춘은 김형사의 손을 잡아끌고 밖으로 나갔다. 거실에는 종석만 휑뎅그렁하니 남아 있었다.

종석은 소파에 털썩 앉았다. 그의 앙상한 팔에 꽂혀 있던 링거 선이 흔들렸다. 그는 자신도 모르게 너무 열을 올려 얘기했는지 팔에서 나온 피가 링거 선을 타고 조금씩 역류하고 있었다. 전부 짜증이 난 듯 종석은 링거 바늘을 확 빼버렸다.

*****

현관문을 노크하는 소리에 김형사가 먼저 깼다. 그는 옆에서 같이 졸고 있던 광춘을 흔들었다. 광춘은 에어컨 바람 때문에 부은 눈두덩을 실룩였다. 벽시계의 분침은 자정을 향해 느릿느릿 기어가고 있었다.

김형사는 벌떡 일어나는 바람에 신경이 곤두서 있었지만, 광춘이 느끼기에는 노크 소리에 적대감은 없었다. 특히 초인종이 있는데 누군가가 문을 조심스럽게 두드린다는 건, 임시 수사팀과 이 집안의 사정을 배려하는 사람이라고 느껴졌기 때문이다.

"유난 떨지 말고 그냥 열어줘. 별일 아닌 거 같아."

"뭔가 사건 냄새가 나는 거 같은데요."

김형사는 조심스럽게 문으로 다가갔다. 광춘은 '냄새는 무슨, 네 입 냄새밖에 안 나는구먼'이라며 몸을 돌려 집 안쪽을 살폈다. 안방과 서재에서는 별다른 인기척이 느껴지지 않았다. 향리와 종석은 휴대전화 벨 소리에 반응해서 나올 뿐 그 외에 직접 찾아오는 사람들은 형사들이 상대했다.

김형사는 현관으로 다가갔다. 현관문 외시경에 자신의 눈을 조심스럽게 갖다 댔다. 현관 밖에 서 있는 사람은 검은색 긴 세미 정장을 입고 있는 여자였다. 어안렌즈 때문에 그녀의 얼굴과 손만 크게 드러나 보였다. 한 손에 낀 빨간 장갑이 유독 튀었다. 나이는 대략 삼십 대 후반에서 사십 대 초반으로 보였다.

"누구십니까?"

"고광춘 형사님 찾아왔습니다."

여자의 단호하고 허스키한 목소리가 들렸다. 김형사는 돌아보며 광춘에게 얘기했다.

"선배님 찾아왔다는데요?"

"누군데?"

"모르죠, 어떤 여자분이에요. 근데 미인입니다."

"이상하다. 그럼 내 손님일 리가 없는데."

광춘은 잠을 쫓아내며 너스레를 떨었다. 그는 거실에서 현관 쪽으로 다가갔다. 김형사가 현관문을 열었다.

"아!"

광춘의 얼굴은 순식간에 반색하며 밝아졌다. 김형사는 광춘과 벌써

3년째 파트너로 일했지만, 이렇게 밝게 웃을 수 있는 사람이었다는 걸 이때 처음 알았다.

문 앞에 서 있던 여자는, 영지였다.

"어서 들어와요." 광춘은 영지를 안으로 들였다. "미리 말을 해줬으면 내가 마중을 나갔을 텐데."

"딱 한 번 만이에요."

"좋아요, 좋아."

광춘은 거실 협탁 위에 너저분하게 널린 음식물 쓰레기와 부스러기들을 대충 손으로 쓸었다. 광춘은 앉으라는 몸짓을 보냈지만, 영지는 그를 보는 둥 마는 둥 하며 집 안을 둘러보았다.

"잠깐만 기다려봐요. 내가 아이 어머님 모셔올게."

"네."

영지는 단답형 대답을 마치고 부엌으로 들어갔다. 찬장들을 하나씩 열어보며 조심스럽게 뭔가를 읽어내는 눈빛이었다. 모르는 사람이 봤다면 꼭 이 집을 살피러 온 부동산업자로 보이는 행동이었다.

"뭐야, 당신?"

까칠한 목소리에 돌아보니, 종석이 부엌과 현관 사이에 있는 미닫이문에 몸을 걸치고 서 있었다. 그녀는 종석을 위아래로 살짝 훑어볼 뿐 대꾸하지 않았다.

"여봐, 당신 누군데 내 집 물건을 막 만지냐고요."

종석이 신경을 곤두세우며 재차 물었다. 영지는 보고 있던 찬장을 닫더니 미닫이문 쪽으로 다가갔다. 종석의 불쾌한 날숨에서는 술 냄새가 났다.

"이 문 떼요."

"뭐라는 거야?"

"이 미닫이문, 근래에 아버님이 단 거죠?"

이번에는 종석의 대답이 없었다. 자기가 웬만큼 까칠하게 굴면 다들 의례적으로 나오는 반응이 있는데, 영지에게는 그런 기색이 없었다. 특히 종석의 무례함에 여자들은 대개 당황하거나 얼굴을 붉혔다. 그런데 영지는 종석이 뭐라 하든 사무적이고 딱딱한 태도를 유지했다.

"지맥을 끊고 있습니다. 가뜩이나 부엌이 습한 구조인데, 이 문 때문에 음기가 빠져나갈 수 없어요."

종석은 어안이 벙벙해서 쳐다만 볼 뿐 말을 하지 않았다. 너무 당당한 나머지 영지는 부동산업자가 아닌 집주인처럼 느껴졌고 종석이 마치 불청객인 양 서 있었다.

그때, 향리가 부엌 쪽으로 왔다. 향리는 오랜만에 혈색이 도는 모습으로 영지의 양손을 꼭 쥐었다.

"감사해요. 아이고, 감사해요. 이렇게 와주셔서 진짜 감사해요."

향리는 감사하다는 말을 연거푸 하면서 거의 영지를 안을 기세였다.

"아닙니다. 일단 집을 마저 둘러봐도 될까요?"

영지는 차분히 말하며 거실 쪽으로 나갔다. 향리와 종석의 시선이 마주쳤다. 종석은 이 시간에 또 웬 잡것이냐고 추궁하는 눈빛이었다. 향리는 종석의 눈길을 무시하고 영지를 따라갔다.

영지는 향리가 쓰는 안방 문을 열었다. 오래된 시큼한 냄새가 코끝을 찔렀다. 그런데 냄새와는 달리 안방은 상당히 정갈했다. 화장대와 침대도 정리가 되어 있었고, 티브이 위에도 먼지가 없었다. 잘 정돈된 모델하우스처럼 가구도 필요한 만큼만 딱 있었을 뿐 거추장스러운 것도 없었다. 퀴퀴한 냄새의 근원이 어딜까? 영지는 아까부터 향리가 다리를 절뚝이는 모습을 보곤 물었다.

"어머님, 한 달 정도 전부터 다리가 불편해지셨죠?"

"예, 삼사 주 정도 됐어요."

"아이가 사라진 다음부터죠?"

"네, 맞아요. 어떻게 아셨어요?"

"나 같은 의사가 아니더라도 당신이 절뚝거리는 모양새만 보고 대충 때려 맞출 수 있겠다." 긴밀한 대화를 종석이 끊으며 다가왔다. "좌골 신경의 압축으로 인해 허벅다리 및 둔부에서 고통이 발생하는 좌골신경 통. 허리디스크나 척추 부상으로 인해 생기는 경우도 많지만, 당신 같은 경우에는 스트레스가 주원인이야. 휴식과 안정을 취하고 내가 준 디클로 페낙* 계열의 진통제 좀 먹으면 대부분 자연적으로 호전돼."

"여보, 이분한테 왜 그래?"

보다 못한 향리가 발끈했지만, 딱히 위협적이지 않은 목소리였다.

"저런 점쟁이가 아니더라도, 개나 소나 다 알 수 있는 거라고."

"여보, 이분은 우리 지유 찾아주시려고 어렵게 모신 분이야. 말 가려서 해."

"너야말로 진짜 바보야? 우리가 이런 거에 벌써 한두 번 속았어? 저렇게 아는 척하고 지껄였다가 삽질만 하고 나간 사람이 벌써 몇 명이야? 과학 수사를 해도 모자랄 판에."

향리와 종석의 언쟁에 다른 사람들은 침묵했다. 그러자 종석의 화살이 광춘에게로 튀었다.

"그리고 당신, 형사라는 사람이 점쟁이를 데려오면 뭘 어쩌자는 거야? 아주 끼리끼리 노네."

광춘의 속은 부글부글 끓었지만, 굳이 대꾸하지 않았다.

---

* diclofenac. 비스테로이드성 소염진통제.

"지유 아버님, 저는 점쟁이가 아닙니다."

영지였다.

"뭐?"

종석은 황당하다는 듯이 영지를 노려보았다.

"저는 점쟁이가 아닙니다."

"아하, 그러세요? 그럼 뭐세요?"

"저는 무당입니다."

서로 잠깐의 침묵이 흐르는 사이, 김형사가 갑자기 피식 웃었다. 영지는 진지한 가운데 자꾸 종석만 혼자 발끈하는 모양새였기 때문이다.

"참내 어이가 없어서. 지금 나랑 말장난하자는 거야? 술은 먹었는데 음주 운전은 안 했다, 뭐 그런 거야?"

"그리고 어머님은 지금 신경통이 아닙니다. 지금은 심하지 않지만, 액운이 꼈기 때문에 얼른 영장치기'로 대수대명(代數代命)"해야 합니다."

"여, 영장… 대, 대수… 뭐? 이, 이봐!"

영지는 필요한 진단만을 말하고는 종석을 쌩하니 지나쳐 그가 사용하는 서재 쪽으로 걸어갔다. 그리고 서재 문을 벌컥 열었다. 전체적으로 고급 목조를 사용한 흔적이 군데군데 보이는 검은 앤티크 풍의 책장과 책상이 있었다.

"당신 뭐야? 누가 맘대로 남의 방을 열어보래?"

종석은 서둘러 다가가 영지의 손목을 낚아챘다. 영지의 빨간 장갑이 움찔했다. 그녀는 깊고 서늘한, 생명력이라고는 없는 눈으로 종석을 뚫어져라 쳐다보았다. 종석은 순간 오싹해졌다.

---

* 초상집이나 혼인집에 다녀와서 중병을 얻었을 때 하는 병굿.

** 재액을 남에게 옮김.

"각자 쓰는 방만 깔끔하고, 거실은 더럽고, 부엌은 습하고, 지맥은 끊겨 있다. 개별 공간은 길하고, 함께 머무르는 공간은 흉하니, 가족이 화목할 수가 없지. 보아하니 같이 식사도 하지 않는 것 같은데…."

"뭐, 뭐라는 거야."

종석은 영지의 손을 낳다. 그런데 이번에는 반대로 영지가 그의 손을 확 붙잡았다. 그녀는 종석의 길고 섬세한 손을 응시했다.

"사람을 살리는 손을 가지고 있는데, 여럿을 죽이는 입을 갖고 있구나."

종석은 영지의 손을 뿌리치려 했다. 그런데 어찌 된 영문인지 꼼짝도 하지 않았다. 가냘픈 팔목에서 나오는 힘이라 믿기지 않았다. 종석은 영지의 장갑과 옷소매 사이로 화상 흉터를 얼핏 보았다. 그 순간 종석은 움찔했다. 영지의 이글거리는 눈이 종석의 시선을 움켜잡으며 놓지 않았다.

"놔, 놔!" 종석이 강하게 팔을 흔들었다. "이거 안 놔?"

종석은 몸까지 쓰며 세차게 손을 빼려다가 뜻대로 되지 않자 점점 열이 받는지 다른 손을 치켜들었다. 영지를 때릴 기세였다. 그때 광춘이 급하게 둘 사이로 육중한 몸을 들이밀고 나서야 영지가 손을 놓았다. 무게 중심을 놓친 종석은 뒷걸음질을 치며 하마터면 엉덩방아를 찧을 뻔했다.

"영지 씨, 그만하는 게 좋겠어요."

광춘은 영지의 어깨를 양손으로 잡았다. 영지는 알겠다는 듯이 고개를 끄덕이고는 거실로 몸을 옮겼다. 그러자 화가 난 종석이 득달같이 영지에게 달려들었다. 이번에는 김형사가 종석의 몸을 가로막았다.

"그만해!"

고음의 날카로운 목소리가 허공을 찢었다. 향리였다. 모두 그 자리에서 멈췄다.

"여보, 제발 그만해. 제에발! 지금 어떻게든 힘을 합쳐서 뭐라도 찾아내야 할 상황에 우리끼리 싸워서 뭘 어쩌겠다는 거야."

"누가 누굴 찾겠다는 거야?"

"지유."

"지유는…." 종석은 씩씩거리던 호흡을 가다듬더니, 숨을 크게 들이마셨다. "지유는…. 죽었어. 그러니까 당신도 이제 그만 받아들이고 이 소꿉장난 끝내."

의사가 사망 선고하는 투였다. 실제 의사인 종석이 그 말을 해서였을까. 무게감이 더욱더 묵직하게 다가왔다. 김형사는 어쩔 줄 몰라 했고, 거실로 걸어가던 광춘과 영지는 그 자리에서 굳었다. 분위기는 삽시간에 냉랭해졌고 덜덜거리는 에어컨 실외기 소리만 간간이 들렸다. 광춘은 시체 안치소에 들어와 있는 게 아닌가 싶을 정도로 오한이 들었다. 그 찰나가 마치 영겁의 시간처럼 느껴졌다. 자정을 넘긴 벽시계의 분침마저도 힘겨워 보였다.

"오, 제발, 아니야. 아니야."

향리는 두 손으로 얼굴을 감쌌다. 그녀는 흐느끼며 바닥에 그대로 주저앉고 말았다. 줄이 다 끊어진 마리오네트처럼 그녀의 사지는 무질서하게 무너졌다. 알 수 없는 웅얼거림이 들렸다.

"아냐. 우리 지유는 죽지 않았어…."

세상이 무너지는 소리였다. 종석도 자신의 아내가 오열하는 모습을 보고는 굉장한 말실수였다는 걸 그제야 깨달았다. 마른 장작에 불씨가 붙듯이 종석은 또 속이 끓었다.

"이봐, 잘난 당신이 말해 봐. 그렇게 용하다면 알 거 아니야. 내 딸…, 살아 있어?"

종석이 영지의 뒤통수에 대고 윽박질렀다. 모두의 관심이 일제히 영지에게 쏠렸다. 바닥에 주저앉아 있던 마리오네트도 한순간의 희망을 품고 고개를 들어 영지를 올려다보았다. 영지는 천천히 기계적으로 몸을 돌렸다.

"저는 무당이지, 점쟁이가 아닙니다."

그녀의 말투에는 일말의 머뭇거림도 없었다.

******

솔직히 평범한 연분홍색, 혹은 새하얀 톤의 소녀 방을 예상했었다. 그런데 지유의 방은 온통 무채색이었다.

"이게 집중력에 좋다고 해서요, 남편이."

조금 진정된 듯한 향리는 멋쩍게 팔꿈치를 긁으며 영지를 따라 들어왔다. 여자아이의 방이라기엔 숨이 턱턱 막히는 구석이 있었다. 특히 모든 벽면을 빙 둘러싼 거대한 책장들과 그 속에 빽빽이 들어선 인문학 서적들에 눈이 갔다. 책장 하나는 온통 세계문학 전집 같은 서양 고전들만 있었다. 그 옆 책장에는 문제집으로 가득했다. 중학교 문제집도 보였고, 수학 및 과학 올림피아드 문제집도 쭉 진열되어 있었다. 누가 봐도 초등학교 3학년 아이의 방이라고는 볼 수가 없었다. 그나마 노란 침대 하나 정도가 이 방이 어린 여자아이의 방이란 것을 상기시켜 주었다.

"좀… 유난 떤다고 생각하실지도 모르겠어요."

"이 방을 지유가 쓰긴 쓴 건가요?"

"그렇죠…."

"방은 아버님 의견인가요?"

"아뇨, 꼭 그렇지만은 않아요."

향리의 지친 볼이 더 패였다. 눈도 퀭한 것이 밤새워 놀다가 걸린 학생이 선생님 앞에서 혼나는 것처럼 보였다.

"어머님은 무슨 일을 하세요?"

"지금은 백화점에서 춤을 가르치고 있어요."

"그렇군요."

"저, 무당님, 아니 보살님. 제가 뭐라고 부르면 될까요?"

"편하신 대로."

"네. 무당님, 근데 정말 절 모르시는 건가요?"

영지는 의아하게 향리를 쳐다보았다.

"우리가 구면인가요?"

"아니요, 그런 건 아닌데. 저…, 제니, 제니였어요."

향리의 엉뚱한 고백에 영지는 잠시 뚫어지라 그녀를 쳐다보았다. 이게 무슨 말인지 생각하는 표정이었다.

"제니요?"

"월드컵 제니요."

"월드컵 제니…, 아."

생각을 곱씹던 영지는 뭔가 번쩍 떠올랐는지, 조그마한 탄식을 내뱉었다.

월드컵 제니. 2002년 당시, 한일 월드컵 열기가 한창 뜨거웠을 때 그 틈을 타 전략적으로 앨범을 발매한 가수들이 있었다. 대부분이 빛을 보지 못하고 사라졌지만, 향리는 '제니'라는 예명으로 테크노 음악을 선보였고 거대한 히트를 기록했다. 육감적인 안무와 파격적인 노랫말로 군부대에서도 군통령이라 부르며 섭외 1순위였다.

영지는 잠시 반가움을 내비쳤으나 금세 다시 무표정한 얼굴로 돌아왔다.

"반가워요. 안 그래도 궁금했었는데. 월드컵이라, 그해는 정말 특별했죠."

"비록 오래가진 않았지만요."

향리는 억지로 마른 웃음을 지어 보였다.

영지는 지유가 쓰던 서랍장들을 열었다. 아이가 애착하던 다이어리나 편지 등을 찾기 위해서였다. 옷장도 열었다. 아침마다 가사도우미가 정리를 잘했는지 옷들은 흡사 잘 늘어선 군인들의 제식훈련을 보는 느낌이었다. 오와 열이 맞게 상의와 하의가 각자의 위치에서 네모반듯하게 각을 잡고 있었다. 심지어 아이가 입는 팬티나 메리야스마저도 빳빳했다.

"어머님, 혹시 지유가 애착을 가졌던 물건이 있나요? 옷이라든가, 이 나이대는 인형 같은 것도 갖고 놀 법한데요."

"유치원 이후로 인형들은 거의 다 버렸어요. 물론, 그건 남편 의견이었죠. 저는 조금 더 두자고 했는데, 남편은 집중력이 산만해진다고 해서…."

"제가 하려는 빙의가 성공하려면, 지유가 꽤 오랜 시간 정을 주고 아껴 왔던 물건이 필요합니다. 머리카락이나, 손톱, 발톱처럼 신체의 일부가 제일 좋기는 하지만, 그런 건 지금 구할 수가 없을 테니까요."

"아, 잠시만요."

향리는 지유의 책상 서랍을 열며 급하게 뭔가를 찾았다. 생각했던 위치에 없는지 이번에는 옷장 서랍을 아래서부터 열며 올라갔다. 한참을 뒤져도 뭔가 나오는 게 없자, 영지가 말렸다.

"됐습니다. 그럼 일단 지유가 입고 있던 옷을 좀 챙겨가죠."

"아주머니가 다 정리를 해놓으셔서…. 저 무당님, 우리 딸 찾으실 수 있겠죠?"

"최선을 다해보겠습니다."

"지유, 살아 있어요. 저는 알아요. 엄마의 육감이라고 할까. 워낙 사랑스러운 아이라서 누구라도 반할 거예요. 어찌나 잘 웃고, 해맑은지 무당님도 보시면 좋아할 수밖에 없어요. 사랑받는 법을 아는 아이예요, 정말로."

"네."

영지는 이렇다 할 말을 덧붙이지 않았다.

영지는 무복으로 갈아입고 거실로 나왔다. 풀이 제대로 먹은 듯 팽팽한 저고리부터 말기 치마까지 선이 우아하게 떨어진 현대적인 모습의 흰색 개량 한복이었다. 흔히들 무당에게서 기대하는 화려한 색감의 한복과는 거리가 있었다. 영지는 머리를 쪽지어 올리고 비녀를 꽂았다.

그녀가 나오자 김형사가 옮긴 영지의 짐 꾸러미가 거실에 가지런히 쌓여 있었다. 그는 칭찬해달라는 눈빛으로 쳐다보고 있었지만, 영지는 가볍게 목례 정도만 하고 지나쳤다.

"여기서부터는 제가 준비할게요."

영지는 검은 가방에서 온갖 제의 도구를 꺼냈다. 한두 번 해본 솜씨가 아닌 듯, 물건들을 착착 제자리에 놓았다. 손바닥만 한 부적이 들어 있는 오동나무로 만들어진 신당, 저승을 표현하는 장식물로써 종이로 만들어진 꽃이라는 뜻의 지화(紙花), 대나무에 하얀 천을 두른 신장대, 볏짚으로 만든 사람 모양 인형인 제웅, 그리고 무당 방울이 차례차례 준비된 순서로 나왔다.

"혹시 접이식 교자상 같은 건 없나요?"

"있어요. 잠시만요."

향리는 부엌으로 가서 조그마한 상을 가져와 네 다리를 펼치고 영지

앞에 놓았다. 영지는 자신의 신당을 상 위에 놓고, 그 앞에는 놋그릇을 두 개 놓았다. 그릇 하나에는 지유가 입었던 속옷을 몇 개 겹쳐서 올려놓고 지화를 위에 놓았다. 다른 그릇에는 물을 담았다. 반대편에는 향초를 하나 꽂았다. 생각보다 굉장히 단출한 상이었다. 영지는 사람 모양의 볏짚 인형을 들어서 향리에게 건넸다.

"이게 뭐예요?"

"제웅이라는 겁니다. 하루 정도 품고 있다가 저를 주시면 제가 액운을 물리쳐드릴게요. 다리가 많이 좋아지실 겁니다."

"네, 감사합니다."

자세히 보니 볏짚 인형의 한쪽 다리에는 흰 한지가 감겨 있었다. 향리는 제웅을 자신의 웃옷 주머니에 넣었다.

"자, 이제 어머님은 뒤에서 비손을 해주시면 됩니다."

"비손이요?"

향리가 물었다.

"소원을 이루어달라고 두 손을 비비면서 신에게 치성을 드리는 거죠. 정성스럽게요. 아버님도 같이해주시면 좋겠지만, 그럴 생각은 없으신 거 같네요."

영지는 그렇게 말하고 향리의 뒤편을 바라보았다. 어느새 서재에서 나온 종석이 이 광경을 지켜보고 있었다. 종석은 방금 말을 들은 체 만 체 했다. 그는 여전히 이 괴기스러운 무속인을 의심하는 눈초리로 못마땅해하고 있었다.

"자, 이제 김형사님은 불을 꺼주시고요."

김형사는 얼른 불을 껐다. 암막 커튼 때문인지 집 안은 깜깜했다. 달빛 하나 비춰들지 않았다. 일순간 집에는 긴장감 있는 정적이 감돌았다. 광춘의 침이 꼴깍 넘어갔다.

"저 무당님 죄송한데…, 누구에게 빌어야 할까요?"

어둠 속에서 향리가 조심스럽게 물었다. 김형사는 다시 불을 켰다. 그는 김샜다는 듯이 인상을 찡그렸다.

"내 아내 말이 맞는 거 같은데." 종석이 팔짱을 끼며 걸어왔다. "우리도 주사 같은 거 놔줄 때, 적어도 뭐 때문에 놓는지 정도는 말해주고 처방을 하거든."

"그게 중요한가요?"

영지가 되묻자, 종석은 실소했다.

"그렇게 많은 걸 요구한 건가? 공포 영화처럼 온갖 분위기는 다 잡고 뭘 하는지 정도는 설명해줘도 되잖아."

광춘은 머리가 지끈해졌다. 만난 지 불과 한 시간도 안 되어서 영지와 종석은 서로가 못마땅해 계속 부딪혔다. 괜히 영지를 데려온 건가 후회가 되기도 했다. 득달같이 시비를 거는 종석과 물러서지 않고 대꾸하며 각을 세우는 영지는 물과 기름처럼 도저히 섞일 수 없는 존재처럼 보였다.

사실 종석의 삐딱한 행동이 이해되지 않는 것은 아니었다. 임시 수사팀이 차려진 한 달 사이 향리의 주도하에 무던히도 많은 사이비가 다녀갔으나, 아무런 성과가 없었다. 종석은 그때마다 기대와 실망, 천국과 지옥을 오가며 마음에 심한 생채기를 입었다.

광춘이 중재해야겠다는 생각에 움직이려 하자 영지가 빨간 장갑을 낀 손을 들어 보이며 말렸다.

"바리공주님에게 비는 거예요. 지유에게 힘을 줘서 다시 부모에게 돌아오게 해달라고요. 다른 지역에서는 바리데기라고 부르죠."

"자, 잠시만." 종석은 황당하다는 듯이 어깨를 들썩였다. "지금 내가 바리데기라고 들은 거 아니지? 그거 초등학생 설화집 같은 데 나오는 민담 아냐? 그런 건 지유도 안 믿겠어."

"믿으라고 제가 강요하지 않습니다. 참고로 저도 의사들을 믿지 않습니다."

"오케이, 좋아, 좋아. 바리공주인가 뭔가에 빈다고 쳐. 그렇게 내 아내가 빌고 있으면 무당님은 뭘 하시는 거죠?"

계속되는 종석의 비아냥거림에 김형사는 광춘의 눈치를 살폈다. 이거 말려야 하는 거 아닌가요, 라는 메시지였다. 광춘은 고개를 저었다.

"정성을 다해서 빌면, 바리공주님께서 길을 열어주세요. 그래서 제 영혼이 지유의 영혼을 찾아가 안착하게 됩니다. 그곳에서 지유의 허락을 받게 되면, 자신의 육신으로 통하는 문을 열어주게 되죠. 그때부터는 제가, 소위 지유의 몸을 움직일 수 있게 되는 겁니다."

"아, 그다음에는 지유의 몸을 이렇게 저렇게 로봇처럼 조종해서 위험을 탈출한다?"

종석은 일부러 우스꽝스럽게 몸을 요리조리 비틀며 얄밉게 빈정거렸다.

"네."

"푸하하하하! 아, 미안."

종석은 파안대소했다. 신경질적인 웃음이었다. 가뜩이나 얇고 까만 몸이 더 위태롭게 들썩였다.

"무슨 에반게리온도 아니고, 지금 나보고 그걸 믿으라고?"

"지유 아버님은 같은 말을 반복하게 하시는 재주가 있으시네요. 분명히 말씀드렸습니다. 저는 전도사가 아닙니다. 믿음을 강요하지 않습니다."

"여보, 뭐라도 해봐야지."

보다 못한 향리가 종석을 말렸다. 종석은 자신과 거리를 두며 서 있는 네 사람을 둘러보았다. 본인을 제외한 다른 이들의 진지한 얼굴을 보자 입가에 머금었던 신경질적인 웃기가 사라졌다.

"하아, 당신도 대단해. 당하고 또 당하고. 이번에는 또 얼마짜리 굿판이 래?"

종석은 향리를 노려보며 쏘아붙였다.

"돈 안 받습니다. 인도주의적인 차원의 의료봉사 같은 거라고 해두죠."

영지가 대신 대답했다.

"뭐? 하하, 아니 그럼 왜….."

종석이 더는 영지에게 걸고넘어질 부분이 없다고 느꼈는지 허탈한 웃음을 지었다.

"하아, 씨발 그래, 그거 듣던 중 반가운 소리네. 맘대로들 해보쇼. 난 이제 진짜 모르겠다. 대신 내가 눈 붙이고 나올 때까지는 다 꺼져줬으면 좋겠어."

종석은 인상을 구기며 서재로 들어갔다. 그가 사라지자 향리는 영지의 눈치를 살폈다. 혹여나 그녀의 기분이 상했을까 봐 불안한 눈빛이었다.

"저는 괜찮습니다. 빨리하시죠. 시간이 없습니다. 김형사님 불을 꺼주세요."

김형사는 전등 스위치를 껐다. 다시 고요한 정적이 찾아들었다.

"그리고 광춘 씨는 멀찌감치 떨어져 있으면 좋겠어요."

영지는 단호히 말했다. 광춘은 살짝 언짢다는 듯이 대답했다.

"내가 깨울까 봐 그래요? 걱정하지 마요. 그럴 일 없어."

"의식을 치르는데 광춘 씨가 뒤에서 인상 쓰고 있으면 집중이 안 돼요."

영지의 과단성에 괜히 분위기가 어색해지자 김형사는 광춘의 편을 들었다.

"고 선배님이 총 책임자인데 뒤로 빠져 있으라고요?"

"됐어, 김형사. 알겠어요. 대신 위급하다 싶으면 나올 겁니다."

광춘은 못마땅하게 대답했다.

"그러시죠. 자, 지유 어머님 비손 시작해주시고요."

향리가 두 손바닥을 비비기 시작했다. 이윽고 영지는 성냥을 켜더니 지화에 불을 붙였다. 지화는 삽시간에 타들어 가며 지유의 속옷으로 불길이 옮았다. 면이 타는 큼큼한 냄새가 거실에 퍼졌다. 광춘과 김형사는 말없이 지켜보고만 있었다.

영지는 지화에서 붙은 불을 향으로 옮겼다. 끝이 검붉게 타오르더니, 영지가 후우 입김을 불자 향은 붉은 띠를 두르며 그을렸다. 집 안을 가득 채웠던 꿉꿉한 냄새가 사라지며 뭉근하게 타는 향냄새가 그 공간을 채웠다. 영지의 얼굴에도 붉은빛이 비쳤다.

"향이 다 타면 제가 알아서 돌아올 테니, 절대 먼저 깨우지 마세요. 한 10분 정도 일 겁니다."

광춘에게 한 말이었다. 그는 거실 끝에서 말없이 고개를 끄덕였다. 영지는 눈을 감고 무당 방울을 흔들었다. 입으로는 조용히 바리데기 무가를 읊기 시작했다.

딸랑딸랑
버리는 애기라도 이름이라도 지서주면은…
딸랑딸랑
버리고 버리데기 던져도 던져데기…

딸랑딸랑. 계속 반복되는 노랫말이 메아리치듯이 광춘의 귀를 울렸다. 김형사도 눈앞의 의식에 빠져든 듯 입을 벌리고 지켜봤다. 영지의 목소리가 서서히 갈라지더니 마치 돌림노래처럼 양쪽에서 다른 음을 내며 공명했다. 광춘은 이 기묘한 가사와 분위기에 정신이 몽롱해졌다.

영지의 독경이 서서히 웅얼거리듯 잦아들더니, 이내 들고 있던 무당 방울이 바닥으로 툭 떨어졌다. 어느새 지유의 속옷은 끝까지 타들어 가 검은 재만 놋그릇에 소복이 쌓였다. 영지의 등은 힘없이 굽어졌다. 잠시 뒤, 그녀의 고개가 바닥으로 푹 꺾였다.

****

내 영혼이 가벼워지며 떠올랐다. 천천히 그렇지만 꾸준하게. 내가 가는 방향은 내 의지와는 상관없다. 물길이 섭리에 따라 바다로 흘러가듯이 내 영혼은 정해진 길로 날아간다. 시야가 어두웠다가 밝아지기를 반복했다.

난 오직 한 가지만을 생각했다. 이 아이를 살릴 수 있게 찾아야 한다.

망자들의 목소리가 귓가를 스쳐 지나갔다. 괴성을 질러대는 남자의 목소리도 들리고, 원망 섞인 하소연을 하는 여자의 곡소리도 들렸다. 어린 아이의 영혼, 나이 든 할머니의 영혼. 무수히 많은 영혼이 나를 통과해 지나갔다.

나는 정신을 최대한 집중했다. 아무리 몸주신이 나를 도와 지유에게 가게 하더라도, 그 순간을 집중하지 못하면 우린 만날 수 없게 된다. 정밀하고 세밀한 작업이다. 나는 입으로 계속 독경했다. 시공간이 뒤틀리듯이 내 앞의 시야가 왜곡되기 시작하더니 검은 점으로 변했다.

난 그 점을 향해 날아갔다. 다가갈수록 크기가 점점 커졌다. 어느새 내 몸만 한 검은 구 안으로 나의 영혼이 빨려 들어갔다.

번쩍.

섬광이 터졌다. 일순간 아무것도 보이지 않았다.

번쩍.

안구 뒤편까지 하얀 잔상이 남았다가 사라졌다. 머리가 울리기 시작했다. 엄청난 아픔이 머리의 앞에서부터 뒤로 타고 넘어갔다. 비명을 질러보았지만 아무 소리도 나지 않았다. 이가 잇몸에서 뜯겨나가는 고통이 얼굴 전체를 감쌌다. 통증은 강한 전류처럼 온몸을 타고 발가락 끝까지 감전시켰다.

번쩍.

내 팔과 다리가 몸통에서 분리되는 착각에 빠졌다. 관절 마디마디가 심하게 비비대면서 마찰하는 소리가 귀를 강하게 때렸다.

번쩍.

내가 눈을 떴을 땐, 만화에서나 볼법한 연파랑 색의 하늘이 보였다. 하마터면 엄청난 고통에 소리를 와 내지를 뻔했다. 하지만 얼른 손을 입으로 막았다. 다른 이의 영혼소(靈魂所)에 들어왔을 때 인기척을 너무 내지 않는 게 좋기 때문이다. 자칫 주인에게 거슬렸다가는 빙의가 깨져버릴 수가 있다.

몸을 일으켰다. 무복은 온데간데없고, 평상시에 입는 청바지와 하늘색 티셔츠를 나는 입고 있었다. 주위를 둘러봤다. 너른 평야에 내 몸이 누워 있었다는 걸 이내 깨달았다. 시야에 들어오는 나무와 심지어 매달려 있는 과일조차도 8비트 도트 그래픽 게임 속에서나 나올법한 투박한 점 문양으로 만들어져 있다. 토끼가 풀밭을 뛰어놀고 있었고 사슴이 여유롭게 풀을 뜯고 있었다. 지유의 취향은 이상한 나라의 앨리스일까.

손으로 잔디를 만졌다. 내 손이 닿자마자 잔디는 여러 개의 알갱이로 분해되어 흩날렸다. 기분 좋은 실바람이 등 뒤에서 불어왔다. 바람이 향하는 곳을 바라보니 내가 가야 할 곳이 명확해졌다.

커다란 탑이 보였다. 당연했다. 영혼소는 그 영혼의 주인이 가장 이상적으로 그리는 무의식 세계관이기 때문이다. 자신들의 삶에 커다란 감흥을 주었던 온갖 것들이 잡탕으로 구현되는 공간이다. 그래서 여자아이들의 영혼소에는 대개 탑이 꼭 있었다. 부모가 항상 만화나 동화에서 공주 이야기로 세뇌하다 보니, 자신들도 모르게 어느새 공주 서사에 길들여 있는 것이다. 신데렐라, 백설 공주, 라푼젤…. 나는 저 탑에 지유의 영혼이 머무르고 있을 거라 확신했다.

또 바람이 불어왔다. 향냄새가 났다. 육신이 있는 현실에서 불어오는 냄새였다. 교자상 위의 향이 타들어 가고 있다는 걸 깨달았다. 내겐 시간이 없었다.

나는 탑으로 뛰었다. 빨리 지유의 영혼을 찾아야 한다. 찾을 뿐만이 아니라 그 아이를 설득해야 한다. 그리고 나를 좋아하게 만들어야 한다. 쉽지 않은 과정이고 성공 확률도 낮다.

멀리 있을 때는 몰랐는데, 가까이 다가갈수록 탑은 하늘 끝까지 이어져 있을 만큼 아득했다. 마치 구름이 꼭대기를 씹어 먹은 것 같았다. 이러면 곤란한데…. 시간이 너무 지체되고 있었다. 최대한의 힘을 발휘해서 달렸다. 탑은 점점 커지며 내게 다가왔다.

탑 벽을 짚자마자 숨이 헐떡였다. 내 허파가 폭발할 것 같았다. 헛구역질이 났다. 갑자기 바람을 가르는 굉음과 함께 하늘에서 거대한 바위가 내 옆으로 떨어졌다. 난 온몸을 던져 옆으로 굴렀다. 하마터면 바위가 내 정수리에 그대로 떨어져 나를 납작하게 만들 뻔했다. 마른하늘에 날벼락이 아니라, 돌벼락이었다. 나는 이곳에서 뭔가 단단히 잘못되어 가고 있다는 것을 깨달았다.

영지의 숙인 고개가 위아래로 심하게 들썩이며 호흡이 가빠졌다. 광춘은 은연중에 점점 영지에게 다가갔다. 그와 김형사는 그녀를 걱정스러운 눈으로 쳐다봤다.

"선배님, 무당님은 괜찮은 거겠죠?"

"아직은…, 아마도…."

광춘은 아랫입술을 깨물었다. 향리는 여전히 눈을 감고 손을 비비면서 이런저런 나지막한 말들을 중얼거렸다. 특별히 뜻을 알 순 없었으나 간간이 '살려주세요'나 '도와주세요' 같은 말들이 들렸다.

"그래도 저 양반이 의사니까 무슨 일이 생기면 도와주겠죠?"

김형사는 서재를 쳐다보며 광춘에게 물었다. 광춘은 검지를 입에 가져다 댈 뿐 대답을 하지 않았다. 그는 영지의 뒷모습을 걱정스럽게 쳐다보았다. 향은 어느새 반이나 타들어 갔다.

문이 없었다. 아무리 둘러봐도 탑으로 올라가는 문이 없다. 큰일이다. 지유를 만나기도 전에 시간이 다 될 것 같은 조바심이 났다. 탑 주변을 한 바퀴 돌았는데도 들어가는 입구가 없었다. 그때 멀리 얇은 실 하나가 눈에 들어왔다. 명주실인가 싶어 다가갔더니 제법 굵은 동아줄이었다. 동아줄은 하늘까지 이어져 있었다. 이건 해님 달님인가. 지유의 영혼소를 보아하니, 이 아이는 세계문학 전집이나 올림피아드 문제집에서 그다지 감명을 받지 않은 건 분명해 보였다.

나는 줄이 혹여나 썩은 동아줄은 아닌지 한번 힘차게 매달려 보았다. 제법 튼튼했다. 내 호흡이 가라앉기도 전에 얼른 줄을 타고 올라갔다. 시간이 없었다. 머리를 비우고 몸만 움직였다.

한참 지났을까. 손에 물집이 잡히고 피가 났다. 바닥을 내려다보니 웬만한 건물 4층 높이까지 올라온 걸 알 수 있었다. 그러나 위는 여전히 까마득했다. 이번에는 제법 강한 흔들바람이 불어왔다. 향냄새가 더욱 진하게 났다. 향이 반 이상 타들어 갔다는 신호다. 동아줄이 위태롭게 흔들리자 오금이 저렸다.

"거기서 뭐 하세요?"

그때였다. 허공에 불안하게 뜬 내 발아래로 꼬마 여자아이의 목소리가 들려왔다. 내려다보니 양 갈래로 머리를 예쁘게 땋은 소녀가 나를 올려다보고 있었다. 한눈에 지유라는 걸 알 수 있었다.

"꼬마야, 거기서 잠시만 기다려줄래?"

나는 얼른 말하고서 줄을 타고 내려갔다.

"도와 드릴까요?"

지유는 친절하게도 줄 아래에 와서 나를 받아주는 시늉을 하고 있었다.

"아냐, 괜찮아. 아줌마가 알아서 그냥 내려갈게."

물집이 쓸리며 손바닥이 찢어졌다. 반대편 손에 낀 빨간 장갑도 찢어져 화상 자국이 조금 드러났다. 하지만 개의치 않고 나는 바닥으로 미끄러지듯이 내려갔다.

드디어 지유의 영혼을 만났다. 다행히 아이는 나를 경계하는 것 같진 않았다. 하지만 초등학생 특유의 뭔가를 관찰하는 눈빛이 읽혔다.

"지유야, 여기서 뭐 해?"

아뿔싸. 자연스럽게 말을 건다는 게 이상한 말을 뱉어버렸다. 옛날에도 그랬고, 지금도 그렇고 아이들은 어렵다.

"예? 그냥 있는 건데요."

지유는 역시나 뚱하게 대답을 했다. 난 곧바로 말을 정정했다.

"아니, 이 밑에서 뭐 하냐는 거였지. 보통 여자애들은 저 위를 좋아하니까."

"이건 제 것이 아니에요."

"그럼?"

"아빠 거예요."

지유는 탑을 보고 시큰둥하게 말하고는 돌아섰다. 분명히 향리의 말로는 사랑스러운 딸이라고 했는데, 꽤 시니컬한 구석이 있었다.

"그럼 지유 집은 어디야?"

"저기요."

지유는 앞서 걸어가며 말했다. 지유가 턱짓으로 가리킨 곳에는 조그마한 움막이 있었다. 몽골 유목민들이 쓰는 이동식 움막집과 유사한 모양이었다.

"그런데요, 아줌마. 제 이름은 어떻게 아셨어요?"

"어…."

나는 최대한 시간을 끌어보려 했다. 의심스러워 보이면 모든 게 끝이었다.

"아줌마는 많은 걸 알고 있지."

"흐응."

지유는 내 말을 귓등으로 들으며 움막 안으로 들어갔다. 무슨 대답을 했어도 똑같은 무신경한 반응이 나왔을 것 같았다. 왠지 모르게 앞으로의 일이 불안해졌다.

****

김형사는 영지의 목덜미를 가리키며 물었다.

"선배님, 무당님이 땀을 너무 많이 흘리는 거 아니에요?"

사실이었다. 하얀 무복 저고리가 땀으로 흠뻑 젖어 있었다. 광춘은 거실 구석으로 가서 에어컨을 더 세게 틀었다. 그렇지만 영지는 몸을 사시나무 떨듯이 계속 불안하게 움직였다. 당최 더운 건지 추운 건지 알 수가 없었다. 광춘의 눈에는 오한이 든 것처럼 보였다. 교자상 위의 새빨간 향불은 향의 허리까지 먹고 나서 발목을 씹어 삼키기 위해 내려가고 있었다.

움막 안은 바깥의 햇살이 들이닥치지 못해 온통 무채색이었다. 벽장의 온갖 책들과 노란 침대가 눈에 들어왔다. 이 안은 현실에 있는 지유의 방과 똑같은 구조였다. 아니다. 뭔가 다른 점이 있는데 정확히 짚어낼 수가 없었다.

"여기요."

지유는 유아용 구급상자에서 캐릭터 반창고를 꺼내 갖고 왔다. 핑크색 귀여운 토끼가 그려져 있었다. 익살스러운 미소를 머금고 있는 분홍 토끼.

"고마워, 지유야."

지유는 내 대답을 듣기도 전에 쌩하니 책상으로 가버렸다.

"아줌마가 방 좀 둘러봐도 되지?"

"네."

지유는 무심하게 대답하며 문제집을 펼쳐 풀기 시작했다. 분명히 현실의 지유 방과는 뭔가 달랐다. 일단 콘크리트 벽이 아니라 움막이라는 게 그랬다. 그렇지만 그건 크게 중요한 것이 아니었다. 책장에 꽂힌 책들도 대략 비슷했다. 지유의 취향으로는 동화나 이솝우화가 있을 법한데 부모님이 꽂아준 인문학 서적들과 문제집만 그대로 있었다.

그제야 뭐가 다른지를 나는 깨달았다. 이 방에는 지금 창문이 하나도 없었다. 그리고 원래 창문이 있었던 공간까지 책장이 길게 이어져 있었다.

"지유야, 이거 좀 밀어볼게."

지유는 대답이 없었다. 돌아보니 아이는 문제를 열중해서 풀고 있었다. 책장을 살짝 밀어보니, 아니나 다를까 예상했던 대로 문이 하나 나왔다. 움막에 나무문이라니 희한한 조합이었다.

흔히 가정집에 있을 법한 평범한 모양의 방문이었다. 적갈색 나무 재질에 청동색 손잡이가 있는 그런 방문. 문에 귀를 가져다 대니 낮고 무거운 소리가 웅웅거리는 게 들렸다. 사람 소리 같기도 했고, 뱃고동 소리 같기도 했다. 틀림없었다. 이 문 너머, 지유의 육신이 있다. 나는 손잡이를 돌렸다. 철컥, 문은 굳게 잠겨 있었다.

"지유야, 혹시 이 문 열어줄 수 있어?"

"숙제 먼저 해야 해요."

"흐음, 그래? 이거 열어주면 아줌마가 풀어줄게."

지유는 대꾸가 없었다.

"아줌마가 지유 도와주려고 하는 거야. 이거 열면 네가 가진 고민을 아줌마가 사라지게 할 수 있어."

지유는 또 귓등으로 내 말을 들었다. 성급하게 이 문을 열었다가 자칫 잘못하면 아이에게 무슨 문제가 생길 수도 있었다. 그래서 나는 지유를 화유하는 방향으로 전략을 바꿨다. 슬며시 지유가 있는 쪽으로 다가갔다.

"뭐 풀고 있어?"

"수학이요."

그제야 아이는 제대로 된 대답을 했다. 하지만 여전히 지유는 문제집에 고개를 파묻고 있었다. 문제집 위를 보니 '올림피아드 1% 레벨'이라고 적혀 있었다. 빈 네모와 세모 상자에 들어갈 사과와 귤의 개수를 구하는 고난도의 문제였다. 초등학교 3학년이 이런 문제를 풀 수 있을까 싶었는데, 지유는 막힘없이 척척 풀고 있었다.

"오우, 지유! 잘하는구나."

나는 일부러 지유를 칭찬했다. 지유는 듣는 둥 마는 둥, 미동도 없이 다음 문제로 넘어갔다.

영희는 47분을 뒤로 돌려야 하는 시계를 잘못하고 25분 앞으로 돌렸는데 시각이 9시 6분을 가리키면, 지금 시간과 영희가 원래 맞추려던 시간의 차이가 얼마인지를 맞추는 문제였다. 지유는 이래저래 풀어보지만, 자꾸 답이 틀리게 나왔다. 은근히 열이 받는지 아이는 씩씩 콧바람을 내뱉었다. 아무래도 분과 초를 계산하는 게 쉽지 않은 것 같았다. 나는 슬쩍 옆에 앉았다.

"좀 도와줄까?"

나름 환심을 사보려 했지만, 지유는 대답하지 않았다. 나는 초조해지기 시작했다. 빨리 저 문을 열고 나가 빙의를 완료하고 싶었다. 지유는 연필로 깨작깨작 덧셈과 뺄셈을 하고 있었다. 나는 부쩍 아이의 말수가 줄어든 게 신경 쓰였다. 어느새 얼굴도 붉으락푸르락해진 걸 알 수 있었다. 나는 어떻게든 보탬이 되고자 말했다.

"그렇지, 1분이 60초이니까 60을 올리고 일의 자리에서 빼면 돼."

지유가 갑자기 연필을 탁, 내려놓았다.

"아줌마, 제가 풀어야 해요."

지유는 굉장히 완강하게 말했다.

"어? 알았어. 그래, 그렇게 해야지."

"아줌마, 제가 풀어야 해요."

지유가 같은 말을 반복하자, 강한 소름이 목덜미를 타고 흘렀다.

"그래, 그래…. 이제 네가 풀어."

"아줌마, 제가 풀어야 해요. 아줌마, 제가 풀어야 해요."

지유의 고개가 부자연스럽게 내 쪽으로 돌았다. 검은 눈동자가 점점 작아졌다. 흰자위로 온통 붉은 핏발이 번져나갔다.

"아줌마, 제가 풀어야 해요. 아줌마, 제가 풀어야 해요. 아줌마, 제가!"

마치 나사가 빠진 태엽 인형처럼 지유는 같은 말을 반복했다. 지유의 목소리는 점점 낮아지면서 기괴하게 뒤틀렸다. 온몸의 털이 곤두섰다. 내 몸주신이 경고하고 있었다. 잘못됐어, 도망쳐.

지유의 눈이 붉게 타올랐다. 그 순간, 갑자기 아이가 내 목을 졸랐다.

"제가풀어야해요제가풀어야해요제가풀어야해요제가풀어야해요제가풀어야해요제가풀어야해요제가풀어야해요."

이미 아이의 목소리가 아니었다. 지유는 같은 말을 반복할수록 목소리는 그로테스크하게 바뀌어 갔다. 나는 지유를 뿌리치려 했지만, 손아귀의 힘이 너무 셌다. 나는 몸을 비틀었다. 우리 둘은 같이 넘어졌다. 지유는 다시 내 위로 올라타서 내 목을 더 세게 졸랐다.

지유의 입에서 진액 같은 침이 흘러내렸다. 광대는 불쑥 튀어나오고 얼굴은 점점 검붉은 색으로 변해갔다. 견딜 수 없는 공포가 온몸을 휘감았다. 아이의 몸은 웬만한 성인 남자보다 더 커져서 나를 압사시킬 속셈이었다.

"제가풀어야해요제가풀어야해요제가풀어야해요제가풀어야해요제가
풀어야해요제가풀어야해요제가풀어야해요제가풀어야해요제가풀어야
해요제가풀어야해요제가풀어야해요제가풀어야해요제가풀어야해요제
가풀어야해요제가풀어야해요."

나는 지유의 목소리보다 크게 바리데기 무가를 외쳤다.

"버리고 버리데기 던져도 던져데기….."

빨간 장갑을 낀 손을 세차게 흔들었다.

딸랑딸랑.

저 멀리 현실에서 무당 방울 소리가 들려왔다. 나는 컥컥댔지만, 어떻
게든 무가를 멈추지 않았다. 방울을 열심히 흔들었다. 점점 소리가 가까워
졌다.

그런데 지유의 손아귀가 더 꽉 조여오자, 다가오던 방울 소리가 서서히
멀어지더니 점차 의식이 희미해졌다. 머릿속이 하얘지며 갑자기 모든
근육이 느슨해졌다. 정신이 아득했다. 지유가 목을 조르는 고통도 폐가
아파져 오는 괴로움도 잊히고 있었다. 마치 바람 속의 먼지처럼 몸이
흩뿌려지는 것 같았다.

딸랑딸랑.

나는 무의식적으로 계속 손을 흔들고 있었다. 소리는 일어나기 싫은
아침의 알람시계처럼 거슬렸다. 그러나 점점 방울 소리가 커지자 사라지
던 고통이 다시 내 몸을 덮쳤다. 살아 있음을 알리는 아픔이었다. 이어
살아야 한다는 사념이 머리를 내리쳤다. 나는 다시 무당 방울을 더 힘차게
흔들었다. 딸랑딸랑. 이내 정신이 번쩍 들었다.

****

무당 방울이 세차게 흔들리더니 영지의 몸이 활시위처럼 뒤로 확 꺾였다. 그녀는 숨을 아주 오래 참았다가 뱉듯이 깊은 탄성을 내지르며 쓰러졌다. 광춘은 놀라서 영지를 팔로 받쳤다. 영지의 얼굴은 땀범벅이었다.

"영지 씨! 영지 씨! 정신 차려 봐요."

광춘은 얼른 김형사에게 수건을 가져오라고 했다. 영지의 몸뚱이는 펄펄 끓고 있었다. 영지는 입을 뻐끔거리며 움직였지만, 목소리가 나오지 않았다. 향리는 다급하게 영지를 안았다.

"무당님, 어떻게 됐어요? 예? 무당님 말 좀 해봐요."

"어머님, 잠시만요. 조금만 기다리세요. 이 사람 지금 의식도 안 돌아왔는데."

광춘은 향리를 떼어내며 윽박질렀다. 김형사도 향리를 말렸다. 영지는 여전히 정신을 차리려 애쓰고 있었다.

"아, 아이가⋯." 영지는 가까스로 목소리를 짜냈다. "⋯아이가 저를 거부했어요."

"지유요? 지금 지유 말씀하시는 거죠?"

향리는 또 조급함을 통제하지 못하고 물었다.

"예, 지유예요. 분명히 도와주려 했는데 왜 그러는지 잘 모르겠어요."

"지유를 만나셨군요! 감사합니다, 정말 감사합니다. 살아 있군요, 우리 딸. 살아 있을 줄 알았어요. 살아 있어, 살아 있어."

향리는 바닥에 무릎을 붙이고 가슴을 움켜잡으며 안도했다.

"꼭, 꼭 그렇지만은 않아요."

영지는 여전히 가쁜 호흡을 가다듬으려 애쓰고 있었다.

"그게 무슨 말씀이세요, 무당님?"

향리의 물음에 영지는 잠시 뜸을 들였다. 아이를 잃어버린 부모에게 섣부른 기대만큼 독이 되는 건 없기 때문이다.

"지유의 영혼과 인사를 나누었을 뿐이지, 아직 육신을 본 건 아니에요."

"아니, 그러니까 그게 무슨 말씀이시냐고요. 분명히 지유 만났다면서요? 무당님, 이제 와서 무슨 말씀하시는 거예요?"

"아주 쇼를 한다, 쇼를 해. 내가 말했잖아."

분위기에 찬물을 끼얹고 등장한 건, 역시나 향리의 남편 종석이었다. 종석은 삿대질로 영지를 가리켰다.

"내가 저년 저거 사이비라고 했어, 안 했어? 만났다는 증거는 있어? 어럽쇼, 쟤 왜 저래?"

종석의 불신 가득한 말투는 점점 가시가 돋치며 영지를 향했다. 영지는 별다른 대답을 하지 않았다. 아니 할 수가 없었다. 점점 의식이 흐려지고 있었기 때문이었다.

김형사가 종석을 말리는 사이 광춘은 영지를 안아 소파로 옮겼다. 그런데 광춘은 순간 너무 놀랐다. 그녀가 상상 이상으로 가벼웠기 때문이다. 또 온몸이 흠뻑 젖어 있었다. 향리는 계속 뭔가를 물어보려 영지에게 다가왔지만 광춘은 끝까지 말렸다.

"어머님, 안타까운 심정은 알지만, 영지 씨에게 시간을 조금만 주시죠."

광춘은 영지의 이마에 손을 얹었다. 불같이 뜨거웠다. 떨리는 몸은 진정할 기미를 보이지 않았다.

"찬 수건… 아니, 아이스 팩, 내가 어제 붙였던 아이스 팩 좀 가져와 주세요."

향리는 서둘러 냉동실에서 꽁꽁 언 아이스팩을 가져와 영지의 이마에 없었다. 이마의 열기는 쉽사리 내려가지 않았다.

"무당님은 왜 이러신 걸까요?"

향리는 이제야 상황이 인식되었는지 평정심을 찾고 물었다.

"잠시 지켜보고 상황이 안 좋으면 근처 응급실로 가죠."

코를 고는 소리가 우렁차게 집 안을 울렸다. 영지가 눈을 떴을 땐, 까마득한 새벽인 듯 어두웠다. 자신의 이마에서 아이스팩이 툭 떨어졌다. 동시에 잡고 있던 광춘의 손도 함께 떨궈졌다. 그러면서 소파에 기대고 있던 그의 몸은 스르륵 내려앉았다. 광춘은 잠시 깨는 듯하더니 이내 다시 대찬 코골이를 하며 깊은 잠에 빠져들었다.

영지는 주변을 둘러보았다. 김형사는 건너편 소파에 파묻혀 자고 있었고, 안방과 서재의 문은 굳게 닫혀 있었다. 부엌에만 불이 켜져 있었다.

주홍빛 백열등 아래에 향리가 스마트폰을 보고 있었다. 영지가 다가가자 향리는 눈가를 살짝 훔쳤다.

"아, 사진 좀 보고 있었어요. 몸은 어떠세요?"

"괜찮아졌어요. 저…."

"아무 말씀 안 하셔도 돼요. 지유랑 그래도 잠시나마 이야기하신 거잖아요. 지금은 그거면 됐어요."

"어머님, 그렇다고 해서 지유가 살아 있다는 게…."

"알아요. 아직 육신을 못 접했기 때문에 확신할 수 없다고 말씀하셨죠. 그런데요, 엄마의 감이라는 건데요. 저는 지유 살아 있다고 믿어요."

모든 사람이 딸이 죽었다고 해도 엄마만은 딸이 살아 있다고 한다. 심지어 사라진 지 한 달이라는 시간이 넘었는데도 말이다. 향리는 한순간도 흔들리지 않고 지유가 살아 있다고 생각했다. 한편으로 영지는 그런 향리에게 경외심이 들기도 했다. 그래서 영지는 섣부른 말을 건네기가 겁나기도 했다. 영지가 말을 고르는 그 침묵의 시간 동안 거실에서는 광춘의 코를 고는 소리가 계속 들려오고 있었다.

"무당님은 고형사님이랑 어떤 사이세요?"

"광춘 씨요?"

영지가 조금 놀라서 대답하자 향리가 소리 없이 미소 지었다.

"고형사님 이름이 광춘이었어요? 어머, 새삼스럽네."

영지는 웃음없는 무표정한 얼굴로 향리를 바라보았다.

"아, 죄송해요. 절대 비웃은 거 아니에요. 반가워서 그런 거예요. 다들 형사님이라고만 부르니까 이름을 들어본 적이 없네요."

"광춘 씨 이름이, 웃긴다고 생각해본 적 없어요."

영지의 대꾸에서는 살짝 적개심이 느껴졌지만, 향리는 그걸 알아차리지 못했다.

"저는 제 이름만 촌스러운 줄 알았거든요. 어릴 적 강원도 그 시골 동네에서도 향리라는 이름을 가진 애는 저뿐이었거든요. 서울에 와서 가수 준비할 때도 대놓고 시골 출신이라는 꼬리표 같아서 이름을 그렇게 바꾸고 싶었는데."

"광춘 씨도 고향이 강원도예요."

"어쩐지 동질감이 느껴지더라니⋯. 근데 무당님은 고형사님을 어떻게 알게 되신 거예요? 고형사님이 밤새 간호하셨어요. 저 목석같은 손으로 얼마나 열심히 무당님 땀을 닦으시던지."

"한때, 고락을 같이했던 동료입니다."

영지는 마치 문장의 마침표를 찍듯이 꾹꾹 눌러서 대답했다.

"뭔가 더 물어보지 말라는 대답 같으시네요."

향리가 자신의 스마트폰을 다시 보는 사이, 광춘의 코골이는 데시벨을 낮췄다. 새근새근 잠자는 숨소리 정도만 간간이 들렸다.

향리는 스마트폰 사진첩 속에 있는 지유를 보았다. 아이는 자신의 방에서 문제집을 풀다가 약간 뾰루퉁한 얼굴로 카메라를 돌아보고 있었다. 향리는 며칠간 잠을 못 잔 수척한 얼굴이었지만, 딸아이를 바라보는 눈빛만큼은 생생했다.

"저는 이상하게 웃는 것보다 이렇게 찡그린 딸의 얼굴이 더 사랑스럽더라고요. 이런 사진을 갖고 있어서 부정이 타 딸이 이렇게 된 걸까요?"

향리는 지유가 사라진 후부터 사소한 것 하나에도 전부 의미를 부여하며 자책했다.

"아뇨, 그런 건 아무런 상관이 없을 겁니다." 영지는 무거워지는 분위기를 바꾸기 위해 화제를 돌려야겠다고 생각했다. "어머님, 그런데 지유가 사라지기 전에 조금 이상한 점은 없었어요?"

"형사님들한테 말씀드린 게 전부예요. 근데 그것도 벌써 한 달이 넘어서 그런지 제가 가진 기억이 맞는 건지 아닌지조차 이젠 모르겠어요. 왜요?"

"영혼소에서 지유를 만났을 때 꽤 어려운 수학 문제를 풀고 있어서 제가 좀 도와줬거든요. 그러자 바로 아이가 절 거부했어요."

"제가 잘 몰라서 그러는데 그게 이상한 건가요?"

"이상한 거죠. 대개 아이들은 도움을 주면 좋아하니까요."

"흐음."

향리는 희미해져 가는 기억의 바닥에서 중요한 정보라도 건져 올리려는 듯 미간을 찌푸렸다. 하지만 지칠 대로 지친 몸과 마음은 제대로 작동을 할 리가 없었다.

"좀 쉬세요. 저는 지유 방을 한 번 더 볼게요."

"같이 가요, 무당님."

영혼소에서 봤던 모습과 같았다. 마치 고흐의 노란 방이 떠오르는 어딘가 우중충한 지유의 방. 분명히 노란 침대도 있고 밝은 책들이 꽂혀 있지만 계속 잿빛이었다. 벽지 때문인가. 영지는 생각했다.

"언제 일어나셨대? 참, 그 전화는 그냥 잘못 걸린 보이스피싱이였대요. 그러니 너무 개의치 마세요."

광춘은 크게 기지개를 켜며 다가왔다. 향리는 네, 라며 작게 대답했다. 마음의 짐이 약간 내려앉은 목소리였다. 그녀는 말없이 영지의 뒤를 졸졸 따라다녔다.

영지는 지유의 방을 이리저리 둘러보며 아이가 영혼소에서 풀고 있었던 두꺼운 문제집을 찾았다. 지유가 시름시름 앓고 못 풀었던, 영희가 시간을 잘못 감았던 그 문제가 보였다. 이미 지유가 한 번 풀고 누군가가 채점을 한 듯 동그라미와 엑스가 문항마다 그어져 있었다.

"그건 왜 보는 거예요?"

"이상해서요."

영지는 짧은 대답을 뒤로하고 그 문제를 다시 보았다. 커다란 엑스가 문항에 그어져 있었다. 역시 현실에서도 지유는 같은 문제에서 틀렸던 것이다. 그런데 그 문항 옆에 상당히 신경질적으로 볼펜을 그은 흔적이 있었다. 심지어 종이가 살짝 뚫려 있었다. 흐음, 영지는 고개를 갸웃거렸다.

"광춘 씨, 지유 친구들은 지유에 대해서 뭐라고 하던가요?"

"애들? 초등학생한테 나올 정보는 별로 없을 것 같은데요."

"지유는 어른한테 뭔가를 쉽게 말하는 아이가 아닌 거 같아요. 그리고 아이들도 알건 다 알죠."

"이게, 중학생만 돼도 모르겠는데, 초등학생의 진술은 신빙성이 극도로 떨어져서 수사하는데 혼선만 일으키고, 또 괜히 물어봤다가 지유한테 이상한 일 생겼다는 소문이라도 나게 되면 그 뒷감당을 할 수가 없어요. 그래서 지금 비밀 수사를 하는 거니까."

"비밀스럽게 알아볼 수 있을 것 같은데요."

"뭐, 김형사한테 한번 알아보라고 일러는 놓을게요."

광춘은 별로 내키지 않는지 시큰둥하게 대꾸했다.

"아이가 벌써 등이 굽었더군요. 이제 갓 열 살 된 아이가…. 자세히 좀 알고 싶어요. 지유라는 아이에 대해서."

"어디서부터 얘길 해드릴까요?"

향리가 반색하며 물었다.

"처음부터 끝까지요."

영지는 문제집을 탁 덮었다.

증발

*

사건이 일어나기 전에는 무슨 예감이나 전조가 있을 것 같지만 실상은 그렇지 않다. 마른하늘에 날벼락처럼 갑자기 들이닥치기 마련이며, 사람의 정신을 밑바닥부터 송두리째 흔들어 놓는다.

향리는 전날 저녁에 가사도우미가 해놓은 식사를 전자레인지에 데웠다. 닭볶음탕은 뜨거운 금속 상자 안에서 빙글빙글 돌아가며 자신의 가슴과 허벅지를 지져갔다.

"일어나야지, 학교 늦어. 저번처럼 버스 놓치면 엄마 차로 못 데려다준다. 이지유? 이지유!"

연이은 부름에도 지유의 대답이 없자 향리는 성큼성큼 아이의 방으로 갔다. 지유는 어느새 일어나서 책가방을 싸놓고 옷까지 스스로 다 입은 상태였다. 빨간 머리핀부터 흰색 양말까지 아주 야무지게 묶고 신었다. 지유는 책상에서 뭔가를 골똘히 생각하면서 앉아 있었다. 세상 심각한 얼굴이었다. 그렇지만, 엄마의 눈으로 봤을 때는 그 진지한 표정과 찌푸린 미간마저도 귀여웠다.

"일어났는데 왜 대답이 없어?"

"엄마…." 지유는 한참을 망설이더니 진지하게 말했다. "엄마, 20만 원이면 큰돈이죠?"

"뭐? 20만 원?"

처음에는 자신의 귀를 의심했다. 20만 원이면 자신이 가르치는 주민센터에서 주 1회 수업의 한 달 치 수강료였기 때문이다.

"20만 원이 필요한 거야?"

"네에."

"지유야, 왜 20만 원이 필요한 건지 물어봐도 돼? 20만 원이면 우리 지유 거의 한 학기 용돈인데?"

"저, 이번 방학 때 콘서트 가고 싶어서요."

"콘서트? 누구 콘서트인데 20만 원이나 한다니?"

"아니요, 티켓은 10만 원이에요."

지유는 괜스레 우물쭈물하면서 말을 잇지 못했다.

"두 장이 필요한 거야? 지유 마음은 알겠지만, 친구의 표까지 사주기에는 금액이 너무 큰데?"

"아뇨."

지유는 쭈뼛대며 손가락을 꼼지락거렸다. 어린아이지만 자신이 지금 꺼내려는 말이 쑥스러운지 얼굴이 작은 복숭아처럼 발그레해졌다.

"그럼?"

"티켓을 2장 사서, 엄마랑 가고 싶어서요."

지유는 마침내 수줍게 머릿속에서만 있던 말을 밖으로 꺼내고서는 엄마를 올려다보았다. 향리는 어떤 대답을 해야 할지 몰랐다. 딸이 자신과 같이 시간을 보내고 싶다는 생각에 뭉클하기도 했고, 한편으로는 시간이 날 것 같지 않아 딸의 기대를 저버려야 한다는 사실에 미안하기도 했다.

"그래."

"와! 정말요?"

"근데 언제 공연이야?"

"다음 달이요."

"다음 달. 그래, 생각해볼게."

지유가 너무 기뻐하자 향리는 당장 거절할 수가 없었다. 사실 다음 달이 되어도 달라지는 건 없었다. 향리는 일주일에 하루도 쉬지 않고 매일같이 이 문화센터, 저 주민센터를 오가며 댄스 강습을 했기 때문이다.

"자, 이제 학교 갈 준비해야지."

"네!"

지유는 모쪼록 밝은 미소로 화답했다. 향리를 꼭 안더니 신나서 가방을 챙겼다.

친구들이 그랬다. 요새는 아이들이 초등학교만 들어가면 이른 사춘기라고. 엄마, 아빠는 몰라라 하고 친구들이랑 노는 데 정신이 팔려 엄청 서운하다고. 그렇지만 적어도 자신의 딸은 그렇지 않았다. 지유는 항상 자신과 남편에게 살가웠다. 맞벌이로 바빠 집에 늘 홀로 있지만, 힘들거나 싫은 내색 한번 내비치지 않았다.

종석은 일찌감치 출근해서 향리와 지유 둘만 아침을 먹었다. 향리는 퍽퍽한 닭가슴살 부위를 지유의 앞접시에 놓았다.

"엄마, 난 윙 먹을래요."

"안 돼, 살쪄. 여자는 살찌면 모든 게 말짱 황이랬지."

"네에…. 엄마 오늘도 늦게 와요?"

시무룩해진 지유가 물었다.

"아마도 그렇지 않을까."

"네에…."

실망하는 기색도 잠시, 지유는 올망졸망한 손으로 제법 능숙하게 닭가슴살을 먹었다. 젓가락질을 가르쳤던 적이 있었나. 향리는 지유가 자신과 남편의 우월한 유전자만 받은 거 같아서 항상 감사했다. 자신의 사교성과 종석의 지성. 지유는 모든 부모가 가장 원하는 이상적인 아이였다. 혼자서도 알아서 척척 잘 해내는 아이. 학교 성적도 우수했고, 성격도 모난 곳이 없었다. 그 흔한 반찬 투정도 한번 하지 않았다. 남편은 임신 중에 자신이 태교를 잘해서라고 우스갯소리를 하고는 했다. 그럼 향리는 임신 기간 중 당신이 없었기 때문에 지유가 모나지 않게 태어난 거라고 받아쳤다.

식사를 마치고 향리는 지유를 통학버스에 태워 보냈다. 노란 버스 뒷자리 창으로 밝게 웃으면서 손을 흔드는 딸, 지유. 향리도 같이 손을 흔들어주었다. 버스는 점점 멀어지다가 골목을 꺾자 향리의 시야에서 사라졌다.

그것이 향리가 기억하는 지유의 마지막 모습이었다.

시간이 흐르고 나면, 정작 사소한 것들이 가슴에 사무쳐 회한으로 남는다. 아침에 좀 기분 좋게 깨워줄걸. 그날만큼은 닭 다리를 먹게 해줄걸. 누구의 콘서트인지라도 제대로 물어볼걸. 어떻게든 시간을 내 볼걸. 그냥 차로 학교까지 데려다줄걸.

미처 이런 자그마한 것들도 해주지 못했는데, 다음 날 지유는 증발해버렸다.

**

송파구 한가운데 우뚝 솟아 있는 백화점 건물은 그 높이만큼이나 위용이 대단했다. 세계 3대 명품 브랜드가 모두 입점해 있는 몇 안 되는 백화점 중 하나였고 이 한 지점에서만 생기는 매출이 웬만한 중견기업을 넘어섰다. 백화점의 고객은 당연히 주변의 잘사는 부자들이었다. 그리고 당연히 문화센터도 값비싼 수업료를 내야 들을 수 있었다.

금요일 오전 9시, 바디쉐이핑 스포츠댄스 강사 김제니.

왕년의 예명을 그대로 쓴다는 게 조금 낯간지럽긴 했지만, 덕분에 이 수업을 따냈다고 생각했다. 향리는 뿌듯하게 자신의 이름이 들어간 문화센터 시간표를 보았다. 그녀는 일주일에 3회 이상 고정된 시간에 수업하는 레귤러 강사는 아니었지만, 일주일에 한 번이라도 수업할 수 있다는 것 자체에 감사했다. 지난 시즌에 수강생 평점도 꽤 높아서, 이번 시즌만 잘 해내면 내년에는 자신도 레귤러가 될 수 있다고 생각했다.

때마침 센터장이 내일 점심에 잠시 미팅 좀 가지자며 지나가자 드디어 올 것이 왔구나, 하는 마음에 들떴다.

향리는 그날 오후에는 용산구에서 레크리에이션 강습을 하고, 저녁에는 서초구 주민센터에서 수업했다. 마지막 타임은 일부러 20분 정도 일찍 끝냈다. 향리는 얼른 집에 가서 이 소식을 사랑하는 가족에게 먼저 전하고 싶었다.

처음에는 하얀 의사 가운이었다. 그리고는 돈이었다. 종석은 어릴 때부터 다른 꿈은 꾼 적이 없었다. 오로지 돈 잘 버는 의사가 되어 지긋지긋한 가난에서 벗어나고 싶었다.

종석은 피부과 전문의가 되자마자 곧바로 개인병원을 차렸다. 피부과는 차리기만 하면 대박이 날 줄 알았다. 하지만 하필이면 그해에 금융위기를 직격탄으로 맞아, 이곳저곳에서 빌렸던 대출금을 갚느라 주말에도 쉬지 못하고 일했다. 때마침 같은 해에 지유가 태어나서 돈도 엄청나게 들어가게 되었다. 밑 빠진 독에 계속 쌀을 들이붓는 격이었다. 향리도 돈을 벌었지만, 자신에 비하면 푼돈이었고 수입도 들쑥날쑥했다.

쓰던 가락이 무섭다고, 병원과 집 대출금에 자동차 할부에 분윳값에 기저귓값에 종석은 차라리 폐업하고 페이닥터를 할까 고민도 했었다. 하지만, 이미 종합병원들도 불경기에 진료 시간을 감축하면서까지 더 이상의 의사들을 고용하지 않았다. 종석은 조금만 버티면 자신의 개인병원이 흑자로 돌아설 거라 믿으며 그렇게 하루하루를 버텼다. 의대 친구들은 마늘주사나 신데렐라주사 같은 시술도 좀 하면서 야매로 돈을 벌 방법을 권했지만, 종석은 의사로서 양심을 팔고 싶지 않았다.

십 년이 지난 어느 날. 드디어 모든 빚을 다 갚게 되었다. 더 이상의 대출은 자신의 인생에 없었다. 개인병원이며, 집이며, 차며 모든 것은 오롯이 자기 것이 되었다. 종석은 기쁜 마음을 혼자만 누리기 아쉬웠다. 한 시간 먼저 직원들을 퇴근시키고 병원 문을 닫았다.

집으로 가는 길이 유독 길게 느껴졌다. 얼른 집에 가서 가족과 즐거운 소식을 나누고 싶었다. 고생하는 아내와 딸과 시간을 함께하지 못한 게 늘 미안했었는데….

급한 마음을 몰라주는지 금요일의 올림픽대로는 완전 정체였다. 하늘에서 비가 조금씩 내렸다. 종석은 이왕 이렇게 된 거 여유를 갖자며 클래식 라디오 채널을 틀었다. 정확한 곡 제목은 기억나지 않지만, 향리와 연애하던 시절 뮤지컬에서 들었던 노래가 흘러나왔다. 벌써 십오 년도 더 전의 데이트였다. 향수를 자극하는 기가 막힌 선곡 때문일까, 웬일인지 좋은 일이 생길 것 같은 저녁이었다.

이상하게도 집 안의 불은 다 꺼져 있었다. 보통 금요일 저녁에 퇴근하고 오면 지유는 쏜살같이 현관으로 달려 나오고는 했다. 피곤하다고 밀어내도 아이는 놀아달라며 안겼다. 그런데 괴괴한 적막만이 집 안을 감돌았다. 빠른 사춘기랬지, 라고 생각하며 향리는 지유가 자기 방에서 뭔가를 하고 있겠거니 생각했다. 향리는 입에 검지를 가져다 대며, 종석에게 조용히 지유의 방으로 가자고 수신호를 보냈다. 어쨌거나 금요일 저녁에 이렇게 일찍 같이 집에 들어온 건 몇 년 만의 일이었으니까.

지유의 방문은 굳게 닫혀 있었다. 종석은 괜히 문 앞에서 헛기침을 했다. 우리가 들어갈 테니 비밀스러운 일이걸랑 빨리 숨기면 모른 척하겠다는 나름의 배려였다. 향리는 조용히 문에다가 귀를 가져다 댔다. 인기척이 없었다. 종석은 고개를 끄덕였다. 이쯤 되면 열어도 될 거라는 의미였다. 조심스럽게 방문을 열었다.

고요했다.

어두웠다.

아침에 나간 상태로 커튼은 젖혀져 있었다. 간간이 들어오는 달빛 정도만 시야를 밝혀줄 뿐이었다.

"얘가 어디 갔지?"

종석은 서재와 안방을, 향리는 부엌과 손님방을 뒤졌다. 모두 비어 있었다. 부엌에는 가사도우미가 차려놓은 음식이 비닐 랩이 씌워진 그대로 놓여 있었다. 종석은 향리를 다그쳤다.

"여보, 지유한테 전화해봐."

향리는 전화를 걸었지만, 휴대전화는 꺼져 있었다. 문자메시지도 확인하지 않았다.

"여보, 오늘 지유 학원이 몇 시에 끝나지?"

종석이 묻자 향리는 정확한 시간이 떠오르지 않는지 눈알을 굴렸다.

"보통 이 시간이면 집에 와 있는데."

"그러니깐 몇 시?"

"8시 정도면 집에 와 있었어. 아줌마가 그쯤 퇴근하시니까."

"하아, 엄마가 돼서 딸이 몇 시에 집에 오는지도 몰라?"

불안한 예감이 둘 사이를 가로질렀다. 종석의 넓어진 코 평수로 씩씩 강한 바람이 나왔다.

"8시라고 했잖아. 오늘 좀 늦어지나 보지." 향리도 같이 으르렁거렸다. "그리고 왜 나한테만 물어봐? 당신이 일찍 올 때도 있잖아."

"지금 9시가 넘었어."

벽시계의 분침은 탄력을 받은 듯 힘차게 돌아갔다. 둘은 예민해지기 시작했다. 한 번도 지유가 말없이 집에 안 들어온 적이 없었기 때문이다.

"빨리 학원에 전화해봐."

종석은 향리에게 명령조로 말했다. 향리도 신경질이 머리끝까지 뻗쳤지만, 일단 중요한 건 지유의 행방이었기 때문에 참았다. 전화 목록에서 지유가 다니는 영어학원을 찾아 연락했다.

"예, 선생님 안녕하세요? 저 지유 엄마입니다. 하하, 네, 이지유 학생이요. 학원 보낸 지 꽤 됐는데 처음 연락드리네요. 네, 네. 그럼요, 잘 지내고 있습니다. 저 선생님, 죄송한데 우리 지유가 혹시 오늘 몇 시쯤 학원에서 끝났나요? 네? 그게 무슨…. 네, 확인해볼게요."

"뭐래?"

종석의 목소리는 점점 날카로워졌다. 향리는 대꾸하지 않고 자신의 문자메시지를 스크롤 해 내려갔다. 영어학원 선생에게 온 메시지가 있었다. 지유가 오늘 학원에 오지 않았는데 어찌 된 영문인지 문의하는 내용이었다. 향리는 강습 중에 문자메시지가 온 건 기억나는데 확인한다는 것을 깜빡 잊었다.

"뭐라고 하냐니까?"

종석이 채근했다.

"학원에 안 왔대. 잠시만, 여보."

"뭐? 그게 무슨 소리야?"

"잠깐만."

향리는 초조해졌다. 다이얼을 누르는 손이 떨렸다. 수학학원에 전화를 걸었다.

"네, 선생님 안녕하세요. 저 이지유 어린이 엄마입니다. 네네, 그럼요, 잘 지내시죠? 혹시 우리 지유가….."

종석은 아랫입술을 깨물며 향리가 통화하는 걸 지켜보았다. 안 그래도 마른 사람에게 예민함마저 더해지자, 사마귀처럼 얼굴이 파리해졌다. 향리가 전화를 다시 끊었다. 상당히 심각한 문제가 생겼음을 알 수 있는 낯빛이었다.

"뭐래?"

종석의 심장 박동은 더 빨라지고 커졌다.

"여보, 수학학원도 안 왔대."

"뭐? 아니 그게 무슨 소리야. 그럼? 빨리 다른 학원에도 전화해봐. 아, 아니 학교부터 연락해봐."

종석은 다시 향리를 재촉했다.

"어, 어어….."

향리는 지유가 수업이 끝나고 방과 후 로봇과학 수업까지 듣고 초등학교에서 하교한 것을 확인했다. 그때가 오후 3시쯤이다.

"안녕하세요, 거기 그린 바이올린 학원이죠? 혹시 우리 지유가 오늘 수업을 왔나요?"

"안녕하세요, 거기 늘푸른 논술 학원이죠? 혹시 우리 지유가 오늘 수업을 왔나요?"

"안녕하세요, 거기 힘찬 태권도 학원이죠? 혹시 우리 지유가 오늘 수업을 왔나요?"

향리는 바쁘게 이리저리 전화를 돌리며 방과 후 지유의 행방을 쫓다가 태권도 학원까지는 출석한 걸 확인했다. 하지만 저녁 이후의 수학과 영어 학원에는 오지 않았음을 알게 되었다.

"얘 어디서 농땡이 치고 있는 거 아냐?"

종석은 약간 안심한 듯한 목소리였다.

"갑자기 그게 무슨 소리야?"

"전부터 수학학원 가기 싫다고 노래를 불렀잖아."

"그럼 영어학원은?"

"수학학원을 빠졌는데 뒤에 영어학원을 갔겠어? 모멘텀을 받기가 어려운 거지. 힘을 한 번 받으면 멈출 때까지 가속하는 법이야."

묘하게 설득이 되는 말이었다. 지유는 이상하게 수학을 싫어했다. 아빠를 닮았으면 수학을 좋아할 텐데 엄마를 닮아서 그런 거 같아 그녀는 괜히 남편 눈치를 보게 됐다.

"오늘 학원 중에 수학부터 안 갔다는 거면, 얘 어디서 놀고 있는 거네. 그래, 지유도 슬슬 한 번 정도는 반항할 때가 됐어. 친구들한테 전화 한번 돌려봐. 내 말이 맞을 거야. 아이, 괜히 심장 조렸네."

남편이 그렇게 말하자 향리도 조금 진정이 됐다. 그런데 다른 문제가 있었다.

"뭐해? 꼬맹이가 혼자 그랬겠어? 친구랑 같이 있을 테니 빨리 연락해봐."

"그게…." 향리는 머뭇거렸다. "번호를 몰라."

"번호를 몰라?"

"응."

"번호만 모르는 거야?"

"무슨 말이 하고 싶은 거야?"

"지유 친구들 이름은 알아?"

조금 전까지 안심하며 웃는 듯했던 종석의 표정이 다시 굳었다. 그의 톡 쏘아붙이는 말에 향리도 얼굴이 같이 경직됐다.

"여보, 내가 지금 이해를 못 해서 그런데, 나만 알아야 하는 거야? 당신은 왜 몰라?"

"하하, 참 나."

"맞잖아. 같이 일하는데 왜 나만 딸이 다니는 학원이랑 친구들 번호를 알아야 하는 거냐고?"

"넌 엄마가 돼서 그걸 말이라고 해? 내가 가장으로서 생계를 책임지고 있으니까 당신은 집안일에 조금 더 신경을 써야지."

"나도 돈 벌어. 많진 않지만 지유 학원비 정도는 내 벌이로 내고 있다고."

"뭐? 그 춤춰서 번 돈?"

종석은 조소를 띠며 비아냥거렸다.

"내가 그런 식으로 말하지 말랬지."

"하아, 딴따라 하다가 그렇게 데였으면, 나 같으면 다른 일 찾아보겠다."

"여보!"

향리가 소리쳤다. 종석은 대충 고개를 끄덕였다.

"올라잇, 올라잇, 알았어. 지금 이게 중요해? 지유 찾아야지."

향리는 더 이상의 말대꾸가 무의하다는 걸 알았다. 종석은 예전부터 자신이 한때 가수였다는 사실을 사람들이 아는 걸 싫어했다. 특히, 지유를 낳고 난 뒤로 향리가 춤을 가르치려고 하자 처음에는 언성을 높이면서 싸우기까지 했다. 그 후로 이 얘기만 나오면 항상 도돌이표였다. 종석은 지유도 댄스나 노래 학원 근처에는 얼씬도 못 하게 했다.

"경찰에 신고해야 하는 거 아닐까?"

향리는 초조함을 견디지 못했다.

"좀만 더 기다려보자. 일단 친구들 좀 수소문해봐."

종석 역시 걱정은 됐으나 섣부른 행동은 하지 않으려 했다. 그 사이 향리는 유치원 졸업앨범을 뒤지며 지유랑 같이 장기자랑을 준비했던 아이들의 이름을 찾았다. 벌써 유치원을 졸업한 지 3년이 지났지만 지푸라기라도 잡는 심정으로 전화를 돌렸다. 하지만, 지유와 여전히 친하게 지내는 유치원 친구는 없었고, 심지어 몇몇 학부모들은 지유의 이름조차 기억하지 못했다.

***

고작 한 시간이 흘렀을 뿐인데, 종석은 살이 10킬로그램은 족히 빠져 보였다. 사마귀 같던 얼굴은 이제 모기처럼 더 보잘것없어졌다. 그는 아랫입술을 잘근잘근 씹고 있었다. 한때 잊고 있었던 악습관이었다.

밤 10시가 되자, 종석은 경찰에 신고했다. 자신의 삶에서 이토록 불안한 적이 없었다. 경찰이 사건을 접수해 송파경찰서 강력계와 전화 연결이 되었지만, 지금은 늦었으니 내일 아침에 찾아보겠다는 대답이 돌아왔다.

"아니 뭘 낼 아침입니까? 애가 실종됐을지도 모르는데."

—아버님, 지금 정확히 모르는 상황이니까 속단하지 마시고요. 대개

아이들이 만 하루 정도면 집에 들어와요. 그러니까 그때까지만….

당직 형사의 목소리에는 피곤함이 뚝뚝 묻어났다. 후덥지근한 날씨 때문인지 말투도 늘어진 테이프처럼 힘이 없었다.

"초등학교 3학년입니다. 이 밤에 어딜 간단 말입니까?"

—그럼요, 알죠. 초등학교 3학년 이지유 학생 아닙니까. 사건은 접수됐습니다. 그 사이에 따님께서 갈만한 곳을 연락해보고 계시면….

형사의 사무적인 대답이 끝나기도 전에 종석은 전화를 끊어버렸다.

"못 들어주겠네. 아이씨, 여보 옷 입어. 직접 가야겠어."

향리는 부리나케 겉옷을 챙기고 종석과 나섰다. 종석은 차에 시동을 걸고 액셀러레이터를 최대로 힘껏 밟았다. 멈춰 있던 차는 강력한 모멘텀을 받으며 거침없이 가속했다. 브레이크를 밟아 멈추기 전까지는 끊임없이 폭주할 기세였다.

송파경찰서는 낮의 열기가 가시지 않은 왕복 8차선의 커다란 대로변 옆에 요새처럼 굳건히 동네를 굽어보고 있었다. 부부가 형사과 강력 4팀에 도착했을 때는 당직 형사 네댓이 어슬렁거리고 있었다. 안은 꽤 시끄러웠다. 구석에서 한 형사가 술주정뱅이를 상대하고 있었다. 그가 지껄이는 얘길 들어보니 음주 난동에 출동한 지구대 경찰관을 폭행하고 현행범으로 체포된 듯했다.

종석은 방금 통화한 늘어지던 테이프 목소리의 주인공을 찾았다. 철창 입구 근처의 책상에서 컴퓨터를 하고 있던 형사였다. 눈꼬리가 처진 나무늘보처럼 생긴 서른 중반 정도의 사내였다. 종석은 지유의 사진을 먼저 들이밀었다.

"초등학교 3학년, 10세 여자아이고요. 이렇게 생겼습니다."

"네, 전화로 말씀을 다 해주셔서 이미 신상은 알고 있습니다. 그런데 가출인지, 실종인지에 대한 판단 근거가 없어서 더 기다려보자고 말씀드렸었죠."

나무늘보 같은 형사는 졸음이 뚝뚝 떨어지는 목소리로 말했다.

"지유가 그런 애가 아닌데, 지금 전화기도 벌써 3시간째 꺼져 있어요. 좀 확인해 봐주실 수 있잖아요, 형사님."

"네에. 통신사실확인자료 영장 요청은 할게요. 그런데 오늘이 불금인 건 아시죠?"

"뭐요? 불금?"

종석은 황당하다는 듯이 반문했다.

"내일이 주말이라는 거죠. 평소보다 조금 영장이 늦어질지도 모른다는 말씀입니다."

"아니 그게 무슨 말입니까. 애가 지금 사라졌잖아요."

"영장은 저희가 아니라 검찰 쪽 소관이라. 그리고 아버님, 어머님 심정은 이해 가지만요. 아직 사건이라고 보긴 어렵기 때문에 조금 시간을 달라는 말씀인 거죠."

형사의 필요 이상으로 차분한 말투에 종석은 화가 머리끝까지 차올랐다. 그때 창가 쪽에서 고성이 들렸다. 술주정뱅이가 윗옷을 까뒤집으며 배 째라는 식으로 바닥에 드러눕고 있었다. 그의 소란스러움과 형사의 답답한 모습에 향리는 머리가 지끈 아팠다.

"저기요, 형사님! 저희가 태권도 학원까지는 하원한 걸 확인했어요. 거기가 미도상가에 있는 곳이거든요."

"아, 어머님 미도상가라고 하셨어요?"

거의 반쯤 감겨 있던 형사의 눈이 순간 번쩍 뜨였다. 뭔가 좋은 신호라고 느꼈는지 향리도 갑자기 얼굴이 밝아졌다.

"네, 네. 미도상가요!"

"아, 그럼 더 곤란해지는데요."

형사는 누가 봐도 어색한 연기 톤이었다.

"왜요?"

이번엔 종석이 끼어들었다.

"거긴 대치동이라 수서경찰서 관할이거든요."

"지금 농담하시는 거죠?"

"하하, 제가 이 오밤중에 찾아오신 분들에게 무슨 농을 그렇게 하겠습니까." 형사는 사람 좋은 웃음을 지어 보였지만, 말투는 진지했다. "분명히 말씀드리지만, 접수는 됐어요. 그렇지만 다 절차라는 게 있는 거니까, 일단 집에 가서 좀 기다리시죠. 너무 걱정하지 마시고요. 곧 좋은 연락이 갈 겁니다."

종석과 향리는 어쩔 수 없이 집으로 돌아왔다. 그때부터 이들 부모는 소위 말하는 '행정 지옥'을 경험하게 됐다. 경찰도 결국에는 공무원 관료 조직이라는 걸 여실히 깨닫게 된 것이다. 자유가 사는 곳은 송파구였지만, 하필이면 아이가 사라진 태권도 학원이 대치동이라는 게 문제였다.

다음 날인 토요일은 온종일 경찰에게서 연락이 없었다. 종석은 더 이상 뜯을 아랫입술이 없어지자 윗입술을 뜯기 시작했다. 그는 윗입술마저 다 없어지면 혀까지 씹어 먹을지도 몰랐다. 향리는 여전히 자유의 주변 친구들을 알아보느라 정신없었다.

일요일 오전에도 통 연락이 없자, 종석은 수서경찰서 강력팀으로 찾아갔다. 거기에는 또 다른 나무늘보 같은 형사가 있었다. 종석은 왜 수사

과정에 대해 연락이 없었느냐고 따지자, 수서경찰서 형사는 영문을 모른다는 표정이었다. 이지유 학생 실종사건에 관해서 왔다고 하자 그제야 송파경찰서의 공조수사 요청서를 살펴본 형사는 시시티브이 영상을 확인해보겠다고 했다. 그런데 하필이면 학원 앞에는 시시티브이 카메라가 없었다. 그래서 근처 마트의 시시티브이를 확인하고자 영장을 청구해야 하니 기다려 달라고 했다.

미치고 팔짝 뛸 노릇이었다. 결국 하루가 더 지난 월요일 저녁이 되어서야 종석과 향리는 지유가 사라진 시각의 학원 앞모습을 영상으로 볼 수 있었다. 그런데 화질이 좋지 않았고 비도 많이 와서 지유가 학원 버스를 탔는지 아닌지 분간할 수 없었다. 향리가 학원 앞에서 멈췄다가 출발한 버스나 승합차에 대해 수사를 할 수 없냐고 묻자, 수서경찰서 형사에게서는 황당한 대답이 돌아왔다. 자신이 요청받은 공조수사는 시시티브이를 보여주는 것까지니 자신들의 업무는 끝났고, 다시 송파경찰서로 돌아가서 사건을 진행해야 한다고 했다.

종석은 환장했다. 벌써 딸이 사라진 지 삼 일이나 지났다.

다시 송파경찰서를 찾았다. 지유가 사라진 지 나흘째였다. 지유의 위치 추적과 통화 기록은 확인되었지만, 특이사항은 없었다. 향리는 발신 목록에 있는 번호로 일일이 다 연락을 하며 지유의 행적을 추적했지만, 역시 아이의 마지막 위치를 아는 이가 없었다. 종석은 유괴가 아니냐고 송파경찰서 형사에게 따져 물었다. 그러자 "보통 10시간 안에 협박 전화가 와야 하는데, 없었지요? 그 외에 유괴라는 정황이라도 있습니까?" 그의 논리적인 질문에 종석이 더는 대답할 수 없었다.

피를 말리는 5일이 지났다. 종석은 병원 문을 닫았고, 향리는 모든 강습을 취소했다. 둘은 제대로 된 식사도 하지 못했다. 물론, 한숨도 자지 못했다. 종석은 자신의 말라비틀어진 팔에 플라스마 솔루션 수액을 꽂으며 겨우 걸을 수 있을 정도의 포도당과 수분을 보충했다. 향리는 자꾸 음식을 먹을 때마다 헛구역질을 해서 구토 방지약을 링거로 맞았다. 부부는 지유가 사라진 닷새 동안 어디가 밑바닥일지 모르는 구덩이로 계속 떨어지는 기분이었다.

****

본격적인 탐문 수사가 그나마 시작된 건, 목격자의 제보가 온 뒤였다. 미도상가 건너편에 있는 영세한 마트 주인이 지유가 학원 버스가 아닌 회색 카니발 비슷한 승합차에 탔다는 걸 본 것 같다고 제보했기 때문이었다. 지유가 자주 사 먹던 마트이다 보니, 주인은 지유의 얼굴을 기억하는 것 같다고 자신 없게 덧붙였다.

보통 유괴 사건의 경우는 관할 경찰서부터 외근 인력까지 깡그리 동원하고, 인근 지방경찰청까지 상황 대비에 들어가 초동수사를 강력하게 밀어붙이는 것이 매뉴얼이었다. 그렇지만 이번 일은 조금 애매한 지점들이 있었다.

가사도우미의 말에 따르면 평소 부모가 아이와 관계 형성이 잘 되어 있지 않다는 점, 사라진 아이가 가출했을 수도 있다는 정황, 그리고 결정적으로 유괴라면 협박 전화가 있어야 하는데, 일주일이 넘도록 향리와 종석에게는 전화 한 통이 없었다.

유괴라기에는 애매하고, 단순 실종으로 두었다가는 된통 당할지도 모르기에 강력4팀장은 강력계에서 가장 골칫거리인 두 형사를 파견했다. 말하자면 다른 관할서에 주기에는 아깝고 우리가 해결하자니 찜찜한 계록 같은 사건인 셈이었다. 종석의 경찰에 대한 불신이 하늘을 찌를 때가 되어서야 고광춘 형사와 김형사만이 투입됐던 것이다.

"아니, 애가 유괴된 지 160시간이나 지났어. 당신들이 헛발질하는 거 보는 것도 미쳐 돌아버리겠는데 겨우 두 명? 뭐 하자는 겁니까?"

종석은 퀭한 눈으로 힘을 낼 기력도 없이 말했다.

"아버님, 지유 양이 실종인지 단순 가출인지, 아니면 유괴인지 아직 결론짓기는 이릅니다. 저희도 탐문 수사를 하면서 정보를 모으고 있습니다."

김형사가 형사 교본에 있을 법한 정석적인 대답을 하자, 종석은 되받아 쳤다.

"승합차에 탔다잖아, 봤다잖아."

"그분은 나이도 있고, 목격 진술도 조금 횡설수설해서 그분의 말만 다 믿을 수가 없어요."

"맙소사! 누가 지금 나한테 이런 거 보고해달라고 했어요? 나가서 찾아 요! 민중의 지팡이 나으리!"

종석은 날이 갈수록 날카로워졌다. 그는 그나마 엘리트로서 갖고 있던 사회적 가면마저 딸의 실종 앞에서는 완전히 벗어버렸다. 욕을 습관처럼 했고, 날카로운 얼굴은 쳐다보기만 해도 베일 정도였다. 김형사와 광춘도 종석을 대하기가 버거웠는지 향리하고만 대화를 나누게 됐고 종석은 점 점 두 형사와 사이가 껄끄러워졌다. 향리는 형사들의 투입으로 인해 사건 이 어느 정도 해결되리라 믿었지만, 또 다른 구덩이가 발밑에 있다는 것을 알지 못했다. 지금까지의 추락은 겨우 맛보기에 불과했다.

광춘은 집 안의 커튼을 다 암막으로 바꿨다. 혹시나 누군가가 지켜볼 수도 있다는 이유였다. 그리고 향리와 종석의 휴대전화를 한 장소에 모아 놓고 도청할 수 있는 컴퓨터를 연결했다. 실종이든 유괴든, 모든 가능성을 대비하기 위해서였다.

그다음으로는 지유가 다니던 학원을 하나씩 돌며 원장들을 탐문하기 시작했다. 그는 지유가 가장 싫어했던 수학학원으로 먼저 향했다.

수학학원은 소위 '대치동 학원가'라 불리는 곳에 자리 잡고 있었다. 대한민국 최고 대형학원들이 모여 있는 이곳은 서울 사교육의 중심지였다. 근처 초등학교에서 수업이 끝나면 대다수 아이는 이 학원가로 몰려들었다. 그뿐만 아니라 다른 동네에서도 학생들이 버스나 지하철을 타고 와서 수업을 들었다. 수학, 영어, 국어, 사회, 과학, 미술, 피아노, 바이올린 등등. 학원가에서 의무교육을 해도 모든 과목을 다 아우를 수 있을 정도였다. 건물 지하에는 떡볶이나 어묵을 먹을 수 있는 분식집이며 다코야키 같은 간식집도 여럿 있었다. 극성 엄마들은 아이들을 이 학원과 저 학원으로 뺑뺑이 돌리면서 어린 시절을 보내게 하고 있었다. 마치 컨베이어 벨트 위를 오가는 수많은 택배 상자처럼.

2층으로 올라가자 오래된 대리석 바닥으로 장식된 복도 끝에 수학학원이 있었다. 한 10평 남짓한 공간에 강의실은 3개 정도로, 생각보다 작은 곳이었다.

수업이 진행되고 있는 교실 옆 통유리 너머에는 원장이 있었다. 광춘은 간단히 자신을 소개하고 명함을 원장에게 건넸다. 원장은 자신과 비슷한 또래의 남자였다. 그는 믹스커피를 광춘에게 건네주며 말했다.

"지유는 뭐랄까, 조금 특이한 애죠."

원장이 머릿속으로 말을 신중하게 고르고 있다는 것을 광춘은 느낄 수 있었다. 상당히 신사적이고 소심한 사람처럼 보였다. 광춘은 어떻게 이런 사람이 기가 센 극성 엄마들 사이에서 학원을 잘 운영하고 있는지 의문이었다.

"어떤 점이 특이했습니까?"

"오해는 마세요. 나쁜 의미가 아닙니다, 형사님. 지유는 너무 완벽해서 특이한 케이스였다고나 할까요?"

"완벽해서 특이하다…. 좋은 건지 나쁜 건지 원장님 말씀으로는 좀 판단이 안 서네요."

"음…."

원장은 발끝을 내려다보았다. 머릿속에서 여러 번의 대화를 시뮬레이션하고 가장 적합한 말을 골라내는 것 같았다. 굉장히 조심스러운 태도였다.

"지유에게 무슨 일이 생긴 거죠?"

"아니요, 그냥 아플 뿐입니다, 라고 말하면 저 같은 강력계 형사가 온 이유가 없겠죠. 사실 지금 며칠째 집에 안 들어오고 있습니다."

"아, 역시…."

원장은 그다지 놀라지 않은 말투였다. 광춘은 그의 이상한 반응에 원장을 더욱 예의 주시했다.

"뭔가 짚이시는 게 있으시군요?"

"완벽한 게 좋은 건지 나쁜 건지 모르겠다고 하셨죠? 지금 생각해보면 완벽한 건 안 좋은 거예요. 사실 완벽한 건 없거든요. 수학도 1 더하기 1은 2라고 딱 정답처럼 얘기하지만, 사실 그게 아닐 수도 있거든요. 아, 아무튼 제 말은 아이는 아이다워야 한다는 거예요."

광춘은 원장과 대화를 하면 할수록 퍽퍽한 고구마를 먹는 것처럼 가슴이 답답했다. 그래서인지 종이컵의 뜨거운 커피보다 시원한 동치미 국물이 간절했다.

"혹시 학원에서 이상한 점은 없었습니까? 갑자기 말이 없다든지, 누군가가 지유를 괴롭힌다든지, 뭐 그런 거요."

"저는 학생들이랑 개인적인 얘기는 별로 하진 않지만요, 지유는 특히 더 얘기해본 적이 없었어요. 다만, 아이치고는 너무 심하게 시간을 잘 지키고, 숙제를 항상 다 해오고, 늘 밝은 얼굴이었다는 점이 도리어 좀 걸린다면 걸리는 부분이겠죠. 솔직히 제가 학원료를 받아도 되는 건지 양심에 찔릴 정도였다니까요. 모든 문제를 다 알아서 척척 풀기도 하고…."

"아까부터 이해가 잘 안 되는군요. 모범생이라는 점이 왜 이상한 거죠?"

"형사님은 자식 없으시죠? 우리 학원에 오는 아이들은 아직 초등학생들입니다. 실수도 하고, 투정도 부리는 게 당연한 나이죠. 그런데 지유는, 한 번도 흐트러진 모습을 보인 적이 없어요. 마치 공산품 같았다는 말이죠."

"그렇지만 이 동네 아이들은 다 그렇게 조금 유별나지 않습니까? 선행 학습은 당연히 하고, 학원 여러 개를 돌면서 인성교육도 마치기 전에 지식부터 욱여넣는 건 대한민국이 다 압니다."

"음, 형사님. 제가 올해 마흔다섯입니다. 학원 차린 지 벌써 12년째예요. 그런데 지유 같은 아이는 없었어요. 모든 사람이 좋아하고 실수가 없는 아이요. 다만…."

또 원장은 질질 끌며 중요한 말을 아꼈다. 고구마가 다시 광춘의 목구멍에 걸렸다.

"다만, 뭐요?"

"형사님."

"네."

"이런 일에 제가 의견을 드리는 게 조심스럽네요."

"경찰에게는 어떠한 의견이라도 도움이 됩니다. 다만 뭐죠?"

광춘은 이번에는 동치미를 마셔야겠다고 다짐한 듯, 강력하게 추궁했다. 소심한 원장은 이런 말을 해도 되는지 아닌지, 자기가 괜히 수사에 선입견을 만드는 건 아닌지 오만가지 고민을 하는 듯한 표정이었다. 이윽고 그가 입을 열었다.

"지유는 학원을 등록하러 올 때도 혼자 왔어요."

"아이가 혼자서요?"

"대개 초등학생들은 부모랑 오던지, 혹은 삼촌이나 이모랑 와서 등록하거든요."

"혼자라⋯. 네, 알겠습니다." 광춘은 살짝 입만 축이고는 종이컵을 내려놓았다. "커피 잘 마셨습니다."

원장은 예의 바르게 목례했다. 광춘도 가볍게 허리를 굽히고는 학원을 나왔다. 원장은 복도까지 배웅하고는 광춘의 뒤로 소리가 안 나게 문을 닫았다.

그 이후 광춘은 지유가 다니던 바이올린, 논술, 태권도, 수영 학원 등을 돌며 탐문을 계속했다. 학원 선생들이 하는 말은 다 비슷했다. '지유는 착하고 똑똑하고 사교성이 좋았어요.' 마치 모든 이가 같은 답안지를 공유한 것처럼 똑같은 대답이었다. 광춘은 그것이 자꾸 마음에 걸렸다.

김형사는 지유가 다니던 사명초등학교에서 담임선생을 만나고 오후가 되어서야 차를 끌고 광춘을 태우러 왔다. 덩치 큰 남자 둘이 앞 좌석에 앉으니 차가 작아 보였다.

"선배님, 아이 가출한 거 아닐까요?"

"초3이 무슨 가출이야."

"에이, 선배님은 애가 없으셔서 몰라요. 제 아들은 엄마 스마트폰으로 폰뱅킹까지 해요. 자기가 게임 아이템 주문하고 엄마 지문 꾹 눌러서 결제까지 한다니까요."

"오늘만 벌써 그 말 두 번째다."

"뭐요? 폰뱅킹이요?"

"아니, 자식이 없어서 모른다는 말."

광춘은 살짝 짜증이 난다는 말투였다.

"애 없으시잖아요."

"무시하냐? 있어."

"예?"

김형사는 눈을 동그랗게 뜨며 광춘을 바라보았다. 광춘은 큰 몸을 조수석에 파묻고 앞을 멍하니 보고 있었다. 김형사는 실없이 웃었다.

"에이, 뭡니까, 싱겁게. 결혼부터 하세요 아, 아니다 결혼하지 마세요. 선배님 감당할 여자는 없어요."

김형사는 우측 방향지시등을 켰다. 차는 교차로에서 비보호 우회전을 하며 골목으로 꺾어 들어갔다.

"넌 학교 갔다 온 건 어떻게 됐어?"

"그쪽 좀 파봤는데 뭐 별거 없었습니다."

"별거는 네가 형사 짓 하다가 네 와이프가 못 견디겠다고 집 나간 게 별거고."

"아, 그 얘긴 또 왜 하세요?"

김형사는 방향지시등을 켜지도 않고 갑자기 왼쪽으로 핸들을 확 틀었다. 차는 차선을 급하게 바꾸느라 꿀렁였다.

"어어, 이렇게 하면 도로교통법 38조 위반이야."

"쓸데없는 얘기는 왜 꺼내십니까?"

"김형사, 결론을 나한테 보고하지 말고, 과정을 얘기해. 속단하다 보면 작은 디테일을 놓쳐."

"담임선생 말로는 수학경시대회에서 1등도 하고, 애들이랑도 다 사이 좋게 지내고, 뭐 그런 정말 상투적인 모범생 얘기뿐이었어요. 혹시 몰라서 생활기록부 떼어왔으니까 보시고요."

김형사는 진짜 억울하다는 표정으로 액셀을 밟았다. 차는 거친 엔진 소리를 내며 미끄러지듯이 직진했다.

"그래?"

"예."

"그렇구나, 차 좋다야."

광춘은 괜히 머쓱하게 딴소리를 했다.

"그죠? 이게 풀옵션 최신 3세대 반자율주행 시스템이 들어가 엔간해서는 사고가 안 나는 최첨단이에요."

김형사는 기다렸다는 듯이 줄줄 말을 했다.

"그래? 난 최첨단은 못 믿겠던데."

"선배님, 이건 사람이 갑자기 튀어나와도 자기가 알아서 끽하고 선다니까요. 이 차 가지고 사고가 나면 그건 바보예요, 바보."

"그러냐? 이거 뭐 확인해볼 수도 없고."

광춘은 시큰둥하게 말하고는 창밖을 보았다. 즐비한 학원 간판에서 나오는 불빛이 그의 얼굴 위로 스쳐 지나갔다. 해가 지고서야 마치 하루가 시작되는 것처럼 학원가는 생기가 넘쳤다. 반면에 수업을 들으러 가는 아이들은 하나같이 감정이 없어 보였다. 같이 수업을 듣던 친구가 일주일 가까이 학원에 나오지 않아도 그다지 궁금해하지 않을 그런 얼굴들이었다.

*****

수사에 진척이 없이 20일이 흐르자, 부모에게는 예상치 못한 변화가 생겼다. 항상 강하고 완벽해 보였던 아빠이자 남편인 종석이 먼저 무너져 내렸다. 음식도 먹지 않아서 계속 링거를 맞으며 생명을 연장했으며 어느 순간부터 자신의 딸이 죽었다고 믿었다. 사실 종석은 경찰과 아내 몰래 사설 흥신소에까지 자신의 딸을 찾아달라고 의뢰를 했었다. 그렇지만 거기서도 아무런 긍정적인 대답은 돌아오지 않았다.

반면에, 유순하고 나약한 줄 알았던 향리가 의외로 굉장히 독하게 견뎠다. 토하면 먹었고, 또 토하면 약을 먹고라도 또 먹었다. 체력이 전부라고 얘기했다. 자신이 가수로 데뷔하기 위해 독하게 다이어트했을 때가 생각난다면서 더욱 이를 악물고 지난한 시간들을 견뎠다.

"하루에 당근이랑 오이 하나 먹으면서 일 년을 잠도 못 자고 밤새우며 방송이랑 지방행사에 다녔어요. 이쯤은 아무것도 아니에요."

부르튼 입술로 향리가 웃었다. 광춘은 도움이 되고 싶지만 해줄 수 있는 말이 없었다. 그녀는 괜찮다는 듯이 말을 이어갔다.

"저는 항상 딸한테 예쁜 엄마로 자랑이었어요. 친구 엄마들이 민낯으로 돌아다닐 때, 저는 풀메이크업으로 항상 지유랑 다녔어요. 다시 만날 때도 후줄근하게 못난 얼굴로 만나고 싶지 않아요. 평소처럼, 똑같이, 늘 했던 것처럼, 가장 예쁜 엄마의 모습을 보여줄 거예요."

"많은 사건을 접했지만, 지유 어머님만큼 강인한 분은 처음이네요."

광춘의 칭찬에 향리는 제법 기분이 좋은지 힘없이 웃었다.

"저희 남편도 원래는 저런 사람이 아니에요. 상당히 긍정적이고 유머러스한 사람이었는데…."

향리는 갑자기 말을 끊고 멍하니 앞을 보았다. 마치 비디오에서 일시정지 버튼을 누른 듯한 모습이었다.

"저, 학교랑 학원에는 뭐라고 말씀하셨습니까?"

광춘이 조심스럽게 재생 버튼을 눌렀다. 그러자 향리가 다시 반응했다.

"아, 몇몇 학원은 그냥 전학 간다고 말했고, 학교에는 최대한 새어 나가지 않게 부탁드렸어요."

"어머님, 공개수사로 전환하는 건 좀 생각해보셨어요?" 광춘이 묻자, 그녀는 다시 일시 정지가 되었다. "실종은 빨리 공개수사로 전환해서 같이 찾는 게 좋아요. 사실 지금 해도 늦었고요."

향리는 굳은 체 말이 없었다.

"어머님?"

광춘이 재차 묻자 그제야 그녀의 얼굴 근육들이 다시 조금씩 움직였다.

"공개했다가 유괴범이 겁먹고 딸을 죽이면요?"

"그, 유괴라…." 광춘의 목소리가 서서히 잦아들었다. "유괴의 가능성도 있긴 하죠. 그런데요, 그 가능성이라는 게 사실 적어서…."

"가능성." 이번에는 마치 테이프를 빨리 감기라도 한 것처럼 향리가 급하게 광춘의 말을 잘랐다. "좋은 말이네요. 살아 있을 가능성. 돌아올 가능성."

"그, 네…. 알겠습니다. 조금 더 수사해보죠."

광춘은 부쩍 야윈 향리가 걱정스러웠다. 밝고 씩씩한 모습을 보이기 위해 억지로 자신의 감정을 쥐어짜고 있는 듯 보였기 때문이었다. 언제 터질지 모르는 시한폭탄처럼 향리는 불안한 선을 탔다.

향리는 경찰 수사가 예상만큼 진척이 없자, 슬슬 특이한 전문가들을 집으로 부르기 시작했다. 자신이 신인 가수였을 때 친했던, 지금은 방송계에서 꽤 이름을 날리는 방송작가를 통해 온갖 잡다한 기인들을 불러들였다. 수맥 전문가, 풍수지리 전문가, 무당, 점성술사, 타로술사, 화투패 점쟁이 등. 무수히 많은 사람이 일주일 사이에 그녀의 집을 다녀갔다.

거제도에서 올라온 무당은 집에 소금과 쌀알을 몇 번 뿌리더니, 복비보다 많은 거마비를 달라고 떼를 썼다. 광춘이 경찰신분증을 내보이고 썩 꺼지라고 호통치자 정신 차리고 줄행랑을 쳤다.

계룡산의 어느 용하다는 도사는 방생해야 한다면서 자라 한 마리를 향리에게 200만 원에 팔아넘겼다. 향리는 울며 겨자 먹기 식으로 자라를 샀다. 종석이 노발대발하자, 그녀는 광춘에게 부탁하여 같이 근처 대모산에 자라를 방생하기도 했다.

하지만, 달라지는 건 없었다. 여전히 지유는 행방이 묘연했다. 딸이 어딘가에 살아있을 거라는 향리의 굳건한 믿음에도 서서히 균열이 갔다. 반복되는 희망 고문에 그녀의 육체와 정신은 피폐해졌다. 이젠 확연하게 왼쪽 다리를 절었다.

"저, 고형사님. 너무 늦은 거겠지만, 지금이라도 공개수사로 돌려야겠죠?"

광춘은 잠시 고심했다. 한때는 그가 먼저 공개수사로 전환하자고 주장했었다.

"지유 어머님은, 미신을 믿으세요?"

"안 믿었으면 일주일 내내 그랬겠어요? 저희 딸만 찾을 수 있다면 악마라도 믿을 수 있어요."

"그렇다면 이왕 이렇게 된 거 한 번만 더 믿어보시죠."

"누굴요? 악마를요?"

광춘은 잠시 숨을 고른 후 말을 이었다.

"악마 같은 능력이라고 해두죠. 그 사람에게 갔다 와서 안 되면 그때는 정말 방법이 없을 수도 있어요."

******

"그래서 광춘 씨가 저를 찾아온 거군요."

영지는 따뜻한 생강차를 한 입 마시고는 유리컵을 내려놨다. 밤이 꽤 깊었다. 시간을 잊고 향리의 얘기를 한참 들었더니 피로가 몰려왔다.

"혹시나 해서 주변 원한 관계도 따져 봤지만, 딱히 집히는 구석이 없었어요. 지유가 다녔던 초등학교, 유치원 선생들도 다 찾아가 봤지만, 특별한 게 없거나 알리바이가 있었고요."

영지는 묵묵히 광춘이 정리한 사건의 내용을 듣더니, 잠시 말이 없었다. 영지는 생강차를 한 입 더 마셨다.

"제가 더 해드릴 수 있는 건 없는 것 같습니다."

영지는 빈 유리컵을 멀찌감치 밀었다. 스르륵, 유리잔이 식탁 위로 쓸리는 마찰음이 거슬리게 부엌을 울렸다.

"예? 아니, 왜요?"

향리의 눈이 탁구공만 하게 커졌다.

"애초에 여기 올 때도, 한 번만 빙의하기로 했었어요."

"한 달이 넘는 시간 동안 우리 딸 찾는 데 제대로 도움을 준 건 무당님이 처음이에요. 제발 조금만 더 도와주세요."

"거듭 말씀드리지만, 지유의 영혼을 만났다고 해서 지유의 생사를 제가 확인한 건 아닙니다."

"알아요, 그래도 지금까지 수십 명이 못 한 걸 무당님 혼자서 해결해준 거라고요."

"제가 감당할 수 있는 일이 아닌 것 같아요."

거듭된 향리의 읍소에도 영지는 완강히 거절했다. 그녀는 자신이 없었다. 아이가 사라진 지 시간이 꽤 오래되어 사실상 찾아낼 수 있는 확률도 희박했다. 무당의 직업이라는 것이 아이가 아프면 같이 아프고, 아이가 괴로워하면 똑같이 괴로운 직업이었다. 지유가 느낄 고립감, 절박함, 이 모든 것을 본인이 견딜 수 있을지조차도 몰랐다.

"이번엔 다를 거예요."

말없이 공상하던 영지의 침묵을 깨뜨린 건 광춘의 한마디였다. 영지는 광춘을 노려보았다. 살기와 애정이 비등하게 섞인 오묘한 눈초리였다.

"확답하지 말아요, 광춘 씨."

"지금 서에서도 장기 실종으로 처리하고 사건을 정리하라고 푸시가 계속 들어와요. 나랑 김형사 둘만으로는 버겁고, 불가능해요. 근데 영지 씨가 도와준다면 지유 찾을 수 있어요. 도와주기만 한다면 내가 두 다리가 터지도록 뛰어다닐게. 그러니까."

광춘은 자신의 허벅지를 손으로 내리쳤다. 쩍 하는 소리가 얼마나 큰지 도리어 듣는 사람이 민망할 정도였다.

"하아…."

영지는 대답 대신 한숨만 길게 내쉬었다. 향리는 그렁그렁한 눈으로 그녀를 애달프게 바라봤다.

"무당님, 제발 도와주세요."

향리는 덥석 영지의 손을 잡았다. 영지는 보았다. 한때는 우아했을 향리의 손이 지금은 창백하게 말라비틀어져 본인의 붉은 장갑을 잡고 있는 모습을. 앙상해도 너무 앙상한 몰골이었다.

"영지 씨, 지유가 살았는지, 그렇다면 어떤 상태인지만 알아봐 줘요. 그 뒤는 내가 맡을게. 날 위해서가 아닌, 지유를 위해서 해줘요."

광춘도 영지에게 재차 부탁했다. 영지는 한참 뜸을 들이다가 대답했다.

"그만 자러 가야겠어요."

"그 말은?"

"순전히 광춘 씨가 못 미더워서 그런 거예요. 조금만 회복되면, 내일 한 번만 더 빙의를 시도해볼게요."

"고마워요."

영지는 몸을 일으켰다. 향리의 얼굴에 화색이 돌았다. 그녀는 얼른 영지의 마음이 바뀌기 전에 손님방으로 안내했다. 조그마한 방에는 침대와 옷장이 각각 구석에 정갈하게 자리 잡고 있었다. 향리는 수건과 칫솔을 건네주었다. 영지는 의례적으로 감사하다며 방문을 닫았다.

거실에는 광춘과 향리만 남았다.

"저 무당님은 사람을 끌어당기는 힘이 있으신 거 같아요."

"그런가요."

광춘은 어색하게 웃었다.

"제 예전 안무 선생님이랑 비슷하세요. 차갑고 도도하고 잘 웃지도 않지만, 알고 보면 속은 따뜻한 그런 부류의 사람이요. 스파르타로 가르칠 땐 정말 그 열정에 타 죽을 거 같았는데, 돌아가신 뒤로는 그리움에 얼어 죽겠더라고요."

"저 사람 원래 저렇게까진 아니었어요."

"들었어요. 두 분이 고락을 함께한 동료였다고."

"영지 씨가 그래요? 고락이라… 쓴맛을 더 나눈 거 같긴 한데, 허허."

광춘의 둔탁한 몸이 부자연스럽게 흔들리며 웃었다. 굉장히 어색했다. 어딘가 모르게 쓸쓸함이 배어 있기도 했다.

"이만 주무세요, 형사님."

향리는 자신의 불편한 다리를 절뚝거리며 안방으로 향했다. 광춘은 홀로 거실 소파에 누웠다. 조용했다. 천장을 보자 한 달간의 시간이 파노라마 사진처럼 자신의 머릿속에 쫙 펼쳐졌다. 그는 자신이 뭔가를 놓치고 있는 건 아닐까 싶어 그간의 수사 과정을 복기했다. 임시 수사팀을 꾸린 그날부터 오늘 첫 빙의를 본 순간까지. 꼼꼼하게 하나하나 곱씹다가 자신도 모르게 스르륵 잠에 빠졌다.

빙의

*

아파트 단지 뒤편의 화단에 두 명이 쭈그리고 앉았다. 말이 화단이지 일 년 내내 해가 들지 않는 응달이라 살아 있는 생명체라곤 없었다. 몰래 내다 버린 자전거 수십 개와 폐가전들만 을씨년스럽게 쌓여 있었다.

"자, 이제 제웅*을 주세요. 안에 어머님 손톱, 발톱도 집어넣었죠?"

영지는 향리에게 손을 내밀었다.

"네."

향리는 경건하게 밀짚 인형을 영지에게 건넸다. 그들 앞에는 구덩이가 있고 그 옆에는 암탉이 한 마리 돌아다녔다. 닭의 다리에 실이 하나 묶여 있었는데 다른 쪽 끝은 근처 나무 그루터기에 감겨 있었다. 닭은 모가지를 앞뒤로 흔들며 최대한의 반동으로 벗어나려 했다. 때론 날아보려고 푸드덕거렸지만, 다리에 묶인 실에 당겨져 몸이 획하고 다시 나무 밑동으로 튕겨갔다.

"지유 어머님, 올해 나이가 어떻게 되시죠?"

"정확해야 하는 거죠?"

"당연하죠. 방송 나이로 하려고 했어요?"

"제가 81년생이니까…."

"닭띠네요. 좋습니다. 영장치기가 더 잘 될 거 같아요."

---

* 짚으로 만든 사람 모양의 물건.

영지는 봉지에서 쌀 38알을 골라서 향리에게 입에 물었다가 다시 뱉으라고 했다. 향리는 그렇게 했다. 그리고 그 쌀알들을 닭 앞에 뿌렸다. 닭은 조금 전까지 대탈주를 꿈꾸던 것도 잊고 언제 그랬냐는 듯이 땅바닥에 떨어진 쌀알을 허겁지겁 쪼았다.

닭이 쌀알을 하나도 남김없이 다 주워 먹자, 영지는 제웅을 구덩이에 가지런히 놓았다. 그리고 향리의 다리가 낫도록 축원했다.

"본향제웅 부군제웅 상산제웅 불사제웅님, 조상대감 본향상산대감 불사대감님, 초상상문 추당살 맞았으니 왼추당 참겨 내추당 참겨 모두 벗겨주십소사. 오늘 본향제웅님이 서른여덟 살 먹은 김향리의 대수대명을 받아 땅속으로…."

축원이 끝나자 영지는 옆에 엎어진 갈색 뚝배기를 가리켰다.

"지유 어머님, 저걸 밟아 깨뜨리세요. 반드시 왼발로 해야 합니다."

향리는 알겠다며 뚝배기를 밟았다. 다리가 불편해서인지 힘이 잘 들어가지 않았지만, 여러 번 시도 후에 성공적으로 뚝배기를 깨뜨렸다.

영지는 이제 닭의 다리에 묶인 실을 풀고 번쩍 들어 올렸다. 그녀는 닭을 제웅이 있는 구덩이를 향해 던졌다. 닭은 자신의 생애 가장 높은 곳에서 뛰어내리며 위태로운 날갯짓으로 구덩이에 안착했다. 닭이 고개를 빼꼼 돌리며 향리와 눈을 마주치자 영지는 삽을 들었다.

"이제 이걸로 흙을 덮으세요."

"저대로요? 눈을 마주쳤는데요?"

향리의 눈이 동그라졌다.

"네, 영장치기는 저 닭에게 지유 어머님의 재액을 넘기는 시체 매장 의식이에요. 산 채로 덮어야 합니다."

향리는 조금 떨떠름한 표정이었지만, 영지의 말대로 했다. 정성스레

흙을 덮으며 제발 자신의 다리가 낫기를 빌었다.

"고생하셨어요. 약식이긴 하지만 매장을 마쳤으니, 저 재웅과 닭에게 향리 씨의 나쁜 기운이 다 옮아갔습니다. 며칠 내에 다리가 한결 편해지실 거예요."

"네, 감사합니다. 그런데 무당님, 방금 저보고 향리 씨라고 부르셨네요?"

"아, 그랬나요? 죄송합니다. 나이를 듣고 나니까 저도 모르게 그랬나 봐요."

항상 무표정하던 영지의 얼굴이 살짝 붉어졌다.

"아니에요, 좋았어요. 오랜만에 누가 제 이름을 불러 주니 좋았어요. 누구누구 엄마, 제수씨 이런 게 아니라서요."

향리는 갑자기 울적함이 올라온 목소리였다.

"이제 들어가시죠."

영지는 괜히 서둘러 짐들을 챙겼다. 그녀는 진지해지는 분위기를 가장 못 견뎌 했다.

"저, 무당님께서 저를 생각 없는 엄마라고 보는 거 알아요."

영지는 향리를 돌아보았다. 향리의 눈 밑에 있는 기미가 유난히 검었다.

"아이를 던져 버릴까 생각해본 적 없으시죠? 저는 있어요. 그 조그마한 녀석이 너무 싫고 미워서 던졌어요. 물론 침대 위였지만요. 너무 놀라서 남편한테 말하지도 못했어요. 산후우울증이었어요. 아이가 저의 젊음을 다 빼앗아가고 허리 치수를 늘려놓다 못해 발 사이즈까지 늘여놓은 것 같았어요. 다들 6개월만 지나면 돌아올 거라 말들을 하는데, 끈질기게도 발 사이즈는 그대로예요. 임신 전에 사났던 옷 중에 맞는 옷이 하나도 없어요. 죽도록 운동을 해도 똑같아요. 자꾸 딸이 원망스러운 거예요. 그래서 일을 구했어요. 제 이름 세 글자를 찾으려고요. 그런데 그마저도 예명을 써야 겨우 사람들이 기억해주는 존재였다는 걸 확인한 정도였죠."

향리 뒤로 보일락 말락 하던 해는 대모산 깔딱고개 뒤로 넘어가며 하늘을 주홍빛으로 물들였다.

"무당님은 다른 사람 위로하는 법은 잘 모르시죠?"

향리가 붉어진 눈가를 훔치며 빙그레 미소 지었다. 영지는 왠지 자신의 속마음이 읽힌 기분이었다.

"향리 씨가 신당을 모셔도 되겠네요."

"매력 있어요. 남의 속은 읽을 줄 알아도 남을 위로할 줄 모르는 무당이라니."

영지와 향리는 잠시 눈이 마주치더니 이내 서로 싱긋 입꼬리가 올라갔다. 영지는 손을 탁탁 털었다.

"이제 좀 밝은 곳으로 가시죠."

둘은 음습하고 그늘진 화단에서 벗어나 다시 아파트 단지로 걸어갔다. 어스름한 빛이 그들의 어깨 위에 닿아 영롱한 섬광을 내뿜었다.

**

"지유 키가 얼마나 돼요?"

영지는 지유의 책상 의자에 앉으며 물었다. 생각했던 것보다 더 아담했다. 영지가 한쪽 팔을 좌우로 뻗으면 책상이 다 품 안에 들어오는 크기였다.

"130은 넘었던 거 같아요."

"정확히는 몰라요?"

"애들은 자고 일어나면 커 있으니까… 그건 왜요?"

"만약에 지유가 살아 있어서 제가 그 아이의 몸에 들어가게 된다면."

"살아 있어요."

향리가 단호하게 말을 잘랐다.

"네… 그래서 지유의 몸에 들어간다면, 저는 어른이지만 지유는 아이잖아요. 모든 게 성글죠. 그래서 그에 맞는 움직임을 상상해야 하거든요. 그러니까 향리 씨가 최대한 자세하게 지유에 대해서 묘사해주면 좋겠어요."

"네. 정확하진 않지만, 지유가 사라진 날에 요 정도까지 왔던 거 같아요."

향리는 자신의 가슴 높이 정도를 가리키며 지유의 키를 묘사했다.

"그리고 몸무게는 많이 나가지 않아요. 제가 식단을 조절해주는 편이라서요. 태권도에 재미를 붙여서 나름 밤 띠까지 땄고요. 학교 체육 수업에 맞는 과외도 그때그때 해주기는 하지만, 체육도 잘해요. 줄넘기, 멀리뛰기도 잘하고요."

영지는 향리가 가만히 말하는 걸 바라보고 있었다. 그러자 향리는 그녀의 시선을 느꼈는지 영지에게 물었다.

"왜요?"

"아뇨, 계속하세요."

"팔불출 같아서 그러시는 거죠?"

"아니에요. 외모는 대충 사진이랑 향리 씨 설명 들으니까 알겠어요. 이제 이 방에 대해서 말해주세요. 지유는 혼자 있는 시간에는 뭘 했어요?"

향리는 말문이 턱 막혔다. 자신은 지유의 외모나 보이는 모습에 대해서는 술술 막힘없이 얘기할 수 있었다. 그런데 지유가 혼자 있을 때 뭘 하는지 한 번도 제대로 물어본 적이 없었다.

한때는 궁금하긴 했었다. 오늘은 혼자 뭘 하고 시간을 보냈느냐고 퇴근하면 밤마다 물어봤다. 그러면 지유는 이러쿵저러쿵 작은 입으로 열심히 일과를 얘기했다. 향리는 피곤하지만 최대한 경청하며 맞장구도 쳐주고는 했다. 처음에는 그랬다. 그런데 시간이 점차 흐르자 "오늘 하루 뭐 했어?"라는 질문은 마치 자신이 수업 시작할 때 "좋은 아침입니다, 회원님"과 같이 그냥 습관적으로 내뱉는 인사치레가 돼버렸다. 지유는 하루하루가 새로운 경험인 양 열띠게 얘기했지만, 향리가 듣기에는 그 전날이나 그 전주에 했던 것과 크게 다른 게 없었다. 그러다 언제부터인지 지유에게 "오늘 뭐 했어?"라고 묻는 횟수도 줄기 시작했으며 자기 대신 남편이 말을 걸었으면 하고 바랐다.

지유도 눈치를 챘는지 잠들기 전에 몇 시간은 홀로 방에서 시간을 보냈다. 향리는 굳이 방문을 두들기거나 열어보지 않았다. 그냥 쉬고 싶었다. 휴일이 따로 없으니 잠들기 전이라도 자기만의 시간을 갖고 싶었다. 지유에게는 미안했지만, 자신은 지유를 위해서 일을 열심히 하는 거라고 스스로 위안 삼았다.

"향리 씨?"

영지의 또렷한 음색이 향리의 공상을 지워냈다. 향리의 퀭한 눈동자가 영지를 쳐다보았다. 영지는 지유가 쓰는 의자에서 향리를 올려다보고 있었다.

"모르겠어요."

"그래요."

"모르겠어요."

"괜찮아요. 모든 것을 다 알 수는 없어요."

영지는 일어나서 책장 쪽을 둘러보았다. 향리는 굽은 어깨로 의기소침하게 방 문턱에 서 있었다.

"향리 씨, 이건 뭘까요?"

영지는 지유가 영혼소에서 풀고 있던 문제집을 펼쳤다. 시간을 잘못 감은 영희에 관한 문제 옆, 볼펜으로 마구 긁은 낙서를 손으로 가리켰다.

"흠."

"왜 지유는 저한테 도와주지 말라고 했을까요?"

"역시나 모르겠어요. 저는 정말 모르는 게 너무 많네요."

"자책할 시간은 나중에 드릴 테니까 지금은 지유에 대해서 집중하죠."

영지는 향리가 또다시 감정의 바닥으로 빠져드는 걸 냉정하게 잘랐다.

"그게 좋겠죠. 남편을 불러올까요?"

"갑자기 아버님은 왜요?"

"수학은 항상 남편이 가르쳤거든요. 초등학교 3학년만 돼도 제가 못 풀겠더라고요. 어쩌면 그이가 아는지도 몰라요."

"아, 잠시만." 영지의 머릿속으로 번쩍 어떤 생각이 스쳐 갔다. "혹시 공주 동화를 읽어주거나 만화를 남편분이 지유에게 보여준 적 있어요?"

"항상 보여줬죠. 라푼젤이나 백설 공주, 신데렐라 같은 거요."

"지유가 좋아하던가요?"

"아뇨, 태권도를 좋아하는 애가 그런 걸 좋아할 리가 없죠."

"역시…."

영지는 그제야 확신을 갖고 문제집을 들고 방을 나왔다. 향리는 얼떨떨해하며 그녀를 따라 나갔다.

***

어느새 땅거미가 내려앉았다. 종석이 불 꺼진 거실에 멍하니 앉아 있었다. 그는 협탁 위에 놓인 자신의 스마트폰을 물끄러미 내려다보았다. 광춘은 그가 껄끄러운지 그를 피해 부엌에서 김형사와 얘기를 나누는 중이었다.

"저 양반 진짜 왜 저러는지 모르겠어요."

김형사가 부은 얼굴로 불퉁거렸다. 광춘은 그냥 피식 웃었다.

"불을 켜던가 아니면 자던가. 무당님이 저 사람부터 액땜해야 하는 거 아니에요? 매번 우리 하는 일에 빈정대기만 하고."

"그만해. 속이 어디 사람 속이겠어?"

"알죠. 그런데 선배님, 저희도 놀고 있는 게 아닌데 맨날 저희만 개무시하고. 하아, 솔직히 저 팀장님한테 욕먹으면서 도와주는 거 아시잖아요."

"김형사야. 욕먹을 때가…."

"뭐요, 또 좋을 때라고요? 선배님은 팀장님이 건들지 않으니까 그렇게 편하게 말씀하시죠. 오전에 서에 가서 서류 작업하고, 오후에 방이동 발발이 사건 때문에 뻗치기 교대하고, 비번일 땐 집에 가서 좀 쉬나 싶으면 밤에 여기 와서 선배님 돕고 있고."

"집에 가서 뭐 하려고? 애들도 와이프가 데리고 있다며. 불 꺼진 집 안 외롭디?"

"말을 말죠, 말을."

김형사는 질린다는 표정으로 고개를 저었다. 광춘은 농담이었다는 식으로 김형사의 어깨를 툭 치며 미소 지었다.

"어? 선배님 잠시만요."

김형사가 갑자기 폼을 잡으며 손을 들었다.

"왜?"

"전화 소리 아니에요?"

광춘은 웃다 말고 귀를 기울였다. 스마트폰 벨 소리가 거실에서 들렸다. 김형사와 광춘은 서로를 쳐다본 후 동시에 부리나케 거실로 달려갔다. 그런데 종석이 협탁 위에 놓인 스마트폰을 덥석 집었다. 그러고는 통화 버튼을 눌렀다.

"여보세요?"

광춘은 헤드셋과 녹음 장비로 눈길을 돌렸다. 선이 뽑혀 있었다. 김형사도 순간 욱해서 종석을 쏘아보았다. 그렇지만 소리를 지를 수는 없었다. 유괴범의 전화일지도 몰랐다. 그런데 이미 모든 걸 다 알고 있다는 듯이 종석은 얍삽한 얼굴로 웃었다.

"예, 형님. 그럼요, 잘 지내시죠? 통화하기가 힘들어요. 많이 바쁘신가 봐."

그는 보란 듯이 전화기를 들고 자기 서재로 걸어갔다. 김형사와 광춘은 스마트폰을 향해 달려가던 그 어정쩡한 자세 그대로 굳었다가 슬쩍 움직였다. 김형사는 자신의 꼬락서니가 우스워서 너털거렸다.

"아이씨, 진짜."

"냅둬라. 개인적인 연락까지 받지 말라고는 못 하잖아."

"아오, 저거 일부러 우리 엿 먹이려고 장난친 거 아니에요?"

"설마. 갑자기 놀랐네. 이 일은 해도 해도 적응이 안 되냐."

광춘은 긴장이 풀렸는지 소파에 풀썩 주저앉았다. 김형사도 옆에 와서 앉았다.

"아무튼, 계속하던 얘기마저 하면요. 무당님이 말씀하신 대로, 지유

주변 꼬맹이들한테 제가 지유 삼촌이라고 하고 좀 물어봤어요."

"입단속은 확실히 한 거지?"

"그럼요, 제가 누굽니까. 그냥 어디 갔다고 했죠. 그런데 좀 이상한 게 지유한테 친구가 없더라고요."

"왕따라는 거야?"

"아뇨, 그 반대예요. 요새 애들은 인싸라고 부르는데, 유명하더라고요."

광춘은 고개를 한 바퀴 돌렸다. 머릿속에서 큐브를 돌리듯 생각을 재빠르게 직조했다.

"그런데 왜 친구가 없어?"

"그러게 말입니다."

"뭐야?"

"뭘요?"

김형사가 해맑게 자신을 쳐다보자 광춘은 황당했다.

"너 맷돌 손잡이를 뭐라고 하는 줄 알아? '어이'라고 해, '어이'. 맷돌에 뭘 갈려고 집어넣고 돌리는데, 손잡이가 빠졌네?"

"그만 하세요."

"지금 내 기분이 그래. 어이가 없네?"

"그만하시라고요."

"뭘 인마. 너 영화 '베테랑' 안 봤어?"

"봤어요. 재미없어요."

"너 진짜 어이가 없다. 아니, 상식적으로 학교에서 인기 있는 아이가 왜 친구가 없어? 말이 안 되잖아. 그럼 형사라는 놈이 왜 그런지 이유를 알아 와야 할 거 아냐."

"난 또 뭐라고. 그거야 그럴 수도 있는 거죠. 유명인이라고 무조건 친구가 많아요?"

"초등학생이 유명해 봤자지. 학교에서 친구 없는 거랑 무슨 상관이야."

"아이참, 선배님은 진짜 어느 시대 사람이셔."

김형사는 콧바람을 홍홍 내뱉으며 거들먹거렸다. 이건 김형사가 뭔가 알짜배기 정보를 갖고 있으며 광춘을 약 올릴 때 나오는 표정이었다.

"빨리 말해, 인마."

"아, 이거 진짜 힘들여서 수고스럽게 알아낸 정본데…. 사명초등학교뿐만 아니라 주변 초등학교 아이들까지 혹시나 해서 컵떡볶이며 다코야키며 사주면서 겨우 알아낸 정보라고요. 아는 애들도 많이 없어요."

"쯥."

"참, 성격 급하시기는, 알았어요, 알았어. 지유는 떠오르는 유튜버였대요."

"유튜버? 그 온라인 방송? 꼬마 아이가 뭔 방송을 한다고."

"하아, 나 참! 요새 아이들 세계를 너무 모르시네. 지유가 콘텐츠를 몇 개 올렸는데, 그게 반응이 좋았었나 봐요. 어떤 동영상은 10만 뷰 정도 된대요."

"뭔 내용이었는데? 지금 볼 수 있어?"

김형사는 검지와 고개를 동시에 좌우로 흔들었다.

"아뇨, 여기서 문제가 발생해요. 지유를 질투하는 애들이 그냥 무조건 사행성이다, 선정적이다고 콘텐츠 신고를 해버렸어요. 그러면 유튜브는 일단 신고 개수에 따라서 심의 없이 영상을 삭제해버리거든요. 그래서 결론적으로 지금은 볼 수가 없어요."

"어떻게든 받아 내봐야지."

"제가 누굽니까, 벌써 협조 요청했죠. 그런데 유튜브 쪽에서 거부하는 바람에 법적으로는 우리가 강제할 수 없어요."

"그래… 그럼 뭔 내용이었는지 물어봤어?"

"흠, 그냥 일상적으로 먹고 공부하고 춤추고 노래하는 자신의 모습을 계속 찍어서 라이브 방송도 하고 녹화 방송도 올렸대요. 그런데 계정 이름이 뭐였는지 아세요? 앨리스예요."

"앨리스가 뭐지? 이상한 나라의 앨리스?"

"예, 방송 때마다 자기는 왠지 있으면 안 되는 곳에 있다는 말을 자주 했대요. 왜 그 어릴 때 한 번씩 찾아오는, 난 친딸이 아닌가 봐, 다리 밑에서 주워왔을 거야 같은 레퍼토리요. 같은 반 아이 말로는, 지유가 집에 그렇게 들어가기 싫어하고 맨날 자기 집에서 자고 가도 되냐고 물어봤대요."

김형사는 자신의 스마트폰에 캡처된 사진 몇 장을 보여주었다. 지유가 핸드폰 카메라로 찍은 자신의 방 모습이 보이는 유튜브 방송 화면이었다. 노란색 머리띠를 하고 여성 아이돌의 커버댄스를 추고 있었다. 그 아래에 '앨리스'라고 명확하게 적힌 아이디도 보였다.

"이게 뭐야?"

"뭐긴 뭐예요. 제가 처음부터 말씀드렸잖아요, 이거 백 퍼센트 가출이라고. 상식적으로 한 달 넘게 연락 없는 납치가 어딨어요? 지유 그 녀석이 유튜브로 번 돈이 족히 몇백은 될걸요. 똑똑하지, 이쁘장하지, 좀 우울한 애가 돈까지 생겼지, 학교에서나 집에서 사랑받는 거 같지도 않지, 공허하지…. 그럼 뭘 하겠어요? 호기심에라도 뛰쳐나가지."

"너 이거 진짜야?"

"선배님, 맷돌 손잡이를 어이라고 해요."

"야, 됐어. 그만해!"

"아우, 그럼요. 진짜죠. 어떻게든 짬 내서 쌔 빠지게 탐문한 거예요."

"그런데 왜 그전에 수사할 때 이런 정보를 몰랐어? 애 엄마도 모르는 거 같던데."

"계정이 삭제되기도 했거니와 초딩들 사이에서도 암암리에 입소문으로만 퍼졌나 봐요. 이제 막 라이징 스타가 되려는데 사라진 거죠. 그리고 지유 어머님이 알 턱이 없죠. 바쁘셨잖아요."

광춘은 김형사의 말에 낙담했다. 이게 사실이라면, 지금까지의 수사 방향이 완전히 엇나갔다는 얘기다. 초등학생의 가출. 충분히 있을 수 있다. 요새는 인터넷 커뮤니티에서 초등학생들끼리 서로 연락을 주고받다가 동반 가출해서 팸을 꾸리기도 한다. 10살도 안 된 아이들이 한 집에 모여 살며 마땅한 돈벌이가 어려우니 범죄를 저지르며 성장한다. 꼭 가정 형편이 어려운 폭력 가정의 아이들만의 얘기가 아니다. 자신이 향리의 얘기에만 너무 귀를 기울였다가 실수를 한 건 아닌지 걱정됐다. 만약에 김형사의 말이 맞는다면, 지금이라도 가출청소년쉼터 쪽을 알아봐야 하는지도 몰랐다.

광춘이 고민하는 사이 영지가 그 앞을 가로질렀다. 그녀는 무복을 입고 있었다. 김형사는 어색하게 목례했지만 영지는 그를 보지 못했는지 무시하고 지나쳤다. 김형사는 멋쩍게 팔뚝을 긁었다. 광춘은 분주해 보이는 영지를 향해 물었다.

"영지 씨, 지금 의식을 치르려고요?"

"네. 좀 도와주세요."

"그전에 잠깐 따로 얘기할 게 있어요. 잠깐이면 돼."

광춘은 신중하게 말했다. 영지도 평소와 다른 그의 완강함을 느꼈는지 이내 수긍하고, 부엌으로 갔다.

"영지 씨, 지유 어쩌면 실종이나 유괴가 아닐지도 몰라."

"무슨 말씀이세요?"

"영지 씨가 맞았어요. 김형사가 지유 친구들을 좀 파봤는데, 지유가 자기 삶을 조금 비관한다는 듯이 말했었나 봐요. 자기를 이상한 나라의 앨리스에 비유하면서. 지유가 유튜브 방송에서 그런 말을 주로 했었대."

"그래서 영혼소가 그런 모습이었구나."

"집을 떠나고 싶은 심정이 발현된 걸지도 몰라요."

"아뇨." 영지는 고개를 저었다. "제가 봤을 때는 가출할 아이 같지 않았어요."

"가출 가능성도 열어둘 필요가 있어요."

"아니, 제가 직접 만나고 판단할 거예요."

영지가 대화를 자르자 광춘은 당황했다.

"누가 직접 판단하지 말래요, 나도 어떻게든 보탬이 되려고 그러는 거죠."

"…빙의하고 올게요."

영지는 광춘의 말을 흘렸다. 그는 물끄러미 그녀를 응시했다. 가슴 위에 돌덩이가 얹힌 것처럼, 기도가 꽉 막힌 것처럼 답답했다.

상 위의 제의 도구들은 전과 같았다. 먼저 신당이 놓였고 놋그릇이 얹혔다. 똑같이 물도 담겼다. 다만, 이번에는 지유의 속옷을 담았던 놋그릇에 수학 문제집을 일부분 찢어 넣었다. 그 위에는 이전과 같이 지화를 얹고 불을 붙였다. 지유의 수학 문제집으로 불이 서서히 옮겨갔다.

"무당님, 그런데 지유가 애착하는 물건을 써야 빙의가 더 잘 된다고 하시지 않으셨나요? 저 문제집은 분명히 싫어했던 거 같은데…."

향리가 물었다.

"그러니까 태워야죠." 영지는 향에 불을 붙이고 후 불었다. "애증도 결국에는 사랑인 법입니다."

향은 붉은 띠를 머리에 두른 듯 벌겋게 꼭지부터 타들어 갔다. 영지는 한 손에 신장대를 다른 손에는 무당 방울을 들었다.

"불 꺼주시고요. 어머님은 비손해주세요."

김형사가 불을 껐다. 마침 강력4팀장에게서 전화가 걸려오자 그는 전화를 받으러 나갔다. 어둠이 찾아오고 향불만이 은은하게 거실을 밝혔다. 김형사가 없어서인지 조금 더 단출한 느낌이 났다.

"향이 꺼지면 내가 알아서 돌아올게요. 절대 먼저 깨우지 마세요."

광춘은 멀찍이 떨어져 있어서 굳이 대답하지 않았다. 향리가 무릎을 꿇고 손을 비비는 소리가 퍼지자 영지는 무당 방울을 흔들었다. 경쾌한 방울 소리가 거실을 울렸다. 그녀는 바리데기 무가를 나지막이 읊었다.

딸랑딸랑
버리는 애기라도 이름이라도 지서주면은…
딸랑딸랑
버리고 버리데기 던져도 던져데기… 바라고 바라웁되…

****

극심한 고통에서 해방되며 눈을 떴다. 나는 다시 그 평야에 누워 있었다. 이상한 도트 게임의 화면 같은 이곳. 자유의 영혼소이자 자유의 무의식 세계.

내 손을 살폈다. 오른손에는 빨간 장갑이, 왼손에는 토끼 모양의 반창고가 그대로 붙어 있었다. 지유를 빨리 만나야 했다.

곧장 탑이 있던 장소로 달려갔다. 이제야 알았다. 왜 지유에게 거부를 당했는지. 예전 기억이라 잊고 있었다. 아이들이 어째서 마음을 닫는지 그 이유를 까먹고 살았다. 같은 실수를 반복하고 싶지 않았다. 어린아이의 마음을 얻기 위해서는 아이의 시선으로 생각해볼 필요가 있었다. 지유의 눈높이에서 이곳에 접근해야 했다. 왜 이상한 나라의 앨리스 같은 동산이 무의식에 자리 잡았는지, 어째서 지유의 영혼이 탑이 아니라 움막에 자신의 방을 꾸몄는지, 왜 탑은 아빠 것이라고 말했는지. 더 근원적인 것에 물음을 던졌어야 했다.

석탑 근처에 도착하자 움막이 그대로 있었다. 그런데 그 주변에 움푹 땅이 팬 자국이 몇 개 보였다. 난 얼른 움막집의 입구를 열어젖혔다. 지유가 없었다. 책상 위에는 지난번처럼 수학 문제집이 펼쳐져 있었다. 문제를 풀다 잠시 나간 것 같았다. 그리고 책장은 내가 지난 빙의 때 밀쳐놓은 것처럼 옆으로 치워져 있었고, 그 뒤로 붉은 문이 보였다.

"지유야!"

나는 움막과 석탑 주변을 시계방향으로 돌며 지유를 찾았다. 숨이 헐떡거렸다. 계속 달리는 데도 아직 반 바퀴도 채 돌지 못한 것이다.

"지유야!"

탑이 사라진 하늘을 향해 외쳤다. 내 목소리는 진공으로 빨려가듯이 대기 속으로 흡수되었다. 메아리조차 일지 않았다. 높바람이 불었다. 코끝으로 연한 향냄새가 스쳐 지나갔다. 현실에서 날아오는 냄새였다. 아이를 구할 수 있는 시간이 줄어들고 있다.

"지유야! 어디 있어? 들리면 대답해 봐!"

영혼소에 주인이 없는 경우는 없다. 지유의 영혼은 반드시 있을 것이다.

그런데 문제는 시간 내에 내가 그 아이를 찾아내서 설득하고, 몸에 빙의해서 상황 파악까지 마치려면 시간이 너무 부족했다. 달리다가 헛구역질이 올라오려 할 때쯤, 멍하니 어딘가를 응시하고 있는 소녀의 모습이 보였다.

"지유야!"

나는 지유 앞에 서서 무릎을 짚으며 숨을 골랐다. 이러다가는 대화를 시도하기 전에 졸도하게 생겼다. 나는 혹여나 지유가 나를 잊었을까 봐, 지난번 내 손바닥에 붙여준 토끼 반창고를 보여주었다.

"아줌마, 또 오셨네요?"

"응, 헉… 헉….."

"여기요."

지유는 원피스 주머니에서 격자무늬 손수건을 꺼내 건넸다. 지유의 취향이라고 하기에는 너무 고루했다. 내가 고등학교 때 유행했던 버버리 목도리에서 볼 법한 무늬였다. 나는 고맙다며 땀을 닦았다. 호흡이 좀 진정되자, 지유를 차근차근 살폈다. 지유 역시 나를 관찰하는 눈빛은 여전했다.

빨간 머리핀, 분홍 원피스, 그리고 하얀 양말까지. 향리가 마지막으로 봤다던 그 모습 그대로였다.

"지유야, 저 위는 왜 쳐다보고 있었어?"

"위에서 돌이 떨어진 거 같아요."

"그럼 얼른 피해야지. 들어가자."

"네."

웬일인지 지유는 순순히 내 말을 따랐다. 분명히 탑은 자기 아빠의 것이라고 했는데, 돌이 떨어지는 건 어떤 의미인 걸까.

지유는 오랜 반복 학습의 산물처럼 너무나도 자연스럽게 책상 의자에 가서 앉았다. 침대도 아니고, 바닥도 아니고, 1인용 소파도 아니었다. 심지어 서 있을 수도 있을 텐데, 마치 자기 방에 들어오면 무조건 책상에 앉아 문제집을 풀어야 한다는 양 그 앞에 앉아 샤프를 들었다. 나는 이번에도 슬쩍 옆으로 다가갔다. 지유는 내가 자꾸 신경 쓰이는지 힐끗힐끗 내 쪽으로 눈알을 굴리는 게 보였다.

"지유, 뭐해?"

"뭘 하긴요, 문제 풀죠."

모르는 사람이 들으면 야근에 찌든 직장인이 한 말이라고 믿을 정도로 깊은 피로함이 배어 있었다.

"우리 지유, 힘들겠네."

나는 자연스럽게 옆자리에 앉았다. 지유는 지난번과 같은 문제에서 고민하고 있었다. 샤프로 문제 주위를 계속 동그라미 치며 자신의 스트레스를 표현하고 있었다. 나는 조심스럽게 물었다.

"그런데 지유는 항상 문제집만 풀고 있네?"

"그러지 않으면 돌 떨어져요."

"탑에서?"

지유는 대답하지 않았다. 순간 목덜미의 털이 긴장감으로 곤두섰다. 침묵은 무섭다. 지난번처럼 갑자기 지유가 날 덮칠지도 모르기 때문이다.

"지유는 태권도 안 해? 좋아한다며?"

"태권도 안 좋아하는데…."

지유의 목소리에서 무언의 짜증이 묻어났다.

"흠, 엄마는 지유가 태권도 학원에 가는 걸 제일 좋아한다던데…."

나는 일부러 질문이 아니라 혼자 흘리는 말처럼 중얼거렸다. 최대한 지유를 자극하지 않기 위해서였다.

"엄만, 몰라요."

"그럼 지유는 뭘 좋아해?"

지유가 신경질적으로 동그라미를 그리던 샤프가 탁 멈췄다. 뒷장까지 종이가 뚫렸다.

"근데 아줌마는 누구세요?"

"나… 엄마 친구야. 영지 아줌마라고 해."

"흐응."

지유는 재차 샤프로 원을 그렸다. 서서히 종이가 패이면서 신경질적인 태도가 묻어났다. 지유는 내 말을 신뢰하지 않는 눈치였다.

"너희 엄마 제니 맞지? 문화센터에서 춤 배우다가 친해졌어."

지유는 나를 휙 올려다보았다. 제니에서 반응을 보인 건지 문화센터인지, 혹은 춤에서 호기심을 자극한 건지 알 수 없었다.

"제니라는 이름 말하면 안 돼요."

"왜?"

"혼나요."

"아빠한테?"

나는 검지로 위를 가리켰다. 탑의 꼭대기를 의미한 것이었다. 지유는 물끄러미 내 손끝을 보더니, 고개를 숙이고 문제집으로 시선을 돌렸다.

된바람이 북쪽에서 불어오자 움막집이 세차게 흔들렸다. 향냄새가 더욱 진하게 코를 파고들었다. 지금쯤이면 향이 벌써 반이나 타들어 갔을 것이다. 내겐 시간이 고작 5분 정도밖에 없다. 더는 지체할 수 없었다. 극단적인 방법을 시도해야 했다. 잘못하면 다시는 지유의 영혼소에 발을 못 들일 수도 있지만 다른 선택이 없었다.

지유는 폐쇄적으로 문제집에 고개를 파묻고 있었다. 나는 심호흡을 한 후 문제집을 확 낚아챘다. 문제집이 찢어지며 내동댕이쳐졌다. 지유가 토끼 눈으로 나를 쳐다보았다. 일순간 정적이 흘렀다.

"아줌마, 뭐 하는 거예요!"

지유가 소리쳤다. 또 그 괴물 같은 모습으로 변신하기 직전이었다. 나는 얼른 잽싸게 지유의 손을 잡았다.

"지유야, 이거 안 해도 돼."

지유는 미간을 찌푸리며 그 또랑또랑한 눈망울로 나를 올려보았다.

"해, 해야 해요."

"아냐, 안 해도 돼." 나는 더 완강하게 말했다. "내가 책임질게. 하기 싫으면 안 해도 돼."

"아, 안 돼요."

지유는 불안하게 눈알을 굴렸다. 나는 잡고 있던 손을 살며시 내려놓았다. 그리고 바닥에 무릎을 꿇고 지유랑 눈높이를 맞췄다.

"안 해도 돼."

"해, 해, 해야 하는데…."

"아냐." 내 말이 정답이라는 듯 의견을 굽히지 않았다. "아줌마만 믿어."

"멍청해지는데…."

"누가 그래?"

"아빠요. 이렇게 공부 안 하면 엄마처럼 딴따라나 하게 된댔어요."

지유는 불안한지 자신의 손을 꼼지락거렸다. 원피스 끝의 치맛자락을 움켜쥐면서 어찌할 줄을 몰랐다.

"지유는 어떻게 생각해? 엄마가 멍청하다고 생각해?"

"아뇨."

"엄마는 예쁘잖아, 멋있고. 아줌마는 그렇게 생각해. 그래서 친구가 되고 싶어 아줌마가 먼저 말을 걸었어."

지유는 차차 진정되는지 내 말에 고개를 끄덕였다. 나는 슬쩍 지유에게 다가갔다.

"지유는 뭘 하고 싶어? 방송 같은 거 한다고 들었는데 맞지, 앨리스?"

지유는 숙이고 있던 고개를 홱 들었다.

"괜찮아. 아줌마가 엄마 아빠한테는 비밀로 할게."

"진짜요?"

"응. 지유는 뭘 할 때가 제일 좋아? 춤? 노래?"

지유는 나를 믿고 얘기를 해도 되는 건지 괜스레 주위를 살폈다.

"춤이요."

"그럼 춤추면 되잖아."

"아빠가 싫어해요, 천박하다고."

"아냐. 너희 아빠는 그렇게 생각 안 해."

"그렇게 생각해요. 아빠는 제가 뭘 해도 싫어해요. 절 혼내기만 하고요. 아줌마가 뭘 알아요?"

조용히 내 말에 수긍하는 것 같던 아이가 아빠 얘기가 나오자 제법 날카로워졌다. 지유의 눈가가 쫑긋 올라가며 야무져졌다.

"지유는 탑 위에서 아빠가 지유를 혼내려고 돌을 떨어뜨린다고 생각해?"

"네."

"아줌마는 그렇게 생각하지 않는데. 어쩌면 널 지켜주려고 하는 게 아닐까?"

"…지켜줘요?"

"봐봐. 이 움막 밖에는 지유를 괴롭히는 사람이 없잖아. 어쩌면 저 바위들은 네가 다른 사람에게 방해받지 않고 할 일을 할 수 있게 도와주는 게 아닐까 싶어."

"흐응… 왜요? 나는 어차피 여기서 공부밖에 못하는데."

지유는 차마 생각하지 못했던 이야기인지 입술을 샐쭉거렸다. 지유는 한 번이라도 부모와 속 깊은 얘기를 나눠본 적이 있을까.

"아빠랑 엄마는 지유를 아끼니까."

나는 지유에게 바싹 붙었다.

"거짓말."

"거짓말 아니야. 표현을 못 해서 그렇지 부모님은 지유를 그만큼 아끼고 있어. 지금은 그 방식이 잘못돼서 그런 것뿐이야."

"…거짓말."

"진짜야. 아빠 엄마한테 이쁨받으려고 억지로 하기 싫은 공부는 안 해도 돼. 그렇지 않아도 충분히 널 아껴주셔."

지유는 여전히 이래도 되는 건가 싶은 초조함과 불안함에 입술을 뜯고 있었다. 나는 살포시 지유를 안았다. 아이는 작고 왜소했다.

"지유야, 저 문 보이지? 저거 열고 나가면 진짜인지 아닌지 확인할 수 있어."

지유는 고개를 돌려 옷장에 반쯤 가려진 붉은 문을 쳐다보았다.

"나가기 무서워요."

"모험을 해봐야 진실을 찾을 수 있는 법이야."

나는 지유를 떼어냈다. 그리고 손바닥에 붙은 토끼가 그려진 반창고를 아이에게 보여주었다. 분홍색 토끼는 내 손의 주름 모양으로 꼬깃꼬깃 선이 가 있었다. 그 때문에 토끼의 입꼬리가 올라가 마치 웃고 있는 것처럼 보인다.

"앨리스, 토끼를 따라가야지."

지유는 조심스레 고개를 끄덕였다.

"아줌마도 같이 가는 거예요? 혼자는 싫어요."

"응, 약속할게. 아줌마가 꼭 옆에 붙어서 힘이 되어줄게."

이번에는 지유가 세차게 고개를 끄덕였다.

붉은 문 너머에서 거대한 창자가 꿈틀거리는 듯한 소리가 건너왔다. 나는 지유의 손을 잡고 함께 붉은색 문을 열었다. 바이올린 선이 끊어질 때 나는 불협화음이 문틈에서 새어 나왔다. 놀랍도록 밝은 빛에 눈 뒤쪽까지 얼얼했다.

*****

천장은 격자무늬였다. 지유가 땀 흘리던 내게 건네주었던 손수건과 같은 밤색과 황토색의 격자무늬. 벽지도 같은 디자인이다. 눈에는 아직도 섬광에 의한 잔상이 하얀 점처럼 떠 있었다.

우선 머리에서 가장 가까운 곳부터 움직여야 육신에 빙의가 된다. 나는 정신을 차리기 위해 고개를 가로저었다. 그러자 지유의 목이 움직였다. 손끝에도 정신을 집중하자 지유의 손가락이 까딱댔다. 이번에는 발가락 끝으로 기를 집중했다. 지유의 발목이 천천히 돌아갔다. 나는 성공적으로 지유의 육신에 빙의해 들어온 것이다.

이제 내가 어색하게나마 지유의 몸을 움직일 수 있게 되었다.

현재 지유는 어떤 방에 갇혀 있었다. 이 방은 낯익다 못해 너무 익숙했다. 송파동 아파트에 있는 지유의 방이랑 거의 비슷했다. 잿빛 책장과 화장대부터 노란 침대까지.

다만 큰 차이점이 두 가지 있었다.

이 방에는 창문이 없었다. 심지어 한쪽 벽은 달걀판을 붙여 놓은 듯 방음 처리까지 되어 있었다. 원래는 저 판 너머에 창문이 있었을 거라는 짐작만 할 수 있었다.

또 하나 다른 점은, 유일한 출구인 방문 앞에 철문이 덧대어 있다는 점이었다. 차갑고 두꺼운 금속 봉 여러 개를 용접해서 만든 철창문. 철창 문에도 나름 경첩이 달려 있어 여닫을 수 있었다. 그리고 문고리 대신에 어른 손바닥만 한 자물쇠가 걸려 있다. 문부터 자물쇠까지 이 방에 맞춤으로 설계가 되었는지 똑떨어지게 틈새가 없이 닫혀 있었다.

나는 바닥에 손을 짚고 일어섰다. 순간 몸이 휘청거리며 넘어졌다. 쿵하고 지유 옆머리를 바닥에 찧었다. 아뿔싸, 나는 지금 어른 명치쯤 올라오는 높이가 될까 말까 한 꼬마 여자아이의 몸을 움직이고 있었다는 걸 까먹었다. 지유의 크기에 맞는 움직임을 상상하며 움직여야 했다.

바닥을 디뎠던 팔이 욱신거렸다. 다시 한번 허벅지에 힘을 딴딴하게 주고 지유의 몸을 침대에서 일으켰다.

웅웅웅. 규칙적인 소음이 귀를 괴롭혔다. 처음에는 빙의 과정 때문에 계속 머리가 울리는 거로 생각했는데, 자세히 들어보니 둔탁한 울림은 바닥에서 올라왔다. 누군가 아랫집 천장을 야구방망이나 골프채로 쿵쿵 치는 소리와 비슷했다. 나는 귀를 바닥에 갖다 댔다. 드릴 소리와 망치 소리도 얼핏 들렸다.

순간 향냄새가 났다. 육신에 빙의했을 때 이 정도 냄새면 시간이 많지 않다는 신호였다. 나는 모든 감각을 열어 집중했다. 전부 기억해서 돌아가면 말해주어야 한다.

유아용 화장대로 가서 거울에 비친 내 모습을 봤다. 향리의 사진첩에 있던 그 모습 그대로의 지유가 서 있었다. 다만 차이라면, 눈이 달랐다. 내 눈빛이었다. 핏발이 서 있고 풍파를 견뎌낸 소위 말하는 무당 눈깔. 사람은 뭘 해도 눈을 속일 수는 없는 법이다.

지유의 몸을 살폈다. 특별히 다친 데는 없어 보였다. 특히 거울에 비친 얼굴은 살짝 살집이 오른 듯한 느낌이다.

지금 상황이 이해되지 않았다.

잘 입혀진 옷과 매일 씻은 듯한 뽀얀 피부. 그리고 이 방. 벽지와 철창문만 빼면 송파동 아파트의 지유 방이라고 해도 믿을 정도였다.

이 공간이 어디에 있는 건지도 알 방법이 없었다. 아래쪽에서 공사 소음이 들려오는 것으로 보아 빌라나 아파트 같은 다세대주택일 수도 있었다. 하지만 나는 섣부른 결론을 내리고 싶지 않았다.

서둘러 화장대를 열었다. 비어 있었다. 책장도 비었다. 이 방에는 손에 잡히는 물건이 이불과 옷 정도밖에 없었다.

철창문으로 다가갔다. 살짝 당기자 굳건하게 잠겨 있었다. 자물쇠는 지유의 머리만 하다고 해도 될 정도로 무지막지하게 컸다. 나는 이 문 너머에 뭐가 있을지 보고 싶어 미칠 지경이었다.

다시 한번 강렬한 향냄새가 내 코로 파고들었다. 소나무를 때울 때 풍기는 탄내에 가까웠다. 시간이 다 됐다. 길어야 10초 정도였다. 이번에는 철창문을 조금 더 힘주어 당겼다. 어린아이의 몸이라 그런지 쇠문은 미동도 하지 않았다.

향이 바닥까지 타들어 갔다. 향리는 그런 줄도 모르고 계속 치성을 드리고 있었다. 우리 딸이 살아 있게 해주세요, 돌아오게 해주세요, 제가 더 잘할게요, 같은 말들이 방언처럼 터져 나왔다. 광춘은 슬쩍 영지에게 다가갔다. 그녀의 몸이 몇 분 동안 미동도 없이 고개를 숙이고 있었다. 이제 슬슬 깨어날 때가 됐으니 그녀를 받칠 준비를 했다. 때마침 김형사도 통화를 마치고 들어왔다.

"인마, 뭘 그렇게 오래 통화해? 와서 대기하고 있어. 이제 곧 끝날 거야."

김형사는 심각한 표정으로 고개만 건성으로 끄덕였다. 광춘에게 긴히 하고 싶은 말이 있는데 망설이는 것 같았다. 광춘도 그가 똥 마려운 강아지처럼 낑낑대는 걸 느꼈지만 먼저 물어보지는 않았다. 당장 눈앞의 상황에 집중해야 했다.

향이 완전히 타들어 간 지 벌써 1분이 다 되어가는 거 같은데 영지는 움직이지 않았다. 이상했다. 분명히 향이 다 타면 알아서 돌아온다고 했는데. 김형사도 이상한 걸 직감했는지 광춘을 뚫어져라 쳐다보았다.

"선배님, 무당님이 왜 안 움직이시죠? 흔들어 깨워야 하는 거 아니에요?"

"기다려봐."

광춘은 섣불리 영지를 건드리지 않았다.

"선배님은 평소에는 그렇게 고집을 부리면서 왜 그렇게 무당님 말에는 꼼짝 못 하는 거래요? 킁킁, 어라? 근데 이게 무슨 냄새죠?" 김형사가 냄새를 맡고 말했다. "선배님 무슨 타는 냄새 아니에요?"

"향이 타서 그래."

"아뇨. 이거 옷 탈 때 나는 냄새 같은…."

확, 갑자기 푸른 불길이 공중에 터졌다가 사라졌다. 순간 팽창한 공기가 진공으로 빨려 들어가며 불길은 금세 사그라졌다. 그러면서 영지의 오른손으로 응집된 불씨가 옮겨갔다. 향에 남아 있던 불똥이 발화점인 듯했다. 빨간 장갑의 손가락 끝이 파랗게 타들어 갔다.

철문을 잡고 흔들던 오른손이 저렸다. 나는 고사리 같은 지유의 손을 들어 주먹을 쥐었다 폈다. 손가락에서 탄내가 났다. 시간이 넘어갔다. 지금 돌아가지 않으면 현실의 내 육신이 불타오를 것이다. 그렇지만 이대로 갈 수는 없었다. 철창문을 한 번 더 흔들었다. 끼익끼익, 하며 맞부딪히는 쇠의 마찰음이 거칠게 났다.

문 너머, 쿵 하고 뭔가가 바닥에 떨어지는 소리가 들렸다. 나는 흔들기를 멈췄다. 벽에 귀를 댔다. 누군가의 말소리가 들렸다. 벽 너머에 사람이 있다. 살려달라고 외치려 했지만, 멈췄다. 문 너머에 있는 존재가 적인지 아닌지 구분할 수가 없었다.

향리가 비손을 멈추고 고개를 들었다. 붉은 장갑 아래로 영지의 손가락 두 마디가 푸르스름한 섬광을 머금으며 장작처럼 타들어 갔다. 영지의 얼굴이 고통에 일그러졌다. 굳게 닫힌 이빨 사이로 신음이 비어져 나왔다.

"고형사님."

향리가 광춘을 쳐다봤다. 깨우자는 신호였다. 그러나 광춘은 망설였다. 영지가 절대로 먼저 깨우지 말라고 신신당부했기 때문이다.

"자, 잠시만요. 영지 씨가 지금 어떤 상황인지 우린 모르잖습니까."

광춘은 일단 말렸다. 김형사도 어쩔 줄을 몰랐다. 영지의 입에서는 으으으, 하는 신음이 심해졌다.

"선배님, 무당님 깨워야 해요. 이러다가 몸에 불이 다 붙겠어요."

김형사가 간청했다. 화마가 영지의 오른손을 꼭 쥔 듯 장갑이 녹았다. 영지의 피부도 벌겋게 익었다. 영지의 호흡이 심하게 가빠졌다.

갑자기 현기증이 핑 돌았다. 빙의가 너무 길어져 내 몸에 무리가 오고 있었다. 나는 서둘러 침대로 돌아갔다. 내가 처음 눈을 떴을 때의 자세 그대로 누웠다. 오른팔을 흔들었다. 딸랑딸랑, 조용히 현실에서 무당 방울이 부딪치는 소리가 들려왔다. 나는 까먹지 않기 위해 방금 이 방에서 보고 느꼈던 것들을 최대한 다시 곱씹었다.

"노란 침대, 바닥 소음, 철문, 자물쇠는 사다리꼴의…."

스르륵 눈이 감겼다. 지유의 몸은 그대로 있고 내 영혼만 밑으로 가라앉았다. 침대 밑으로, 바다 밑으로, 더 아래로, 검은 심연 속으로 내 무의식이 가라앉았다.

"아이스팩 가져와요!"

광춘은 다급히 소리쳤다. 향리는 냉동실에서 아이스팩이며 얼음이며 시원한 것들을 마구 들고 왔다. 무당 방울이 영지의 손에서 떨어지자 김형사는 얼른 젖은 수건을 그녀의 오른팔에 감쌌다. 치직, 소리가 나며 사람의 살갗이 타들어 가는 역한 냄새가 진동했다. 양동이에 얼음을 붓고 영지의 손을 담갔다.

"헉!"

영지는 괴성을 지르며 깼다. 얼굴에는 열꽃이 피고 눈에는 초점이 없었다. 반동을 받으며 튀어 오른 그녀의 상체는 갑자기 축 늘어졌다.

"영지 씨! 영지 씨!"

광춘은 영지의 뺨을 연신 두들겼다. 의식이 없었다. 그녀의 눈조리개가 열렸다 닫히기를 반복했다. 일전에 신비사에서 그녀가 간질을 일으켰을 때와는 차원이 다르다는 것을 광춘은 직감했다. 영지의 어깨가 굳어가며 차가워지고 있었다.

광춘은 서둘러 영지를 눕혔다. 그녀는 맥박이 없었다. 곧바로 광춘은 그녀의 몸에 올라타 흉부를 압박했다. 영지의 쇄골과 가슴이 10센티미터씩 위아래로 움직였다. 하나, 둘, 셋, 넷…. 광춘은 규칙적인 박자에 맞춰 심폐소생술을 이어갔다. 코를 막고 입에다가 바람을 힘차게 불었다. 영지의 가슴팍이 부풀어 오르다가 꺼졌다. 광춘은 다시 흉부를 압박했다.

김형사와 향리는 영지의 손과 발을 계속 비비면서 온기를 불어넣었다. 영지의 몸은 마치 익사한 시체처럼 푸르뎅뎅했다.

"구급차를 부르죠!"

김형사가 외쳤다.

"안 돼. 이 집안 꼴을 봐."

이상한 오컬트 의식을 치르다가 의식불명에 빠진 여자라고 볼법한 정황이 거실에 가득했다. 광춘은 온 힘을 다해 흉부를 눌렀다. 영지의 몸이 덜컹거리며 위아래로 튕겨 올랐다. 하나, 둘, 셋, 넷….

영지가 꿈틀거렸다.

"쿨럭."

영지의 눈이 번쩍 뜨였다. 영지는 숨을 가쁘게 몰아 내뱉으며 쇳소리를 냈다.

"영지 씨, 정신이 들어? 나 보여?"

광춘은 영지를 부드럽게 안았다. 영지는 비스듬히 광춘에게 기댄 채로 정신을 붙잡았다. 향리와 김형사도 안심한 듯 털썩 주저앉았다. 모두 땀을 한 바가지나 흘렸다.

"무당님, 정신이 들어요?"

향리는 영지의 손을 잡았다. 무복 저고리의 소매도 검게 그을려 있었다.

"향리 씨, 지유는 어딘가에 갇혀 있어요. 쇠문으로 막혀 있는 방인데, 더는 모르겠어요. 그리고 확실히… 살아 있어요."

영지는 힘겹게 소식을 전하고는 고개를 툭 떨어뜨렸다.

******

영지는 머리가 깨질 것만 같았다. 정신을 차려보니 그녀는 손님방에 누워 있었다. 얼마나 시간이 지났을까. 창문으로 들어오는 달빛을 통해 밤인 걸 알 수 있었다. 순간, 오른손의 쪼그라드는 듯한 고통이 팔을 타고 올라왔다. 손에는 붕대가 감겨 있었다. 영지는 고통이 사그라질 때까지 몸을 웅크렸다가 폈다. 심호흡을 하고 조금 괜찮아지자 일어났다. 편한 파란색 운동복 바지에 면 티셔츠를 걸치고 있는 자신의 모습이 거울 속에서 보였다. 아무래도 향리의 옷인 것 같았다.

문밖에서 웅성거리는 소리가 들렸다. 그녀가 문을 열고 나가자 거실에서 종석이 열변을 토하고 있었다. 혼자 일어서 있었고 그 앞에 마치 관객처럼 광춘, 김형사, 그리고 향리가 앉아 있었다. 분위기가 별로 좋아 보이지 않았다.

"진짜로 믿는 거야? 나도 하겠어. 대충 10분 정도 눈을 감고 오줌 싼 거처럼 몸을 부르르 떠는 연기라니까. 다 속은 거야. 우리 딸을 실제로 봤다는 직접적인 증거라도 있냐고 경찰 양반 얘기 좀 해봐. 당신은 눈으로 보이고 손으로 잡히는 팩트로 얘기해야 하는 거 아냐?"

"눈앞에서 불이 붙는 걸 봤다니까요."

대신 대답하는 김형사의 목소리에는 피로와 짜증이 그득했다.

"집 안에서 향불 피고 생쇼 하니까 당연히 불이 옮겨붙지."

"아뇨, 자연스럽게 무당님 손에서 타올랐다고요."

"하이고, 그런 걸 집단 최면이라고 하는 거야. 단체로 헛것을 본 거라고."

"됐습니다. 그만두죠."

김형사는 고개를 저었다. 당최 대화가 통하는 상대가 아니었다.

"좋아, 백번 양보해서 뭐, 빙의해서 지유를 움직일 수 있다고 치자. 하하 참나, 이것도 사실 진짜 웃긴 건데, 아무튼 로봇처럼 내 딸을 저 무당이 움직였다고 치자고. 그런데 당신들 그런 생각은 안 해봤어? 그냥 애초에 유괴범한테 빙의해서 애를 풀어주면 되는 거 아냐? 안 그래?"

종석이 열변을 토하느라 가뜩이나 야윈 몸통이 위태롭게 비틀거렸다. 사이즈가 넉넉한 안경도 덩달아 귓바퀴에서 덜렁거렸다.

"링거 맞고 기운 차리니까 다시 술이 땅기나 보죠?"

영지가 나지막이 물었다. 종석은 뜨끔하며 고개를 돌렸다. 그의 얼굴이 벌겋게 달아올라 있었다.

"당신이야말로 다 죽어가는 거 살려놨더니, 뭣이 어째?"

"무당님, 손은 괜찮아요?"

향리가 자리에서 일어났다. 영지는 괜찮다며 붕대가 감긴 손을 들어 보였다.

"지유 아버님, 이 집 얼마죠?"

"무슨 귀신이 이단 옆차기하는 소리야." 종석은 콧방귀를 뀌었다. "뇌가 어떻게 된 거 아냐?"

"한 30억쯤 하나요?"

"왜 자꾸 묻는 거야?"

"제가 잠깐 들어와 살아도 되죠?"

영지가 감정 없이 건조하게 말했다. 종석은 이게 농담인지 진담인지 살피다가 이내 농담이라고 판단했는지 예의 그 신경질적인 파안대소가 나왔다.

"크하하, 아, 진짜 당신 정말 재밌어. 인정. 이 정도 철면피에 사기꾼이면 장단 맞춰주고 놀아줘야지. 그래, 같이 들어와서 살아. 네 덕에 아내도 즐거운 거 같으니까."

"아뇨, 저 혼자 살고 싶어요. 집을 비워주세요."

"뭐?"

종석의 이마가 확 찌푸려졌다. 광춘은 지금이 이 둘을 말릴 적절한 순간이라고 판단했다. 그러나 이내 영지가 손을 들어 광춘을 제지했다. 아직 할 말이 남았다는 몸짓이었다.

"저 혼자 살고 싶다고요."

"이봐 점쟁이. 은혜도 모르고, 당신 제대로 미쳤구나. 이게 얼마짜리 집인데 혼자 들어와 살아."

"한 가지 더, 돈은 안 낼 거예요."

영지의 도발에 종석의 눈꼬리가 신경질적으로 올라가자 긴 V자 모양이 됐다. 분명히 농담인 걸 알고 있었지만, 장난이 심해지자 종석은 감정을 억누르기가 버거웠다.

"시골에 처박혀 산다더니만, 천박하게. 공짜로 구걸이나 하고 있고."

"싫으시죠? 제가 하는 빙의도 마찬가지예요. 생전 본 적도 없는 이에게 자신의 몸을 아무런 조건 없이 빌려주는 거예요. 그런데 어른들이 아무런 대가도 없이 뭘 빌려주는 거 봤어요? 더군다나 제정신이 아닌 유괴범이라면? 말도 안 되는 거죠."

"무슨 말이 하고 싶은 거야?"

"그나마 예쁜 딸을 두신 걸 감사하게 생각하세요. 지유가 성격이 모난 구석이 없어서 빙의가 허락되는 거지, 때 탄 아이들은 절대 공짜로 뭘 안 해줘요. 정말 순수한 영혼을 가진 이에게만 제가 허락을 받고 빙의할 수 있는 거라고요. 그래도 아버님이 딸은 잘 키우셨네요."

영지가 종석을 쥐락펴락하는 수준이 놀라울 정도였다. 김형사도 감탄했다. 도발했다가 딸아이의 칭찬으로 마무리되자 종석은 기분이 나쁘면서도 좋은 듯한 오묘한 감정을 느꼈다. 김형사랑 광춘은 어느새 종석을 한심스럽게 비웃고 있었다. 향리도 고개를 저었다.

"그래, 올라잇, 알았어. 당신 맘대로 해봐. 뭐 돈 드는 것도 아닌데. 대신 집 홀라당 태워 먹기만 해봐. 가만 안 둬."

종석은 신경질을 내며 현관으로 나갔다. 웬일로 서재가 아닐까, 광춘은 잠시 궁금했지만 별로 심각하게 의문을 가지진 않았다.

"저는 믿어요. 무당님도, 제 딸이 살아 있다는 사실도요. 감사해요. 예수님, 부처님, 알라신, 다 감사해요. 지유는 대체 어디에 있는 거예요? 건강은 한 건가요? 찾을 수 있죠?"

향리는 속사포처럼 질문을 연달아 쏟아냈다.

"그, 상황이 좋은 것 같진 않아요."

영지가 근심 가득하게 말했다.

"왜요?"

"어딘 가에 갇혀 있어요."

"맙소사."

"그런데, 지유의 상태는 또 굉장히 깔끔해요."

"그럼 갇혀 있는 게 아닌 거 아니에요?"

김형사가 물었다. 눈치 없이 대화에 끼어들긴 했으나, 모두가 궁금해하는 부분이었다. 감금되어 있지만, 깔끔한 방에서 굉장히 건강하고 멀쩡해 보인다는 게 납득되지 않기 때문이다.

"철문 안쪽에 지유가 있었어요. 감금된 건 확실한데, 아이의 영양 상태 라고 해야 하나, 모든 게 너무 좋아 보였어요."

"더 말해 봐요."

광춘이 뭔가를 추리하듯이 말했다.

"더 이상한 건, 방의 배치가 지유 방이랑 비슷했어요."

"그럴 리가요? 형사님, 무당님, 지금 이게 무슨 상황인 거죠?"

향리는 간지러운 데를 긁어달라는 양 고개를 이리저리 돌리며 번갈아 광춘과 영지를 보았다. 하지만 그 둘은 섣불리 그녀를 시원하게 해줄 수 있는 대답을 하지 못했다. 무겁고 불편한 침묵이 흐르자 향리는 더 안달이 났다.

"무슨 상황이냐고요! 고형사님, 유괴 사건 몇 번 접해보셨다면서요. 이게 지금 무슨 상황인지 설명 좀 해주세요, 제발."

불과 1분 전만 해도 딸아이가 살아 있다는 기대에 한껏 부풀어 있었다. 만나는 모습을 머릿속으로 그려보기도 했다. 그런데 지금은 불길한 기운 이 향리의 등골을 타고 흘러내렸다. 바닥인 줄 알고 안심하면 또 추락이었 다. 또 바닥이겠거니 생각하면 또 떨어졌다. 향리는 문득 애초에 바닥이란 없고 추락만 하다 미쳐 돌아버리는 게 아닐까 생각했다.

"완전한 사육 같은 건가…."

김형사가 향리의 간지러운 곳을 긁었다. 물론 그녀가 듣고 싶은 말은 절대 아니었다.

"김형사, 입조심해."

광춘이 급히 제지했다. 향리는 얼이 나갔다. 입술을 떨며 말도 제대로 나오지 않았다.

"사육? 뭐, 무슨 염전 노예 같은 걸 말씀하시는 건가요?"

분명해졌다. 향리에게 바닥은 없었다. 시시포스가 평생 바위를 산으로 밀어 올려야 했다면, 향리는 그 바위가 되어 평생을 굴러떨어져야만 하는 형벌을 받는 기분이었다.

****

향리가 울음을 터뜨리자, 다들 어쩔 줄 몰랐다. 여태껏 굉장히 잘 버텨 왔는데 향리는 결국 무너져 내렸다. 산 넘어 산이었다. 아니, 바닥 밑에 바닥이었다. 가출인지 유괴인지 혹은 실종인지 몰랐을 땐, 그냥 무작정 살아만 있길 빌었다. 그런데 아이의 생사가 확인되자 자신의 딸이 고통받는 온갖 모습이 상상됐다.

광춘은 김형사한테 좀 위로해보라는 듯이 쓱 어깨를 밀었다. 김형사는 향리에게 다가가지도 못하고 어정쩡하게 섰다. 영지도 안타까워 무표정한 얼굴 근육이 실룩거렸다.

마침 강력4팀장으로부터 연락이 오자 김형사는 전화를 받으며 자리를 피했다. 광춘은 김형사를 나무라는 척하며 영지에게 향리를 부탁하고 밖으로 나갔다. 졸지에 혼자 남아 향리를 위로해야 하는 영지는 누구에게 따뜻한 말을 마지막으로 해준 게 언제였는지 기억도 나지 않았다.

김형사는 베란다로 나가 팀장의 전화를 받고는 금방 끊었다. 그는 담배를 물고 불을 붙였다. 뒤이어 따라온 광춘은 뭔가 이상한 낌새를 느꼈다.

"하여튼 넌 입 좀 조심해라. 뺀질이, 통화 끝났으면 들어가. 네가 저지른 건 네가 수습해."

"선배님."

김형사는 제법 엄숙하게 목소리를 깔았다.

"폼 잡지 말고."

"선배님, 저희 철수하래요."

"팀장이 그래? 그건 내가 쇼부 본다니까."

"아뇨, 과장님이에요. 선배님 폰 확인해 보세요. 부재중 전화가 아마 많이 떴을 거예요."

김형사는 시무룩하게 말하며 광춘의 바지 주머니를 가리켰다. 광춘의 부재중 목록에는 '달마 과장'이란 이름으로 전화가 11건 있었다. 그러나 광춘은 굳이 전화를 걸지 않았다.

"뭐라는데?"

"송리단길에 연쇄 방화사건 터진 거 아시죠? 근데 하필이면 어제 구청 장 집이 타버렸대요. 그래서 전원 모두 투입이에요."

"다친 사람은?"

"선배님, 아시잖아요. 그게 중요한 게 아니라는 거." 김형사는 답답하다는 듯이 인상을 찌푸렸다. "구청장이 서장이랑 고등학교 동문인 게 중요한 거죠."

"너는 일단 복귀해. 나는 유력한 용의자 찾아서 잠복근무하느라 연락이 안 된다고 하고."

"하아, 그렇게 말할 거라고 했어요."

"누가?"

"과장님이 선배가 분명히 그렇게 말할 거라고 했다고요. 그래도 그냥 들어오래요."

"역시 달마 대사는 날 너무 잘 알아. 그럼, 내가 사건과 연관된 목격자를 만나고 있으니 금방 연락드린다고만 해줘."

"하아…." 김형사의 깊고 긴 한숨이었다. "그렇게 말할 거라고도 했어요."

"뭐? 이런, 레퍼토리가 떨어져 가는데."

"선배님, 잠깐 서에 들어갔다 오시죠. 안 그러면 진주 벚꽃축제 보며 교통과에서 허송세월 보내고 싶냐는데요, 과장님이."

"그건 뭔 소리야?"

"지방으로 발령 보내겠다는 얘기겠죠."

광춘에겐 달리 방법이 없었다. 후배인 박형사가 자신보다 빨리 팀장으로 승진한 후 팀 내에서는 어떠한 간섭 없이 일을 할 수 있었지만, 형사과장의 호출은 다른 얘기였다.

"그리고요, 아무래도 장기실종으로 넘어갈 거 같아요. 사실상 이 사건 정리하라는 전화였어요."

"하아." 광춘의 깊은 탄식이었다. "그 인간 얼굴 보면 일주일 동안 소화가 안 되는데, 어쩔 수 없지. 차 키 좀 줘."

"지금 그게 무슨 말이에요?"

김형사의 동공이 커졌다. 그는 두 손으로 기겁하며 손사래를 쳤다.

"제가 지금 차가 어딨어요?"

"너 보험사에서 대차 받았을 거 아냐?"

"선배님, 이번엔 진짜 안 돼요. 이거까지 사고 나면 보험료 할증 이빠이 올라갑니다."

"여기서 경찰서까지 20분도 안 걸려. 시내만 달리는데 뭔 사고가 나겠냐."

"안 돼요, 선배님 야맹증 있으시잖아요."

김형사는 완강히 거절하며 다시 거실로 돌아가기 위해 베란다 문을 잡았다. 턱, 광춘의 손이 그의 팔목을 붙잡았다.

"알았어. 내가 나중에 보험료 많이 오르면 돈 줄게."

김형사는 잠시 고민하는 눈치였다. 광춘은 그 틈새를 바로 파고들었다.

"그리고 이 사건 끝날 때까지는 너 이혼한 거로 안 놀릴게. 또 여기에는 한 사람이라도 남아 수습해야 할 거 아냐."

김형사는 머릿속으로 계산기를 두들겼다. 그는 못 이기는 척 자동차 열쇠를 건넸다.

"휴… 알겠어요. 여기요."

"고마워. 금방 갔다 올 테니까 안에 상황 좀 정리하고 있어."

현관으로 나가려는 광춘을 영지가 급히 붙잡았다. 향리는 조금 진정됐는지 소파에 바람 빠진 풍선처럼 늘어져 있었다.

"광춘 씨, 자물쇠를 열 수 있는 법 알아요?"

"갑자기 자물쇠는 왜요?"

"지유가 감금된 공간에 커다란 자물쇠가 있었거든요."

"지금 무슨 말을 하는 거예요, 영지 씨?"

"제가 자물쇠 따는 법을 배우면, 지유한테 빙의했을 때 그 아이가 방을 탈출할 수 있을지도 모르잖아요."

"자, 잠깐만요, 영지 씨, 이번 빙의까지만 하고 그만한다면서요."

광춘이 현관으로 나가려다 말고 아예 안으로 들어왔다.

"지유랑 약속했어요. 내가 분명 더 도움이 될 수 있어요."

"지유랑 약속했다… 그럼 우리한테 했던 약속은요?"

"그게 무슨 말이죠?"

"향불이 다 타면 알아서 나올 거라면서요. 영지 씨가 알아서 빙의 끝낼 거니까 깨우지 말라면서요. 근데 지금 몰골을 봐요."

광춘의 울대에 점차 힘이 들어갔다.

"다 계산하고 한 행동이에요. 난 멀쩡해요."

"멀쩡하긴, 영지 씨 하마터면 삼도천 건너 저승 갈 뻔했어. 나랑 지유 아버님이 구하지 않았다면 지금쯤 송장 됐을 거라고요."

"그래서 공치사해달라는 거예요?"

"하아, 말을 말죠. 하지만 영지 씨는 이제 그만 손 떼고 돌아가요. 지금까지 충분히 고생했고, 모두 고맙게 생각해요. 내가 지휘하는 현장에서 사람 다치는 일은 더 볼 수 없어요."

"광춘 씨, 지금 필요한 정보는 적당히 얻었으니 나를 내치겠다는 소리로 들리네요."

쇳소리에 가까운 날카로운 목소리로 영지가 물었다. 광춘의 안색은 잿빛으로 물들어갔다.

"지금 영지 씨에게 무슨 말을 해도 내 진심이 전달될 것 같지가 않네요."

"자물쇠를 딸 수 있어요? 없어요?"

"있어도 없어요."

"이렇게 나와 실랑이하며 시간 질질 끄는 사이에 그 아이는 위험해질 수도 있다고요."

영지가 눈을 부릅떴다. 우우웅, 광춘의 주머니에서 휴대전화가 또 울렸다. 필시, 형사과장일 터였다.

"아이씨, 이 영감은 왜 계속 전화질이야." 광춘은 괜히 애먼 전화기를 붙잡고 신경질을 부렸다. "영지 씨, 아무튼 나는 지금 급하게 가야 하니까 다녀와서 얘기해요. 허튼 행동하지 말고."

광춘은 영지가 뿜어내는 뜨거운 눈길을 애써 외면하며 부리나케 현관을 나갔다.

****

　"사실 대한민국 경찰이라고 다 이런 기술을 알고 있진 않아요. 제가 근래에 잡범 한 놈을 잡으려고 공부하다가 연습 좀 했는데, 웬만한 프로보다는 손이 안정적이라고 하더라고요. 집중력이 좋은 거죠. 제가 사격도 똑같은 이유로 잘해요. 아, 사실 경찰이 되기 전에 뭐 동네 양아치 짓 좀 하고 다녔는데, 그때 먹고살려고 잔재주로 창고 같은 데 따 본 적이 있어요. 물론 선배님은 잘 모르지만요. 경찰이 되려고 뒷골목에서 예습 좀 했다나 할까? 하하, 이건 비밀입니다. 전과가 있으면 경찰 못 되거든요. 근데 저 전과 없어요. 이상하게 어릴 때부터 나쁜 짓을 해도 잘 안 걸려. 아! 제가 지금 무슨 소릴 하는 건지…. 다행인 건 그때 이후로 아직 이 자물쇠의 원리는 별로 발전한 게 없어요. 하하, 제가 좀 말이 많죠?"

　김형사는 쉼 없이 나불거렸다. 그는 살면서 이토록 어색한 적이 없었다. 거실에는 김형사와 영지만 덩그러니 앉아 있었다. 그는 머리핀 2개를 구부리며 경직된 분위기를 풀어보고자 머릿속에 떠오르는 말을 아무거나 떠벌렸다.

　김형사는 사실 영지와 대화를 나눠본 적이 없었다. 그래서 어떤 식으로 대화를 해야 할지, 말을 걸었다가 또 이상한 대꾸가 오는 게 아닐지 걱정되어 시도조차 하지 않았다. 영지 특유의 그 모든 걸 꿰뚫어 보는 듯한 눈빛 때문에 괜히 그녀의 앞에만 서면 위축이 됐다.

　"저, 근데 무당님. 무당님이 워낙 부탁하시니까 알려는 드리는데요. 이거 진짜 선배가 알면 저 죽는 건 아시죠?"

"네."

영지는 미동조차 하지 않았다.

"마치 제가 선배한테 죽이 되든 밥이 되든 혼나도 상관없다는 말투시네요."

"아닙니다. 김형사님께 감사해하고 있어요."

영지는 아주 엷은 미소를 지었다. 김형사에게는 그 작은 미소가 흡사한겨울의 온열기 바람처럼 따스했다.

"평범한 복장도 잘 어울리시네요. 태가 나세요."

김형사는 영지가 입은 운동복을 보며 계면쩍게 너스레를 떨었다. 영지는 김형사의 손을 보다 그 말에 정면으로 그를 응시했다.

"방금 그 말 성희롱인 거 아시죠?"

"예?" 김형사는 하마터면 의자에서 튀어 오를 뻔했다. "아, 오해세요. 오해입니다. 제가 정말로 그런 뜻으로 한 말은 아니….."

"농담입니다."

전혀 농담 같지 않은 영지의 얼굴이었다. 김형사는 등에 흐른 식은땀을 털어내듯 티셔츠를 튕겼다.

"후아, 농담 한번 살벌하게 하시네요."

"내일까지는 제가 숙달되어야 할 것 같은데, 집중해볼까요?"

"아, 넵. 빨리하시죠. 근데 손은 괜찮으세요?"

"원래부터 감각이 많이 죽어 있었던 손이라 괜찮습니다. 진행하시죠."

"네… 그럼. 중요한 건 자물쇠의 종류인데, 크기가 어느 정도라고 하셨죠?"

영지는 자신의 손바닥을 펼쳐 빙의했을 때 봤던 굵은 자물쇠의 크기를 기억해내려 했다. 자신의 멀쩡한 왼손 검지를 가리켰다.

"이 정도였던 거 같아요."

"무늬나 모양 중 좀 특별한 건 없었습니까?"

"몸통은 정확히 사각형이 아닌 사다리꼴 모양이었고, 황동이었어요. 그리고 구멍 옆에 ABU라고 적혀 있었고요."

"그렇다면 아부스트 제품인 거 같은데, 이거 좀 까다로워지겠습니다."

"왜요?"

"이게 샤클이, 이 잠기는 걸쇠 부분을 샤클이라고 하는데 열린 상태에서는 열쇠가 안 빠지는 거로 유명해요."

영지는 계속 못 알아듣겠다는 표정이었다.

"그러니까 쉽게 말씀을 드리면, 열쇠를 열 때도 한 번 따야 하지만 잠글 때도 다시 따야 해서 번거롭다는 말인 거죠."

"마치 제가 하는 빙의와 비슷하네요."

"어떤 게요?"

"제가 빙의해 들어가는 사람들은 그 순간을 기억하지 못하죠. 제가 빙의에서 빠져나올 때도 항상 그 대상을 원래 장소나 혹은 안전한 곳에 돌려놓고 나오지 않으면, 마치 몽유병에서 깬 것처럼 자신이 왜 그곳에 있는지 모르고 위험한 사고를 당할 수가 있거든요."

"꼭 왕복 달리기 같은 거네요. 무당님, 그 짧은 시간 안에 이거 다 하실 수 있겠어요? 프로들도 귀찮은 자물쇠인데 이거…."

"해야죠."

영지의 눈빛은 단호했다. 김형사는 앞에 있는 가방을 끌고 와 황동색 자물쇠를 꺼냈다.

"좋습니다. 똑같은 건 아닌데, 이걸로도 충분히 연습할 수 있어요. 자, 보세요."

김형사는 영지가 이전보다는 편해진 거 같았다. 그는 구부리지 않은 멀쩡한 여자 머리핀 하나를 들었다.

"핀 하나는 지지대 역할을 하는 렌치 용도로 만들어야 해요. 그 핀 뒤에 동그란 부분 있죠? 이걸 활용하는 거예요. 그리고 다른 거 하나는 이렇게 구부려서 피킹 용도로 만들면 됩니다."

김형사는 두 번째 머리핀을 집어 끝을 지그재그 모양이 되게 서로 다른 방향으로 구부렸다. 그다음 자물쇠를 들고 렌치용 핀을 집어넣고는 시계 방향으로 꺾어 고정시켰다. 그리고 지그재그 모양의 피킹용 핀을 넣고 천천히 쑤시기 시작했다.

"여기서부터는 약간 감인데, 안에 드라이버 핀을 느끼면서…, 잠깐만, 왜 안 되지, 됐다."

딸깍 소리가 나며 샤클이 튕겨 올랐다. 팔짱을 꽉 끼고 있던 자물쇠는 경쾌한 소리를 내며 무장해제되었다.

"자, 이제 무당님도 한번 해보세요." 김형사는 영지에게 구부러지지 않은 머리핀 두 개를 건넸다. "렌치용으로 하나는 넣고 구부리시고, 그렇죠. 그리고 피킹용은 끝을 꼬불꼬불하게 만들면 돼요. 그렇죠. 잘하시네요."

영지는 제법 손재주가 좋았다. 김형사는 따로 도와주지 않고 그녀가 혼자 시도할 수 있게 두었다. 그런데 막상 핀 두 개를 찔러 넣고 후볐지만, 자물쇠는 생각만큼 쉽게 열리지 않았다. 화상을 입은 손이 문제였다.

"헤헤, 쉽지 않죠? 네다섯 개의 드라이버 핀이 있는데, 그걸 정확한 압력에 맞게 건드려야 해요."

영지는 눈을 감으며 자물쇠 안의 구조를 느껴보려는 듯이 집중했다. 김형사는 그 모습을 보고 자꾸 장난치고 싶은 본능이 올라왔다. 영지의 손이 분주하게 피킹용 핀을 이리저리 흔들었다.

"안에 스프링이 있어서 탄력이 느껴지죠? 무당님? 안 느껴져요? 역시 처음부터 아부스트 자물쇠는 무리였나."

영지는 어느새 이마에 땀이 송골송골 맺혔다. 생전 처음 자물쇠를 따보는 것이라 당연히 쉽게 열릴 리가 없었다.

"아, 무당님 실망인데요. 이런 건 그냥 신기로 팍팍 열 수 있어야 하는 거 아닌가요? 이거 그림도 좀 재미있네요. 자물쇠 따는 무속인이라…. 무당도 모든 걸 다 꿰뚫어 볼 수 있는 건 아닌가 봐요, 하하."

김형사는 마치 광춘을 놀릴 때처럼 콧바람을 흥흥 내뱉으며 깐죽거렸다. 감고 있던 영지의 눈이 번뜩 뜨이자 김형사는 움찔했다. 영지의 깊은 회색 눈알이 자신을 뚫어지게 노려보고 있었기 때문이었다.

"하하… 노, 농담입니다."

영지는 툭, 자물쇠를 바닥에 던졌다. 자물쇠는 깔끔하게 열려 있었다.

"열었어요."

"예? 아, 자물쇠, 자물쇠 맞다. 오, 대단하시네요."

"김형사님."

"네?"

영지가 진지하게 자신을 부르자 김형사는 몸이 굳었다. 그러나 영지는 김형사의 장난에는 관심도 없다는 듯이 예의 그 정갈한 태도로 말을 꺼냈다.

"돈이 목적이 아닌 유괴가 우리나라에서 흔한가요?"

"거의 없죠. 사실 90퍼센트는 돈이고, 나머지 10퍼센트도 주로 원한이나 치정으로 엮인 게 많아요."

"그럼, 사육 얘기는 왜 꺼내신 거예요?"

"그건, 저도 모르게 실수로⋯."

김형사의 어깨가 위축됐다.

"추궁하는 게 아니에요. 정말 현재 상황을 이해하고 싶어서 그래요."

"지유 어머님이 말씀하신 것처럼 노동력을 착취하려는 목적인 염전 노예 사건도 있고⋯, 그런데 지유는 초등학생이잖아요? 착취할 노동력이 별로 없죠. 앵벌이로 팔리는 경우도 있지만, 송파구 같은 부자 동네에서는 잘 일어나지 않는 수법이에요. 그러니까 가장 안 좋은 시나리오는 성적 착취를 하는 경우가 되는 거죠."

"소아성애 같은 걸 말씀하시는 거군요."

"그런데 아직은 아무것도 모르는 상황이니까요. 길진 않지만 형사 짬밥 먹으면서 느낀 건데요. 뭘 상상하든 인간은 정말 알 수가 없다는 거였어요. 그래서 그냥 미리 상상을 안 해요. 일단 잡고 나면 다 불게 돼 있으니까요. 아, 물론 무당님이 저보다 더 잘 아시겠지만요."

"저도 잘 몰라요."

분위기가 굉장히 무거워졌다. 김형사도 가끔 자신이 미울 때가 있었다. 항상 광춘이 입조심하라고 하지만 타고난 자신의 성격은 쉽게 바뀌지 않았다. 김형사는 좋게 말하면 장난기가 많고 긍정적이었지만, 나쁘게 말하면 분위기 파악을 잘하지 못했다.

"시간이 많이 없네요."

"없으면 만들어야죠."

영지는 머리핀을 들고 자물쇠 따는 연습을 반복했다.

****

광춘이 운전하는 쥐색 승용차가 송파경찰서 방면으로 향하고 있었다. 형사과장을 만나기 전에 미리 간을 보자는 심산으로 먼저 전화를 걸었다. 형사과장은 광춘의 연락이 올 걸 알고 있었다는 듯이 정확히 세 번 울리고 전화를 받았다.

─광춘아, 지금 원아웃 만루. 우리가 수비다.

형사과장은 꽤 느긋한 말투였다. 수화기 너머 티브이에서는 야구 중계가 미세하게 들렸다. 스포츠 채널의 야구 프로그램을 보며 믹스커피 한잔하고 있을 달마의 얼굴이 떠올랐다.

형사과장은 조직 내에서 '달마'라는 별명으로 불렸다. 머리숱이 없는 그의 모습 때문이지만, 어딘가 모르게 인자하면서도 속을 알 수 없는 외모가 한몫했다. 달마도는 웃고 있는 얼굴이지만, 다른 각도에서 보면 인상을 찌푸린 듯 보이기도 하는 오묘한 얼굴이다. 형사과장도 그랬다. 오래 알고 지내 편하지만, 오래 알고 지낸 만큼 속속들이 알지 못해 불편한 사람이었다. 항상 일정한 거리감이 있었다.

"예, 과장님."

─무슨 말인지 알지? 병살로 이번에 못 잡으면 우리가 지는 거야. 형사도 팀 스포츠라고 몇 번을 말하냐. 다 같이 뛰어들어야 승산이 있다고, 알지?

"예."

─대답은 잘해요. 자, 이제 말해봐. 왜 내 전화를 맛있게 잡쉈냐?

"그, 이리저리 탐문을 하느라 전화가 울린 걸 몰랐습니다."

─허허, 너는 지금 날 홍어 똥구멍으로 보냐?

달마는 너털웃음으로 대꾸했지만, 말속에는 가시가 잔뜩 돋쳐 있었다. 최근 경찰은 '과장 자격제'라는 제도를 시행했다. 경찰이 나태하다는 여론 때문에 성과를 우선으로 내기 위한 제도였다. 그래서 현장에서 열심히 발로 뛰었던 경정급을 위주로 과장 인사를 감행했다. 형사과장도 그 혜택을 받은 이 중 한 명이었다. 마약전담팀, 형사팀, 강력팀 등 굵직한 곳만을 돌며 가정도 포기한 채 24시간 일에만 매달려 강동과 경기 남부 일대에서 검거율 1위를 기록했던 괴물이었다. 따라서 광춘이 뭐라고 하든 쉽게 넘어가긴 힘들었다. 부처님 손바닥 안인 것이다.

"아뇨, 과장님! 그럴 리가요. 제가 지금 그래서 전화드리고 서로 부리나케 가고 있잖습니까."

―됐고, 올 필요 없어.

"아이, 그래도 오랜만에 과장님 얼굴 뵙고 좋아하시는 믹스커피 한잔하면 좋죠."

광춘은 정공법보다는 능글맞게 허허실실 넘어갈 생각을 했다.

―됐고 네 얼굴 보면 체해! 긴밀할 필요 없고, 너랑 김형사 당장 복귀해라. 강력4팀 지금 꼴이 말이 아니다.

"과장님, 이거 유괴 사건 확실합니다. 조금만 말미를 더 주시면, 제가 과장님 좋아하시는 성과로 찾아뵐 수 있습니다."

―하아, 유괴라고? 그래, 증거는 있나?

"그건…."

'아주 용한 무당이 그렇게 말했습니다'라고 할 수는 없었다. 더 확실한 물증이 필요했다. 한심한 중생을 답답해하는 달마의 탄식이 수화기를 건너와 광춘의 귀에 죽비처럼 내리쳤다.

―얀마, 고광춘! 너 언제까지 이럴래? 언제까지 이렇게 실없이 일할거야? 네놈 뒤 닦아주는 것도 한두 번이어야지.

블루투스 스피커로 나오는 형사과장의 목소리에 시끄러운 잡음이 섞였다.

"과장님, 지금 전화 상태가 안 좋아서 그러는데요."

—하하, 어찌 그 수법은 십 년 전이나 지금이나 변하질 않냐.

"여보세요?"

—그래, 이제 이러다가 안 들리는 척 끊으려고?

"여보세요? 과장님 진짜로 잘 안 들립니다."

달마 과장의 목소리는 거의 알아듣기 힘들 정도였다. 마치 주파수가 잘 잡히지 않는 불교방송 라디오를 틀어놓은 기분이었다.

—야, 고광춘. 투아웃이다. 투아웃!

전화가 끊기자 광춘은 당황했다. 오해를 사기 딱 좋은 상황이었다. 그는 급히 형사과장에게 전화를 걸었다. 신호가 가지 않았다.

신호등에 빨간 불빛이 들어와 광춘은 차를 세웠다. 다시 형사과장에게 연락했지만 통화 중이라는 안내만 나왔다. 광춘은 할 수 없이 한숨을 쉬고 핸들에 턱을 괴었다.

자신 앞의 도로는 텅 비어 있었다. 스산한 기운이 목덜미를 타고 내렸다. 광춘은 이상해서 룸미러를 살폈다. 그런데 큰 고라니가 우두커니 서 있는 게 아닌가. 광춘은 놀라 고개를 휙 돌렸다. 빈 도로뿐이었다. 한여름의 안개가 스멀스멀 도로를 메웠다.

광춘은 운전석에서 내렸다. 교차로에는 자신의 세단뿐이었다. 주변 아파트 단지의 가로등도 불빛이 나가 어둑어둑했다. 분명히 강화 해안도로에서 봤던 그 어미 고라니였다. 특유의 커다란 덩치와 사람 같은 눈. 광춘은 잊지 못했다. 헛것을 본 것처럼 팔에 소름이 돋았다.

광춘은 차에 타 시동을 걸고 달리기 시작했다. 그런데 전조등이 깜빡깜빡하더니 불이 확 나갔다. 브레이크도 말을 듣지 않았다. 승용차의 뒤꽁무니가 갑자기 흔들렸다. 일전의 사고와 비슷한 상황이었다. 하지만 지금은 비가 오지 않았다. 광춘은 핸들을 잡은 손에 힘을 꽉 주고 흔들리는 차를 똑바르게 유지했다. 차는 제법 안전하게 가는가 싶더니, 쾅 하며 거친 소음과 함께 전신주를 들이받았다.

보닛은 종이처럼 구겨지며 광춘의 바로 눈앞까지 밀고 들어왔다. 찰나의 순간에 광춘은 어미 고라니가 자신을 흘겨보고는 저 멀리 달려가는 게 보였다. 착각이었을까. 차가 완전히 정지한 뒤에야 이상하게 에어백이 터지며 얼굴을 때렸다. 경적이 거칠게 울리더니 점점 먹먹해졌다.

****

꾸불꾸불한 머리핀이 자물쇠에 들어가자 순식간에 샤클이 톡 튀어 오르며 열렸다. 김형사는 놀랐다.

"무당님, 이 정도면 거의 꾼인데요? 아, 물론 좋은 뜻입니다."

김형사는 진심으로 한 칭찬이었다. 영지도 내심 뿌듯했는지 어깨에 힘이 들어갔다.

"좋은 선생님을 만난 덕분이라고 해두죠."

"역시 보통이 아니네요. 와, 새삼 놀랐습니다." 둘은 제법 친해진 듯 분위기가 한층 자연스러워졌다. "그런데 선배님이 좀 늦네요."

"그러게요. 나간 지 꽤 된 거 같은데. 상사분한테 많이 혼나고 있는 건 아닌지 모르겠어요."

"고선배가요? 절대로 그럴 리 없죠. 도리어 달마대사 속이 천불이 날 수도 있어요."

"광춘 씨는 팀에서 어떤 사람인가요?"

영지는 김형사의 말을 경청하기 위해 자물쇠를 내려놓았다.

"고선배는 사실 조금 뒷방 늙은이죠. 자기 후배가 팀장을 먼저 달았거든요. 뭐 이래저래 서에 붙어 있기 불편한 상황이에요. 그래서 일부러 막 나가기도 하는 거 같고."

"김형사님은 광춘 씨와 꽤 친하신 거 같던데."

"3년 동안 매일 같이 붙어 있으니까 마누라 같죠. 근데 선배님에 대해 아는 건 많이 없어요. 워낙 예전 얘기를 안 하셔서. 계약 결혼 같다고 해야 하나…." 김형사는 자신의 싱거운 농담에 객쩍게 웃었다. "그런데 무당님은 선배님이랑 어떤 사이에요?"

"저는…."

영지는 잠시 멈칫했다.

"무당님 손이요. 선배가 지유 아버님 구원삶아서 치료한 거예요. 병원은 갈 수 없지, 지유 아버님은 집이 탔다고 성을 내지, 무당님 손은 화상을 입었지. 난리, 난리, 그런 생난리가 없었어요, 아우!"

"지유 아버님은 제가 깨어났을 때 취한 상태던데."

"푸하, 걱정하지 마세요. 무당님 치료하고 술 마신 거예요."

영지는 그제야 종석이 피부과 전문의였다는 게 기억났다. 오른손을 한번 움켜쥐었다가 폈다. 고통이 느껴졌지만 심하지는 않았다. 종석이 성격은 괴팍해도 실력은 괜찮구나 싶었다. 영지는 그렇게 각을 세우며 싸운 게 갑자기 미안해졌다. 지금이라도 감사 인사를 전할까 싶은데, 아까 둘이서 심하게 대립한 뒤로 아직 그는 돌아오지 않고 있었다.

어쩐 일인지 광춘에게서도 연락이 없었다. 김형사의 말을 들으니 그에게도 필요 이상으로 모질게 대했던 건 아닌지 신경이 쓰였다.

그때 현관문이 열렸다. 더운 바람과 함께 광춘이 들어왔다. 나간 지

3시간 만이었다. 마치 패잔병처럼 머리에 하얀 붕대를 감고 있었다.

"아아, 별거 아니니까 호들갑 떨지 마."

광춘이 먼저 의연하게 말했다.

"선배님, 머리에 붕대를 감았지만 잘 걷는 거 보니까 저도 안부는 생략하겠습니다. 그런데 혹시, 설마, 또 차 사고 낸 거 아니죠?"

김형사의 얼굴이 퍼렇게 질려갔다.

"막걸리를 바퀴에 좀 뿌릴 걸 그랬나 봐."

광춘은 영지를 보며 억지로 웃었다.

"다친 데 또 다치셨네요."

영지는 패잔병을 안쓰럽게 쳐다보았다. 이와는 상관없이 김형사의 얼굴은 입술까지 퍼런 기운이 내려왔다.

"선배님, 제 차는요?"

"김형사, 미안. 달마를 설득 못 했어."

"달마 설득이고 나발이고 간에, 차는요?"

"어허, 너 선을 좀 넘는 거 같다, 인마."

"아! 이 당당함."

김형사는 과장되게 머리를 부여잡고 소파에 쓰러졌다. 흐느끼는 목소리가 들렸다. 물론 진짜로 울고 있는 건 아니었다. 광춘은 소파로 다가가 나긋하게 말했다.

"김형사, 그래도 선배가 다쳐서 왔으면 걱정하는 티라도 내주지."

"괜찮으세요?"

김형사는 영혼 없이 먼 곳을 응시하며 말했다.

"그래, 고맙다, 이 뺀질아. 지금 당장 서로 들어가야겠다."

"그건 또 왜요?"

"복귀 명령이야. 연쇄 방화사건에 투입될 거야."

"아니, 사건을 접는단 말씀이세요? 저희가 얼마나 노력하고 있는지 말했어야죠. 유괴라고 했어야죠."

김형사가 고개를 돌리며 대들었다. 퍼런 얼굴이 이번에는 빨개졌다. 부상을 당한 것도 서러운데 전투까지 진 걸 군이 확인해야 하는 패잔병을 바라보는 가족이 이런 마음일까.

"무슨 수로 유괴라는 걸 말해? 무속인이 그러던데요, 그럴 거야? 아, 영지 씨 오해는 말고."

"괜찮아요."

영지는 냉소적으로 대답했다.

"그리고 너만 복귀하는 거야. 나는 남기로 했어."

"아니, 그건 또 무슨 소리예요? 과장님이 그렇게 하라고 했어요?"

김형사는 자기가 보험사에서 대차 받은 차를 광춘이 꼬라박은 것도 성질났지만, 초반부터 의기투합했던 사건에서 본인만 제외되는 걸 더 열받아 했다.

"응, 난 조금만 더 개기기로 했어. 그러니까 넌 복귀해."

"이런 게 어디 있어요?"

"여기 있어. 누가 사건에서 빠지래? 어떻게든 현장은 나 혼자 카바칠 테니까, 너는 틈틈이 서에서 데스크 일 좀 봐줘."

"아! 이 뻔뻔함." 김형사는 다시 과장되게 머리를 잡았다. "이 사건 해결하려고 처음부터 저 엄청나게 노력한 거 아시잖아요. 이제 뭔가 골인 시킬 수 있을 거 같았는데…."

"김형사, 달리 방법이 없었어. 좀만 고생해줘. 그리고 차는 내가 진짜 미안해, 알았지?"

자신보다 열 살이나 많은 선배 형사가 저자세로 부탁하자, 김형사도 별수 없었다. 따지고 보면 과장의 지시이기도 했다. 성질은 났지만 딱히 자기가 할 수 있는 게 없었다. 하지만 분이 가라앉지 않아 김형사는 신경 질을 내며 큰 걸음으로 현관을 박차고 나갔다.

"따라가셔야 하는 거 아니에요?"

영지가 걱정돼서 물었다.

"저러다가 또 금방 식어. 나중에 좀 풀어주면 돼요."

광춘은 익숙하다는 듯이 말했다. 그런데 영지와 둘이 남자 삽시간에 분위기가 어색해졌다.

"그 손은 어때요?"

광춘은 눈짓으로 영지의 붕대 감은 오른손을 가리켰다.

"제법 괜찮아요. 얘기 들었어요. 광춘 씨가 지유 아버님을 설득했다고"

"내가 한 게 있나, 지유 아버님이 다 한 거죠."

광춘은 어색한지 손가락으로 코끝을 매만졌다. 그의 눈에 거실 바닥에 널린 온갖 자물쇠들이 보이자 일순간 광춘의 표정이 확 굳었다.

"저 새끼가."

"김형사님한테는 제가 강권해서 알려달라고 했어요. 그러니 너무 뭐라 고 하지 마세요."

"하여튼 뺀질뺀질, 남의 말을 안 들어요."

분명히 광춘은 김형사를 두고 한 말이었지만, 어째서인지 영지를 탓하 는 투였다.

"광춘 씨, 나는 이제 보호가 필요한 존재가 아니에요. 하지만 지유는 다르죠. 그 어느 때보다 절박한 손길이 필요해요."

"그래요. 일단 그건 그렇다 치고, 아까는 경황이 없어서 제대로 못 물어봤는데 거기서 정확히 뭘 본 거예요?"

광춘의 물음에 영지는 한참을 생각했다. 빙의해서 얻어온 기억들은 복기해내기가 쉽지 않았다. 꿈을 꿀 때는 명확했다가 깨고 나면 희미해지는 것처럼 말이다.

"지유가 빌라나 아파트, 혹은 상가 건물 같은 곳에 있는 거 같아요. 아래층에서 공사하는 소음이 올라왔거든요."

"밖에서 들려오는 소음은 없었어요?"

"벽은 방음이 너무 잘 되어 있었어요."

영지는 신기루 속에서 황금을 찾는 탐험가처럼 기억을 되짚었다.

"서에서 추가 인원 투입은 힘들고 김형사도 여기 없으니 이제부터 나 혼자 현장 조사를 해야 할 거 같은데, 뭔가 더 손에 잡힐만한 게 있으면…"

"제가 그 철문을 열면 더 알 수 있어요."

영지의 눈에서는 굳건한 결기가 느껴졌다. 기필코 해내겠다는 집념 같은 것이었다. 광춘은 그녀의 고집에 머리가 지끈거리기 시작했다.

"세월이 많이 흐르긴 흘렀나 봐. 고집이 더 늘었네요, 영지 씨."

영지는 여기 온 지 이틀 만에 두 번의 고된 빙의 의식으로 얼굴이 꽤 초췌해져 있었다. 광춘은 이 의식이 생명을 갉아먹는다는 걸 누구보다 잘 알고 있었다.

"방금 광춘 씨가 말했잖아요. 혼자서 사건을 수사할 상황이라고. 어쨌거나 내 도움이 필요하잖아요. 걱정하지 말아요. 나 그렇게 어리석지 않아요. 한 번 정도 더 빙의할 체력은 돼요. 그럼 지유 찾을 수 있어요."

영지의 의지에는 그 어떤 미세한 흔들림도 없었다. 누군가 쉽사리 꺾을 수 있는 고집이 아니었다.

"후우… 그래요. 대신 나도 조건이 있어요. 지유를 위해 열성적인 건

좋지만, 다칠 것 같으면 내가 깨울 거예요."

"…그래요."

"마지막으로 한 번 더 해보죠."

광춘은 불안한 눈동자로 영지를 지켜보았다. 확연히 수척해진 그녀의 모습에서 아슬아슬한 위태로움이 묻어났다.

****

어디서부터 어떻게 꼬인 것일까. 향리는 빈집에 홀로 있었다. 불과 삼십 분 전만 해도 다 같이 합심해서 자신의 딸을 구할 수 있겠다는 기대감에 들떠 있었는데, 어느새 자기 혼자 어두운 집에 덩그러니 놓여 있었다. 영지도, 광춘도, 종석도 없었다. 그뿐만 아니라 신당도 제의 도구들도 모두 사라졌다. 향리는 손바닥에 고개를 파묻었다.

삼십 분 전만 해도 영지와 향리는 빙의 의식을 같이 준비하고 있었다. 광춘이 불을 끄고 영지가 막 향에 불을 붙일 때, 종석이 문을 박차고 들어왔다. 그는 다짜고짜 집 안의 불을 다 켜고 각대 봉투를 그들 앞에 던졌다.

턱.

바닥에 떨어지며 봉투 안의 내용물이 빙그르르 부채꼴 모양으로 퍼졌다. 광춘은 발치에 있는 종이를 들었다. 광춘은 자기도 모르게 손이 힘이 들어갔다.

"고형사님, 왜 그러세요?"

향리가 물었지만, 광춘은 영지를 쳐다볼 뿐이었다. 영지는 순간 일이 크게 잘못 돌아가고 있다는 걸 직감했다. 종석이 의기양양하게 소리를 질렀다.

"여보, 저 여자 사기꾼이야. 내가 말했잖아."

향리는 광춘이 들고 있는 종이를 낚아챘다. '범죄경력자료'라는 제목의 A4용지였다. '이영지'라는 이름 밑에 사기죄 1건, 준사기죄 1건이라고 적혀 있었다.

"무당님, 이게 어떻게 된 거죠?"

향리는 영지를 원망하는 눈빛으로 쳐다보았다. 그러나 영지는 대답할 의욕이 없어 보였다.

"뭐긴 뭐야? 사기 전과 2범이지. 지금 얘네 우리 눈탱이치고 있는 거라고!"

종석은 목에 핏발을 세워가며 열변을 토했다. 광춘이 커다란 한숨을 내쉬었다.

"지유 아버님, 어머님. 원래 이름난 무속인들은 이래저래 사기로 고소가 많이 돼요. 영지 씨도 강화도에서는 워낙 유명한 무당이다 보니까 한두 건쯤은 있을 수 있어요. 그리고 징역도 아니고 벌금형 정도로 끝나는 정도고요."

"저는 무당님께 직접 듣고 싶어요."

향리는 영지를 계속 쳐다보았다. 제발 자기를 실망시키지 말아 달라는 눈빛이었다.

"사실이에요." 영지는 오히려 덤덤했다. "취업 문제로 고민하는 여자가 찾아왔기에 재수굿을 해서 잡신을 떨쳐내 주었어요. 그런데 바로 다음 면접에서 떨어지자 저를 고소했죠."

"맙소사… 왜 그렇게 된 거죠?"

"저는 전지전능한 신이 아니에요."

향리는 머리가 핑 돌았다. 그나마 유일하게 믿었던 사람이 자기를 배신했다는 사실에 그녀의 머리가 어지러웠다.

"내가 말했잖아. 나가. 지금까지 한 건 적당히 돈을 쳐줄 테니까, 썩 꺼져."

종석은 승기를 잡았다는 투로 광춘과 영지의 옷자락을 잡아다가 끌었다. 그런데 워낙 깡마른 몸이어서 광춘은 물론이고 영지까지 꼼짝도 하지 않았다. 그러자 괜히 더 목소리를 높이면서 소리를 질렀다. 광춘은 종석의 팔을 쳐내며 향리에게 다가갔다.

"지유 어머님, 저 경찰입니다. 사기 치는 무속인들 여럿 잡아봤어요. 영지 씨는 그런데 아니에요. 제가 보증해요. 어차피 딱 한 번만 더 빙의해보기로 했어요. 이것만 하고 그다음에 저희를 내치든지 하면 되잖아요. 이게 마지막 기회라고요."

"저년이 뭔데 우리 딸 몸에 들어갔다 나갔다 해? 불쾌하니까 빨리 꺼지라고."

종석의 목소리는 더 높아졌다. 이러다가 종석이 자기 열에 쓰러지는 건 아닌가 싶었다.

"아버님!" 광춘은 큰소리로 외쳤다. "그만 좀 하세요! 따님 안 구하실 거예요? 왜 매번 방해만 하십니까?"

"오호, 너 말 잘했다. 내가 이런 말까지는 안 하려고 했는데. 너 지금 네 마누라 감싸는 거냐?"

"그건 또 무슨 말이야?"

향리가 날카롭게 물었다. 종석에게 묻기보다는, 그 누구든 빨리 대답하고 이 머리가 지끈거리는 상황을 정리하라고 재촉하는 모양새였다.

"여보, 쟤네 부부라고. 부부 사기단이라고."

"맙소사… 고형사님 제발 이건 아니라고 해주세요."

향리는 얼굴에 정통으로 주먹을 연달아 맞은 복서처럼 다리가 후들거렸다. 광춘은 올 것이 왔다고 생각했다. 그 역시 다리가 풀릴 지경이었다. 영지를 쳐다봤지만, 그녀는 더 이상 싸워서 이 난관을 헤쳐나갈 의지가 없어 보였다. 그녀는 고개를 숙였다. 붕대 감은 손이 눈에 들어왔다. 몸도 지쳤고 마음도 다쳤다.

"말하려고 했어요."

광춘의 축 처진 어깨만큼이나 가라앉은 목소리였다.

"저는 무당님 좋거든요. 근데 이렇게 저를 속이시다니… 다른 사람들과 다를 게 없네요. 두 분 다 나가주세요."

향리는 최후통첩을 날렸다. 광춘은 망연자실했다. 그는 종석을 노려보았다. 아동유괴사건 피해자의 부모라는 생각에 단 한 번도 종석의 깽판에 열을 내지 않았다. 수사를 방해하며 실랑이를 벌일 때도 김형사를 타일렀다. 그런데 이번은 달랐다. 자유를 구할 수 있는 절체절명의 순간에 모든 판을 뒤엎는 종석의 모양새가 광춘은 더 이상 참을 수가 없었다.

"그래서 아버님은 여태까지 뭘 하셨는데요? 저희 방해밖에 더했어요?"

"뭐가 어쩌고 어째? 나가! 당장 꺼져!"

"지금 영지 씨만큼 최선을 다해 자신을 불살라 가면서까지 자유를 구하려고 하는 사람 있느냐는 말이에요. 따님을 구하려고 하얀 거짓말을 한 거잖아요."

종석은 씩씩 성을 내더니 갑자기 영지가 갖고 온 제의 도구들을 트렁크 가방에 막 싸기 시작했다. 영지는 굳이 그를 말리지 않았다. 향리는 소파에서 손으로 머릴 싸매고 지켜볼 뿐 움직이지 않았다.

"당신들 내가 아는 기자 동원하고, 국민청원 게시판에도 아주 적나라하게 싸지를 거니까 기대해."

종석은 꾸러미를 다 싸자 현관문으로 던졌다. 가방은 땅에 닿자 주둥이를 벌리며 안의 내용물을 다 토해냈다. 영지의 옷과 제의 도구들이 와장창 소리를 내며 복도 계단으로 나뒹굴었다.

광춘도 그제야 폭발했다. 멧돼지같이 우락부락한 덩치를 끌고 종석을 묵사발 낼 기세로 그에게 다가갔다. 그런데 영지가 광춘을 잡았다. 슬픈 눈이었다. 이만하고 나가자는 표정이었다. 영지는 차가운 바닥에 던져진 도구들을 가방에 챙겨 넣기 시작했다. 그녀는 미련 많은 뒷모습으로 현관문을 열고 쓸쓸히 나갔다.

"영지 씨, 영지 씨 어디 가요?"

광춘은 부리나케 그녀의 뒤를 쫓았다. 현관문이 여닫히며 후텁지근하고 찝찝한 열대야의 열기가 들어왔다.

"그래, 그렇게 꺼져버려. 부부 사기단 주제에."

어느새 집 안에는 종석과 향리만 덩그러니 남았다. 조금 전에 무슨 일이 있었는가 싶을 정도로 조용했다.

"여보, 지유 살아 있을 수도 있어."

향리는 종석을 쳐다보지도 않고 얘기했다.

"그래, 알아. 살아 있다 쳐. 아니 살아 있어. 그래. 그런데 이런 방식으로 찾을 수는 없어! 모르겠어? 희망 고문으로 너 다칠까 봐 이러는 거야. 우리 가족 지키려고 하는 거라고."

"언제부터 가족을 그렇게 챙겼다고?"

"이 멍청아! 집안 꼴을 봐. 사이비 같은 놈들 불러서 돈은 돈대로 날리고, 상처는 상처대로 받은 게 한두 번이냐고!"

종석은 답답한지 자신의 가슴팍을 때렸다.

"나 잠시만 혼자 있고 싶어. 당신도 나가줘."

"내 집인데 어딜 나가."

"제발… 제에발 나가줘."

향리의 목소리는 후두암 말기 환자처럼 쉰 소리를 냈다. 영혼은 죽어 있고 빈껍데기만 남은 육신에서 비어져 나오는 단말마 같았다. 종석은 덜컥 겁이 났다. 순간 향리를 더 자극하면 정말 그녀가 돌아버릴지도 모른다는 의학적 판단이 들었다. 그도 결국 집을 나갈 수밖에 없었다. 현관문은 깊은 한숨을 내쉬며 닫혔다.

붉은 장갑

새벽 햇살을 받은 신비사의 대문은 영롱하게 빛났다. 문은 굳게 닫힌 채 영지의 부재를 나타내듯 온갖 부탁의 종이들이 붙어 있었다. 자연과학 박물관에 도난 사건이 있었다면서 액막이굿을 부탁하는 쪽지와 청암사의 주지 스님이 잠시 다도의 시간을 갖고 싶어 한다는 쪽지, 선수선착장의 김 선장이 어업이 잘 되게 해달라는 강화곶창굿을 부탁하는 메모까지 있었다.

그녀의 손이 대문에 닿기도 전에 할매보살이 문을 열었다.

"내가 가지 말랬잖아, 라는 말이라면 듣고 싶지 않으니까 하지 마."

영지는 지레 먼저 으름장을 놓았다.

"까먹었는가 보네."

발끈할 줄 알았던 할매보살은 의외로 초연하게 대꾸했다.

"뭘?"

"내가 다 차려놨으니까 옷만 갈아입고 나와."

할매보살은 영지의 상한 얼굴을 안쓰럽게 쳐다보며 말했다. 8월 11일이었다. 영지는 그제야 정신이 번쩍 들었다. 한 번도 이날을 잊은 적이 없었는데, 오늘을 까먹었다는 사실에 영지는 스스로 너무 놀랐다. 청암사의 주지가 잠시 보자고 한 쪽지가 떠올랐다.

영지는 한복을 갈아입고 나왔다. 신당 쪽으로 발걸음을 옮기자 사과와

단감, 마른오징어와 북어 정도가 올라간 제사상이 차려져 있었다. 할매보살은 마지막으로 탕국을 올리며 제사음식을 마무리했다. 기본적인 차림이었지만, 초콜릿과 감자칩 같은 군것질거리도 올려 있는 게 특이했다.

때마침 청암사의 주지가 나타났다. 작고 왜소한 체구에 인자해 보이는 장년의 남자였다. 영지는 주지와 묵례만 할 뿐 특별한 대화는 나누지 않았다. 벌써 칠 년째 이어져 오는 의식이라 셋은 미리 합의라도 한 듯 자연스럽게 각자의 자리로 갔다.

다른 기제사와 달리 축문을 읽거나 절은 없었다. 영지가 무릎을 꿇고 앉자 스님이 목탁을 두들기며 독경을 시작했다. 할매보살은 옆에 서서 탕국을 물리고 숭늉을 올렸지만, 제사에는 참여하지 않았다.

목탁 소리는 일정한 간격으로 신비사를 울렸다. 영지는 주머니에서 누런 색종이를 꺼냈다. 칠 년째 가슴에 품고 있는 종이였다. 아니, 영지에겐 부적이었다. 할매보살은 그런 영지를 물끄러미 관망했다. 목탁 소리는 점점 고조되어 갔다.

"속이려던 건 아니었습니다. 굳이 말해야 할 이유가 없었어요. 괜한 선입견이 생길 것 같았습니다."

광춘은 향리의 기분을 최대한 살피며 말했다. 향리도 조금 안정되어 보였다. 광춘은 다음 날 아침 일찍 향리를 찾았다. 아무리 생각해도 이렇게 끝낼 수는 없었다. 지유를 위해서 자신이 구심점이 되어 이 난간을 헤쳐나가야 했다.

"미안합니다. 그런데 더는 다른 방법이 없어요. 지유 어머님도 들었겠지만, 서에서는 이번 사건을 장기실종으로 넘기려고 합니다. 제가 딱 일주일만 시간을 더 달라고 했어요. 방화사건이 계속 일어나서 지원은 상상도 할 수 없고, 이제 정말 저랑 어머님이랑 그리고 영지 씨 이렇게 셋이서 힘을 합쳐야 해요."

"왜 같이 안 사세요?"

"예?"

광춘은 향리가 의외의 질문을 하자 잠시 멈칫했다.

"부부인데 서로 이름을 부르는 게 이상하잖아요. 같이 살지 않는 것도 그렇고요."

"어디서부터 시작하는 게 좋을까요…." 광춘은 평소와 달리 매우 진지했다. "지유 어머님, 엉터리 염불로 극락 간다는 얘기 들어보셨어요?"

기제사가 끝나자 청암사 주지는 할매보살과 잠시 가볍게 얘길 나누더니 물러갔다. 할매보살은 영지의 오른손을 보았다. 붕대 사이로 고름이 진득하게 묻어 나왔다.

"손은 어쩌다 그 짝이야? 남의 집 자식 한 번 더 구했다간 네가 죽겠구나."

영지는 대답 없이 묵묵히 제사상을 치웠다. 할매보살은 혀를 끌끌 찼다.

"그래서 살린 거야, 못 살린 거야? 보아하니 쫓겨났구먼."

영지는 신당 앞에서 바리데기 공주의 탱화를 돌돌 말다가 바닥에 툭 떨어뜨렸다. 그녀의 손에서 힘이 스르륵 빠졌다.

"어쩌면 할매, 내가 멈추고 싶었는지도 모르겠어."

"겁이 날 만도 하지. 잘했어."

할매보살은 영지 대신 그림을 집어 들었다. 영지는 대청에 살며시 앉았다. 몸에 기운이 없었다. 사흘간 제대로 잠도 자지 못했다. 한여름의 매미는 영지의 우울한 마음을 아는지 모르는지 자신의 짝을 찾기 위해 대차게 울기 바빴다. 영지는 이번에는 모로 누웠다. 다 잊고 잠시 자고 싶었다.

"할매, 똑같은 일이 생길까 봐 두렵더라."

"잘했어. 더 했다가는 너도 그놈도 더 다쳐. 가봐서 너도 알잖아. 그 끝은….."

할매보살의 목소리가 점점 잦아들며 나른해졌다. 매미의 울음은 한여름의 습기 속에 스며들며 흡사 쏴 하고 쏟아지는 소낙비 소리처럼 느껴졌다.

"엉터리 염불로 극락을 가요?"

"예. 스님이 어떤 할머니에게 '나무아미타불'을 석 달 열흘 동안 외우면 극락에 간다고 전했어요. 이 할머니는 나무아미타불을 되뇌다가 잠들었는데, 다음 날 일어나니깐 잊어버린 거예요. 할머니는 이리저리 고민하다가 '뒷집의 신 영감'이라고 잘못 기억해내게 돼요. 그렇게 오랜 시간을 뒷집의 신 영감으로 외우다가 할머니는 돌아가시죠. 그렇게 엉터리 염불을 외웠지만, 결국에는 극락에 가게 되었다는 불교 설화예요."

"내용부터가 엉터리네요."

향리는 황당해하며 피식 웃었다. 광춘은 좋은 신호라고 느껴 이야기에 탄력을 더해갔다.

"제가 드리고 싶은 말씀은, 어떤 방식이 따님을 위하는 건지 고민하는 것도 중요하지만, 그보다 더 중요한 건 진심이라는 겁니다. 영지 씨는 진심으로 이 사건에 임했어요."

"고형사님, 부모는요, 이왕이면 제대로 된 염불을 외우고 극락에 가길 바라죠."

"영지 씨가 지유 살아 있다고 했으면 살아 있어요. 엉터리가 아니에요.

그리고 아마도 향리 씨의 마음을 누구보다 더 잘 이해할 수 있는 사람이에요."

"왜죠?"

"그녀도 무당 이전에 사람입니다. 그리고 엄마예요."

광춘은 큰 결심을 하며 말을 꺼냈다. 향리의 마음을 돌리기 위해서는 왜 자신이 거짓말을 했는지 진실을 알려줄 필요가 있었다. 향리는 놀라 눈이 댕그래졌다.

"고형사님이랑 무당님 사이에 자녀가 있어요?"

"원래 영지 씨는 그냥 평범한 가정주부였어요. 무당이 아니었어요." 광춘은 앞으로 길어질 자신의 회상을 숙고하며 전개해나갔다. "그리고 한 명, 아들 녀석이 있죠."

**

의찬은, 키는 130센티미터가 좀 안되어 초등학교 3학년 또래보다는 작았지만 아주 당찬 성격의 남자아이였다. 아이답지 않은 짙은 눈썹과 의협심이 많아 보이는 눈매가 인상적이었다. 누구든 한 번 보면 '고놈 아주 야무지게 생겼네'라는 말이 나올 정도로 잔상이 머릿속에 꽤 오래 남을 얼굴이었다.

의찬은 그날도 일찍 일어나 냉장고에 깔끔하게 정돈된 락앤락 통을 꺼내 전자레인지에 넣고 3분을 돌렸다. 윙, 하는 소리에 맞춰 작동하기 시작하면 의찬은 화장실로 가서 소변을 봤다. 볼일을 다 본 후 손가락 사이사이를 깨끗하게 비누칠하며 씻는 것도 잊지 않았다. 의찬은 안방 문을 열고 조용히 영지를 깨웠다.

"엄마, 죽 먹고 주무세요."

어둑한 방에서 영지는 안대를 벗었다. 의찬은 블라인드를 살짝 걷었다. 이른 아침의 강렬한 태양 빛이 영지의 얼굴을 할퀴고 지나갔다. 영지는 눈을 찌푸렸다. 그녀의 얼굴은 산송장이라고 해도 좋을 만큼 파리했다. 팔다리도 오랜 시간 영양분을 공급받지 못해 시들어간 식물 줄기와 다를 바 없었다.

집에 광춘은 없었다. 강력계에서 한창 구를 때라, 집에 붙어 있을 수가 없었다. 욕을 먹으면서 겨우겨우 회식 자리를 빠져나와 집에 들어가도 기껏해야 일주일에 삼 일 정도였다. 그래서 광춘은 의찬에게 꽤 무거운 짐을 쥐여주어야 했다.

아빠가 없을 때는 의찬이 엄마를 보살펴줘야 해.

광춘도 초등학교 3학년 아이가 감당하기 어려운 임무라는 것을 알고 있었지만 달리 방법이 없었다. 부모님이 반대하는 결혼을 하느라 본가와 연락을 끊은 지 십 년이 다 되어갔다. 그리고 의찬은 유달리 의젓한 구석이 있어 다른 누구보다 영지 곁에 두면 안심이 되었다.

땡.

전자레인지가 다 돌아가는 소리가 들렸다. 의찬은 영지의 손을 잡고 부엌으로 갔다. 의찬은 나무 수저로 호호 불어가며 호박죽을 영지에게 떠 넣어 주었다.

"우리 아들, 아침은?"

"엄마 뜨거워, 천천히 드세요."

의찬은 그렇게 영지에게 죽을 다 먹이고서야 자신은 시리얼을 대충 타서 먹었다. 영지를 다시 방에 눕히고 자신은 설거지를 마무리했다.

물론, 의찬도 다른 아이들처럼 학원에도 다니고 밖에 나가서 놀고 싶었다. 마음이 들뜨는 여름방학이었다. 친구들은 학원에서 만나 수업이 끝나면 학교 운동장에서 축구를 할 게 뻔했다. 2002년 월드컵 때 태어나서인지는 몰라도 의찬은 축구를 아주 좋아하고 곧잘 했다.

그렇지만 상황이 상황인지라 친구들에게 전화가 오면 의찬은 거절할 수밖에 없었다. 엄마를 두고 나갈 수 없었기 때문이다. 그러면서도 불안했다. 방학 동안 자기만 빼놓고 친구들끼리 친해질까 봐 초조했다.

가족끼리 놀러 가는 아이들도 더러 있었다. 분명히 개학하면 까맣게 탄 피부로 제주도며 필리핀이며 서로 자기가 더 알차게 여름방학을 보냈다고 자랑을 할 것이다. 여름방학은 잘 참고 있던 의찬의 마음에 싱숭생숭한 바람을 불어넣었다. 그러는 사이 의찬도 말수가 적어지고 웃질 않는 시간이 길어졌다. 영지도 광춘도 이런 마음을 모르는 게 아니었다.

하지만 다른 방법이 없었다. 영지는 이상하게 의찬을 가진 후부터 골골대더니, 작년부터는 급격히 쇠약해졌다. 병원을 여러 군데 다녀봤지만, 검진 결과로는 영지가 항상 광춘보다 건강하게 나왔다. 의사들은 만성피로라 했고, 한의사들은 허로증*이라고 에둘러 얘기할 뿐 깔끔하게 떨어지는 병명을 알려주지 않았다. 스트레스 줄이시고요, 충분히 수면 취하시고요, 골고루 음식을 섭취하세요, 같은 말만 되풀이할 뿐이었다.

시간이 흐르자 영지는 마치 신생아처럼 온종일 잠을 잤고, 그마저도 몽유병으로 돌아다니는 경우가 있어 항상 의찬이 집을 지키고 있어야 했다.

영지는 침대에 누워 있으면서 귀를 기울였다. 의찬은 자기 방에서 문제지를 풀고 있을 터였다. 문득, 자기 아들이 가여웠다. 자신 때문에 푹푹 찌는 여름에 방구석에만 있어야 한다는 게 미안했다. 영지는 힘겹게 몸을

---

* 몸이 점점 수척해지고 쇠약해지는 증상.

일으켰다. 의찬의 방문을 조심스럽게 열었다.

"의찬아, 뭐해?"

의찬은 후다닥 뭔가를 집어넣었다. 영지는 찰나였지만 노란 색종이를 보았다.

"아무것도 아니에요."

"아들, 맨날 그거 목에 매달고 다니던데, 뭐야?"

"그, 그냥 유행이라서 하는 거예요."

"뭔데? 의찬아, 엄마 한번 보여줘."

영지가 어설픈 애교를 부리자, 의찬은 서랍에서 그 뭔가를 꺼냈다. 딱지만 한 크기로 접힌 노란색 색종이였다.

"그냥, 부적이에요. 여기에 빨간색으로 글을 쓰고 이렇게 접어 목에 매고 다니면 이루어진다고."

"의찬이는 뭐라고 썼는데? 한번 보여줘."

"별, 별거 없어요. 그냥 돈 많이 벌게 해달라고…."

의찬은 얼굴이 화끈거려 노란 종이를 다급히 숨겼다. 영지는 더 물어보는 건 아들에게도 실례가 될 거 같아 주제를 바꾸기로 했다.

"아들, 그런데 집에만 있기 답답하지 않아?"

"…괜찮아요."

잠시 정적이 흐른 뒤 의찬이 한 대답이었다. 얼굴에서는 나가서 놀고 싶어 죽겠다는 내색이 풍겼다. 영지는 감정을 숨기지 못하는 그 모습이 귀여워 미소를 머금었다.

"잠깐 나가서 놀다 와."

"아니에요."

"아빠한테는, 의찬이가 엄마 옆에서 병간호를 아주 잘해주고 있다고 할게."

"엄마, 진짜 괜찮아요. 티브이 보고 방학 숙제하면 돼요."

사실은 나가 놀고 싶어 미치겠어요, 라는 인상이 다시 나왔다. 의찬은 말과 표정이 부조화를 이루며 비틀린 미소를 지었다. 영지는 참았던 웃음이 새어 나왔다.

"우리 아들, 나갔다 와. 숙제는 저녁에 하면 되잖아. 대신 엄마가 베란다에서 볼 수 있는 위치에서만 놀아, 알았지?"

"세 번 거절은 나쁘다고 했으니까."

평소 광춘이 아들에게 입버릇처럼 했던 말이었다. 의찬은 그제야 안색이 피며 전광석화로 신발을 신고 현관문으로 뛰어나갔다. 풍경이 경쾌하게 좌우로 찰랑거렸다.

아이는 아이다울 때가 가장 예쁘다. 영지는 의찬이 후다닥 벗어놓고 간 옷을 주워 빨래통에 넣었다. 베란다 문을 열었다. 염소 뿔도 녹인다는 대서였다. 열기가 훅 밀고 들어왔다. 매미 울음에 정신이 혼미해졌다.

18층에서 아파트 단지 안의 놀이터를 내려다보니 의찬이 엄지손가락만 하게 보였다. 아이는 어느새 동네 꼬마들과 축구공을 차며 무더위도 잊고 뒹굴고 있었다.

그때, 현관 벨이 울렸다. 이 시간에 올 손님은 없어, 영지는 그냥 벨을 잘못 누른 택배기사 정도로 생각했다. 그렇지만 또 울렸다. 영지는 시간이 지난 후에도 만약 그때 그 문을 열지 않았더라면 조금이라도 인생이 달라지지 않았을까, 항상 곱씹어 본다.

***

웬 노파가 서 있었다. 머리 위에 눈이 내린 것처럼 새하얀 머리카락 때문에 족히 아흔은 넘어 보였다. 얼굴 거죽은 축축 늘어져서 화가 난 불도그처럼 인상이 고약했다.

"나 기억 못 하겠지? 어렸을 때 봤는데."

다짜고짜 반말이었다. 영지는 불쾌했지만, 나이가 한참이나 많은 어르신에게 함부로 대할 수도 없는 노릇이었다. 남루한 행색 때문인지 치매 환자 같아 보이기도 했다.

"사람 잘못 보셨나 봐요."

"나 고모할매야."

"죄송하지만 누구신지 모르겠네요."

영지는 그렇게 말하고 문을 닫으려고 했다. 그때 노파의 손이 쑥 집 안으로 들어왔다.

"몽유병 있지? 어딘가 모르게 막 아프기도 할 테고. 내림굿을 받아야 해."

"아까 누구라고 하셨죠? 고모할머니?"

고모할매는 고개를 끄덕였다. 영지는 더 이상 소모적인 시간을 버리고 싶지 않았다. 그리고 놀이터에서 눈을 너무 오랫동안 떼고 있어 불안했다.

"근래에는 더 심해졌을 거야. 뛰는 게 뭐야. 제대로 걷기도 힘들고, 그렇지?"

"고모할머니면, 아빠 쪽 친척인 거죠? 아빠가 제가 사는 꼬락서니 한번 보고 오래요? 돌아가세요. 저랑은 남입니다. 문 닫습니다."

영지는 노파의 손을 걷어내려 했다. 그런데 다 죽어갈 듯 보이던 고모할매의 힘은 예사가 아니었다.

"무병(巫病)이야. 네가 신내림을 거절하면, 네 밑으로 가는 수가 있어요."

"뭘 밑으로 가. 당신이나 손 떼시고 얼른 가세요."

"네 새끼가 화를 입는다니깐!"

"이봐요!"

영지는 두 손으로 할머니의 손가락을 꺾어 복도로 밀었다. 고모할매는 복도 창틀에 등을 부딪치며 꽥 비명을 질렀다. 영지도 하마터면 앞으로 고꾸라질 뻔했다.

"썩을 년, 그래 아직은 살만하구나. 근데 더 심해져. 널 위해서 그런 거라니까."

"가세요. 남편이 경찰입니다. 부르기 전에 가세요."

고모할매는 자신의 옷을 털었다. 구부정한 허리였지만 지팡이는 짚지 않을 정도로 정정했다.

"신내림을 거부할수록 가까운 가족만 다쳐. 네 상태를 봐서는 시간이 많이 안 남았을지도 몰라."

노파는 혀를 끌끌 찼다. 영지는 무시하고 문을 쾅 닫았다. 순간, 놀이터에서 놀고 있을 의찬이 떠올랐다. 그녀는 서둘러 베란다로 달려 나갔다. 창문을 열자 울어대던 매미 소리가 들리지 않았다. 소나기가 세차게 쏴아, 하고 내렸다. 갑자기 내린 폭우에 놀이터에서 놀던 그 많던 아이들은 이미 다 사라지고 없었다.

"의찬아!"

나무줄기처럼 가는 목을 최대한 짜내어 의찬을 불렀다. 18층 높이에서 부른 소리가 제대로 들릴 리 만무했다. 영지는 괜히 자신이 극성스럽다고 생각하며 좀 기다려보기로 했다. 비가 오면 아이는 다시 집으로 들어올 것이기 때문이다.

일분일초가 초조했다. 시계를 봤다. 비가 쏟아진 지 2분이 지났다. 영지는 옛날부터 육감이 잘 들어맞는 편이었다. 그녀의 육감이 말하고 있었다. 뭔가 틀어졌어, 얼른 나가서 찾아. 영지는 급하게 운동복 위에 얇은 카디건을 걸쳤다. 기다란 우산을 챙겨 나갔다. 현관문의 풍경이 위태롭게 흔들렸다.

우산대가 꺾였다. 센바람에 젓가락같이 얇은 영지가 붕 떠오를 정도였다. 이미 우산은 제 기능을 상실했다. 영지는 우산을 버렸다. 놀이터로 뛰어갔다. 덜컥 숨이 턱까지 차올랐다. 호흡이 불안해졌다. 손가락 마디마디가 저리며 경련이 일었다. 하지만 움직여야 했다. 자신의 아들이 없었다.

"고의찬! 의찬아!"

쫙 내리는 빗소리를 뚫기는 역부족이었다. 영지는 현기증이 났다. 고함 한번 질렀을 뿐인데, 얼이 빠졌다. 무릎을 붙잡고 헉헉거렸다. 입으로 빗물이 들이닥쳤다. 놀이터에 자신의 아들이 없다. 남편에게 전화하려고 했지만 휴대전화를 놓고 나왔다.

영지는 큰길가로 나갔다. 내리막길에서 미끄러져 굴렀다. 무릎과 손목이 까졌다. 그러나 아픈지도 몰랐다. 주변을 살폈다. 호흡이 점점 가빠졌다. 머리가 어질어질했다. 그때 길 건너편에 의찬이 보였다.

배수구가 젖은 나뭇잎으로 막혀 물이 차오르자 재미있다는 듯이 발을 첨벙거리고 있었다. 의찬은 엄마가 자기를 애타게 찾고 있는 줄도 모르고 천진하게 고삐 풀린 망아지처럼 이리 뛰고 저리 뛰어다녔다.

영지는 한순간 어이가 없어서 허탈한 웃음을 지었다. 그러다가 이내, 저렇게 신나게 놀고 싶어 하는 애를 자기가 붙들고 있었다는 생각에 뭉클해졌다.

"의찬아."

영지는 가쁜 숨을 몰아쉬며 진정하려 했다. 의찬은 엄마의 부름을 못 듣고 여전히 무아지경으로 즐겼다. 영지는 숨을 크게 들이마셨다. 그런데 이상하게 호흡이 정리되지 않았다. 심장 박동이 불규칙하게 뛰었다. 손가락만 떨리던 것이 이제는 발가락까지 찌릿찌릿했다. 시야도 점점 좁아졌다.

영지는 의찬의 옆으로 웬 사내가 다가와 말을 거는 것을 보았다. 의찬은 고개를 저었다. 사내는 커다란 우산을 씌워주었다. 저 남자는 위험해, 다시 한번 그녀의 육감이 경고했다. 영지는 아들의 이름을 불러보려 했지만, 눈앞이 까매졌다. 자신의 상체가 앞으로 뒤뚱 기우는 것이 느껴졌다. 그리고 이내 아무런 소리도 들리지 않았다. 안면에 소낙비가 부딪히는 촉감을 끝으로 모든 감각이 무뎌졌다.

****

이틀 만에 유괴범으로부터 전화가 왔다. 기계로 변조된 목소리였다. 소름 돋게 느긋했다. 유괴범은 2천만 원이라는 상당히 현실적인 몸값을 요구했다. 따라서 경찰은 광춘이나 영지의 형편을 아는 사람이라고 판단했다. 그리고 의례적으로 유괴범에게서 '경찰에 연락하면 아이는 죽는다'는 협박이 있기 마련인데, 이 유괴범에게서는 그런 으름장이 없었다. 광춘이 경찰이라는 것을 이미 알고 있다는 뜻이었다.

지금의 형사과장인 달마는 당시 팀장으로서 수사본부를 지휘했다. 달마 팀장, 그의 후배이자 부사수인 박형사, 광춘 그리고 강력팀 인원 전체가 동료의 아들을 구하기 위해 매달렸다. 분위기는 그다지 나쁘지 않았다.

팀 내에는 자신감이 가득했다. 이미 굵직한 유괴 사건을 성공적으로 마무리 지어본 적이 있었기 때문이다.

현직 강력계 형사의 가족 유괴라 수사는 경찰청 내부의 관심사였다. 금방 공개수사로 전환되어 급물살을 탔다. 광춘은 이리저리 돈을 끌어모아 힘들게 2천만 원을 만들었다. 그리고 이틀 후에 유괴범과의 접선을 고대했다. 그는 반드시 범인을 잡아 뼛속까지 모조리 씹어 먹을 작정이었다.

영지는 이때까지 병원에서 의식이 없었다. 의사의 말로는 심장과 뇌파 모두 멀쩡한데 잠을 좀 길게 자는 상태라고만 했다.

유괴범의 연락이 온 그날 저녁에 영지가 깨어났고, 그녀는 유괴범에 대한 인상을 묘사하며 그날 봤던 이상한 노파에 관해서도 얘기했다. 광춘은 서둘러 수배해 노파를 잡아들였는데, 놀랍게도 영지의 실제 고모할머니였다. 할머니는 조사를 받았지만, 의찬이 사라진 순간에는 근처 버스에 타고 있던 모습이 시시티브이에 명확히 찍혀 있었고 이 사건과 연관된 혐의점을 찾지 못했다.

"이렇게는 네 새끼 못 찾아. 내 신당으로 찾아와."

고모할머니는 자신을 용의자로 오해했어도 전혀 화를 내지 않았다. 노파는 명함 하나를 영지에게 건넸다. 거기에는 '신비사'라는 문구와 주소만 적혀 있을 뿐 전화번호나 다른 내용은 없었다.

"아무리 가족을 멀리한다 해도 피를 속일 수는 없어. 넌 네 아빠의 피야. 지금 네가 무병이 난 것도 몸주신을 빨리 모시지 않아서 그래. 얼른 내림굿을 받고 강신무가 되면 너도 건강해지고, 네 아들도 찾을 수 있어."

"할머님, 이만 가세요."

광춘은 더 들어줄 가치가 없다는 듯이 병실 문을 열었다.

"네놈에겐 내가 볼일이 없다."

"알았으니까, 이만 나가주세요. 제 아내도 쉬어야 합니다."

광춘은 재차 병실 복도를 가리켰다. 광춘은 살면서 단 한 번도 종교를 믿은 적이 없었다. 그런데 신내림이라니, 그에게는 가당치도 않은 얘기였다. 할매보살은 희한하게 그런 그의 생각을 꿰뚫어 보듯이 영지에게 꿋꿋이 말을 걸었다. 노파의 눈빛이 기묘했다.

"나도 반평생 무신론자였어. 그런데 가족을 지키기 위해서는 어쩔 수가 없었다. 너보다 가족이 더 심하게 다치게 된다니까."

"아무리 어르신이지만 그만 하세요. 마지막 경고입니다."

"우리 집안은 대대로 내림굿을 받으면 신비한 능력을 얻게 돼. 그거면 의찬이 구할 수 있어."

광춘은 가뜩이나 아들의 유괴로 얕아진 인내심의 밑바닥을 금방 보였다. 그는 할매보살의 등을 거의 떠밀다시피 하며 병실 문밖으로 내보냈다. 노파의 굽은 등이 시야에서 사라지자 광춘은 병실 문을 세게 닫았다.

"그거 버려, 여보."

광춘은 영지의 손에 들린 명함을 휙 낚아챘다. 그는 명함을 강하게 구기더니 쓰레기통으로 던졌다. 영지는 당황했다.

"하지만…."

"하지만이라니. 당신, 저런 이상한 사람 말에 속아 넘어갈 만큼 나약했어?"

"실제로 내 고모할머니잖아. 저분이 나를 속여서 얻는 게 뭐가 있다고 굳이 나를 찾아 그 먼 곳에서 여기까지 왔겠어."

"얼마 전에 팀장이 자기 조카한테 중고차를 하나 샀는데, 완전 눈탱이 맞았어. 걸핏하면 시동이 꺼져. 지금 그 조카라는 놈은 연락도 안 돼.

사기꾼이 속이려면 가족부터 속이는 거야."

"만약, 저 할머니 말이 사실이라면? 내가 진짜 신병이 난 거고, 그것 때문에 의찬이가 이렇게 된 거라면? 신내림 받는 게 뭐가 어렵다고, 해보고 아니면 그만이지."

"여보⋯." 광춘의 인내심이 재차 바닥을 보이는지 긴 한숨이 나왔다. "당신 남편이 형사야. 그런데 아내가 굿하고 신내림 받는다면 말이 되겠어? 당신 요새 몸도 마음도 많이 안 좋아. 그래서 판단력도 좀 흐려지는 거 같아."

"병원에서도 내 병명을 모른다는 건, 어쩌면 정말 신병이라서 그런 걸 수도 있어."

"황당무계한 얘기야."

"하지만."

"나만 믿어. 의찬이 내가 구해올 거야. 내 검거율 알지? 나 무조건 이 사건 골인시켜."

광춘은 부드럽게 영지의 손을 잡았다. 그녀는 고개를 끄덕였지만, 눈은 쓰레기통의 꼬깃꼬깃 구겨진 '신비사' 명함을 바라보고 있었다.

*****

―내일 낮 12시, 가락시장 북문 도매시장 쪽 주차장. 차에서 내려서 기다리고 계세요. 전화하겠습니다. 그리고 어차피 강력팀 동료분들도 지금 통화 엿듣고 계실 테니까, 같이 내일 나오시겠죠? 근데 너무 많이 나오면 저 무서워서 도망갑니다. 흐흐.

철컥.

유괴범은 굉장히 대범했다. 경찰이 뻗치기를 해도 자신은 걸리지 않을 수 있다는 자신감이 배어 있었다. 통화도 항상 30초 내외로 자기 할 말만 하고 끊어서 위치추적도 쉽지 않았다.

광춘은 몸에 무선마이크를 찼다. 자신의 팀 동료인 박형사가 운전대를 잡았다. 그들이 탄 SUV는 가락시장 북문으로 진입했다. 박형사는 너른 주차장에 주차했다. 광춘은 돈 가방을 들고 내렸다. 한낮의 가락시장은 화물차와 용달차들이 수시로 들락날락거렸다. 용역 직원들은 과일과 채소를 상하차하느라 정신이 없었다. 흙먼지와 경유차 특유의 매연마저 부산스럽게 흩날렸다.

대형 트럭과 중소형 승용차를 500대 이상 주차할 수 있을 만큼 커다란 부지에 광춘은 뙤약볕을 맞으며 섰다. 박형사는 차에서 대기했고 달마 팀장과 팀원들은 근처에서 매복했다.

광춘은 자신의 휴대전화를 꽉 쥐었다. 무선마이크를 가리느라 두꺼운 반팔 티를 두 장 덧대 입었더니 땀이 주르륵 흘렀다. 손목시계는 12시 5분을 지나고 있었다. 혹시나 해서 휴대전화를 살폈지만, 전화는 오지 않았다.

목 뒤로부터 흘러내린 땀은 어느새 등을 흠뻑 적셨다. 하필이면 39도를 넘긴 100년 만의 폭염이었다. 광춘은 목이 탔다. 한증막 속에서 숨을 쉬는 것 같았다. 두피까지 후끈거렸다. 주변에는 그늘막도 없었다. 불과 10분 정도 서 있었는데, 티셔츠 앞쪽까지 땀으로 젖었다. 자신이 차고 있는 무선마이크에도 땀이 배어들었다. 고정한 테이프에도 습기가 스며들어 마이크 끝이 덜렁거리기 시작했다.

우우웅.

진동이 울렸다. 광춘은 즉시 전화를 받았다.

"어디야?"

—그댄 먼 곳만 보네요. 내가 바로 여기 있는데, 조그만 고개를 돌려도, 크크.

유괴범은 희희낙락거리며 '인형의 꿈'을 불렀다. 기계로 변조해서 굉장히 기괴하고 불쾌했다.

"당신이 오라는 곳에 왔어. 이제 빨리 아들 목소리 들려줘."

—고형사님, 성격이 왜 이렇게 급해지셨대. 아, 알겠다. 더위 때문이구나.

"네가 하라는 대로 했잖아. 빨리 돈 가방 가져가고 우리 의찬이 보내줘."

수화기 너머에서 지지직, 하는 잡음이 들렸다. 이내 의찬이 아빠, 아빠 하며 자신을 애타게 부르는 소리가 들렸다.

"의찬아! 의찬아!"

—고형사님, 실망입니다. 이렇게 쉽게 흥분하는 사람 아니었잖아요.

유괴범은 광춘을 갖고 노는 게 재미있는지 상기된 목소리였다. 광춘은 자신의 돈 가방을 들어 보이며 외쳤다.

"나 보고 있지? 여기 있어, 2천만 원! 빨리 가져가! 가져가라고 이 새끼야."

트럭 운전사들이 광춘을 쳐다보고 있었다. 광춘은 저들 중 누군가가 범인일 수도 있겠다는 생각에 그들을 하나하나 꼼꼼히 살폈다. 그렇지만 전화기를 들고 있거나 핸즈프리를 차고 있는 사람 중에 의심 가는 이는 없었다.

—여긴 사람이 너무 많네요. 생각이 바뀌었어요. 잠실 한강공원으로 와서 전화 기다리세요.

광춘이 미처 대답하기도 전에 통화는 뚝 끊겼다. 광춘은 서둘러 박형사와 함께 잠실지구 한강공원으로 이동했다. 달마 팀장에게서 전화가 왔다.

　—광춘아, 네 무선마이크에 땀이 너무 차서 지금 들리지 않는다. 휴지로 좀 닦아봐.

　"예. 팀장님 저희 지금 한강공원으로 가고 있습니다. 유괴범이 그쪽으로 오라고 한 거 보니까 거기 있을 확률이 높아요."

　—그래, 바짝 뒤따라가마.

　팀장은 전화를 끊었다. 광춘은 조수석에 놓인 티슈를 꺼내 티셔츠 안쪽의 마이크를 닦았다. 에어컨도 최대 세기로 틀어 몸을 말렸다.

　여름방학답게 한강공원에는 여가를 즐기는 가족이 많았다. 광춘은 눈에 불을 켜고 쫙 깔린 텐트들을 지나치며 일일이 유괴범을 찾았다. 그때 또다시 전화가 왔다.

　—크크크, 고형사님. 뭘 그렇게 두리번대세요.

　"이봐, 당신 나 잘못 건드린 거야. 지금 아들을 보내주면 이 돈 그냥 줄게. 그리고 너 내가 경찰로써 약속한다. 안 잡아. 그냥 풀어 줄 테니까 아들만 보내."

　—좋습니다. 장난은 그만하도록 하죠. 지금 계신 주차장에서 조금만 올라가시면 수영장이 있을 겁니다. 거기 의찬이가 있습니다. 보니까 물놀이를 아주 좋아하던데, 평소에 수영장 좀 데려가 주지 그랬어요. 크크.

　전화는 다시 끊겼다. 광춘은 돈 가방을 품에 안고 전력으로 뛰었다. 덩달아 달마 팀장도 거리를 두며 같이 달렸다.

　잠실 수영장에는 더위를 피해 나온 사람들로 넘쳐났다. 물보다 검은 뒤통수가 더 많이 보일 지경이었다. 빨갛고 파란 파라솔 아래 선베드에는 부모들이 태닝을 하며 자녀들이 수영장에서 노는 모습을 지켜보고 있었다. 치킨, 핫도그, 햄버거 냄새가 광춘의 축축한 후각을 역하게 자극했다. 광춘은 그 많은 인파를 비집으며 수영장을 수색했다. 의찬을 찾아야 했다. 쉽지가 않았다. 망할 수영장에는 비슷한 또래의 아이들이 너무 많았다. 자기 아들인 줄 알고 고개를 돌려보면 닮은 아이였다.

"의찬아! 고의찬! 아빠다!"

광춘은 옆을 보고 달리느라 걸어오던 아저씨와 부딪혔다. 남자가 들고 있던 떡볶이와 음료수가 바지에 쏟아졌다. 광춘은 대충 사과하고는 허둥지둥 돈 가방을 다시 챙겨서 뛰어갔다. 땀이 계속 흘러 손이 미끄러졌다. 광춘은 그럴수록 돈 가방을 더 꽉 쥐었다. 이것만이 유일하게 아들을 만나게 해줄 수 있었다.

달마 팀장은 거리를 유지하며 쫓아갔지만, 누가 봐도 경찰인 게 티가 났다. 특히 다른 이들이 다 수영복 차림인데 혼자만 청바지에 반팔 티셔츠를 입고 있으니 눈에 유독 띌 수밖에 없었다. 그래도 강력팀은 최대한 몸을 숨기며 광춘을 따라갔다. 기회는 딱 한 번이었다. 유괴범이 돈 가방을 가져가는 그 순간을 놓치면 다시는 유괴범도 그리고 광춘의 아들도 만날 수 없다는 사실을 누구보다 잘 알고 있었다.

광춘은 수영장에 있는 세 개의 풀장을 샅샅이 다 뒤졌다. 그래도 아들이 보이지 않았다. 그때 전화기가 다시 진동했다.

"여보세요."

─아이고 허리야. 형사님 때문에 떡볶이랑 콜라를 다 쏟았잖습니까.

"뭐?"

광춘은 고개를 휙 돌렸다. 방금 자신과 부딪혔던 남자다.

─아, 이거 오늘은 기분이 상해서 접선 못 하겠네요. 또 연락드리죠.

띠, 띠, 띠.

통화 종료음마저 광춘을 얄궂게 약 올렸다.

"씨발!"

광춘은 분노로 얼굴이 일그러졌다. 애초에 유괴범은 돈 가방과 자신의 아들을 맞바꿀 생각이 없었던 것이다. 그렇지만 이러고 있을 시간이 없었다. 기억해내야 한다. 형사의 관찰력으로 그 남자의 인상착의를 떠올려야 한다. 광춘은 서둘러 무선마이크에 대고 말했다.

"팀장님, 키는 175센티미터 전후, 근육질 체형에 머리는 검은색 반곱슬이고, 얼굴은 조금 갸름하고 까매요. 눈꼬리가 조금 처졌어요. 수영복이 하얀색 서핑 바지 같은 거였어요. 거기 떡볶이 국물 같은 게 튄 사람이에요. 중간에 있는 땅콩 모양으로 생긴 수영장 있죠? 그 남쪽 선베드에 있던 남자예요."

광춘은 왔던 길을 되돌아 달려갔다. 순간 현기증이 나서 잠시 비틀거렸다. 오늘 땀을 너무 많이 흘렸다. 그렇지만 이대로 쓰러질 수는 없었다. 아빠, 아빠, 아들이 자기를 부르는 소리가 들리는 듯했다. 이를 악물고 장딴지에 힘을 주었다.

달마 팀장은 광춘의 무전을 온전히 다 듣지 못했다. 땀 때문에 접촉 불량이 나 하얀 바지라는 인상착의 정도만 들을 수 있었다. 그래도 그는 박형사와 함께 수영장으로 뛰었다. 많은 인파 속에서 하얀 바지를 입은 남자를 찾으려 했다.

"뭐 올해는 흰색이 유행이야? 죄다 흰색이잖아. 박형사 너는 저쪽으로 가봐."

박형사와 달마 팀장은 서로의 반대 방향으로 돌아 수영장 테두리를 내달렸다. 광춘은 선베드 쪽을 일일이 살폈다. 방금 부딪쳤던 중년의 남

자. 그 얼굴을 기억해보려 했다. 영지가 그날 빗속에서 목격했던 남자와 인상이 비슷했다. 하지만 너무 순식간이라 자세한 얼굴이 떠오르지 않았다. 형태와 윤곽은 있는데 추상화처럼 눈, 코, 입이 삐뚤빼뚤했다.

결국 수영장을 세 번 더 뒤지고 나서야 유괴범이 그곳에 없다는 결론에 다다랐다. 강력팀과 광춘은 허탈했다. 다른 손을 쓸 방법이 없었다. 다시 유괴범의 연락이 오길 기다리는 수밖에 없었다.

******

유괴범으로부터는 아무런 연락 없이, 일주일이 흘렀다. 송파경찰서 강력1팀 분위기는 초상집과 다름없었다. 달마 팀장의 자신감도 바닥으로 곤두박질쳤다. 그들은 유괴범을 너무 아마추어로 봤다. 지금까지의 상황으로 보아, 상대는 꽤 오랜 시간을 준비하고 광춘의 아들을 유괴했다는 사실이 분명해졌다. 강력팀에서는 유괴범이 광춘을 잘 아는 사람이라는 점을 고려해 그가 몇 년간 검거했던 범인들 위주로 조사를 하고 있었다. 특히 90년대 유행가요를 부르는 것과 성음 분석 결과를 종합해, 나이는 40대 초중반 정도로 확정 지었다.

광춘도 준비를 철저히 했다. 돈 가방에는 삼중으로 장치를 하고 가죽 표피 밑에 GPS 위치추적 장치를 달았다. 이러면 범인이 들고 가는 순간부터 가방의 위치를 수사팀에서 실시간으로 볼 수 있다. 그리고 가방과 지폐에 자외선 형광물질을 뿌렸다. 평소에는 무색무취의 액체지만, 자외선 손전등으로 비추면 연두색으로 발광했다. 마지막으로, 만 원권 지폐 2천 장의 일련번호를 기록해 나중에 범인들이 환전하거나 입금할 때를 대비해서 추적할 수 있게 했다. 모든 준비를 마쳤는데, 문제는 유괴범의 연락이 없다는 것이었다. 광춘은 줄담배만 늘어갔다.

영지도 병원에서 제대로 움직이지 못해 답답했다. 마치 삼시 세끼 모래를 삼키는 기분이었다. 광춘이 잠시 짬을 내어 영지의 병실에 왔을 때, 하필이면 유괴범의 전화가 다시 왔다.

—해가 지기 전에 가려 했지. 너와 내가 있던 그 수영장 속에. 아주 키 작은 그 마음으로.

유괴범은 신성우의 노래 '서시'를 개사해 부르며 또 광춘을 약 올렸다. 영지는 광춘의 얼굴이 붉으락푸르락해지는 걸 살폈다.

"적당히 해라, 이 새끼야."

—우, 너는 내가 되고 나도 네가 될 수 있었던 수많은 시간들. 크크, 고형사님 원래 유머러스하신 분이시잖아요.

유괴범은 키득거렸다. 광춘은 피가 거꾸로 솟구쳤다. 광춘은 영지가 통화 내용을 들을 수 있게 최대한 볼륨을 높였다. 순간 영지가 다급하게 수화기에 붙었다.

"저, 의찬이 엄마입니다. 의찬이 목소리가 듣고 싶어요. 들려주세요."

—아, 어머님. 몸은 좀 어떠세요? 그날 심하게 자빠지시던데.

"우리 아들 살아 있죠? 돈은 드리겠습니다. 그러니까 아들만 보내주세요, 제발…."

영지는 왈칵 눈물이 쏟아졌다. 가뜩이나 가녀린 몸이 더 야위어 보였다. 유괴범 쪽에서 잡음이 들리더니 이내 의찬이 엄마, 엄마 살려주세요, 라고 외치는 소리가 들렸다. 그리고 사진 한 장을 보내왔다. 의찬이 울고 있고, 그 뒤로 조금 전에 방송되었던 9시 뉴스 화면이 같이 보였다.

"의찬아! 의찬아! 오, 맙소사."

영지는 이성을 잃기 직전이었다. 광춘은 서둘러 그녀의 어깨를 눌러

진정시켰다.

"여보, 내가 의찬이 데려올 거야. 내가 데려올게. 진정해. 이러면 전혀 도움이 안 돼. 나 믿지? 데려올 거야. 의찬이 꼭 내가 데려올 거야."

영지는 고개를 돌리며 흐느꼈다. 광춘은 서둘러 휴대전화를 들었다.

"장소랑 시간 알려줘." 유괴범은 대답이 없었다. "여보세요, 이봐."

—후우, 형사님 밤낚시 좋아하세요?

유괴범은 여유롭게 담배를 태우는 듯, 문장 중간마다 날숨이 들렸다.

"무슨 뚱딴지같은 소리야?"

—밤낚시를 하다 보면요. 고요해요. 어두워요. 그래서 참 집중하기 좋아요. 이따 새벽 2시까지 독도밤낚시터 28번 좌대로 오세요. 참고로 거긴 전화가 잘 안 터지니까 시간은 무조건 지키세요.

"독도밤낚시터? 거기가 어딘데? 당장 4시간 뒤인데 어떡하라는 거야?"

광춘을 서둘러 벽시계를 보았다. 검은색 바늘이 10시를 갓 넘겼다. 말도 안 되는 시간이었다.

—의찬이 안 보고 싶으신가 봐요?

"자, 잠시만. 시간을 조금만 더 줘."

—그리고 몸값은 3천만 원입니다.

"이봐, 어떻게 천만 원을 곧바로 더 땡겨? 이봐!"

유괴범은 전화를 끊었다. 광춘은 황급히 달마 팀장에게 연락을 넣고 통화 내용을 알렸다. 영지는 여전히 불안한 채로 베개에 고개를 파묻고 있었다. 불현듯 뭔가가 생각났는지 영지가 고개를 들었다.

"여보, 기분이 불안해. 이번에는 의찬이 진짜 위험해질 것 같아. 그 고모할머니 찾아가 볼까 봐."

"하아, 당신 지금 상태를 봐. 어디를 간다는 거야. 그리고 이 얘긴 끝났잖아."

광춘은 단칼에 그녀의 말을 잘랐다. 그는 종이에 방금 통화한 내용을 적었다. 독도밤낚시터, 3천만 원, 새벽 2시.

"아냐, 꿈에서 어떤 존재가 나타나서 지금이 마지막 기회라고 내게 말했어. 안 그러면 내 밑으로 찾아오겠대."

"그만, 그만해. 여보, 지금 당장 돈도 더 구해야 되고, 나 생각할 게 너무 많아. 머리가 터질 지경이야. 당신까지 내게 짐이 되지 마."

광춘의 머릿속은 온통 유괴범의 접선 장소와 몸값, 그리고 어떻게 전략적으로 접근해야 할지 고민하고 있었다. 영지의 의견이 그의 복잡한 뇌속에 비집고 들어올 틈이 없었다.

"그렇지만, 더 늦기 전에, 지금이라도⋯."

"여보, 의찬이 꼭 데려올게. 잠시만 쉬고 있어."

"쉬고 싶지 않아. 나는 도움이 되고 싶은 거야."

"도움이 되고 싶었다면, 애초에 아이를 잃어버리지 말았어야지!"

광춘은 쾅, 탁자를 내리쳤다. 워낙 육중한 몸뚱이로 짓눌러서인지 나무 판자는 큰소리를 내며 찌그러졌다. 영지는 너무 당황해 그만 말을 잃고 멀뚱히 쳐다볼 수밖에 없었다.

"가, 갔다 올게."

광춘은 메모를 들고 병실을 나갔다. 영지는 황급히 떠나는 남편의 뒷모습을 보면서 마음속에 어떤 일부분이 일그러지는 것을 느꼈다. 그녀가 무병이 난 이후로, 항상 자신을 못 미더워하는 광춘의 태도에 대한 반감이 비집고 나온 것이다.

모두의 예상과 달리 독도밤낚시터는 인천 바닷가에 붙어 있는 인공

가두리 낚시터였다. 내륙에서 동떨어졌다는 의미에서 독도라는 이름을 쓴 것 같았다. 이곳은 유부남 낚시꾼들 사이에서는 밤낚시 하기 좋은 곳으로 유명했다. 사생활이 잘 유지된다는 점에서였다. 모든 좌대나 방갈로 사이의 거리는 2미터가 넘었고, 이상하게 휴대전화 전파가 뜨문뜨문 잘 잡히지 않았다. 범인으로서는 최적의 장소를 고른 셈이었다.

달마 팀장은 낚시터에서 접선한다는 얘기를 듣고 탄식을 내뱉었다.

"왜요, 팀장님?"

"너 낚시 안 해봤지? 이건 너무 위험하다."

"팀장님, 시간이 없어요. 빨리 인원 짜고 출발해야 해요."

광춘은 조급하게 달마를 들들 볶았다. 그러나 달마는 고개를 가로저었다.

"무턱대고 가면 우리가 된통 당할 수도 있어." 달마 팀장은 미간을 구기며 다른 방법이 없는지 생각했다. "물고기가 다 도망간다고. 새벽 낚시터에서는 불도 못 켜, 소리도 낼 수 없단 말이야. 자외선 손전등이랑 무전기가 거의 무용지물이지. 이건 유괴범이 놓은 덫이라고."

"딱 최소 정예 인원만 모아서 가면 되잖아요."

"하아, 그게 그렇지가 않아. 광춘아, 헛볼 날아오는데 자꾸 스윙하다가는 삼진 아웃되는 거야. 공을 골라야지."

광춘은 시계를 보았다. 벌써 시간이 자정에 가까웠다. 경찰서에서 회의만 하다가 자기 아들이 죽게 생겼다.

"씨발, 그럼 어떡해요? 장소를 내가 협상할 수 있는 것도 아니고 나는 모르겠고요, 그냥 가겠습니다."

"얀마, 고광춘! 기다려! 여기 네 아들 걱정 안 하는 사람이 어딨어?" 달마는 책상을 탁 내리쳤다. "조금만 기다려보자. 전략을 짜자고. 이번

일은 감으로만 하면 다 홍어 똥구멍 되는 거야."

달마 팀장은 일단 선발대를 보내서 독도밤낚시터의 주인에게 협조를 구하고, 28번 좌대까지는 본인과 박형사 그리고 광춘 셋이서만 조용히 움직이기로 했다. 휴대전화가 안 터질 경우를 대비해 모든 병력은 무전기를 인이어 이어폰으로 착용했다.

그들이 탄 차가 낚시터 입구에 다다랐다. '물고기가 놀라니 라이트를 꺼주세요'라는 간판이 보였다. 라이트를 끄자, 차단기가 올라갔다. 달마 팀장과 박형사 그리고 광춘은 마치 낚시하러 온 친구들처럼 자연스럽게 트렁크에서 낚싯대를 꺼냈다.

매점 건물에 들어가자 계산대 뒤에 주인이 서 있었다. 달마 팀장이 자신의 신분증을 보여주자 낚시터 주인은 접선을 기다리고 있는 스파이처럼 고개만 끄덕였다. 아직 2시가 되기 30분 전이었다.

"28번 좌대랑 최대한 가까운 곳은 비워놨죠?"

박형사가 묻자 주인은 낚시터 지도의 28번 좌대를 손가락으로 가리켰다. 이 낚시터는 커다란 원형의 인공 호수가 가운데 있고 그 주위로 빙둘러 좌대와 방갈로가 있었다. 28번 좌대는 그들이 들어온 입구 정반대인 북쪽에 위치해 있었다. 그리고 그 뒤로는 작은 언덕 하나를 두고 바로 갯벌과 바다로 이어져 있었다.

"여기가 28번이고요. 그 옆에, 옆에 26번 좌대를 비워놨습니다. 오늘이 금요일이라 바로 옆에는 이미 예약이 되어 있어서 뺄 수가 없었어요."

낚시터 주인은 미안해하며 예의를 갖췄다. 박형사가 달마 팀장을 쳐다보자 그는 고개를 끄덕였다.

"네, 미리 전화로 말씀드렸듯이 입단속 철저하게 해주시고요. 혹시 오늘 28번 좌대 예약한 사람 여기 단골입니까?"

"아뇨, 처음 온 손님이에요. 저희 매점에서 낚싯대를 대여하지 않는 이상 얼굴을 마주칠 일이 없어서 몰라요."

"알겠습니다. 사장님은 평소처럼만 행동해주시면 됩니다."

"알겠습니다."

낚시터 주인은 마치 자기도 강력팀의 일원인 것처럼 꿀꺽 침을 삼키고 소곤거렸다. 그가 너무 긴장해서 경직되어 보이자 도리어 불안해졌다.

"사장님, 긴장하지 마세요. 별일 없을 겁니다."

"네? 네. 아유, 저, 저도 이런 일이 처음이라 괜히 걱정되네요."

광춘은 눈인사를 가볍게 하고는 밖으로 나왔다. 선발대로 먼저 왔던 강력팀 2명은 낚시터 입구를 지키게 했고, 팀장과 박형사 그리고 광춘은 차를 타고 26번 좌대로 갔다. 라이트를 켜지 못하니 달빛에만 의존해서 가야 했다. 그런데 그마저도 해무 때문에 제대로 보이지 않았다.

광춘은 스마트폰을 꺼냈다. 그들의 차가 낚시터 안쪽으로 깊숙이 들어가자 전파가 점점 약해지더니 이내 안테나 표시에 X자가 떴다.

광춘은 차창 너머로 방갈로를 보았다. 불 꺼진 곳에서 낚싯대를 던지거나 이미 던져놓은 낚싯대를 거치대에 기대어 놓고 평상에 앉아 있는 사람의 검은 실루엣이 보였다. 좌대마다 낚시꾼들이 던진 릴대 끝의 케미라이트가 녹색 야광으로 빛났다. 그 외에는 전부 먹칠을 한 것처럼 낚시터는 깜깜했다. 마치 밤하늘을 거꾸로 뒤집어놓은 듯 호수 위에서 별이 빛났다. 광춘에게는 잔인하리만큼 고즈넉하고 아름다운 모습이었다.

광춘은 자외선 손전등을 켰다. 보랏빛이 차 안을 밝혔다가 꺼졌다. 생각보다 밝아서 정말 절체절명의 순간에 딱 한 번 정도 켤 수 있을 것 같았다.

"그거 자꾸 키면 좋지 않아. 우리가 경찰인 거 다 들통나. 자, 긴장 붙들어 매고."

달마 팀장이 낚시 모자를 꾹 눌러쓰며 말했다. 광춘도 모자를 꺼내 썼다. 그들은 26번 좌대 앞에 내렸다. 새벽의 바닷바람이 꽤 서늘하게 등골을 파고들었다. 그들은 최대한 자연스럽게 트렁크에서 돈 가방을 꺼내 평상 위에 얹었다. 달마 팀장과 광춘은 낚싯대를 거치대에 꽂고 박형사는 화장실을 가는 것처럼 자연스럽게 좌대 밖으로 나갔다.

달마 팀장은 입구를 지키는 강력팀에 무전을 보냈다. 입구 쪽에서는 특별한 움직임이 없다는 보고가 돌아왔다. 박형사는 천천히 28번 좌대 쪽으로 걸어가며 슬쩍 안을 봤지만, 아무도 없었다.

—팀장님, 범인은 없습니다.

"오케이, 넌 그쪽을 맡아."

광춘은 시계를 봤다. 2시 3분 전이었다. 그는 주변을 살폈다. 이곳은 범인이 도주할 수 있는 퇴로가 너무 많았다. 북쪽 고개만 넘으면 바로 서해였고 사방이 어둠이었다. 불길한 생각을 하자 광춘은 점점 초조해졌다. 담배가 심하게 당겼다.

시계를 다시 보자 정확히 새벽 2시였다. 유괴범이 말한 시간이었다. 광춘은 28번 좌대 앞에 가서 두리번거렸다. 그때 저 멀리서 검은색 스쿠터가 헤드라이트를 비추면서 다가왔다. 덜덜거리는 머플러는 낚시터의 고요를 깼다. 스쿠터에서는 잔뜩 긴장한 낚시터 주인이 내렸다.

"전화가 와서는 이거 전해주라고 하더라고요."

주인은 첩보 영화처럼 조심스럽게 쪽지를 전달하고는 매점으로 돌아갔다. 광춘은 쪽지를 펼쳤다.

'28번 좌대에 있는 바구니에 돈 가방을 넣어주세요, 고형사님.'

컴퓨터로 프린트된 글씨였다. 광춘은 종이를 구겼다.

―뭐야?

인이어로 팀장이 물었다. 광춘은 간단히 설명하고 돈 가방을 28번 좌대에 놓인 바구니에 넣었다. 바구니 손잡이 끝에는 굵은 낚싯줄이 묶여 있었다. 광춘이 조금 뒤로 물러서자 바구니에 연결된 낚싯줄이 팽팽하게 당겨졌다. 바구니는 서서히 인공호수 건너편으로 끌려갔다.

"팀장님, 건너편에서 범인이 가방을 당기고 있어요."

―박형사, 가방을 따라가.

달마 팀장이 명령을 내렸다. 박형사는 호수를 천천히 떠가는 바구니를 응시하며 빠른 걸음으로 걸었다. 뒤꿈치를 들며 소리를 최소화했다. 광춘은 반대편 길로 바구니를 따라갔다. 케미라이트 불빛 사이로 바구니가 보였다. 하지만 명확하지 않았다. 바다 한가운데에 떠 있는 부표처럼 바구니는 천천히 호수 건너편으로 부유하고 있었다. 바구니가 호수 가운데까지 다다르자 거리가 멀어서 잘 보이지 않았다. 이 낚시터의 인공호수는 지름만 1킬로미터에 달해 웬만한 축구장보다 컸기 때문이다. 이제 바구니는 멀리 저 인공호수 한가운데에서 엄지손가락만 하게 보였다.

팽!

갑자기 낚싯줄이 당겨졌다. 천천히 움직이던 바구니가 엄청난 속도로 건너편으로 끌려갔다. 바구니는 거칠게 물살을 갈랐다. 광춘은 놀라 뛰었다. 맞은편의 박형사도 내달리기 시작했다. 그들은 호수의 테두리를 둘러 갔기 때문에 바구니가 호수를 가로지르는 속도를 따라잡을 수 없었다.

―팀장님, 안 되겠어요. 이러다가 바구니를 놓치겠어요. 건너편에 있는 좌대를 다 조져야 할 것 같습니다.

박형사가 무전을 보냈다.

"입구에서도 한 명 붙어!"

달마 팀장은 무전을 끊고 차에 올라 키를 돌렸다. 그런데 부르르 떨더니 엔진이 멈췄다.

"하아, 미치겠네."

그는 다시 열쇠를 돌렸다. 부르르 틱, 하더니 또 시동이 걸리지 않았다.

"제발, 이러지 말아라."

달마 팀장은 열쇠를 다시 돌렸다. 그제야 시원하게 시동이 걸렸다. 팀장은 액셀을 끝까지 밟았다. 고물차는 거친 엔진음을 내며 자갈길을 박차고 튀어 나갔다. 팀장의 시야에 전력 질주하는 광춘이 들어왔다.

"타!"

광춘이 조수석에 올라타자 차는 다시 가속했다. 광춘은 창문을 내리고 고개를 내밀었다. 돈 가방이 든 소쿠리는 맹렬한 속도로 건너편 좌대로 끌려가고 있었다. 잘하면 따라잡을 수 있다.

"팀장님, 좀 더 빨리요!"

광춘은 소리쳤다. 차의 뒷바퀴는 거칠게 노면을 훑으며 코너를 돌았다. 달마 팀장은 거의 도착해서 헤드라이트를 켰다. 불빛이 비치자 검은 물체가 도망치는 게 보였다. 차량이 멈추자 광춘은 서둘러 내렸다. 달마 팀장도 권총을 꺼내 들고 내렸다. 범인이 도망친 좌대를 급히 살피니 바구니가 비어 있었다. 돈 가방이 사라진 것이다.

"저 새끼 잡아!"

광춘은 외쳤다. 검은 실루엣은 돈 가방을 들고도 자신보다 빨랐다. 그러나 광춘도 만만치 않았다. 범인은 불과 20미터 앞에 있었다. 그런데 갑자기 내달리던 범인은 휙 방향을 틀더니 순식간에 어둠 속으로 사라졌다. 그리고 발소리가 멈췄다. 광춘도 그 자리에 섰다. 건너편에서 누군가가 달려오고 있었다. 박형사였다.

"선배님, 그 새끼 어디 갔습니까?"

"쉿."

광춘은 검지를 들어 입에 대고 주변을 살폈다. 범인은 아직 이 근처에 있다. 조용히 귀를 기울였다. 주변 낚시꾼들이 시끄럽다고 항의하자 박형사는 경찰 신분증을 보여주며 협조를 요청했다. 달마 팀장이 다가왔다.

"손전등 켜라."

강력팀 전원이 자외선 손전등을 켰다. 돈 가방에 묻힌 형광물질을 찾기만 하면 된다. 아니나 다를까, 액체가 많이 묻어서인지 범인이 사라진 근처 바닥에는 연녹색 물질이 간간이 떨어져 있었다. 헨젤과 그레텔의 빵 부스러기처럼 이제 따라가기만 하면 됐다. 광춘은 자신의 아드레날린이 분비되는 걸 느꼈다. 범인이 바로 코앞에 있다. 놈을 잡아서 묵사발을 내줄 것이다.

박형사는 자외선 손전등을 다른 낚시꾼들에게도 비추며 살폈다. 낚시꾼들의 짜증이 계속 들렸지만, 그들은 멈추지 않았다. 바닥에 형광으로 빛나던 녹색 물질이 방갈로 하나를 지나자 뜨문뜨문 보였다. 범인이 빨리 걸어간 것이다. 광춘의 보폭도 빨라졌다.

녹색 물질은 북서쪽 언덕으로 넘어갔다. 광춘이 그 위에 올라서자 서해의 바닷바람이 얼굴을 강타했다. 간조로 인해 거친 민낯을 드러낸 갯벌이 보였다. 그 위로 발자국이 움푹 파인 게 눈에 들어왔다. 보폭이 상당히 넓었다. 광춘은 뛰기 시작했다.

어둠 속에서 광춘의 손전등 불빛이 거칠게 흔들렸다. 발이 갯벌에 빠져서 벗어나기가 쉽지 않았다. 양발에 아령을 묶어 놓은 것처럼 발목이 지끈거렸다. 박형사와 강력팀원들이 뒤에서 갯벌에 빠지는 소리가 들렸다.

"저 앞이야! 저기로 갔어! 서둘러!"

광춘은 소리쳤다. 그의 앞으로 범인의 발자국이 계속 이어져 있었다. 군데군데 형광물질도 보였다. 광춘은 기를 쓰고 앞으로 나아갔다. 가다가 철퍼덕 넘어졌다. 다리를 번쩍 들고 달렸지만 역부족이었다. 정신없이 뛰다 보니, 어느새 바닷물이 무릎 근처까지 차오르는 게 느껴졌다. 바닷물 소리와 뱃소리가 들렸지만, 가까운 거리의 시야는 확보되지 않았다. 광춘은 어둠 속에서 허우적거렸다. 차가운 바닷물이 가슴까지 서서히 차오르자 순간 두려움이 밀려왔다.

그때 갑자기 확, 하고 밝은 빛이 바다를 향해 비쳤다. 광춘이 돌아보자, 달마 팀장의 차가 언덕 위에서 상향등을 켜고 있었다. 광춘은 다시 고개를 돌려 바다를 보았다. 눈앞에 범인이 헤엄치고 있었다. 광춘은 몸을 던졌다.

얌전한 바다인 줄 알았는데 파도가 매서웠다. 광춘은 자신의 몸이 앞으로 헤엄쳐 나아가고 있는 건지도 명확하지 않았다. 범인은 점점 멀어졌다. 내려오는 에스컬레이터를 거꾸로 걸어 올라갈 때 같은 자리에서 헛도는 것처럼, 광춘은 한곳에 머무르는 착각이 들었다. 앞을 보았다. 범인은 기다리고 있던 소형 어선에 올라탔다. 서해에서 흔히 보이는 통통배였다.

"안 돼!"

광춘은 더욱더 힘차게 팔을 저었다. 호흡이 가빠지고 구역질이 올라왔다. 하지만 멈추지 않았다. 통통배는 시동을 걸더니 바다에 비친 보름달을 가르며 앞으로 나아갔다. 도저히 헤엄쳐서 따라잡을 수 없을 속도였다. 광춘은 포기하지 않았다. 자기 아들의 목숨이 걸린 일이었다. 그는 계속 팔을 휘저었다. 다시 구역질이 올라왔다. 다리에 경련이 일며 쥐가 났다.

감전된 것처럼 고통이 온몸을 휘감아 더는 나아가지 못했다. 유괴범이 탄 어선은 어느새 달의 뒤편으로 사라지고 없었다.

****

돈 가방에 숨겨둔 GPS의 신호는 인천터미널 물류단지가 있는 경인아 라뱃길 초입에서 신호가 끊겼다. 유괴범이 가방을 바꾼 것이다. 광춘과 강력팀은 낭패를 당했다. 광춘은 돈도 잃고 의찬도 찾지 못했다. 해가 뜨자마자 낚시터를 살피고 흔적을 찾아보려 했지만, 아무것도 없었다.

광춘은 참담한 이 소식을 어떻게 영지에게 알려야 할지 몰랐다. 그런데 의외로 영지는 덤덤했다.

"알았어요."

빈껍데기 같은 영지의 얼굴에서는 감정을 읽을 수 없었다. 그녀는 광춘에게 갑자기 존댓말을 하며 벽을 쌓았다. 가끔 부부가 심하게 다투고 나면 영지는 일부러 그에게 존댓말을 썼다. 이는 적당한 거리감을 주었고 광춘은 그런 불편함을 견디지 못했다.

광춘은 왜 그러는 거냐고 묻고 싶었지만, 참았다. 싸움이 될 게 뻔했다. 하지만 광춘은 이때 물어봤었어야 했다. 그가 경찰서에 간 사이 영지는 아픈 몸을 이끌고 돌연 사라졌기 때문이다.

광춘이 한창 강력팀에서 골머리를 앓고 있을 때, 병원에서 연락이 왔다. 오전 회진 때부터 자신의 아내가 보이지 않는다는 전화였다.

영지가 있어야 할 병실에는 그녀가 없었다. 광춘이 전화를 했지만, 그녀의 휴대전화는 꺼져 있었다. 광춘은 돌아버릴 지경이었다. 아들이 유괴된 것도 모자라 이젠 아내까지 사라졌다. 그때 병실 담당 간호사가 왔다.

"이영지 환자분 보호자 되시죠?"

"아, 예. 제가 남편입니다."

"수납해주셔야 할 것 같아요."

간호사가 사무적으로만 말하자 광춘은 욱하는 감정이 올라왔다.

"아니, 지금 사람이 사라졌는데 돈 얘…."

광춘이 말을 마치기 전에 간호사는 주머니에서 쪽지를 하나 건넸다. 거기에는 간단하게 '금방 돌아올게요'라는 아내의 손글씨가 적혀 있었다. 광춘은 환장할 노릇이었다.

"이게 뭡니까?"

"저한테 남편분 오시면 전해주라고 하셨어요. 그러고는 오늘 오전부터 안 보이세요. 혹시 몰라서 그러니까, 원무과 가셔서 지금까지의 치료비와 입원비 정산 부탁드립니다."

광춘은 그리했다. 원무과에 가서 수납하고 영지의 외투와 옷가지를 챙겼다. 광춘의 몸에서 기운이 쫙 빠졌다. 자신이 경찰로서, 남편으로서 영지에게 믿음을 심어주지 못했다는 점이 못내 계속 마음에 남았다. 아들이 어디 있는지 제대로 된 단서조차 찾아내지 못한 스스로가 너무 한심했다.

광춘은 바로 집으로 가서 영지의 짐을 놓고 베란다에서 담배를 물었다. 불과 일주일 전만 해도 자신의 아내와 아들이 같이 살았던 이 공간에 지금은 혼자 서 있는 것이다. 감당할 수 없는 공포와 서러움이 동시에 밀려왔다. 광춘은 베란다를 붙잡고 눈물을 훔쳤다. 아내를 찾아야 한다는 걸 알았지만 여력이 없었다. 24시간 경찰서에 붙어 있어도 마음이 불편했기 때문이다. 아내는 어딜 갔다 온다는 것일까. 그녀는 자신과 결혼하면서 가족과의 연도 다 끊었다. 몸이 아픈 뒤로는 친구들도 잘 만나지 않아

딱히 떠오르는 곳도 없었다.

그러나 광춘은 굳이 그녀를 찾을 필요가 없었다. 정확히 나흘 뒤, 영지는 전혀 다른 사람이 되어 집으로 돌아왔기 때문이다.

****

의찬이 없어진 날처럼 갑작스러운 폭우가 쏟아졌다. 영지는 조용히 자신의 집 현관문을 열었다. 그녀는 할매보살과 함께였다. 집 안은 오랫동안 사람의 온기가 미치지 못해 써늘하고 막막했다. 할매보살은 우비를 벗었다. 그러자 그 안에 오색찬란한 무복이 보였다. 저고리 소매의 빗물을 털어내며 노파는 말했다.

"아들이 애착을 갖고 몸에 지니고 다닌 물건이면 좋은데, 없나?"

"항상 가슴에 노란색 부적 같은 걸 만들어서 품고 다니긴 했는데, 그날도 갖고 나가서 없어."

영지는 단단한 목소리로 대꾸했다. 그녀의 눈은 이전과 달리 깊고 짙었다. 안 그래도 삐쩍 야윈 몸에서 10킬로그램이나 더 빠져 몸은 깡말랐다. 그렇지만 전보다 건강해 보였다. 그녀가 입고 있는 하얀 삼베 무복의 옷맵시도 똑떨어지게 정갈했다.

"지속 시간이 좀 짧아지겠지만, 어쩔 수 없지. 딴 걸 쓰자. 네 아들이 입던 속옷이나 갖고 와."

할매보살과 영지는 커다란 꾸러미를 바닥에 내려놓았다. 그 안에서는 놋그릇과 온갖 제의 도구들이 나왔다. 할매보살은 신당을 설치하고 바리데기 공주 탱화를 걸었다. 신장대와 무당 방울을 꺼내고 한쪽 놋그릇에는 물을 담고 다른 그릇에는 의찬의 속옷을 넣고 그 위에 지화를 얹었다.

"잘 들어! 네 아들의 영혼소에 들어가면 붉은색으로 된 문이 있을 거야. 거길 같이 걸어 나가야 네가 아들의 몸에 빙의할 수 있어. 그전에 아들에게 허락받는 것을 잊지 말고. 어쨌거나 네 아들이 육신의 주인이니까."

할매보살은 매우 진지하고 엄숙한 말투였다.

"그리고 빙의가 끊기고 나면, 네 아들은 그 시간을 기억하지 못해. 꿈같은 거지. 바꿔 말하면 완전 무방비로 있는 거니까 꼭 안전한 장소로 돌려놓고, 향냄새를 따라와서 누운 다음에 무당 방울을 흔들면 빙의에서 깨어나. 알았지?"

"알았어, 귀에 딱지 앉겠어."

"명심해야 해. 영혼소에서의 시간과 현실에서의 시간은 똑같이 흘러간다는 것을."

할매보살은 굉장히 힘주어 강조했다. 교자상 위로 빙의 의식을 위한 제의 도구들이 모두 갖추어지자, 영지는 무당 방울을 들었다.

"할매, 내가 아직 준비가 안 됐으면 어떡해?"

영지의 얼굴은 상기되었다. 목소리에는 예민함이 묻어 있었다.

"이년아, 시간이 없어. 그냥 해."

할매보살이 무심하게 말하자, 영지는 도리어 긴장이 조금 풀렸다. 영지는 그녀의 그런 점이 좋았다. 자신을 딱하게 보거나 불쌍히 여기지 않고 오히려 막 대해서인지 할매보살과 있으면 눈치를 보지 않아도 됐고, 마음도 불편하지 않았다.

영지는 전등 스위치를 껐다. 창으로 푸른 달빛이 드리웠다. 아파트 벽을 소낙비가 불규칙하고 불안하게 두들겼다. 영지는 상 앞에 무릎을 꿇고 오른손에 든 무당 방울을 흔들었다. 처음에는 그녀의 의지로 방울을 흔들었지만, 이내 방울이 영지의 몸을 움직이는 것처럼 느껴졌다. 영지는 할매보살에게 배운 바리데기 무가를 부르기 위해 침을 한번 삼켰다.

할매보살은 지화와 향에 불을 붙였다. 얇은 한지는 타들어 가더니 이내 의찬의 속옷에도 불이 번졌다. 면 재질은 금방 타들어 갔다. 영지는 신장대와 무당 방울을 힘차게 흔들며 바리데기 무가를 불렀다.

딸랑딸랑
버리는 애기라도 이름이라도 지서주면은…
딸랑딸랑
버리고 버리데기 던져도 던져데기…
딸랑딸랑.

내 신발 바닥을 감싼 진흙 때문에 질퍽거렸다. 처음에는 영혼소에 눈이 적응하느라 시야가 희뿌연 줄 알았다. 그런데 아니었다. 이상하게 습하고 어둡고 찐득했다. 두피를 두들기는 느낌이 들어 위를 올려다보니, 비가 온몸에 흠뻑 쏟아지고 있었다. 밝고 의젓했던 내 아들이 왜 이런 영혼소에서 지내고 있는지 알 수 없었다. 어쩌면 아이의 마음속에서는 종일 비가 내리고 있었는데 내가 제대로 헤아려준 적이 없었는지도 모른다.

빗방울과 함께 현실의 향냄새가 코 처마로 떨어졌다. 은은했다. 아직은 여유가 있다. 나는 심호흡을 하고 진흙탕에서 다리를 빼냈다. 아들의 영혼을 만나야 했다.

한 5분 정도 나아갔을까. 커다란 철문이 나왔다. 오랜 시간 그 자리에 있었던 듯 갈색으로 군데군데 녹이 슬었다. 가까이 가서 보니 대리석 현판에 '매헌초등학교'라고 적혀 있었다. 의찬이 다니는 학교였다.

나는 서둘러 교문을 열었다. 삐걱, 소리가 났다. 정문 옆에는 은행나무가 말라비틀어진 채로 나를 굽어보고 있었다. 학교 괴담에나 어울릴 법한 을씨년스러운 분위기였다.

아들이 다니는 초등학교는 한 번 왔던 적이 있었다. 내가 무병이 심하게 들기 전이니까, 의찬의 입학식 때일 것이다. 길고 긴 교장의 인사말이 끝나고 의찬의 손을 잡고 학교를 둘러보았다. 내 아들이 유치원에 들어가 학예회를 할 때만 해도 뭉클했는데, 초등학교에 입학한다고 생각하니 거친 세상 속에 던져놓는 게 아닌가 싶어 안타까웠던 기억이 있다.

얼른 학교 건물로 들어갔다. 밤의 학교는 여전히 으스스했다.

의찬은 1학년 2반을 거쳐, 2학년 2반, 그리고 3학년… 몇 반이었더라? 올해는 내 건강이 본격적으로 악화하기 시작해서 3학년이 된 아들을 제대로 챙기지 못했다는 사실이 새삼 떠올랐다.

하는 수 없이 2층 복도 끝부터 순서대로 실내화 서랍장을 뒤졌다. 위에서부터 아래로 훑으며 아들의 이름을 일일이 찾았다. 아들이 몇 반인지도 모르는 나 자신에게 신경질이 났다.

3학년 5반. 고의찬.

삐뚤빼뚤한 글씨로 적혀 있었다. 칸에는 의찬의 꼬질꼬질한 신발이 들어 있었다. 벌써 1년이 넘은 신발이었다. 2학년이 된 기념으로 축하한다고 남편이 사준 기억이 났다.

3학년 5반 교실 문을 열었다. 순간 시큼한 냄새가 코를 찔렀다. 나는 얼른 소매로 코를 막았다. 화장실 지린내 같기도 했고, 음식물이 썩은 냄새 같기도 했다. 하지만 교실 불이 꺼져 있어 냄새의 시작점을 확인하긴 어려웠다. 특히, 교실 안에도 안개가 낀 것처럼 시야가 답답했다. 당장 1미터 앞도 분간하기 어려웠다.

나는 벽을 더듬어 스위치를 눌렀다. 딸깍 소리만 날 뿐 불은 켜지지 않았다. 창가로 가서 창문을 열어젖혔다. 세찬 비가 교실로 들이닥쳤지만, 악취는 빨려 나갈 수 있었다. 안개도 서서히 걷히며 교실 전체가 내 눈 안에 들어왔다.

교실에는 기껏해야 책상이 15개 정도 있었다. 그리고 맨 뒤 책상에는 내 아들, 의찬이 앉아 있었다. 그런데 두 가지가 이상했다. 하나는 의찬의 책상만 뒤로 상당히 동떨어져 있었다는 점이고, 또 다른 하나는 의찬이 등을 돌리고 교실 뒤를 바라보고 있다는 점이었다. 나는 의찬에게 뭔가 불길한 일이 닥쳐오고 있다는 사실을 직감했다.

****

띠, 띠, 띠, 띠리리릭.

부지불식간에 현관문 도어록의 잠금이 해제되었다. 광춘이 현관으로 들어섰다. 어둠 속에서 자신의 아내와 노파가 희한한 한복을 입고 있는 모습이 생경하다 못해 음침해 보였다. 그는 소스라치게 놀랐다. 장례식장에서 날법한 향냄새가 집 안에 그득했다.

"이게 다 뭐야, 씨발⋯."

"잠시 기다려, 이놈아."

할매보살은 황급히 광춘에게 다가갔다. 광춘은 영지가 고개를 푹 늘어뜨리고 의식이 없는 걸 목격하자, 놀라서 성큼성큼 그녀 가까이 갔다. 영지는 빙의를 시도하는 중이라 당연히 광춘을 느끼지 못했다.

"깨우면 안 돼, 큰일 나. 도로 아미타불 돼."

할매보살은 몸을 던지다시피 하며 광춘의 앞을 가로막았다.

"이게 뭐냐고!"

"지금 영지 무당이 네 아들을 찾아가는 거야."

"영지… 무당?"

광춘은 할매보살을 밀쳐냈다. 아들이라는 말보다, 무당이라는 단어가 그의 뇌리에 깊숙이 각인됐다. 그의 눈이 회까닥 돌았다. 그는 영지의 어깨를 꽉 움켜잡았다. 광춘은 놀랐다. 어깨가 바스러질 것처럼 야위었다. 영지는 의식이 없는 환자처럼 보였다. 광춘은 이게 허로증이나 몽유병 따위가 아니라는 것을 확실히 알았다. 이대로 두면 영지가 위험했다.

"여보, 일어나 봐. 여보!"

"하지 말라니까!"

할매보살이 아무리 만류해도 광춘은 세차게 영지를 흔들었다. 워낙 거대한 덩치라 할매보살이 말려도 한계가 있었다. 광춘이 한번 움찔했을 뿐인데 영지의 가녀린 상체가 앞뒤로 휘둘렸다.

아들을 움켜잡은 내 손에서 힘이 스르륵 빠져나갔다. 갑자기 누군가가 목덜미를 세게 움켜쥐는 것처럼 나는 뒤로 나자빠졌다. 어찌 된 영문인지 몰랐다. 분명히 내게는 시간이 더 있었다. 그런데 팔다리가 말을 듣지 않았다.

나는 바닥에 붙어서 움직이질 못했다. 차가운 시멘트가 온전히 등 뒤로 느껴졌다. 왜 이러는 거지? 의찬을 구해야 하는데, 왜 갑자기 몸이 이러는 거지?

현실에서 불어오는 향냄새가 코끝에 현현했다. 나를 잡아당기는 힘은 더욱 세졌다. 꼭 두피에서 머리카락이 한 움큼 뜯겨나갈 것만 같은 고통이 일었다. 나는 쑤욱 바닥으로 가라앉았다. 의찬이 앉아 있는 교실이 아득히 내 시선 위로 사라지면서 나는 밑으로, 점점 밑으로 가라앉았다.

영지는 왁, 소리를 내지르며 깨어났다. 광춘은 그녀가 잘못된 건가 싶어 황급히 그녀의 몸을 안아 옆에 눕혔다.

"하이고, 어째. 이러면 안 돼, 큰일 났어!"

할매보살은 완력으로 광춘을 제압할 수 없어 옆에서 안타까운 한탄만 뱉어냈다. 영지는 괴로운 잠에서 힘겹게 깨어나듯이 눈을 떴다. 그 앞에 광춘이 있었다. 그녀는 어떻게 된 영문인지 모르는 표정이었다.

"이놈아, 깨워버리면 어떡해. 겨우 아들을 찾아갔을 터인데."

할매보살의 목소리가 날카롭게 영지의 귀를 파고들었다. 정신이 어지럽고 속이 매스꺼웠다. 진득한 향냄새를 맡자 그제야 자신이 있는 곳이 현실이라는 것을 자각했다. 그리고 빙의가 튕겼다는 것을 깨달았다.

"어떻게 된 거야?"

영지는 남편의 손을 치워냈다.

"당신, 옷은 이게 뭐야? 꼴은 또 왜 이래? 무당은 뭐야, 도대체…."

광춘은 매달렸다. 그러나 영지의 시선은 할매보살에게 꽂혔다.

"할매, 어떻게 된 거야?"

"저놈이 널 깨워버렸어."

"뭐?"

그제야 영지는 광춘을 똑바로 노려보았다. 광춘은 그녀의 눈동자가 범상치 않다는 걸 깨달았다. 계속 쳐다보고 있으면 마치 그 안으로 빨려 들어갈 것 같은 깊은 우물이 눈 안에 있었다.

"여보, 진짜 왜 이래? 당신까지 미쳐버리면 어떡해!"

"광춘 씨, 비키세요. 할매, 다시 준비해. 의찬이한테 무슨 일이 생긴 거 같아. 바로 들어가야 해."

광춘이 폭발하며 화냈다면, 영지는 서늘하게 식어갔다. 흡사 병원 간호사가 광춘에게 건넸던 것과 다를 바 없는 사무적이고 인간미 없는 음성이었다.

"과, 광춘 씨? 여보, 이게 지금 무슨 꼴이야?"

"손녀사위, 영지 무당을 그렇게 막 불러선 안 돼."

할매보살이 눈을 치켜뜨며 다가왔다.

"손녀사위? 까는 소리 하네. 당신 한번 탈탈 털어서 감옥에 처넣어줘? 여보, 지금 이게 뭐냐니까!" 광춘의 피로에 찌든 목소리는 점점 높아졌다. "그리고 광춘 씨는 또 뭐야? 아, 아니 아니야, 됐고! 듣고 싶지도 않아 빨리 치워!"

"광춘 씨, 이게 다 고의찬 군을 위한 거니까 잠시만 믿고 지켜봐 주세요."

영지의 말에 광춘은 순간 그녀와의 거리가 서너 배는 멀어진 듯이 느껴졌다. 깍듯한 높임말이 문제가 아니었다. 눈앞에서 그녀가 풍기는 기운이 전혀 달랐다.

"고, 의, 찬, 군? 허허허. 왜 이래, 정말! 당신 아들 이름이야. 왜 이러는 거야, 당신."

"할매, 뭐해? 빨리 준비해 빙의해야지."

"빙의?"

영지는 대답 대신 놋그릇을 비우고 의찬의 다른 속옷을 넣었다. 할매보살은 광춘의 옷소매를 잡았다. 잠시 가서 따로 얘기하자는 것이었다.

"손녀사위, 강신무가 되면 가족과 거리를 둘 수밖에 없어서 저러는 거야. 안 그러면 너나 의찬이가 다쳐. 영지 무당의 배려라고."

"모르겠고, 당신은 잠시 나가 있어. 내 와이프랑 얘길 좀 해야겠으니까."

광춘은 노파의 손을 쳐냈다. 노파는 등을 구부린 채 뒷짐을 졌다. 광춘은 큰 몸으로 영지에게 터벅터벅 다가갔다. 그는 상을 들어 엎을 기세였다.

"여보, 이건 신년운세 보러 가는 거랑은 차원이 다른 문제야."

영지는 묵묵히 상을 차리고 있었다. 불필요하게 긴 정적이 흘렀다. 그런데 전화가 울렸다. 서에서 온 긴급한 전화였다.

"어, 박형사, 나 잠시만. 이따가 전화 줄게."

—선배, 유괴범 찾았어.

박형사의 목소리 뒤로 자동차 경적이 들렸다.

"뭐?" 광춘의 눈이 번쩍 뜨였다. "어떻게? 어디?"

—이놈들이 오후에 마킹된 현금을 갖고 와서 강서지점에 입금한 게 확인됐어. 지금 바로 얘네들 거처로 출발할 거니까 빨리 와!

"지, 지금? 아, 알았어."

광춘은 전화를 끊고 영지를 쳐다보았다.

"여보, 들었지? 지금 우리 의찬이 데려간 놈들 찾았대. 이제 가서 잡기만 하면 돼."

"얼른 가세요."

영지는 소름 돋게 차가웠다. 광춘은 그녀가 눈 한번 끔뻑하지 않고 말하는 게 놀라웠다.

"당신이 이러고 있는데 내가 어떻게 가? 그러니까 이거 다 정리하고 저 노망난 할머니 보내. 이게 다 뭐 하는 거야? 의찬이가 와서 보면 뭐라고 하겠어."

"광춘 씨, 저는 제가 할 일을 할 테니까 경찰은 경찰이 할 일을 하세요."

"나 믿으라니까."

"어떻게 믿어요? 또 뭘 믿어요? 그렇게 당신과 동료들이 까먹은 시간이 벌써 열흘이 넘어요. 이젠 내가 스스로 해요. 그러니까 제발 가라고요. 이럴 시간에 각자 맡은 바에 최선을 다하는 게 좋아요. 한 번만 더 나를 깨운다면, 그땐 진짜 용서하지 않겠어요."

영지는 단호했다. 광춘은 그 자리에 얼어붙었다. 휴대전화 진동이 다시 울렸다. 이번에는 팀장에게서 온 문자메시지였다. 유괴범의 은신처 주소였다. 광춘은 망설였다. 시간이 없다. 그런데 눈앞에서 자신의 아내가 미쳐가는 모습을 가만히 보고 있을 수는 없었다. 하지만 지금 가지 않으면 아들을 영영 못 구할 것 같다는 두려움이 아내에 대한 걱정을 앞질렀다.

"제기랄! 그, 금방 돌아올 테니까 이 이상 위험한 짓만 하지 마."

광춘이 현관 입구에서 신발을 신으려 하자 할매보살이 옆으로 비켜섰다. 광춘은 노파를 노려보더니 이내 집을 나갔다. 띠리릭, 소리를 내며 도어록이 잠겼다.

"이제 진정하고 다시 해보자. 네년 영력이 떨어졌기 때문에 조금 더 아프고, 조금 더 힘들 거야."

할매보살이 향불에 불을 붙였다. 영지는 이마에 흐르는 식은땀을 닦았다. 바리데기 무가를 부르며 무당 방울을 흔들었다. 딸랑딸랑. 그녀의 영혼이 떠올랐다.

****

나는 다시 아들의 영혼소에 안착했다. 시간이 촉박했다. 나는 교실까지 내달렸다. 의찬은 여전히 구부정한 자세로 교실 끝에 외로이 앉아 있었다.

의찬의 시선이 머무는 곳에는 교실 뒷문이 있었다. 빨간색이었다. 할매 보살이 말했던 아들의 육신과 통하는 문이었다. 나는 헐레벌떡 달려가 의찬을 붙잡았다. 아이의 어깨가 축축했다.

"의찬아!"

아들은 눈은 뜨고 있었지만, 초점이 없었다. 시큼한 냄새가 올라왔다. 나도 모르게 미간이 찌푸려졌다. 썩은 내는 의찬의 옷에서 났다. 아이가 입고 있는 옷은 누더기에 가까울 정도로 남루했다. 서둘러 아들의 바지를 확인했다. 오줌을 싼 건 아니었다.

"의찬아, 엄마 왔어. 대답 좀 해봐. 너 옷은 또 왜 이런 거야?"

나는 진정하고 냄새를 다시 맡았다. 악취는 아들의 몸 전체에서 났다. 오랜 시간 씻지 않은 노숙자에게서 날 법한 지독한 지린내였다. 처음에는 다른 학생이 내 아들에게 화장실 오물을 뒤집어씌웠다고 착각했다. 그런 데 아니었다. 오롯이 의찬에게서 나는 냄새였다.

내가 아파 누운 뒤부터 아이는 스스로 세탁기를 돌렸다. 어린아이가 자신의 옷을 빤다면 얼마나 깨끗이 잘 빨아 입을 수 있었겠는가. 내 병약 한 육신에서 나는 꿉꿉한 냄새에 코가 마비되다 보니 깨닫지 못했지만, 아들은 항상 땀에 전 옷을 입고 다녔던 것이다. 내가 아프다는 이유로, 남편이 바쁘다는 이유로 신경 쓰지 못하면서 아들은 꾀죄죄한 차림으로 등교했다. 솔직히 알고 있었다. 하지만 힘들어 챙길 수가 없었다. 그런데 이렇게 의찬이 반에서 소외되어 가고 있는 줄은 상상도 못 했다.

갑자기 1학년 입학식 때 아들의 담임선생과 나눴던 대화가 떠올랐다. 그녀는 당시 사십 대 후반의 나이로 꽤 오랜 기간 초등학생을 가르쳐왔었 다. 그날도 나는 교실을 둘러보며 학급 인원수가 대폭 줄었다는 사실에 새삼 놀랐었다.

"제가 국민학교 때는 한 반에 사십 명씩, 오십 명씩 수업을 들어서 정신없었는데, 지금은 아이가 적어서 우리 의찬이가 다니기 좋은 거 같아요."

내가 순진하게 묻자, 선생으로부터 의외의 대답이 돌아왔다.

"그런데 아이들끼리 사이가 좋지 않으면 다른 대안이 없어요. 한 번 메인 그룹에서 아이가 튕겨 나가면 다시 섞이기가 힘들죠. 요새 아이들은 영악해서 벌써 정치를 한답니다."

선생은 우스갯소리로 농담한 것이었지만, 나는 세태의 변화를 실감하며 등골이 꽤 서늘했던 기억이 있다. 의찬은 2학년까지는 매년 반장도 하고 인기도 많아, 당시 저 말은 서서히 내 기억 뒤편으로 사라졌다. 하지만 아들의 영혼소에 들어와 보니, 더는 남의 문제가 아니었다는 것을 깨달았다. 나는 축축한 아들의 몸을 안았다.

"의찬아, 엄마가 미안해. 조금 더 신경을 썼어야 했는데…."

의찬은 여전히 초점 없는 눈으로 먼 곳을 응시하고 있었다. 창문으로 선들바람이 불어오자 목 뒤의 털이 곤두섰다. 향이 타들어 가는 냄새가 매우 진했다. 시간이 많이 없다. 길어야 5분.

"의찬아, 엄마 봐봐. 우리 아들, 예쁜 눈을 왜 이렇게 뜨고 있어?"

의젓했던 사내아이의 모습은 온데간데없고 멍한 꼬마가 앉아 있었다. 아들은 마치 턱받이를 하던 영아기 때의 모습처럼 지능이 퇴보한 느낌마저 들었다.

"의찬아, 엄마랑 저 문을 열고 같이 나가자. 시간이 없어."

나는 아들의 뺨을 가볍게 톡 건드렸다. 여전히 그대로였다. 의찬은 마치 눈을 뜬 채 꿈을 꾸는 것 같았다. 빨간 문을 쳐다보면서 그 너머의 존재에 시선을 주고 있다는 느낌이 들었다. 아들에게서 허락을 받는 과정을 생략해야 했다.

　붉은 뒷문을 옆으로 밀었다. 할매보살의 설명과 달리 문은 사람의 손길을 기다렸다는 듯이 쉽게 스르륵 열렸다.

　나는 아들을 두 팔로 안아 올렸다. 하마터면 다리가 무너질 뻔했다. 의찬은 또래에 비해 작고 마른 편이었지만, 쌀 한 가마니 무게는 족히 넘었다.

　빨간 문 뒤로 꿀렁꿀렁하며 불쾌한 소리가 들렸다. 나는 문을 통과했다. 새하얀 섬광이 교실 안으로 들이닥쳤다. 나는 힘겹게 아들을 부둥켜안고 문 너머로 발걸음을 옮겼다.

　번쩍! 밝은 불빛이 눈앞에서 터졌다.

　처음에는 찰랑거리는 물소리가 귓가에 들렸다. 등 뒤로도 축축한 흙바닥이 느껴졌다. 눈앞은 시커멨다. 마치 심연의 밑바닥에서 바닷물의 무게가 온몸을 짓누르는 것 같았다. 내 아들은 어딘가에서 움직이지 못하고 있었다.

　할매보살로부터 빙의를 하면 어떻게 될 거라는 설명은 지겹도록 들었지만, 처음으로 다른 이의 몸에 들어와 보니 이상했다. 더군다나 그게 내 아들이라니. 마치 내 몸이 액체가 되어 단단한 유리병 안에 꽉 끼어 있는 느낌이었다.

　사지 끝에 힘을 주었지만, 아들은 움직이지 않았다. 새끼손가락도 발목 관절 하나도 움직일 수 없었다. 아들은 지금 의식이 없었다. 유괴범이 약으로 재운 것 같았다. 제발 움직여라, 제발! 무리였다. 발가락을 움직여 보려 했지만, 까딱도 하지 않았다. 나는 소리라도 지르고 싶었지만 아무런 육성도 나오지 않았다.

탕!

갑자기 총성이 귀를 날카롭게 파고들었다. 뒤이어 경찰의 사이렌 소리가 아주 희미하게 들리면서 커졌다.

팍, 하는 소리가 멀리만치 들려왔다. 쿵, 쿵, 쿵 하는 진동도 느껴졌다. 나는 계속 살려 달라고 외쳤지만, 아들의 목소리를 전달할 공기가 없는 양 소리가 목구멍 뒤로 먹혀들어 갔다. 답답하고 무서웠다. 너무 심한 마취제를 써서 아들이 깨어날 때 반편이가 될까 봐 겁이 났다.

푹, 이번에는 꽤 가까운 곳에서 들렸다. 사이렌 소리도 점점 커졌다. 사람들이 외치는 소리가 들렸다. 또다시 푹, 소리와 함께 시야가 시원해졌다. 갑자기 불빛이 내 눈에 비쳤다. 들이닥친 환한 빛에 눈알이 얼얼하고 정신이 몽롱했다.

웅얼웅얼. 누군가가 내게 말을 걸었다. 순간 두려웠다. 유괴범이 내 아들을 깨워서 어디로 또 끌고 가는 건 아닌가 생각했다. 나는 살려 달라고 소리쳤다. 제발, 제발, 제발, 연거푸 악을 쓰고 바득바득 질러댔다. 헛수고였다.

불빛으로 인해 찌릿했던 시야가 서서히 돌아왔다. 얼굴로 물이 와르르 쏟아지는 감촉이 들었다. 혹시 나는 지금 바다 위에 떠 있는 건가. 알 수가 없었다. 조금씩 앞이 보이기 시작했다. 저 불빛은 등대가 아니다. 굵기로 보아 손전등 같았다. 불빛은 한 개가 아니었다. 여러 개의 빛기둥이 이리저리 요란하게 춤을 췄다.

검은 물체가 눈앞으로 다가왔다. 흐릿한 시야가 조금씩 돌아왔다. 남자의 얼굴이 보였다. 피와 물에 흠뻑 젖은 사내의 얼굴은 내 남편, 광춘이었다.

****

광춘은 영지를 집에 그렇게 내버려 두고 나와 영 마음이 편치 않았다. 하지만 선택의 여지가 없었다. 의찬을 구하는 게 더 시급했다.

달마 팀장에게서 온 문자메시지를 확인했다. 유괴범의 주소는 집에서 차로 불과 5분 거리였다. 여태껏 유괴범은 광춘의 집 근처에서 그를 감시하며 희희낙락거린 것이다. 광춘이 사는 아파트에서 그리 멀지 않은, 산자락 위에 있는 허름한 주택단지였다. 그곳은 재개발로 인해 잡음이 많아 인적이 드문 유령도시 같은 곳이었다.

비는 지겹도록 내렸다. 광춘은 팔을 흔들며 지나가는 택시를 잡으려 했지만 쉽지 않았다. 한 대, 두 대, 세 대… 자기가 놓치는 택시의 수만큼 아들과의 거리가 점점 멀어지는 것처럼 느껴졌다. 광춘의 시간이 점점 줄어들고 있었다. 그는 왕복 6차선 도로로 뛰어들었다. 두 팔을 머리 위로 휘저으며 지나가는 택시 앞을 가로막았다. 택시는 급정거하며 그의 앞에 섰다. 광춘은 서둘러 뒷좌석에 올라탔다.

"구룡산 입구로 가주세요!"

"이봐! 당신 미쳤어? 그렇게 길을 막…."

광춘은 신분증을 내밀며 기사의 입을 막았다.

"경찰입니다. 미안하게 됐습니다. 나쁜 새끼를 잡아야 해서요. 좀만 도와주세요."

"아니, 그래도 그렇지. 그렇게 확 끼어들면 어떡하라는 건지."

중년의 기사는 불퉁한 입으로 볼멘소리를 했지만, 뭔가 자신이 경찰을 돕는다는 생각에 꽤 상기된 것 같았다. 택시가 출발하자마자 광춘은 팀장에게 전화를 걸었다.

"팀장님, 택시 타고 가고 있습니다. 저 조금만 기다려주세요. 제가 가면 진압 시작하시죠."

—광춘아, 네 마음은 이해하는데, 우리 거의 다 왔다.

"팀장님, 5분만요. 아니, 3분이면 도착합니다."

광춘은 애걸복걸했다. 지난번처럼 어설프게 유괴범을 놓치고 싶지 않았다. 본인이 직접 선두에 서서 그놈을 붙잡고 싶었다. 수화기 너머에서는 긴 침묵이 이어졌다.

"…그래, 일단 알겠다. 빨리 와."

광춘은 전화를 끊고 택시 기사에게 속도를 높여달라고 했다. 엔진이 그르렁대자, 그는 흥분되기 시작했다. 자신의 아들이 유괴된 지 12일 만에 드디어 유괴범의 은닉처를 알아냈다. 의찬을 구할 수 있다. 우리 아들을 다시 볼 수 있다.

광춘은 권총을 꺼냈다. 깨끗이 기름칠 된 38구경 리볼버는 자태를 뽐내듯 빛났다. 형사가 된 후 단 한 번도 실제 상황에서 발사해본 적이 없었다. 선배들은 장전된 총으로 때리면 더 아프니까 총을 소지한다고 농담할 정도로, 권총은 사실상 발포용이 아닌 휘두르는 둔기에 가까웠다. 총을 쏘고 나면 감사나 징계위원회에서 추궁당하기 때문이었다. 그러나 오늘은 달랐다. 자신의 아들을 납치한 유괴범이었다. 광춘은 탄창에서 공포탄을 꺼내 주머니에 넣었다. 실탄 다섯 발이 탄창에서 위협적으로 반짝거렸다.

빵빵!

택시 기사는 경적을 심하게 두들겼다.

"꼬리 물고 난리 났네. 개판이네, 이거."

광춘은 전면을 보자마자 혀를 내둘렀다. 주차장이 따로 없었다. 하필이면 퇴근 시간의 끝에 걸렸다. 불안하게 비가 뒤창을 심하게 때렸다.

"기사님, 얼마나 남았죠?"

"경찰 양반, 무슨 일인지 모르겠지만, 내 택시 외길 이십 년 동안 이 동네가 이렇게 막히는 거 처음이야."

아무리 비가 온다고 하지만, 또 아무리 퇴근 시간이라고 하지만 이렇게 막힌 적이 없었다. 그는 판단해야 했다. 내려서 비를 뚫고 달릴 것인가, 아니면 이대로 참고 갈 것인가. 만약 지금 내린다면 최소 5분을 쉬지 않고 달려야 한다. 하지만 이대로 타고 간다면 지금 앞의 도로 상황이 어떤지 알 수가 없다. 광춘은 주머니에서 구겨진 만 원짜리 지폐를 기사에게 건넸다.

"세워주세요. 여기서 내리겠습니다."

택시 뒷문이 벌컥 열렸다. 광춘은 표지판이 구룡산을 가리키는 방향으로 냅다 뛰기 시작했다. 비뿐만이 아니라 세찬 바람마저 광춘을 찍어 내렸다. 그는 온몸으로 강풍을 맞으며 무거워진 다리를 움직였다.

광춘은 숨이 턱 끝까지 차올라도 멈추지 않고 달렸다. 속이 울렁거리고 토할 것 같았다. 유괴범이 불렀던 '인형의 꿈'이 환청으로 들려왔다. 광춘은 자신을 약 올리던 그 기계음의 파렴치한을 마주할 순간을 고대하며 참았다.

큰 교차로에서 방향을 틀자, 구룡산으로 올라가는 좁은 비포장 언덕이 나왔다. 그 옆에 교통사고가 난 세단 넉 대와 레커차가 복잡하게 뒤엉켜 있었다. 이들 때문에 그토록 길이 막혔던 것이다. 광춘은 택시에서 내려 달리기를 잘했다고 확신했다. 만약 그대로 택시를 타고 있었더라면 언제 유괴범의 은둔지에 도착했을지 모를 일이었다.

이제 자신의 두 허벅지와 튼튼한 폐만 믿으면 된다. 그리고 유괴범을 잡는 것에만 집중하면 된다. 기필코 유괴범을 체포하고 자신의 아들을 구할 것이다. 그러면 영지도 원래대로 돌아올 것이다. 그리고 다시 화목한 가정을 이룰 것이다. 광춘은 기대감에 차올라 가파른 오르막길을 거슬러 내달렸다.

****

달마 팀장은 시계를 봤다. 벌써 5분이 지났다. 광춘에게서는 연락이 없었다.

"팀장님, 비가 더 심해지는데 서두르시죠. 이러다가 놓치겠어요."

박형사는 팀장을 채근했다. 달마 팀장도 더는 시간을 지체할 수가 없었다. 그는 무전을 보냈다.

"2조는 주택 뒤쪽을 지키고, 나와 박형사는 앞쪽으로 들어간다. 범인은 2인조로 예상되니까 정신 바짝 차리고. 명심해, 무조건 광춘이 아이가 일 순위다!"

달마 팀장은 박형사와 자신의 팀원에게 수신호를 보냈다. 형사들은 일사불란하게 움직이며 비탈길에 자리 잡은 허름한 주택 외벽을 감쌌다. 팀장과 박형사가 정문을 따고 진입하자 너른 마당의 2층짜리 목조주택이 음산하게 그들을 맞이했다.

재개발을 반대하는 현수막이 비바람에 흔들렸다. 그 아래를 광춘이 가로질렀다. 그는 숨을 헐떡이며 올려다보았다. 이곳에는 빈 주택이 눈에 띄게 많았다. 경사로 제일 끝 집 하나에 불이 켜졌다. 하필이면 유괴범은 꼭대기에 있었다.

광춘은 구토가 나왔다. 세상이 빙글 돌며 모든 게 어지러웠다. 그렇지만 그는 달리기를 멈추지 않았다.

언덕 끝자락에 다다르자 달마 팀장의 오래된 차가 눈에 들어왔다. 그 뒤로 검은 주택의 실루엣이 보였다. 유괴범의 집이었다. 주택 부근에는 인기척이 느껴지지 않았다. 이미 동료들이 진압을 시작한 뒤였다.

"제기랄, 좀만 기다려 달라니까…."

광춘은 벽에 기대어 폭발할 것 같은 폐를 진정시켰다. 헛구역질과 함께 흐른 침을 손으로 닦았다. 그는 총집에서 38구경 권총을 꺼냈다. 탄창을 재차 살피며 실탄이 잘 들어가 있는지 살폈다.

정문은 열려 있었다. 너른 마당엔 잡초가 무성했다. 비가 자꾸 눈으로 들어가 눈이 따가웠다. 광춘은 눈두덩을 대충 닦아내며 안으로 조심스럽게 들어갔다.

탁, 탁, 탁. 쇠가 나무에 부딪히는 불길한 소리가 멀리서부터 집 안을 울렸다. 바닥부터 벽까지 굉장히 오래된 나무로 된 집이었다. 광춘이 발길음을 조심스럽게 옮길 때마다 바닥은 세월만큼이나 늙은 신음을 뱉어냈다. 집 안의 불은 모두 꺼져 있었다. 광춘은 2층으로 올라가는 계단을 살폈다. 인기척이 없었다.

광춘은 주방으로 총구를 겨눴지만 역시 비어 있었다. 탁, 탁. 마당으로 향하는 뒷문이 비바람에 흔들리며 여닫히고 있었다. 광춘은 뒷마당으로 나갔다.

남자의 실루엣이 보였다. 광춘은 총구를 더 날카롭게 겨눴다. 남자는 등을 돌린 채 진흙 바닥에 삽을 내리치고 있었다. 민소매를 걸친 우락부락한 뒷모습이었다. 그 옆에는 박형사가 의식을 잃고 쓰러져 있었다.

"손들어."

광춘은 묵직하게 내질렀다. 근육질의 남자가 뒤를 돌아봤다. 광춘은 그동안 검거했던 범인들의 몽타주를 머릿속으로 떠올려봤지만, 처음 보는 중년의 남자였다.

"아, 선물은 늦게 볼수록 좋은 건데."

남자는 비를 맞으며 기괴하게 웃었다.

"너 누구야? 의찬이 어디 있어?"

"부르지도 마. 나의 이름을, 이젠 정말, 들리지 않아."

유괴범은 백미현의 '난 바람 넌 눈물'을 부르면서 슬그머니 손을 내렸다.

"안 닥쳐? 손 내리지 마! 내 아들 어딨어?"

"밤낚시는 잘하셨어요?"

유괴범은 자신의 미간으로 정확히 총구가 겨냥되어 있다는 사실쯤은 우습다는 듯이 히죽댔다. 광춘의 피가 점점 끓어올랐다.

"마지막으로 묻는다. 내 아들 어디 있어?"

"내가 누군지 궁금하지 않아요? 돈이 왜 필요한지도?"

탕, 광춘은 유괴범의 허벅지에 차가운 총알 한 발을 박아 넣었다. 사내는 끄윽 하는 비명을 속으로 삭이며 바닥에 철퍼덕 엎어졌다.

"하, 하, 와, 우리 고, 고형사님 역시 터, 터프하시네. 경찰이 이, 이래도 되는 거야?"

유괴범은 진흙탕에 얼굴이 박힌 채로 계속 떠벌였다. 광춘은 유괴범의 머리에 총구를 겨눴다.

"내 아들 어디 있어?"

"살점에는 살점으로."

유괴범은 웃으면서 손가락으로 삽을 가리켰다. 건설 현장에서 많이

221

보이는 끝이 뾰족한 삽이 땅에 거꾸로 처박혀 있었다. 순간 불길한 생각이 광춘의 머리를 스쳐 지나갔다.

광춘은 진흙더미 위로 갔다. 다지기를 하지 않은 땅처럼 설굳어 있었다. 광춘은 삽을 치우고 손으로 진흙을 떠냈다. 팍, 팍, 팍. 광춘은 양손을 빠르게 흙으로 집어넣었다.

물컹하며 손끝에 뭔가가 걸렸다. 불길했다. 감촉이 불길한 게 아니라, 그 뭔가가 움직이지 않았다는 게 불길했다. 광춘은 이성을 잃은 듯 손으로 흙을 떠냈다. 손톱이 부러지고, 손가락 마디마디가 꺾였다.

아이의 작고 푸른 손이 보였다. 얼른 주변부를 걷어냈다. 이번에는 의찬의 얼굴이 보였다. 아들은 눈을 뜨고 자신을 정면으로 쳐다보고 있었다.

"의찬아!"

광춘은 불렀다. 그런데 의찬의 눈에는 생명이 없었다. 눈이라기보다는, 안구라는 표현이 어울렸다. 자신이 맡았던 숱한 강력 사건에서 시신 부검을 지켜봐서 알고 있었다. 삶이 소멸한 메마른 육신으로 자신의 아들이 진흙탕 속에 처박혀 있었다. 그 위로 쏟아지는 빗방울도 아들의 몸에 닿자 바로 말라가는 듯했다.

아들은 죽었다.

광춘은 손톱이 다 빠져나간 손으로 아들의 얼굴을 감쌌다. 하늘이 무너질 듯 흐느꼈다. 너무 경악스러워 말도 나오지 않았다. 그는 숨도 제대로 쉴 수 없었다. 달마 팀장과 동료 형사들이 총소리를 듣고 달려왔지만, 모두 손쓸 도리가 없다는 것을 알았다. 아무도 광춘을 말리지 못했다. 광춘은 의찬의 앙상한 육신을 안고 절규했다. 광춘의 외침이 하늘로 솟구쳤다.

내 오른팔이 뜨거웠다. 현실에서 향냄새와 피부 타는 냄새가 뒤섞여 불어왔다. 빙의를 끝낼 시간이 넘어간 것이다. 그렇지만 아픔을 느낄 새가 없었다.

아들의 눈을 통해 남편의 표정이 서서히 보였기 때문이다. 처음에 왜 내 남편이 나를 안고서 울고 있는지 알지 못했다. 하지만 이내, 그이의 표정을 보고서 깨달았다.

아들이 땅속에 묻혀 있었다는 것을. 그리고 내가 생명이 꺼져가는 그 순간에 아들의 몸에 들어와 있었다는 것을. 내 아들은 마취가 된 게 아니라, 움직일 수조차 없는 차가운 주검이었다는 것을⋯.

남편이 나를 내려놓고 권총을 꺼내는 게 보였다. 형사 동료들이 소리 지르며 남편의 팔을 붙잡아 말렸다. 그러나 남편은 거구의 몸으로 그들을 튕겨내며 어딘가로 향해 총을 쏘았다. 탕! 탕! 탕! 뜨거운 총성이 차가운 빗소리를 갈랐다. 민소매의 남자가 털썩 바닥으로 고꾸라졌다. 탄약 냄새와 피부 탄내가 뒤섞여 번지며 서서히 내 의식도 아득해졌다.

****

"끔찍한 사건을 겪게 되면 사람은 여러 가지 방법으로 적응을 하게 되죠. 저는 그날 이후로 모든 걸 다 회피했어요. 기억도, 책임감도, 싸움도, 뭐가 됐든 정면으로 부딪치지 않게 됐죠. 근데 영지 씨는 다른 방법을 택했어요. 아예 그릇을 없애버린 거예요. 기억도 감정도 아예 담을 수조차 없게, 싹부터 잘라 버린 거죠."

광춘은 향리에게 덤덤히 얘기했다. 이른 새벽에 시작된 대화였는데 어느새 암막 커튼 너머로 중천의 햇볕이 뜨겁게 작열하고 있었다. 향리는 이 충격적인 얘기에 감정이 울컥했는지 눈시울을 붉혔다. 그녀는 쉽게 말을 잇지 못했다.

"마음이 너무 아파요. 그 뒤로 무당님은 어떻게…?"

"아들의 시신을 수습하기도 벅찬데 응급실에서 연락이 왔어요. 영지 씨가 화상을 입어 위독하다고요. 정말 미치고 환장할 노릇이었죠."

"지난번처럼 손에 불이 난 거군요."

향리는 일전에 빙의하다가 푸른 불이 영지의 장갑을 녹였던 게 떠올랐다.

"그랬던 거 같아요. 의사 말로는 인(燐)으로 인해 불이 붙었대요. 그래서 푸르스름한 거예요. 흔히 도깨비불이라고 하는 거죠."

"인이요?"

"예. 정확히는 인산칼슘이었다는데, 그게 동물이나 사람 뼈에 들어 있는 물질인가 봐요."

"왜 그게 갑자기?"

"남편분 같은 의사가 들으면 또 비웃겠지만, 남의 몸에 들어가는 빙의라는 의식이 뼈 안의 물질을 뿜어낼 만큼 에너지를 소모하는 초자연적인 행위라는 뜻이겠죠."

"맙소사, 몸 안의 뼈가 갈리면서 불이 붙는다는 말씀이세요?"

향리는 놀라 손을 입에 가져 댔다. 한 번씩 빙의가 끝날 때마다 영지가 체력이 소모되고 쓰러지는 게 이상하다고는 생각했지만, 이토록 심각한 일인 줄은 상상도 못 했다.

"네, 영지 씨는 한 번 빙의할 때마다 그 정도의 고통을 감수하고 있는 거예요. 지금 그 정도로 지유를 찾고 싶은 겁니다, 어머님."

"뼈를 깎는 고통이라니…."

향리는 광춘이 건넨 티슈로 눈두덩을 닦으며 말했다. 광춘은 아직 할 얘기가 남은 듯 이어서 말했다.

"영지 씨는 얼마 뒤에 의식이 돌아왔어요."

두 겹의 자동 유리문을 간호사가 열어준 다음에야 입장할 수 있었다. 광춘은 방문객용 파란 가운을 입고 일회용 마스크를 썼다. 개수대에서 손도 세정제로 구석구석 씻었다.

영지는 화상 병동의 침대 위에 누워 새하얀 벽을 응시하고 있었다. 굵은 플라스틱 호흡관이 그녀의 콧구멍으로 들어가 있었고, 오른팔의 붕대에서 고름이 진득하게 굳어 있었다.

광춘이 다가가도 영지는 고개를 돌리지 않았다. 광춘은 의찬의 사망 소식을 어떻게 영지에게 전달해야 할지 머뭇거렸다.

"알아요." 영지는 서늘하게 먼저 말했다. "그러니 아무 말도 마세요."

"무슨 말을?"

"굳이 확인받고 싶지 않으니까 아무 말씀도 마세요."

영지는 재차 강조했다. 어찌 된 일인지 광춘은 자신의 아내가 아들의 죽음을 이미 알고 있다고 느꼈다. 영지는 자신이 집을 떠나온 뒤 화상으로 의식을 잃었고, 지금에서야 깨어났는데 어떻게 아들이 세상에 없다는 걸 알고 있을까. 광춘은 뉴스나 간호사를 통해 알게 되었을 거라고 짐작했다.

"미안해."

광춘은 보호자가 앉을 수 있는 플라스틱 의자에 앉았다.

"그래도, 그나마 진정제 과다로 고통스럽지 않게 갔대, 의찬이."

광춘이 생각해도 어설프다 못해 한심한 위로였다. 자신만 믿으라고 강요한 채 아내의 의견을 무시한 결과는 참혹했다. 그렇지만 광춘의 명한 머리에서 달리 번뜩이는 게 떠오르지 않았다. 사실, 뭘 떠올리고 싶지도 않았다.

"여보."

광춘은 아내를 불렀다. 영지의 시선은 허공에 흩날리고 있었다. 그녀는 성한 왼손에 뭔가 누르튀튀한 종잇조각을 꼭 쥐고 있었다. 광춘은 의찬이 죽었을 때 목에 차고 있던 노란 부적이었다는 것을 떠올렸다. 그런데, 어쩐 일인지 그 후에 사라졌었다. 그걸 어떻게 영지가 가지고 있는지 상식적으로 이해되지 않았다.

"당신 그걸 어떻게 갖고 있…."

"혼자 있고 싶어요."

영지는 그의 말을 잘랐다. 그녀는 곧바로 몸을 돌려 누우며 광춘에게 등을 보였다. 어떤 대화도 더는 하고 싶지 않다는 단호한 의미였다.

"알았어…. 내일 또 올게."

광춘은 힘없이 일어났다. 가득 물을 머금은 솜이불처럼 그는 축 처진 몸을 이끌고 화상 병동을 걸어 나갔다.

****

영지는 점점 커지는 매미 울음에 잠에서 깼다. 그녀는 신비사의 대청마루에 누워 있었다. 항상 아들의 제사를 지내는 날이면 꿈에서 잠시나마 의찬을 만나는 것 같았다.

"꼬질꼬질하다. 그거 버려."

어느새 할매보살이 다가왔다. 의찬이 품고 다녔던 누런 종잇조각을 보고 한 말이었다. 영지는 노파에게 굳이 대답하지 않았다.

"저년은 내가 말을 하면 대꾸도 없고, 죽상만 하고 있을 거면 빨래나 좀 도와."

할매보살은 빨랫감을 신경질적으로 탁탁 털면서 건조대에 널었다. 구름에 가렸던 해가 비치기 시작하자 매미 소리도 점차 커졌다.

영지는 할매보살에게 등을 보이고선 굳이 돌아보지 않았다. 그녀는 눈에 눈물이 맺힌 모습을 보여주고 싶지 않았다. 영지는 벌겋게 화상을 입은 손으로 종이를 펼치려 했다. 한때는 선명한 노란색이었을 색종이가 세월을 거쳐 가장자리가 다갈색이 되었다. 조심히 만지지 않으면 마른 단풍나무 잎사귀처럼 바스러질지도 몰랐다.

"아, 엄마 열어보지 말라니까, 부끄럽대도."

의찬의 목소리가 환청처럼 들려왔다. 영지는 미소를 머금었다. '한 번만, 엄마가 한 번만 더 볼게.' 종이를 조심히 펼치자 거기에는 의찬이 쪼그마한 손을 오므라뜨려 정성스레 한 글자씩 눌러쓴 문구가 보였다.

우리 엄마가 무적이 되게 해주세요.

영지는 순진무구한 글귀를 보며 자신도 모르게 미소를 지었다. 엉성한 글씨체에서는 아들의 온기가 느껴졌다. 영지의 시야가 뿌예졌다. 그녀는 소리 없이 종이를 손으로 감쌌다.

"보지 말랬잖아. 아, 몰라. 엄만 상황을 민망하게 만들어."

의찬의 얼굴이 빨개졌다.

"우리 의찬이, 엄마를 항상 응원해주고 있었구나. 고마워."

"그, 그러니까 엄마도 이제 같이 나가서 놀고 여행도 가자."

의찬은 대청마루 끝에서 영지를 보며 싱그럽게 웃었다. 아이는 여전히 꼬질꼬질한 반팔 티셔츠를 입고 있었다.

"그래⋯. 같이 놀러도 가고, 맛있는 것도 먹으러 가자. 봐봐, 엄마 많이 건강해졌지?"

영지는 두 팔을 들며 일어났다. 그녀는 한 바퀴 크게 빙그르르 돌았다.

"우와, 이제 같이 바다를 보러 갈 수 있는 거야?"

의찬이 놀라며 입이 활짝 벌어졌다. 엄지를 척 들기까지 했다.

"그럼! 의찬이가 항상 엄마 간호해주고 보살펴줘서, 엄마 이제 다 나았어. 고마워, 우리 아들, 엄마는 이제 무적이야."

영지는 해사하게 웃고 있는 의찬에게 다가가 안았다. 눈을 감고 진심으로 의찬을 느꼈다.

"그리고 제대로 못 챙겨줘서 미안해. 잘생긴 얼굴이 반쪽이 된 줄도 몰랐네."

"답답해, 엄마."

의찬은 괜히 민망한지 영지를 조금씩 밀쳐냈다.

"왜 아들? 조금만 더 안고 있자."

영지는 의찬을 더 꼭 안았다. 따스했다. 아들의 시큼한 땀 냄새마저 고소했다. 영지는 아들의 볼살에 자기의 얼굴을 비비댔다. 보드라운 살갗에 마음이 평온해졌다. 그녀가 평생 잊지 못하는 감촉이었다.

영지는 눈을 뜨고 고개를 들었다. 대청마루에는 그녀 혼자 앉아 있었다. 그동안 잘 억눌러 왔다고 생각했는데⋯. 영지의 심장 밑바닥이 뜨뜻해지더니 왈칵 눈물이 솟구쳤다. 그리웠다. 미치도록 그리웠다. 아들의 목소리, 웃음, 살냄새, 안았을 때의 촉감, 짓는 표정 하나하나까지⋯. 칠 년 동안 하루도 잊고 살았던 적이 없었다.

"영지 씨는 자신이 조금만 더 일찍 신내림을 받았다면, 아들은 살아 있었을 거라며 나를 원망했어요." 광춘의 이야기는 어느새 막바지를 향해 갔다. "다음 날 잠깐 담배를 사러 갔다 돌아와 보니 영지 씨는 사라지고 없었죠."

"왜 안 찾아가셨어요?"

향리가 직설적으로 묻자, 광춘은 멈칫했다. 그는 그날 이후 끊었던 담배가 간절히 생각나는 듯 손가락을 매만졌다.

"저 역시, 아내를 원망했거든요. 그날 내가 조금만 더 빨리 현장에 도착했더라면 의찬이가 지금 내 옆에서 무럭무럭 크고 있었을 텐데, 하고 말이죠."

광춘은 신부에게 고해성사하듯이 차분히 말했다. 향리는 묵묵히 듣기만 했다. 무거운 공기가 집 안을 짓눌렀다. 광춘은 오래전 이야기라고 생각했지만, 마치 어제의 일처럼 생생했다. 다 이겨낸 슬픔이라 자신했었는데, 말하는 순간마다 아들이 그리워져 평정을 유지하기가 힘들었다.

"항상 살을 부대끼고 살던 자식을 잃게 되면, 계속 해답 없는 질문을 하게 돼요. 그때 내가 택시를 타고 가지 않았다면 더 빨리 갔을까? 아니다, 담배를 끊고 평소에 운동을 조금만 더 열심히 해서 빨리 뛰어갔다면, 그렇다면 아들을 구할 수 있지 않았을까? 그럼 아내와 아들은 지금도 퇴근하면 집에서 나를 반겨주지 않을까? 하고요."

광춘은 힘든 듯 손바닥에 고개를 파묻었다. 향리는 무슨 말이라도 해주고 싶었지만, 딱히 떠오르지 않았다. 그러나 광춘은 외모만큼이나 강한 사람이었다. 그는 금세 마른세수를 하며 우울한 기분을 털어냈다.

"영지 씨가 했던 일들, 솔직히 저로서는 믿기 너무 어려웠죠. 그녀가 선택한 길과 제 직업 사이에는 가까워질 수 없는 게 있잖습니까. 저는 형사예요. 아무리 감이 좋고, 그 감으로 수사를 한다고 해도 제대로 된 물증이 없으면 범죄자들을 법정에 세우지조차 못하거든요."

"그런데 어째서 영지 무당님을 믿기 시작한 거예요?"

"경찰들이 보도자료에는 당연히 무당이랑 공조했다는 얘길 안 쓰니까 모르시겠지만, 몇 년 전에 떠들썩했던 유괴사건이 하나 있었어요. 건너건너 다른 형사한테 들었는데, 영지 씨가 해결하는 데 큰 도움을 줬다고 하더라고요."

광춘은 아래턱을 긁적이며 말을 이어갔다.

"그런데 제 아내이다 보니 처음부터 강력하게 지유 어머님께 추천을 못 드렸어요. 지유 아버님도 워낙 무당을 싫어하시니까 조심스럽기도 했고요."

"그 아이, 살았나요?"

"그 아이요?"

"무당님이 전에 해결하셨다는 사건 말이에요."

"유괴범은 잡았는데, 너무 늦게 가서 이미 아이는…."

광춘은 괜히 끝을 얼버무렸다. 지금 향리를 설득하는 데 도움이 되는 얘기는 아니었다. 향리의 얼굴에서 일순간 실망감이 스쳐 지나갔다. 광춘은 서둘러 말을 돌렸다.

"그나저나 어머님, 요새 다리 안 저는 거 아세요?"

"예? 그, 그러네요…."

향리는 자신의 다리를 접었다 폈다. 관절에서 나던 소리도 사라지고 한결 개운했다. 돌이켜보니 영지와 아파트 뒤편 화단에 닭을 묻은 뒤로부터 다리가 점점 괜찮아졌다. 오늘 아침에 일어났을 때는 다리가 불편했다는 사실도 잊고 걸어 다닐 정도였다.

"보세요, 영지 씨 용하다니까요. 한 번만 더 기회를 줘 보는 게 어때요, 지유 어머님."

"저를 가르쳤던 무용 선생님이 항상 하던 말이, 먹을까 말까 할 때는 먹지 말고, 할까 말까 할 때는 끝까지 해보라고 했어요. 가수 할 때도 그렇고 결혼생활도 그렇고 단순한 말만 믿고 저는 나아갔어요. 형사님, 저는 단순해요. 무당님을 믿어 볼게요. 남편은 보수적이라 이해 못 할지도 몰라요. 하지만 제가 설득해볼게요."

향리는 빨개진 눈가를 닦고는 종석의 서재로 들어갔다. 광춘은 안도의 한숨을 내뱉으며 소파 등받이에 털썩 기댔다. 이제 영지만 어떻게든 다시 데려와 이 사건을 매듭지으면 됐다.

향리가 서재에 들어가자 종석은 황급히 이어폰을 빼며 컴퓨터 모니터를 껐다. 그는 회전의자에서 신경질적으로 돌아봤다.

"노크 좀 하지."

"아, 응. 뭘 보고 있었던 거야?"

"저놈 다시 들인 거야?"

향리의 대꾸에 종석은 다른 질문으로 대답했다. 향리는 괜히 남편의 성질머리를 건드리고 싶지 않아 그의 질문에 순순히 응답했다.

"나, 영지 무당님한테 다시 기회 줄 거야. 누구나 두 번째 기회는 필요한 거잖아."

"일생을 그렇게 속아놓고 또 속을 수 있는 체력과 아량은 어디서 나오는 거지?"

"비꼬지 마."

"그래, 맘대로 해. 어차피 나도 심심하던 참이었으니까, 그 광대들 데려와서 놀아보던지."

종석은 향리의 대답을 마저 듣기도 전에 몸을 돌렸다. 백열등 불빛을 받은 그의 뒷모습이 유난히 야속해 보였다.

향리가 나가자 종석은 서재 문을 잠갔다. 그리고 다시 이어폰을 귀에 꽂고 컴퓨터 모니터 화면을 켰다. 동영상이 일시 정지된 상태로 있었다. 종석은 스페이스 바를 눌렀다. 영상은 이내 재생됐다. 화면이 조잡하게 흔들리는 게 누가 봐도 학부모가 찍은 어설픈 영상이었다.

유치원 시절의 지유가 무대 위에 있다. 열 명이 넘는 아이들이 분홍색 드레스를 입고 박자에 맞춰 꼬물꼬물 엉덩이를 앞뒤로 움직이며 앙증맞게 노래하고 있었다. 지유는 노래는 곧잘 불렀는데 안무가 꼭 한 박자씩 늦었다. 다들 앉으면 눈치 보며 따라 앉았고, 친구들이 발차기를 내지르면 그제야 지유도 발을 앞으로 내밀었다.

종석은 그런 지유의 모습이 더 사랑스러웠다. 화면 속에서 생생하게 살아 숨 쉬는 지유를 보며 그는 애타게 웃었다. 뜨거운 눈물이 흘러내렸다. 종석은 스페이스 바를 눌렀다. 고통스러워 더 이상 볼 수가 없었다.

불씨

*

　시원한 산골바람이 불어 영지의 삼베옷과 오색찬란한 무복이 건조대에
서 나부꼈다.

　"젊어서 좋겠다." 할매보살은 쭈그려 앉아 떴는지 감았는지 모를 눈으
로 빨랫감들을 쳐다보았다. "청개구리 같은 년, 쯧쯧."

　할매보살은 혀를 끌끌 차며 대청마루에서 일어났다. 신비사에는 오랜
만에 고즈넉한 기운이 감돌았다.

　"그런데 유괴범은 누구였어요?"

　향리는 서재를 나오면서 광춘에게 물었다.

　"살인미수로 잡힌 놈이 이십 년 징역을 받았는데, 감옥에서 자살했어
요. 그 형이 복수한답시고 제 아들을 데려간 거죠."

　"그렇다고 어린아이를…. 저, 하나만 더 물어도 될까요?"

　향리는 조심스레 물었다. 광춘은 그러라는 듯이 손짓했다.

　"유괴범에게 총을 쏘신 거죠?"

　향리는 검지로 광춘의 가슴팍에 매달린 총집을 가리켰다.

　"예."

　광춘의 시선이 아래로 떨어지며 고개를 끄덕였다. 죄책감의 표시라기
보다 굳은 신념을 나타내는 움직임이었다. 실제로도 광춘은 다시 돌아가

같은 상황을 맞닥뜨린다고 해도 역시나 유괴범을 쐈을 것이다.

"죽었나요?"

"예…. 그리고 저는 지방을 몇 년 돌게 됐고요."

"형사님, 저랑 약속 하나만 해주세요."

"이거 뭔가 불안해지는데요."

광춘은 괜히 너스레를 떨었다. 그러나 향리는 진지했다.

"지유 유괴범을 잡으면 쏴주세요."

"혹시 남편분이 부탁하던가요? 이건 제가 대답해드릴 수 있는 부분이 아닌 거 같아요, 지유 어머님."

"아뇨, 제 생각이에요. 한 달 넘게 딸아이를 못 봤어요. 무슨 짓을 했을까 상상하다 보면 진짜 그 새끼 발기발기 찢어 죽여도 시원찮아요. 돈은 얼마든지 드릴게요."

향리의 눈에 핏발이 서기 시작했다. 그녀는 말하면서 점차 흥분했다.

"어머님, 이건 돈의 문제가 아닙니다. 그렇게 할 수는 없어요. 이 대화는 패스할게요."

광춘은 유하게 분위기를 넘기려 했다. 그런데 향리는 뻘건 눈으로 광춘에게 성큼 다가와 그의 손을 잡았다.

"제 심정을 누구보다 잘 이해하시잖아요. 죽여 달라는 게 아니에요. 그냥 평생 불구가 되게 해주세요."

"저랑 편해지셔서 까먹으신 거 같은데, 제가 경찰이라…."

광춘은 어깨를 뒤로 빼며 곤혹스러운 이 순간에서 벗어나려 했다. 어떤 대답을 해야 할지 몰라 진땀을 빼고 있는데, 현관 벨 소리가 울렸다.

"누가 온 거 같은데요?"

광춘은 괜히 과장되게 현관문을 쳐다보았다. 향리는 머리를 가다듬고 현관으로 나갔다.

문 앞에 영지가 서 있었다. 그녀는 향리와 눈이 마주치자 어색하게 몸이 굳었다.

"제가 포기 못 하겠어요."

잠깐의 어색함 후에 영지가 꺼낸 말이었다. 향리는 묵묵히 들었다. 항상 차갑고 느긋했던 영지가 이번에는 더 조급하게 기다렸다. 영지가 무슨 말을 덧붙이려 하자, 향리는 번쩍 자신의 오른쪽 손바닥을 들어 보였다. 평소 영지가 다른 사람, 특히 종석의 말을 자를 때 했던 버릇을 흉내 낸 것이다.

"됐으니까, 들어오세요."

향리는 기분 좋게 웃으면서 말했다. 영지와 향리, 두 엄마는 눈빛을 교환했다. 짧은 순간이었지만 둘은 서로의 아픔과 사정을 헤아리고 보듬었다. 광춘은 자신이 알지 못하는 모성의 세계라고 생각하며 싱거운 화해를 멀찍이 서서 바라보았다.

종석이 서재에서 상체를 반쯤 내밀었다. 수액을 또 여러 번 맞았는지, 주삿바늘 자국이 썩은 오이 같은 팔에 여러 군데 나 있었다. 그는 영지를 한번 쓱 훑더니 서재로 들어갔다.

**

스마트폰의 알람이 새벽 2시를 알리자 광춘이 일어났다. 맞은편 소파에는 영지가 꼿꼿이 앉아 있었다. 향리는 안방 문을 열고 나왔다. 이들은 사람이 가장 깨어 있기 힘든 시간대에 빙의하고자 새벽 시간을 골랐다. 유괴범이 깊게 잠들었을 만한 때를 공략하는 것이다.

"자, 정리해봅시다. 영지 씨가 빙의할 수 있는 시간은 길어야 15분 정도인 거죠? 그 사이에 철창문을 따고 감금된 장소를 둘러본 다음, 돌아와 다시 자물쇠를 따서 잠가야 하는 거죠. 그리고 지유가 원래 그 자리에 있었다는 듯이 앉혀놓은 다음에 빙의를 끝낸다…. 맞죠?"

광춘이 명쾌하게 현 상황을 정리하자 영지는 만족스러웠다.

"네. 저는 그곳의 위치나 상황, 유괴범에 대한 정보만 파악하고 돌아와야죠. 괜히 무리했다가 지유가 위험해질 수도 있어요."

"그 문 너머에 뭐가 있는지 감이라도 잡히는 건 없고… 영지 씨가 빙의하는 시간을 더 늘릴 수는 없는 건가요? 아, 물론 다치지 않는 방법으로요."

"흠, 지유가 훨씬 더 애착했던 물건을 태우면 시간이 늘어나요. 근데 저 문제집에 대한 애증보다 큰 물건이 없다고 하셔서."

영지는 놋그릇 안의 올림피아드 문제집을 가리켰다. 지난번에 다 태우지 못한 문제집이 아직 있었다. 향리는 잠시 고민했지만 이렇다 할 물건이 떠오르지 않았다.

"혹시 지유가 춤을 출 때 입었던 옷은 없습니까?"

"춤이요? 지유는 유치원 학예회 이후로 춤을 춘 적이 없어요."

향리는 자신 있게 단언했다. 영지는 광춘의 눈치를 살폈다. 그는 아직 지유가 유튜브 방송을 하며 커버댄스 동영상을 올린다는 사실을 향리에게 말하지 않았다. 안 그래도 향리는 지금 충분히 자기가 딸에게 무관심했다며 자책하고 있었다. 굳이 그 자책목록에 새로운 정보를 추가할 이유는 없었다. 광춘은 영지를 보며 고개를 가로저었다. 지금은 말해줄 시점이 아니라는 의미였다.

"혹시 학예회 때 입었던 옷이라든가, 사진이 남아 있나요?"

영지는 이 정도 선에서 타협하자는 식으로 광춘의 눈치를 살폈다. 광춘도 끄덕였다.

"옷은 버린 거 같고, 사진은 몇 장 모아놨죠. 잠시만요."

향리는 안방에 들어가서 사진첩을 꺼내왔다. 지유가 향리의 배 속에 있을 때 찍은 초음파 사진부터 현재까지의 사진이 깔끔하게 정리되어 있었다. 한눈에 봐도 꽤 정성 들여 아이의 사진을 수집하고 있다는 게 티가 났다. 향리는 중간쯤에서 지유의 유치원 시절이 간직된 장을 펼쳤다. 그런데 듬성듬성 사진이 몇 장 빠져 있었다.

"이게 왜 비었지? 그래도 한 장이라도 있으니 다행이네요."

향리는 크게 개의치 않으며 지유가 유치원 학예회에서 신나게 춤을 추고 있는 사진을 꺼냈다.

"근데 무당님, 저한테 소중한 사진인데 지유한테도 의미가 있을까요?"

향리의 시선은 춤을 추며 시원하게 웃고 있는 사진 속 지유에게 가 있었다.

"예. 지유에게 소중한 추억이면, 아이의 영이 그 물건에 깃들어 있습니다. 그 무엇보다 효과가 좋을 거예요."

"네…." 향리는 불편한 기색을 감추지 못했다. "이걸 태워야 한다니…."

향리는 하나밖에 없는 지유의 사진을 태운다는 게 선뜻 내키지 않는지 눈 밑에 근심이 그득했다. 영지는 향리의 손을 꼭 잡았다. 그제야 사진을 잡고 있는 향리의 손에서 힘이 빠졌다.

광춘이 불을 껐다. 그는 교자상 위의 지화에 불을 붙였다. 그 아래에 있는 지유의 학예회 사진이 말려 들어가며 타자 향리는 눈을 질끈 감았다. 영지는 지화에 붙은 불을 향으로 옮겼다. 고소한 향냄새가 은은하게 거실을 채워갔다.

영지는 각각의 손에 신장대와 무당 방울을 들었다. 순간, 화상을 입은 손바닥에서 말 못 할 고통이 팔을 감쌌다. 딸랑. 무당 방울은 짧은 비명을 지르며 바닥에 떨어졌다.

"영지 씨, 괜찮겠어요?"

광춘은 영지에게 다가가 손을 잡으려 하자, 그녀는 손을 물렸다.

"나는 내가 뱉은 말은 지켜요. 할 수 있어요."

영지는 과단성 있게 바닥에서 나뒹구는 무당 방울을 잡았다.

비나이다, 비나이다, 제발 우리 지유 돌아오게 해주세요, 같은 말들이 방언처럼 향리의 입에서 튀어나오자 영지는 찬찬히 눈을 감았다. 어둠 속에서 영지의 몸이 좌우로 흔들렸다. 그녀가 만들어내는 그림자가 벽에서 똑같이 춤을 췄다. 나지막한 바리데기 무가가 영지의 입에서 흘러나왔다.

딸랑딸랑
버리는 애기라도 이름이라도 지서주면은…
딸랑딸랑
버리고 버리데기 던져도 던져데기…
딸랑딸랑.

나는 지유의 영혼소에서 눈을 떴다. 하늘에서 수채화풍의 파란색 육각형 결정이 서서히 떨어지고 있었다. 하나가 내 티셔츠에 톡 하고 떨어지자, 몇천 개의 작은 물방울 결정이 되어 튕겨 나갔다. 이 맑았던 곳에 보슬비가 내리고 있다. 큰일이다. 나는 비가 딱 질색이다.

영혼소의 날씨는 현실과는 상관이 없다. 오로지 영혼의 주인공인 지유가 느끼는 기분이나 상황에 따라서 변한다. 그전까지와 달리 이렇게 조금씩 비가 내린다는 건, 지유의 심신이 이전만큼 건강하지 못하다는 흔적이었다.

아득히 하늘까지 이어져 있던 돌탑도 이상하리만큼 얇아져 있었다. 마치 이 영혼소의 생명이 꺼져가듯이 세계도 전보다 작아 보였다.

나는 서둘러 지유의 움막을 찾았다. 지유는 멍하니 침대에 앉아 빨간 문을 응시하고 있었다. 내가 들어가자 지유는 반갑게 나를 맞이했다.

"아줌마가 약속 안 지키는 줄 알았어요."

나는 지유의 정갈한 머리를 쓰다듬었다.

"지유야, 돌아온다고 했잖아. 자, 이제 집으로 돌아가 볼까?"

지유는 세차게 머리를 끄덕였다. 나는 아이의 작은 손을 꼭 쥐고 붉은 문을 밀었다. 눈앞에서 섬광이 터졌다.

***

눈을 떴다. 방 안은 어두웠다. 잠깐의 어지러움이 사라지자 고개를 돌려 주변을 보았다. 지유의 목이 움직였다. 나는 발끝에 정신을 집중했다. 그러자 이번에는 지유의 발가락이 꼼지락거렸다. 나는 다시금 성공적으로 지유의 육신에 빙의해 들어온 것이다. 이제 조금씩 내 의지대로 지유의 몸을 움직일 수가 있었다.

침대에서 일어났다.

방은 지난번과 다름이 없었다. 화장대 앞에 서서 거울을 보자 지유는 다른 옷을 입고 있었다. 푸른 치마에 회색 물방울무늬가 있는 원피스 잠옷이었다. 그런데 머리 모양이 이전과 달리 풀어 헤쳐져 있었다. 나는 서둘러 머리를 만졌다. 지난번 빙의 때 보였던 머리핀이 사라졌다.

낙담했다. 이렇게 되면 저 철창문을 열 수가 없다. 김형사에게 종일 배웠던 기술도 정작 머리핀이 없으면 시도조차 해볼 수가 없었다.

급한 대로 화장대의 서랍을 뒤졌다. 머리핀은 없었다. 대용으로 쓸 만한 다른 뾰족한 물건이라도 찾아야 했다. 이번에는 옷장을 뒤졌다. 걸려 있는 윗도리와 원피스의 주머니를 꼼꼼히 다 뒤적거렸다. 현실의 은은한 향냄새가 코언저리를 맴돌다가 사라졌다.

시간은 점점 줄어가는데 자물쇠를 딸만 한 도구가 눈에 보이지 않았다. 나는 혹시나 하는 마음으로 침대 위를 샅샅이 훑었다. 그때 눈에 빤짝거리는 게 보였다. 얇은 머리핀이었다. 원래 지유가 하고 있던 빨간 머리핀만큼 튼튼하지 않았지만 시도는 해볼 만했다.

나는 머리핀을 여러 번 구부려서 두 조각냈다. 김형사가 뭐라고 그랬더라, 피킹과 렌치라고 했었나? 어쨌든 나는 철창문 앞으로 갔다.

그런데 문제가 또 있었다. 자물쇠는 성인 손 높이에 맞게 달려 있어 지유의 키로는 까치발을 들어야 겨우 손에 닿을 수 있었다. 방 안에 따로 발을 받칠 만한 물건도 없었다.

나는 발끝을 들어 한 개의 머리핀은 자물쇠의 열쇠 구멍에 넣어서 꺾어 고정하고, 다른 하나는 U자 모양으로 접어 끝에 넣고 쑤셨다. 확실히 아이의 손이다 보니 쉽지가 않았다. 힘이 잘 들어가지 않았고 내가 연습했을 때보다 정교하게 움직이지도 않았다. 까치발을 드느라 발목에도 통증이 욱신거렸다.

잠시 원래대로 섰다. 지유의 발목을 돌려보았다. 어느새 목과 등에 땀이 축축했다. 지유의 파란 원피스가 남청색으로 물들어갔다.

다시 까치발을 들어 피킹용 머리핀을 넣고 흔들었다. 제발, 제발 한 번만 열려라. 나는 눈을 감고 최대한 온정신을 지유의 손가락 끝으로 집중했다.

딸깍.

경쾌한 소리가 나며 자물쇠는 샤클을 뱉어냈다. 악마의 이빨 같던 철창문을 드디어 열 수 있게 되었다. 나는 얌전히 자물쇠를 바닥에 내려놓고 조용히 철창문을 당겼다. 기름칠이 잘 되어 있지 않았는지 경첩에서 끼기긱 하는 마찰음이 들리려고 했다. 자물쇠를 해체하는 것보다 문을 소리 안 나게 여는 게 더 힘들었다.

철창문을 열고 뒤에 보이는 나무문에 귀를 댔다. 너무 조용해서 불안했다. 새벽이라 그런지 바닥에서 올라오던 쿵쾅 소리도 들리지 않았다. 크게 심호흡을 했다. 만약에 일이 틀어진다면, 나는 빙의에서 빠져나오면 끝이지만 남아 있는 지유에게 엄청난 위기가 된다. 무리하지 말고 안전하게 이곳의 상황만 둘러봐야 한다. 그리고 광춘 씨에게 필요한 정보만 알려주면 된다. 거기까지가 내가 할 임무다. 그 뒤로는 경찰의 몫이었다. 직접 유괴범을 대면해 지유를 위험에 빠뜨리고 싶지 않았다.

나는 조심스럽게 문고리를 잡고 돌렸다. 문 틈새로 살짝 밖을 내다봤지만 불 꺼진 복도만 보였다. 다시 크게 심호흡했다. 나는 슬그머니 지유의 발걸음을 옮겨 악마의 이빨을 지나 목구멍으로 들어갔다.

****

긴 복도가 눈앞에 펼쳐졌다. 복도 끝에 푸른 채광과 붉고 노란 불빛이 들이치는 걸 보아 도시가 가까이 있는 것 같았다. 나는 가까운 벽을 만져 보았다. 새로 도배지를 발랐는지 아주 깔끔한 흰색이었다. 바닥도 고급스러운 헤링본 패턴의 진마루로 되어 있었다. 복도에는 누군가가 직접 그린 것으로 추정되는 정물화가 몇 점 걸려 있었다. 유리병에 든 시들어가는 꽃과 깨진 도자기 같은 소재들이었다. 움직이지 못하고 통제하는 것들만 그린다는 점에서, 유괴범은 상당히 고풍스러운 취향을 지닌 변태 같다는 생각이 들었다.

하필이면 지유가 맨발이라 바닥을 걸을 때마다 나무 위로 쩍 하고 땀이 달라붙었다. 내가 나왔던 방 외에 다른 방 하나가 복도에 있었다. 나는 조심스럽게 문고리를 돌려보았지만 잠겨 있었다. 어둑어둑한 복도의 끝에 다다르자 너른 공간이 한눈에 들어왔다. 순간 나는 내 눈을 의심했다.

지유가 유괴된 곳은, 평범한 가정집이었다.

좀 더 정확히는 깔끔한 인테리어로 리모델링된 33평대의 아파트였다. 거실과 부엌, 그리고 방 세 개가 있는 대한민국의 가장 전형적인 아파트 구조였다. 고층이라는 점을 제외하면 다른 특이한 사실도 없었다.

복도를 꺾자 바로 옆에 붙어있는 건 ㄷ자로 이뤄진 주방 싱크대였다. 그 끝에 식탁이 붙어 있었다. 그리고 그곳에 누군가가 앉아 있었다. 나는 화들짝 놀라 그 자리에서 주저앉았다. 소리가 나지 않게 벽에 바짝 붙은 후에야 조심스럽게 그 검은 실루엣을 내다볼 수 있었다.

덩치와 선으로 보아 남자라고 짐작되지만, 어두워서 확신이 서지 않았다. 그가 유괴범인지 아닌지는 모르나 이 집에 있는 이상 의심스러운 사람이라는 것은 확실했다. 나는 그의 얼굴을 봐야 했다. 원피스 면을 무릎 밑에 깔고 소리가 나지 않게 싱크대 모퉁이로 기어갔다.

시큼시큼한 악취가 코끝을 찔렀다. 마치 음식물 쓰레기 냄새와 비슷했다. 다행히 진한 향냄새가 현실에서 불어와 참을 수 있었지 여차하면 구역질을 할 뻔했다. 향냄새가 강해진 걸 보니 시간이 줄어들고 있었다.

방문을 따느라 꽤 시간이 지체됐기 때문이다.

위험을 무릅쓰고라도 저 실루엣의 사내에게 다가가 얼굴을 볼 것인지, 아니면 지금까지 알게 된 대략의 정보만을 가지고 돌아갈 것인지 나는 결정을 해야 했다. 특히, 자물쇠는 다시 잠글 때도 시간이 더 필요할지 모른다. 지유의 목숨을 담보로 위험한 모험을 할 수 없었지만, 다른 한편으로는 이런 절호의 기회를 놓치고 싶지 않았다.

더 다가가지도 못하고 뒤로 오지도 못하고 어물대고 있는데, 벽에 걸린 비디오폰에서 안내방송이 갑자기 흘러나왔다.

"공동현관 입구로 세대의 차량이 들어옵니다."

정갈한 기계음이었다. 나는 깜짝 놀라 사내를 쳐다봤다. 그런데 그는 미동도 없이 그 자리에 그대로 앉아 있었다. 나는 그가 식탁에 앉아 졸고 있다고 짐작했다. 잠시 후 비디오폰 화면에 다음과 같은 문구가 떠올랐다.

귀하의 차량 5842번이 주차장에 들어왔습니다.

또 다른 누군가가 이 집으로 오고 있다. 나는 선택의 여지가 없었다. 황급히 내가 감금되었던 방으로 기어갔다. 이 집은 고층이므로 내게 주어진 시간은 길어봤자 2, 3분이었다.

나는 서둘러 방문을 닫고 철창문도 닫았다. 그리고 바닥에 있던 자물쇠를 철창문의 구멍에 걸었다. 빨리 다시 자물쇠를 잠그고 아무 일 없었던 것처럼 침대 위에 지유의 몸을 뉘어야 했다.

지유의 손이 너무 떨려 집중할 수가 없었다. 내가 정신력이 부족해서 아이의 몸과 완벽하게 합쳐지지 않은 줄 알았다. 그런데 내가 아니라, 지유의 몸이 스스로 불안하게 떨리고 있었다. 지유는 빙의가 된 상태에서도 무의식적으로 공포를 느끼고 있었다. 육감이 다시 내게 말하고 있다. 이 사람이다. 지금 오는 이 사람이 지유의 유괴범이다. 이토록 지유가 두려워하는 것으로 보아 확실했다.

툭, 나도 모르게 자물쇠를 떨어뜨렸다. 재빨리 자물쇠를 주웠다. 피킹용 머리핀을 이리저리 쑤셨지만, 내부에서 걸리는 느낌이 나지 않았다.

띠, 띠, 띠, 띠리리릭.

갑자기 현관문이 열리는 소리가 복도에서 들렸다. 유괴범이 왔다. 불안함에 손이 더 떨리기 시작했다. 이 상태로 지유를 발견하게 된다면 어떤 불상사가 생길지 몰랐다. 나는 눈을 감고 김형사의 말을 떠올리며 자물쇠 안의 드라이버 핀을 느끼려 했다.

끼이익, 쾅.

현관문이 세차게 닫히면서 유괴범의 발소리가 들렸다. 오금이 저렸다. 제발 발걸음이 복도 끝으로 멀어지길 바랐다. 그런데 터벅터벅 걷는 발걸음은 방 쪽으로 도리어 가까워졌다. 발소리가 커지자, 지유의 손이 더 심하게 떨려 집중할 수 없었다.

딸깍, 탁.

됐다. 자물쇠 고리가 쑥 안으로 들어가며 자물쇠가 걸렸다. 나는 서둘러 머리핀을 뺐다. 이제 얼른 침대로 뛰어가기만 하면 됐다. 하지만 그 순간, 내 눈앞으로 방문이 활짝 열리며 불빛이 들이닥쳤다.

"지유야, 여기 서서 뭐 해요?"

갑자기 밝아진 형광등에 눈이 아렸다. 불쑥 어떤 얼굴이 내 앞으로 다가왔다. 너무 놀라 지유의 목덜미가 움찔하며 신경이 곤두섰다. 그런데 철창문 너머로 보이는 얼굴은… 웬 여자였다.

*****

'무서워.'

난데없이 소녀의 목소리가 내 귀에 들렸다. 워낙 미세한 울림이라 처음에는 제대로 인지하지 못했지만, 지유의 목소리였다.

진짜 큰일이다. 지유와 나의 합이 불완전해져 지유의 무의식이 다시 깨어난다는 신호였다. 그렇게 된다면 내 영혼은 튕겨 나간다. 하나의 몸에 두 개의 의식이 공존할 수 없었다. 아니나 다를까, 이미 지유의 손가락이 말을 듣지 않았다. 어린아이의 떨림이 멈추지 않는다.

"딸, 안 자고 뭐 하냐고 물었잖아요."

주걱턱의 여자는 나를 정면으로 보고 물었다. 분명히 하대하는 태도였지만, 말투만큼은 굉장히 정중하고 심지어 공손하기까지 했다. 그리고 그녀는 이상하게도 지유에게 '딸'이라고 불렀다.

십 년 가까이 무당으로 지내면서 별의별 사람을 다 봐왔기 때문에 이제는 어느 정도 보기만 해도 관상을 읽을 수가 있다. 특히 지금처럼 나와 비슷한 또래의 여자는 이미 사십 년을 넘게 살아와서 삶이 얼굴에 묻어나기 마련이었다. 그런데 이 여자의 얼굴에서는 짐작할 수 있는 게 없었다.

눈이 그 사람의 관상에서 대부분을 차지하는데, 이 여자의 움푹 파인 눈에서는 아무것도 읽을 수가 없었다. 마치 양쪽 눈이 다 의안인 것처럼 질감만 보이지 그 안에서 감정이 느껴지지 않았다.

"대답 안 해요?"

유괴범은 철창문을 불끈 잡으며 쏘아보았다. 조금 박복하게 생겼다는 점을 제외한다면, 특별히 무서운 인상은 아니었다. 그런데 지유의 다리까지 떨리고 있었다.

"아, 안, 조, 졸려서요."

난 우물쭈물하며 얼버무렸다.

"안 졸려서요?"

그녀는 내 말을 그대로 힘주어 따라 했다. 유괴범은 심사가 뒤틀리는지 얼굴이 추악하게 일그러졌다. 비아냥거림이 아니었다. 굉장히 강한 불만이 느껴졌다.

'무서워. 무서워.'

지유는 다급하게 내 귀에 다시 소리쳤다. 물론, 이 소리는 내게만 들렸다. 눈앞의 유괴범은 반쯤 정신 나간 상태로 노려보고 있었다. 무슨 대답이라도 해야 했다. 이 상황이 지속한다면 나는 빙의에서 튕길 것이다.

"죄송해요."

"엄. 마."

유괴범은 저 두 글자를 내 귀에 꽂듯이 또렷하게 말했다. 처음에는 내 귀를 의심했다. 여자는 자신을 엄마라고 불러 달라는 것이었을까? 찰나였지만 나는 판단해야 했다.

"죄송해요, 엄마."

나는 일부러 엄마, 라는 단어에 힘주며 고개를 숙였다. 지유의 목소리는 간드러지게 떨렸다. 일종의 도박이었다. 그러자 유괴범은 고개를 이리저리 돌리면서 나를 유심히 쳐다봤다. 화가 약간 누그러진 인상이었다.

"오늘 좀 이상한데?" 그녀는 철창문 가까이 다가왔다. "눈을 왜 그렇게 떠요?"

덜컥, 심장이 내려앉는 줄 알았다. 그녀의 입에서 악취가 났다. 무슨 대답을 해야 할지 몰라 입을 앙다물었다. 갑자기 지유의 몸이 부르르 떨렸다. 누군가 거칠게 내 목덜미를 잡고 밑으로 쑥 잡아당긴 것처럼 내 영혼만 아래로 쓱 가라앉았다. 순간 시야가 확 까맣게 변했다.

내 영혼은 자유 낙하하며 검은 수렁으로 빨려 들어갔다. 어딘가에 심하게 부딪혀서 나뒹굴자 정신이 번쩍 들었다. 이곳은 지유의 영혼소 움막이었다.

눈앞에는 빨간 문이 열려 있고, 그 너머로 유괴범의 동공이 큼지막하게 정면을 쏘아보고 있었다. 지유는 바닥에 웅크리고 앉아 심하게 몸을 떨었다. 맙소사, 지유가 너무 극심한 공포를 느낀 나머지 육신에서 빙의가 튕긴 것이다.

현실의 지유는 완전 무방비 상태로 유괴범 앞에 놓여 있다. 이대로 두면 지유가 위험했다.

움막 안에 매캐한 향냄새가 진동했다. 우리에게는 길어야 이제 1분 정도밖에 없었다.

"지유야, 우리 저기로 돌아가야 해."

"무서워. 속이 아파요. 문을 닫아주세요. 아줌마, 제발요."

유괴범이 움막 안을 살피는 것처럼 이리저리 눈알을 굴렸다. 물론 그녀가 지유의 영혼소를 보고 있는 건 아니었다. 지유의 영혼은, 현실에서 일어난 일은 기억하지 못한다. 오로지 감정과 무의식만이 이곳으로 이어질 뿐이다. 어찌 보면 가장 원초적이고 단순화된 자의식이라고 할 수 있었다. 지유는 지금 자신의 시야에 들어오는 커다란 눈알이 무서울 뿐이다. 나는 얼른 지유의 시야를 가렸다.

"괜찮아. 지금 아니면 평생 못할 수도 있어."

"싫어요! 문 닫아주세요!"

지유는 갑자기 소리쳤다. 일전의 그때처럼 아이의 낯빛이 울긋불긋해졌다. 다시 그 괴물로 변신하기 직전이었다. 움막이 거칠게 흔들렸다.

"딸, 내가 그 안으로 들어가야겠어요?"

유괴범이 묻자, 지유는 멍하니 있다가 정신을 차렸다. 몽유병 환자가 깨어난 것처럼 자기가 지금 왜 여기에 서 있는지 깨닫지 못했다. 분명히 울다가 잠들었었는데⋯. 지유는 눈앞의 유괴범을 보고 기겁하며 바닥에 엉덩방아를 찧었다.

"얼씨구, 뭐해요?" 유괴범은 기가 찬다는 듯이 코웃음을 쳤다. "난리가 났네요, 난리가 났어. 딸, 안 일어나요?"

나는 지유의 영혼을 껴안았다. 그러자 씩씩거리던 지유의 콧바람이 서서히 잦아들었다. 위태롭게 흔들거리던 움막도 얌전해졌다. 어떻게든 진정시키고 다시 육체에 빙의해야 했다. 마음 같아서는 강제라도 저 문을 같이 통과하고 싶었다. 하지만 이미 그 길을 가 봐서 알기에 다른 방법을 생각해내야 했다.

"지유야, 집에 돌아가려면 이 방법밖에 없어. 모험하기로 했잖아."

"집에 가면 뭐가 있는데요?"

지유는 예상치 못한 질문을 꺼냈다. 나는 당황하여 상투적인 대답을 하고 말았다.

"집에 가면 널 기다리는 엄마하고 아빠가 있지."

"저한테는 차가운 빈집밖에 없어요. 그냥 이렇게 있을래요"

지유는 희망을 포기하고 죽음을 받아들이기로 한 암 환자와 다름없는 말투였다. 그 순간, 이 어린아이가 느꼈을 삶의 공허에 눈시울이 시렸다.

"지유야, 내가 네 집이 따뜻해질 수 있게 도와줄게. 아줌마 약속 잘 지키잖아."

지유는 천천히 나를 밀어내며 시무룩하게 바닥을 내려다보았다.

"엄마 아빠가 저를 기다릴까요? 항상 너무 바빠요. 저한테 관심도 없고요."

"네가 집으로 돌아가면 엄마랑 아빠는 달라질 거야. 그렇지만 지유가 기회를 줘야지. 누구나 두 번째 기회는 필요한 거잖아."

"그거 엄마가 자주 하던 말인데…."

"그래, 엄마. 지유가 얼른 집으로 돌아가야 엄마랑 콘서트도 보러 가지."

"콘서트… 엄마가 기억이나 하고 있을까요?"

"당연하지."

지유는 머뭇거리며 빨간 문을 쳐다보았다. 나는 무릎을 꿇고 아이에게 양손을 내밀었다. 쭈뼛거리던 지유의 양손이 올라왔다.

"지유야, 조금만 참아. 거의 다 왔어."

나는 지유의 손을 잡고 붉은 문으로 뛰어들었다.

번쩍하는 섬광이 터지자 나는 바닥을 보고 있었다. 다시 지유의 육신으로 돌아온 것이다. 지유는 무슨 이유에서인지 엎드렸다가 일어나려던 찰나였다. 눈앞을 보자 유괴범이 내 행동 하나하나를 관찰하고 있었다.

"눈물 닦고, 미소 지으세요."

그녀는 팔짱을 끼고 지유를 바라보고 있었다. 다행히 아직 철창문을 열고 안까지 들어오지는 않았다. 만약 그렇게 된다면 일은 걷잡을 수 없어진다. 나는 서둘러 옷소매로 눈가를 훔쳤다. 그리고 입가에 온 신경을 집중했다. 지유는 보조개가 파이며 살짝 미소를 지었다. 유괴범은 뭔가 마뜩잖은지 그대로 말이 없었다. 그러다가 이것도 저것도 다 귀찮은지 콧방귀를 뀌었다.

"얼른 자야죠. 내일은 중요한 날이니까 체력 아껴두고요."

유괴범은 방문을 쾅 닫았다. 긴장이 풀리자 지유의 다리도 풀렸다. 나는 심호흡을 크게 하고 침대로 돌아가서 똑바로 누웠다. 내 기억의 끈을 꼭 붙잡기 위해, 계속 머릿속으로 방금 봤던 걸 되뇌었다. 정물화, 신축 아파트, 어떤 남자, 차 번호 5842, 사십 대 여자 유괴범, 엄마, 내일은 중요한 날…. 짧은 시간이었지만 기억할 게 너무 많았다.

천장의 격자무늬가 어지러이 내 쪽으로 쏟아지자 눈을 감았다. 딸랑딸랑. 현실의 무당 방울 소리가 들려왔다. 나는 불어오는 향냄새에 집중하며 지유의 몸에서 빠져나갔다.

******

울컥. 정신을 차린 영지의 입에서 피와 침이 뒤섞여 진득하게 흘러나왔다. 입안의 역한 피비린내 때문에 구역질을 한 것이다.

"괜찮아요?"

향리가 수건을 들고 달려왔다. 광춘은 아이스팩을 들고 있었지만, 이번에는 쓸 일이 없다는 걸 알고 내려놓았다.

"헉헉… 남자랑 여자가 있었고." 영지는 숨도 고르기 전에 봤던 걸 다 뱉어내려 했다. "그리고 새로 지은 아파트에 감금되어 있어요."

"새로 지은 아파트요? 뭐 신축? 리모델링? 이런 거 말씀하시는 거예요?"

향리는 방금 자신이 들은 단어들이 맞는지 재차 따라 물었다.

"네, 집 안이 그랬어요. 그리고 고층인데도 네온 불빛들이 들어오는 걸 보니 꽤나 큰 도시에 있는 거 같아요. 어쩌면 생각보다 가까이 있는 듯한 기분도 들고요."

"남자랑 여자가 있었다는 건 무슨 말이에요? 부부라는 건가?"

둔해 보이는 광춘의 얼굴에서 오랜만에 예리한 눈빛이 스쳐 지나갔다. 형사로서 중요한 정보를 얻을 때 나타나는 눈매였다.

"부부일지도 모르겠지만, 잘 모르겠어요. 확실한 건 여자가 더 위험한 인물이에요."

"왜요?"

"지유가 훨씬 더 두려워했거든요."

"맙소사."

향리의 탄식이 들렸다. 그녀는 지유가 어떤 상황에 놓여 있는지 당최 상상되지 않았다. 처음에는 실종이라더니, 그다음에는 납치라고 하고, 이제는 웬 변태한테 사육당하는 줄 알았는데, 알고 보니 신도시의 젊은 부부가 자기 딸을 키우고 있다? 아무리 생각해도 납득이 되지 않았다. 아이를 원한다면 낳으면 되고, 불임이라면 입양하면 된다. 그런데 왜 자기의 딸을 굳이 유괴했을까.

"차 번호가 58 뭐였는데, 32였나, 아닌데, 5844였나, 아… 58까지만 확실하고 그 뒤가 기억이 잘 안 나요."

영지는 답답한 듯이 머리를 쥐어뜯었다. 그녀의 핼쑥하고 창백한 몰골이 말이 아니었다. 체력이 떨어진 탓도 있겠지만 항상 숫자를 기억하기가 힘들었다. 마치 꿈에서 조상이 나와 복권 번호를 불러주면 마지막 두 자리가 기억이 나지 않는 것과 비슷했다.

"그리고 유괴범의 얼굴이…."

영지는 무슨 말인가를 하려다가 멈췄다. 말로 표현하는 것보다는 차라리 거칠게나마 봤던 얼굴을 그리는 게 시간을 더 절약할 것 같다는 생각이

들었다.

"펜이랑 종이를 주세요. 까먹기 전에 그려야 해요."

향리는 얼른 메모지랑 볼펜을 가져다주었다. 영지는 자신의 기억이 증발해버리기 전에 거칠게 종이 위에 여자의 얼굴을 그렸다. 크로키처럼 투박했지만 꽤 실력이 좋았다.

"미대 나왔어요."

광춘은 향리의 생각을 읽었는지 괜히 으쓱거리며 말했다. 둘은 영지의 손놀림에 감탄하며 집중했다. 대략 30초 정도 만에 유괴범의 거친 몽타주가 나왔다. 움푹 팬 눈이나 삐뚤어진 주걱턱 등 묘하게 유괴범의 특징이 잘 살아 있는 그림이었다.

"이, 이 사람… 어디서 본 거 같은데."

향리는 혼잣말에 가까운 목소리로 읊조렸다.

"시종일관 지유한테 존댓말을 썼어요. 그렇게 특징이 있는 얼굴은 아니었어요. 턱이 좀 살짝 튀어나온 것이랑 눈빛이 묘했다는 정도, 대략 중간 키였고요. 흔히 볼 수 있는 얼굴이라⋯."

"아뇨." 향리는 영지의 말을 잘랐다. "진짜로 어디서 봤어요. 잠시만요."

향리는 안방에 들어갔다가 나오더니 지유의 앨범을 다시 들고나왔다. 지유가 유치원생이었던 시기보다 이전의 장들을 연거푸 넘기더니 향리의 손가락이 어느 사진에서 탁 멈췄다.

"이 사람이에요!"

그녀의 손가락 끝에는 왼쪽으로 살짝 돌아가 있는 주걱턱의 여자가 수줍게 웃으며 지유와 몇몇 아이들을 안고 있는 모습이 보였다.

"여기가 어디죠?"

광춘이 바짝 다가와 물었다.

"어린이집이요. 이 여자 아주 잠깐이지만, 지유 어린이집 선생이었어요."

"그 어린이집이 어디죠?"

향리는 손가락으로 창밖을 가리켰다. 광춘은 의아한 눈빛으로 그녀를 보았다.

"바로 집 앞이에요."

광춘은 창문으로 다가가 아파트 단지를 내려다보았다. 단지 끝에 독립된 2층짜리 건물이 꼿꼿이 서 있었다. 새벽이라 잘 보이지 않았지만 정문에 현수막이 걸려 있었다.

"아침이 되자마자 바로 가서 탐문 들어갈게요."

"엄마…." 영지가 쉿소리를 냈다. "엄마라고 했어요."

"누가요?"

"지유에게 엄마라고 부르게 했어요, 유괴범이."

영지는 인상을 찌푸리며 말했다. 그녀는 목이 너무 아팠다. 입에서는 계속 비린 맛이 났다. 향리는 영지가 산발적으로 내뱉는 정보들을 머릿속으로 조합하며 자신의 딸이 처한 상황을 상상했다.

"영지 씨, 이제 그만큼이면 됐어요. 좀 쉬어요, 얼굴이 너무 안 좋아."

광춘은 영지를 부축해서 거실 소파로 옮겼다. 영지의 등과 머리카락이 땀 때문에 축축했다. 그녀는 한겨울처럼 오한이 들어 파들거렸다.

"더 중요한 게 뭔가 있었는데, 잘 기억이 나지 않아요. 유괴범이 지유한테 뭐라고, 뭐라고, 하아… 했는데…."

영지는 말을 하다 말고 그대로 혼곤히 잠들었다. 광춘은 그녀의 콧구멍에 귀를 갖다 대며 숨소리를 확인했다.

"수고했어요, 영지 씨. 지금부터는 나한테 맡겨요."

광춘은 얇은 이불을 영지의 아랫배까지 덮어주었다. 영지는 금세 깊은 잠에 빠져들었다.

긴 하루

*

　광춘은 벌떡 일어났다. 대략 3시간 정도 잤을까. 하지만 그 어느 때보다 머리가 맑았다. 그동안 막혔던 체증이 훅 내려간 듯했다. 드디어 지유 실종 34일 만에 유괴범의 발꿈치라도 만져볼 수 있게 되었다. 이제 광춘은 빠른 탐문으로 그녀를 찾아내면 되는 것이다.

　광춘은 유괴범과 지유가 같이 있는 사진을 향리로부터 챙겼다. 지금 자신에게 주어진 정보가 꽤 많았다. 범인이 신도시 재건축 아파트에 산다는 것, 한때 지유의 어린이집 선생을 했다는 것, 차량 번호가 58로 시작한다는 것. 어느 하나 완벽한 정보는 아니었지만, 이리저리 조합해보면 전체 그림을 파악하기에 충분했다. 광춘 같은 베테랑에게는 하루 정도면 이여자를 찾을 수 있었다.

　광춘은 휴대전화를 열어 뺀질이에게 전화를 걸었다. 한참이나 통화연결음이 이어지다가 김형사가 받았다.

　—선배님, 지금 몇 시게요?

　"김형사야, 일찍 잠에서 깰 때가⋯."

　—좋을 때다? 휴⋯.

　"그렇지."

　—저 같은 패배자한테 뭘 물어보시려고 아침 일찍 연락을 주셨습니까?

　"이따 서에 들어갈 거지?"

—선배님, 저 오늘 비번입니다.

김형사는 땅이 꺼질 듯 한숨을 푹 내쉬었다. 그러나 광춘은 아랑곳하지 않았다.

"그래, 서에 들어가면 차량 번호 58로 시작하는 차종 중에 송파동에 주소지 있는 차들 리스트 쫙 뽑아서 보내줘."

—저 오늘 쉰다고요, 선배님.

"그래, 고마워. 자세한 건 이따가 다시 얘기하자."

수화기 너머로 김형사의 투덜거림이 들렸지만, 광춘은 전화를 그냥 끊어버렸다. 광춘은 일회용 면도기로 덥수룩하게 자란 수염을 밀고 말끔하게 세수를 했다. 아직 향리와 영지는 자는 듯 안방과 손님방에서는 인기척이 없었다. 광춘은 식탁 위에 하루 종일 나갔다가 올 테니 무슨 일이 있으면 전화하라는 쪽지를 남겨두고 나왔다. 문득 과거에 아내와 아들이 자고 있으면 출근하고 오겠다고 쪽지를 남기고 나왔던 시절이 생각나 피식 웃음이 나왔다. 아이가 유괴된 피해자의 집에서 자신이 잊고 살았던 가족의 정을 느끼다니, 아이러니했다.

광춘은 지저분했던 평소의 모습과는 달리 깔끔한 티셔츠로 갈아입었다. 그리고 운동화도 더럽지 않은 것으로 신었다. 광춘은 오늘의 탐문 수사가 굉장히 지난할 거라 예감했다.

현판은 '송별 어린이집'이라고 각인되어 있었다. 앞에 걸린 현수막의 지주목과 끈에 낀 때가 세월을 말해주고 있었다. 송파동의 가장 노른자위 땅에서 오랫동안 건재하다는 것은, 꽤 유명한 어린이집이라는 뜻이었다.

그는 어린이집 주변을 둘러보기로 했다.

입구 옆 울타리가 쳐진 공간에는 건물 하나를 더 세울 수 있을 만큼의 놀이터가 있었다. 광춘의 키보다 갑절이나 높은 미끄럼틀부터 기다란 시소까지, 그 크기가 웬만한 공원 놀이터만 했다. 건물 뒤편으로 돌아가자 주차장 끝자리에 고급 회색 승용차가 세워져 있었다. 광춘이 보닛에 손을 올려볼 필요도 없이 세단 가까이에서는 뜨거운 열기가 훅 올라왔다. 누군가가 어린이집에 방금 출근한 것이다.

광춘은 어린이집 문을 두들겼다. 안은 조용했다. 이번에는 조금 더 세게 문을 두들겼다. 그러자 잠시 인기척이 들리더니 중년의 여자가 문을 열었다. 오십 대 초반 정도로 짐작됐으나, 관리를 잘해 본래 나이보다는 어려 보였다. 날카롭게 올라간 눈꼬리가 꽤 성깔이 느껴지는 인상이었다.

"무슨 일이시죠?"

아니나 다를까 그녀는 날이 선 목소리였다. 광춘은 사람 좋아 보이는 미소를 숨기고 사무적으로 자신의 신분증을 내밀었다. 그러자 여자의 얼굴이 확 굳었다.

"송파경찰서 고광춘 형사입니다. 몇 가지만 물어보려고 하는데요, 여기 원장님이신가요?"

"네, 그런데 경찰에서 무슨 일로?"

원장은 말꼬리를 흐리면서 존대를 하는 듯 반말을 하는 듯 애매한 말투로 말했다.

"실종사건 관련해서 몇 가지만 물어볼 게 있어서요. 잠시 들어가서 얘기 좀 해도 될까요?"

"저희가 곧 아이들을 받아야 해서요."

"아이들이 오기 전, 5분 정도면 됩니다."

"들어오시죠."

원장은 마지못해 문을 열었다. 밖에서 봤던 것보다 실내는 훨씬 더 깨끗하고 고급스러웠다. 바닥부터 아이들 책상과 의자까지 값비싼 나무로 만들어진 친환경 가구들이었다. 아이들이 자신의 겉옷을 걸고 신발을 벗어놓을 수 있는 현관을 지나자 원장이 말했다.

"슬리퍼로 갈아 신고, 손 씻어주세요."

원장은 손 세정제를 가리켰다. 광춘은 마치 불쾌한 간호사의 안내로 병원 무균실을 들어가는 기분이었다. 오늘은 탐문 정도만 하는 것이니 굳이 상대방의 기분을 긁을 필요는 없다. 그래서 광춘은 원장의 말을 따랐다.

연두색으로 칠해진 미닫이문을 열자 창의 수업 교실이 나왔다. 앞치마를 한 교사가 의자들을 거꾸로 뒤집어서 책상 위에 올리고 있었다. 그녀는 원장 쪽을 보자 필요 이상으로 깍듯하게 목례를 했다.

"원장님, 여기 아이는 몇 명 정도인가요?"

광춘은 물었다.

"96명이 다니고 있습니다."

"굉장하군요."

"그렇지만 교사당 관리하는 아이 수는 전국에서 가장 낮습니다."

엄청난 자부심으로 원장의 어깨에 힘이 들어갔다. 그녀의 말처럼 이른 시간인데도 이미 어린이집에는 여러 명의 교사가 쓸고 닦으며 아이들을 맞이할 준비를 하고 있었다. 다들 오랜 시간 이 일을 해온 듯 움직임에서 군더더기가 없었다. 그런데 하나같이 다들 낯빛이 우울한 게 광춘의 마음에 걸렸다.

원장실은 5세 반 교실 옆에 있었다. 웬만한 대학교수의 연구실처럼 티브이와 컴퓨터, 심지어 빔프로젝터도 있었다. 책상 뒤편에는 골프가방도 보였다. 광춘은 원장이 권하는 소파에 앉았다.

"마실 거 드릴까요?"

"아뇨, 괜찮습니다. 금방 갈 거라서요."

광춘이 넌지시 탐문이 길어지지 않을 거라는 언질을 주자 그녀는 반색하며 광춘의 앞에 앉았다. 광춘은 주머니에서 향리가 준 사진을 꺼냈다. 그리고 사진 속의 여자를 가리키며 물었다.

"이 교사분 기억나십니까? 여기서 근무했다고 하던데요."

"본 거 같기도 하고, 잘 모르겠네."

원장은 사진을 심드렁하니 내려다보았다.

"한 번 더 봐주시죠. 한 아이가 유괴됐습니다. 유력한 용의자입니다."

"실종이라고 하지 않았나?"

"그랬나요? 한 번만 더 꼼꼼히 봐주시죠."

가뜩이나 올라간 눈꼬리가 더 치켜 올라갔다. 눈썹 끝이 올라가는 정도가 마치 그녀의 불쾌지수를 나타내는 지표 같았다. 광춘이 더 밀어붙인다면 눈썹이 이마에서 11자로 마주칠지도 몰랐다. 원장은 잘 보이지 않는지 돋보기안경을 끼며 사진을 보았다.

"뒤의 배경은 우리 어린이집이 맞네요. 근데 제가 이 장사만 이십 년을 해서요. 오고 가는 사람들을 다 기억할 수는 없죠."

장사라는 단어에서 원장이 어린이집 아이들을 대하는 태도를 읽을 수 있었다. 광춘은 원장의 말투에서 알 수 없는 비릿함이 숨겨져 있다는 걸 느꼈다. 사람들이 뭔가 켕기는 구석이 있을 때 흔히 내비치는 경계심이었다.

"7, 8년 전에 여기서 일했을 겁니다. 다시 한번 봐주세요."

"내가 못 봤다고 얘기했는데."

카랑한 쇳소리였다. 그녀의 눈썹이 10시 10분의 각도로 기울어졌다.

매우 불쾌하다는 신호였다. 광춘의 인내심도 슬슬 바닥이 나고 있었다. 첫 탐문부터 불길했다.

"원장님, 여기 교사분들은 수가 다른 어린이집보다 2배는 많아 보이던데, 신고하고 고용한 겁니까?"

"뭐요?" 원장은 돋보기안경을 일부러 소리 나게 내려놨다. "당신 뭡니까? 경찰 맞아요?"

광춘은 돋보기안경 옆에 자신의 경찰 신분증을 툭 던졌다.

"송파경찰서 강력4팀 전화번호라도 불러드릴까요?"

"여, 영장이나 그런 거 있어요?"

원장의 말에 광춘은 기가 찼다. 요샌 사람들이 영화나 드라마 수사물을 많이 봐서인지 걸핏하면 수색 영장 같은 말을 들먹였다.

"영장을 갖고 올만 한 일을 하긴 했나 보죠?"

"그….."

원장의 눈썹은 거의 11자를 그렸다. 미간에 기다랗고 굵은 주름까지 더해지자 이마에 내 천(川)자가 새겨진 것 같았다. 붉어진 얼굴로 그녀는 광춘을 노려봤다. 광춘은 이만큼 밀어붙였으면 됐다고 판단했다.

"저는 보건복지부에서 실태조사를 나온 게 아닙니다. 단지 8년 전에 이 어린이집을 다녔던 아이가, 이 어린이집에서 근무했던 교사에게 유괴가 됐고, 지금 시간이 없으니 빨리 정보를 구해야 한다는 것뿐입니다, 원장님."

광춘은 한껏 부드러운 말로 화유하려 했다. 원장은 눈알을 살살 굴리며 광춘의 눈치를 보았다.

"잠깐 일했어요."

"얼마나 잠깐이요?"

"한 학기 다 채우지 못한 것으로 기억해요."

"당시 받았던 이력서가 있습니까? 혹은 어떠한 기록이라도 좋습니다."

원장은 떨떠름하게 자리에서 일어나 자신의 개인 서랍을 열었다. 파일 철을 뒤지더니 A4용지 한 장을 꺼내 광춘에게 건넸다. 오랜 세월이 지나서인지 색이 바랜 이력서였다.

이름은 '서고연'이라 적혀 있고, 옆에 정면 반명함판 사진이 붙어 있었다. 이목구비를 보정한 듯 주걱턱이 들어갔고 피부가 훨씬 하얬다. 그러나 그 특유의 퀭한 눈으로 보아 유괴범이랑 동일 인물이었다.

"서고연 씨는 왜 그만뒀습니까?"

광춘은 무심하게 툭 물었다. 그는 원장의 낯빛이 순식간에 어두워지는 걸 느꼈다.

"그, 그냥 뭐 다른 일을 하고 싶다고 그만둔 거 같은데, 솔직히 그것까지 기억하긴 힘드네요."

"이 교사가 아이를 때렸나요?"

"예?"

원장은 못 들은 척 엉덩이를 들썩거렸다. 광춘은 물끄러미 그녀를 응시하며 질문을 반복하지 않았다. 원장은 당황한 듯 눈꼬리가 처졌다. 광춘은 그녀가 솔직한 얼굴을 가졌다고 생각했다.

"저는 누구보다 아이들을 사랑합니다. 그런 일이 일어날 수 있는 시스템과 커리큘럼을 가진 곳이 아닙니다. 여기 계신 교사님들은 아이들을 사랑으로 돌본다고 자부합니다."

장사치의 입에서 나올 수 있는 위선이었다. 조금 전 봤던 보육교사들은 이른 시간이라 피곤한 얼굴을 하고 있었다고 생각했다. 하지만 지금 돌이켜보니 이 원장에게 억압되었던 게 아닐까 싶었다.

창밖으로 아이들의 짓궂은 웃음소리가 들렸다. 원장은 허리를 꼿꼿이 펴 창을 내다봤다. 통학버스가 도착해 아이들이 어린이집으로 하나둘 들어오고 있었다.

"더 하실 말씀이 있나요?"

원장은 슬슬 바쁘다는 이유로 광춘을 보낼 심산이었다.

"8년 전에 여기서 잠깐 근무했던 교사를 꽤나 생생하게 기억하고 계시네요. 강렬한 기억이 있었나 보죠?"

광춘은 그녀의 눈빛을 살폈지만, 크게 동요하지 않았다. 복도에서는 아이들의 발소리와 우렁찬 인사가 어린이집을 돌림노래처럼 메우고 있었다.

"아이들이 오네요. 이제 정말 가주셔야겠습니다. 송파경찰서 강력4팀 고광춘 형사님."

원장은 책상 위에 놓인 신분증을 광춘 쪽으로 쓱 밀었다. 이 대화에 마침표를 찍겠다는 몸짓이었다.

"만약에 당신이 그때 이 여자를 신고했다면, 지금 지유는 사라지지 않았겠지."

광춘은 신분증을 챙기며 일어났다. 원장은 굳이 대꾸하지 않으며 시선을 피했다. 광춘은 유괴범의 이력서를 들고 원장실을 나갔다.

**

광춘이 서고연의 이력서에 적힌 봉천동 오피스텔로 가보았지만, 예상대로 이미 그곳에는 다른 사람이 살고 있었다. 광춘은 김형사에게 전화를 걸었다.

—서울에만 차 번호 58로 시작하는 차가 삼천 개가 넘어요.

김형사는 전화를 받자마자 특유의 기름기 묻은 뺀질뺀질한 목소리로 투덜거렸다.

"그중 여자가 소유인 차는 몇 개가 돼?"

광춘이 나지막이 묻자 김형사는 컴퓨터 키보드를 두들겼다.

—한 750개 정도 되는데요? 선배님, 이걸로 일일이 찾을 순 없을 것 같아요. 근데 지하철 안이에요?

"어어, 그럼 서고연이라는 사람 좀 찾아봐. 1981년 12월 24일에 태어났고 주소는 봉천동으로 나와 있어."

광춘은 통화가 길어질 거 같아 앉은 자리에서 일어나 지하철 출입문에 붙었다.

—경비 처리하고 그냥 택시 타면 되지. 형사가 가오 떨어지게 왜 대중교통을 타시나 몰라. 잠시만요, 근데 이분 아기 천사네요.

"아기 천사?"

—크리스마스이브에 태어났잖아요. 잠시만 기다리세요, 선배님.

김형사는 다시 분주히 서고연을 검색했다. 광춘은 김형사의 말이 자꾸 걸렸다. 물론 크리스마스이브에 태어날 수 있다. 그런데 우리가 쫓는 유괴범일지도 모르는 여자가 하필이면 12월 24일 출생이라는 게 어딘가 모르게 작위적이었다.

지하철 출입문의 유리 너머로 검은 터널이 빠르게 지나가자 광춘의 얼굴이 거울처럼 반사되었다. 어린이집 한 군데 돌았을 뿐인데 얼굴이 많이 피로해 보였다.

—서고연이라는 이름을 가진 사람 중에 81년 12월 24일 출생자는 없는데요?

"이상하네. 그러면 그 자동차 소유자 중에서도 겹치는 사람이 없어?"

—아, 잠시만요 1981년생 12월생 중에 서고연이라는 사람은 한 명 있어요. 근데 12월 23일생이에요.

김형사의 말을 듣자 광춘의 팔뚝에 털이 곤두섰다. 그는 육감으로 지금 찾는 이 여자가 지유의 유괴범일 가능성이 매우 크다고 생각했다. 교사 신고도 하지 않는 채 어린이집에서 일하면서 자기 이력서의 생년월일 중 하루를 바꾸어서 낸 희한한 여자.

—사는 곳은, 보자! 봉천동 뉴그린오피스텔로 되어 있는데요?

이상하게도 주소는 이력서와 같았다. 그런데 영지가 빙의해서 얻어온 정보는 33평대의 신축 아파트 같은 공간이었다. 그렇다면 유괴 장소는 다른 곳이라는 얘기인가?

"혹시 뭐 아파트나 이런 데 살았던 기록은 없어?"

—보자, 보자…. 선배님 서고연, 이 여자 냄새가 나는데요. 아이 옷을 절도한 일이 있었어요.

"아기 옷 말하는 거야?"

—예. 애들 옷을 여러 번 훔쳤는데 심신미약으로 빠져나갔어요.

"심신미약? 뭐 때문에?"

—그거까진 안 나와 있어요. 따로 건강 공단에 물어봐야 할 거 같아요. 하아, 대박이네.

김형사는 기가 찬다는 듯이 웃었다. 콧바람이 흥흥 나오는 게 뭔가 제대로 된 정보를 잡은 듯했다.

"왜, 뭔데?"

—먼저 전남편들을 찾아보는 게 좋을 거 같아요. 이혼만 두 번 했고, 마지막은 2개월 전에 했네요. 지유가 사라진 시기랑 꽤 가깝잖아요.

부부생활을 했다면 아파트에 살았을 확률이 높았다. 혼인신고를 하더라도 전입신고를 따로 안 했으면 주소는 계속 혼자 살았던 과거 주소로 남아 있을 수 있다. 그런데 한 가지 이해가 되지 않는 부분이 있었다. 어째서 이혼한 전남편과 같이 살면서 아이를 납치했는가 하는 의문이었다.

"알았어. 일단 주소 보내봐. 거기 먼저 가야겠다. 너도 좀 더 알아보고 연락 줘."

광춘은 전화를 끊었다. 서고연의 기록에서는 설명되지 않는 공백들이 많았다.

지하철이 한강대교를 건너면서 아침 햇살이 강물에 반사되어 광춘의 눈에 들어왔다. 평일인데도 한강공원 수영장에는 오전부터 아이들이 콩나물시루처럼 끼여서 물장구를 치고 있었다. 생각해보니 지금은 방학 기간이다. 광춘이 의찬의 유괴범을 놓쳤던 그 날도 여름 방학 중이었다. 광춘은 이번에는 절대로, 절대로 놓치지 않는다고 다짐했다.

***

광춘은 김형사가 보내준 사진을 스마트폰으로 보고 있었다. 서고연의 전남편인 이길호는 우직한 하관 때문인지 꽤 건강하면서도 고집 있어 보이는 인상이었다.

공교롭게 그의 주소도 송파구였다. 심지어 향리의 집과 지유가 다녔던 어린이집에서 그리 멀지 않은 아파트였다. 광춘은 서고연의 기록을 살펴볼수록 최근 몇 년 사이에 송파구 일대를 계속 전전긍긍하며 돌아다녔다는 인상을 지울 수 없었다.

5층짜리 허름한 주공아파트 주차장에는 차들이 이리저리 빽빽하게 이중으로 평행 주차되어 있었다. 공동현관 옆 이길호의 우편함은 비어 있었고 계단은 오랜 시간 청소가 되지 않은 상태였다. 5층에 다다르자 광춘의 육중한 등판에서는 땀이 골을 타고 흘렀다. 그는 숨을 고르고 나서 녹슨 현관문을 살펴본 후 벨을 눌렀다. 그런데 한참을 기다려도 안쪽에서는 반응이 없었다.

광춘은 문을 두들기려다 현관문 손잡이를 보고 멈칫했다. 문고리에 회색 먼지가 뽀얗게 쌓여 있었던 것이다. 이 먼지들은 적어도 한 달 넘게 이 현관문이 열고 닫힌 적이 없었음을 의미했다. 광춘은 수상함을 직감하고 김형사에게 전화를 걸었다.

"김형사, 바빠?"

쇠 클립이 현관 문고리에 들어갔다. 김 형사는 눈을 감으며 온 신경을 손가락 끝에 집중했다. 클립을 잠시 위아래로 몇 번 흔들더니 딸깍 소리와 함께 이길호의 집이 열렸다.

"선배님, 민중의 지팡이가 이래도 되는 거예요?"

"시간이 없잖냐."

광춘은 묵직한 현관문을 당겼다. 드드득, 하며 관절 꺾이는 소리가 났다. 확실히 여름 내내 이 문은 열린 적이 없었다.

집 안의 블라인드가 다 내려져 있어 오전인데도 내부는 어두웠다. 양말 밑에 먼지가 사각거리며 밟혔다. 실내에도 소파와 식탁 등 모든 곳이 희뿌연 더께로 덮여 있었다.

"제가 여기 온 거 팀장이 알면 진짜 난리 나요. 저는 공식적으로는 구청장 집 방화사건 조사하는 중이라고요."

김형사는 구시렁거리며 뒤따라 들어왔다.

"이길호 실종 신고 들어온 거 진짜 없었어?"

"예, 없었다니까요."

"이 정도로 오래 사라졌으면, 회사나 가족이 신고했을 법도 한데."

"이 사람은 프리랜서 앱 개발자라 회사는 따로 없었고요. 가족이야 뭐, 한 달 정도는 그냥 그러려니 하는 경우도 많죠." 김형사는 심드렁하니 대꾸했다. "나도 부모님께 연락한 지 언제였더라."

"그러니까 네가 안 되는 거야."

"뭘 또 그렇게까지…. 피차 먹고살기 바쁘니까 그냥 무소식이 희소식이니 하며 사는 거죠."

김형사는 안방의 서랍장과 옷장을 뒤지고 광춘은 거실을 이리저리 살폈다. 혹시나 서고연에 관한 기록이나 사진을 더 찾을 수 있을까 해서였다. 불과 2개월 전까지 같이 이 집에서 부부로 살았다면 어딘가에 흔적이 남을 수도 있었다. 그런데 집 안은 청소만 안 되어 있을 뿐이지 모든 물건은 정리가 잘되어 있었다. 흡사 오랜 시간 해외로 나가 집을 비운 모양새였다.

광춘은 가장 작은 방문을 열었다. 어린 남자아이가 쓸법한 방이었다.

"이길호랑 서고연 사이에 아이가 있어?"

"서고연 아이가 아니에요."

"그건 또 무슨 뚱딴지같은 말이야?"

"선배님, 제가 문자로 보내드린 파일이나 사진 제대로 안 보시죠? 이길호는 미혼부였다고요. 아들 하나 있어요."

김형사는 답답하다는 투로 말했다. 광춘은 아이 방을 둘러보았다. 역시나 책상이며 침대에 켜켜이 먼지가 쌓여 있었다.

"걘 몇 살이야?"

"초등학교 5학년이요."

"그럼 애도 사라진 거잖아?"

"예, 그런 거 같아요. 이상하네요, 실종 신고가 들어온 게 없었는데. 방학이라 그런가."

"실종 신고를 해줄 사람이 실종됐으니까 그렇지."

광춘은 이길호와 그의 아들이 이미 죽었을지도 모른다고 생각했다. 왜냐하면 집이 이렇게 더러운 데 반해, 그의 우편함은 편지 하나 없이 깨끗했기 때문이다. 이길호가 앱 개발자라는 점에서 이메일이나 모바일로 청구서를 받는 성격일 수도 있을 터였다. 하지만 광고지조차도 없다는 건 누군가 이길호와 아들의 죽음을 최대한 숨기고자 꾸준히 우편함을 비운다고 추측할 수 있었다.

"텄다, 텄어. 뭐 없는 거 같은데요, 선배님. 집중했더니 배가 너무 고프네요."

김형사는 엄살을 부리며 배를 부여잡았다. 광춘은 무시하며 아이 방을 조금 더 살폈다.

"참! 선배님, 근데 진짜 서로 안 들어오세요? 팀장이 진짜 빡쳤어요."

"냅 둬. 과장이랑 쇼부 다 본 거야."

"에이, 그래도 직속상관은 팀장인데, 아무리 팀장이 후배라도 와서 그냥 이래저래 수사하고 있다 뭐 이렇게 둘러대면 되잖아요. 선배님은 제가 옆에서 보면 딱해요. 수완이 없어도 너무 없어."

"대신 수완 좋은 네가 내 마누라잖냐."

광춘은 어울리지 않게 씨익, 웃었다.

"뭡니까, 그 웃음은? 갑자기 입맛이 싹 가시네. 그리고 선배님, 어린이

집 하나 들쑤셨다면서요?"

"뭘 들쑤셔? 그냥 가서 얘기만 하고 왔어. 하아, 그 원장 생긴 것처럼 까칠하게 구네. 결국 경찰서로 전화했어?"

"예, 민원 들어왔대요. 그리고 요새는 인터넷으로 대충 때려보면 사이즈 나오는데, 뭘 또 직접 가셨대."

"인마, 아무리 최신 과학수사가 발전해도 형사의 두 다리로 돌아다녀야 그 증거들이 맥락을 갖는 거야."

"예, 그럼요, 그럼요." 김형사는 광춘의 설교가 듣기 싫다는 듯이 건성으로 대답했다. "아무튼, 서고연이라는 여자 좀 묘해요. 평범한 중산층 집안에서 태어났는데, 어릴 적 아동학대로 우울증을 오랜 시간 치료받았더라고요."

"부모가 뭐 하는 사람인데?"

"둘 다 시간 강사였어요."

"어디서?"

"대학교였겠죠. 근데 진짜 식사하러 안 가세요?"

김형사는 정말 배가 고픈지 꾸르륵, 하는 거친 요동이 뱃가죽을 뚫고 나왔다. 광춘은 자신의 급한 속도 모르고 여유를 부리는 김형사가 뇌꼴스러웠다.

"야! 지금 한시가 급한데…. 그냥 나가는 길에 삼각김밥이나 하나 사줄게. 처먹고 가, 그럼."

"와, 내 이럴 줄 알았어. 굳이 도와달라고 전화할 때는 언제고 아무튼 알겠슴. 전 이만 갑니다."

김형사는 서운한 티를 팍팍 내며 현관으로 걸어 나가다가 멈췄다. 그러고는 살짝 이죽거렸다.

"근데 저한테 몇 가지 정보가 더 있는데, 안 궁금하신가 보네."

"뭔데?"

광춘은 지문이 묻지 않게 조심히 서랍장을 당기며 대꾸했다. 안에 특별한 건 없었다. 김형사는 자기 뒷주머니에서 구깃구깃하게 접힌 종이 몇 장을 턱 하니 광춘 앞에 꺼냈다.

"이게 뭐야?"

"이름 서고연, 나이 만 37세. 지유 어머님이랑 동갑이더라고요."

김형사는 암기한 내용을 말하자 광춘은 접힌 종이를 펼쳤다. 서고연에 대한 자료였다.

"오, 뺀질이! 웬일이야? 숙제를 했으면 했다고 진작 말하지."

"제가 누굽니까."

"그래그래, 샛길로 새지 말고 계속 떠들어봐. 삼각김밥보다 더 좋은 거 사줄 테니까."

"아무튼, 자양동에서 쭉 나고 자랐어요. 부모는 둘 다 한때 시간 강사였고요. 지금은 나이가 있으니 당연히 그만뒀을 테고…."

"잠깐만, 자양동이라고 했어?"

"예, 송파에서 다리 하나 건너면 있는 동네요."

광춘은 김형사의 말에서 이상한 기시감 같은 것을 느꼈다. 그러나 선뜻 뭔가 떠오르지 않았다.

"계속해요?"

"어어, 미안. 계속해."

"아버지의 학대에 꽤 오래 시달린 채 중학교를 졸업, 이때가 IMF 시기였어요. 자양고등학교에 입학한 뒤 중퇴하고 검정고시로 빠짐. 여기서부터 첫 번째 결혼을 한 2007년까지, 이 기간에는 별것 없어요. 건강 공단의 진료 기록에도 우울증 치료는 받지 않은 것으로 나오고요. 그리고 상습 가정폭력으로 인한 이혼. 3년 전에 이 집의 주인인 이길호랑 재혼하고…."

김형사는 계속 이어갔다. 그런데 광춘은 이상하게 자양동이라는 지명에 꽂혀 이후 김형사의 얘기를 귀담아듣지 않았다. 자양중, 자양고 장님이 코끼리 다리 만지듯 기억이 파편화되어 광춘의 머릿속을 부유하고 있었다.

"선배님, 제 말 듣고 있어요?"

"어? 어, 그래."

"제가 방금 뭐라고 했는데요?"

김형사가 당돌한 눈빛으로 광춘을 뚫어져라 쳐다보았다.

"우울증이라고 했었지. 다 듣고 있어, 인마."

"흠, 나머진 그냥 직접 읽어보세요. 저도 슬슬 서로 돌아가야 해요."

김형사는 빈정거리며 코끝을 긁었다.

"너 아까는 비번이라고 오늘 쉰다며?"

"대한민국 경찰에게 비번이 어딨습니까, 선배님은 참."

김형사는 뺀질거리는 뒷모습으로 돌아섰다. 광춘은 지갑에서 5만 원짜리 지폐를 하나 꺼내 김형사에게 건넸다. 토라져서 삐죽거리던 김형사의 입꼬리가 상큼하게 올라갔다.

"오, 신사임당! 웬일이십니까?"

"고생했어. 식사는 같이 못 할 거 같으니까 든든한 거 하나 사 먹어."

"역시, 선배님 최고! 아아, 맞다. 첫 번째 남편은 주소지에 그대로 사는 거 같으니까, 그쪽을 파보세요. 거기서 냄새가 나요. 그럼 수고하십쇼."

김형사는 건들거리는 자세로 경례했다.

"이 자식은 맨날 무슨 냄새가 난대."

광춘은 고개를 저었다.

****

계단 밑으로 내려가자 음습한 곰팡내가 스멀스멀 올라왔다. 광춘은 하루 중 가장 날이 더울 때 서고연의 첫 번째 남편 집에 도착했다. 자양동의 아주 허름한 빌라 반지하에 그는 살고 있었다.

광춘은 반나절을 서울의 끝과 끝을 오가며 뙤약볕 아래를 걸었더니 땀을 자기 체중만큼 쏟은 것 같았다. 그는 일단 물부터 한잔 얻어먹고 싶다는 생각이 절실했다. 그런데 현관문이 열리고 나온 사내를 보자마자 쉽지 않을 거라는 예감이 들었다. 남자는 산적 같은 수염과 때가 꼬질꼬질하게 낀 민소매 셔츠를 입고 나왔다.

"뉘쇼?"

광춘이 자신과 비슷한 나이대로 보였는지 사내는 바로 말을 놨다. 그도 덩치가 꽤 좋았다. 까무잡잡한 피부며 실팍한 근육으로 보아 몸을 쓰는 직업의 사내 같았다. 평일 낮에 집에 있다는 건 경기가 안 좋아 그 일마저도 제대로 못 하고 있던지, 아니면 저녁 이후에 출근하는 직장일 것 같았다.

"서고연 씨에 관해서 물어보려고 왔습니다."

광춘은 경찰 신분증을 들어 보였다. 그 순간 남자의 인상이 확 구겨졌다. 광춘은 이내 물 한잔 얻어먹기는커녕 그가 자신을 집 안으로 들이지도 않겠다는 생각이 들었다.

"그년은 왜 찾아요?"

"누구야? 며느리냐?"

뒤에서 웬 할머니의 소리가 들렸다.

"엄마, 아무것도 아냐. 들어가 쉬셔."

남자는 뒤돌아보며 외쳤다. 광춘은 그의 어깨 너머로 집 안을 힐끔 살폈다. 허리가 굽은 노파가 현관 쪽으로 나오려 하고 있었다. 할머니는 자꾸 정신이 오락가락하는지 혼잣말을 계속 뱉어냈다.

"씨가 좋으면 뭐 해? 밭이 메말랐는데. 어디서 병신 팔푼이 하나 데려와서리."

노인이 계속 혼자 중얼중얼하자 남자는 광춘의 앞에서 갑자기 현관문을 쾅 닫았다. 광춘은 서고연이라는 이름과 경찰 신분증 하나 보여줬을 뿐인데 바로 문전박대를 당했다.

"휴…."

입안에서 단내가 났다. 갈증이 너무 심해서인지 누가 혓바닥을 목구멍 안쪽으로 당기는 듯한 고통이 느껴졌다. 광춘은 현관문을 또 두들길 힘도 없었다.

광춘의 머리가 핑 돌 때쯤 현관문이 벌컥 열렸다. 서고연의 첫 번째 남편이었던 사내는 아예 복도로 나와 현관문을 뒤로 닫았다.

"그년이 또 무슨 사고 친 거죠?"

"아직은 잘 모르지만, 범죄와 연관되어 있을 가능성이 있습니다."

"하하, 씨발! 그럼 그렇지."

남자는 괄괄하면서 신경질적으로 웃었다. 그는 바로 담배 하나를 꺼내 물고 불을 붙였다. 광춘은 목이 마른 데 곰팡내와 담배 연기까지 맡으니 죽을 맛이었다.

"지금 연락이 닿습니까?"

"닿겠어요? 마주치면 확 죽여버리고 싶구먼."

"흠, 어떤 사람이었습니까?"

"그년 말도 마세요. 존나 돈만 밝히는 걸레였다니까요. 알죠? 영어로 골드디거라고 하는 꽃뱀들. 제가 미국이랑 비즈니스를 좀 해봐서 아는데요. 와, 거긴 골드디거라고 하면 치를 떨어요. 사람 취급도 안 해요. 품위 있는 척 교양은 다 떨더니. 결혼 전에 서로 건강증명서 같은 거 떼어야지 않겠냐고 했더니 자기를 못 믿냐는 거예요. 그래서 아니다 믿는다, 그러고 그냥 결혼했죠. 아, 진짜 호구였어요. 생각해보니까, 피임을 안 하는데도 2년이 넘도록 애가 생기지 않는 거예요. 이상하다 싶었죠. 왜 남자들은 그런 거 있잖아요? 내가 씨 없는 수박이면 어떡하나 하면서 가슴 졸이는 거. 그래서 같이 병원 가자는 말을 선뜻 못 하잖아요. 근데 알고 보니, 하! 참 내, 웬걸. 이년이 불임이더라고요. 나 우리 집 삼대독자예요. 우리 집 대가 끊겼다고요. 얼마나 허무했겠느냐고요."

가뜩이나 덥고 목마른데 남자의 상스러운 말투 때문인지 광춘은 예민해졌다. 그는 노파뿐 아니라 이 남자도 정서적으로 굉장히 불안하고 분노 조절이 안 된다고 생각했다. 특히 말도 두서없었고 강박적으로 목을 긁어 댔다. 목 부근에는 아토피 환자처럼 피부가 뻘겋게 부어오르고 뜯겨나가서 흰 꺼풀이 일어났다. 남자는 원래 성격이 괴팍한 건지 서고연을 거쳐서 이렇게까지 자기 분을 이기지 못하는 헐크가 된 건지 알 수 없었다.

"가정폭력으로 이혼당하셨죠?"

"뭐야, 씨발. 너 뭐야?"

헐크는 발끈했다. 그러나 광춘도 물러서지 않았다.

"서고연 씨와 가정폭력으로 이혼한 거 맞냐고 물었습니다."

"형씨, 어디서 개소리를 듣고 왔는지 모르겠는데, 내가 덤터기 쓴 거야. 아까 우리 엄마 봤죠? 뺑소니 사고당해서 지금 정신이 오락가락해. 내가 돈을 벌어야 하는데, 그년이 가정폭력으로 이혼이다 뭐다 조장해서 돈만 왕창 뜯어가고….”

“그래서 때렸어요?”

광춘은 자신도 모르게 눈에 힘이 들어갔다. 그러자 헐크는 금세라도 자신의 민소매를 찢고 녹색으로 변할 기세로 광춘에게 성큼 다가왔다.

“오, 맞아. 이 눈빛이야. 지금 형씨가 나를 쳐다보는 것처럼 그때 그 짭새도 그랬어. 그년은 자기가 괜히 넘어져서 다치고는 진단서 끊더니만! 여자가 맞았다고 하면 남자는 그냥 때린 게 된다니까.”

광춘은 서고연과 연관된 사람들은 왜 하나같이 이 모양인가 싶었다. 어린이집 원장도 그렇고 이 남자도 그렇고 경계심이 바짝 올라 있었다.

“서고연 씨가 어린이집에서 일한 건 알고 있어요?”

“거기까지밖에 못 갔나 보죠?”

남자는 가당찮은 듯이 피식 웃으면서 담배 연기를 내뱉었다. 그는 서고연의 불행을 상당히 고소해하는 눈치였다.

“거기까지?”

“참 내, 내가 별 얘길 다 하네. 근데 이거 녹음하는 거 아니죠? 요새 자꾸 누가 엿듣는 기분이야. 결혼할 때 자기가 교대를 다닌다고 했어요. 엄마한테도 그렇게 소개를 시켰고요. 근데 결혼하고 난 뒤 좀 지나 어린이집에서 일하겠대요. 그래서 내가, 아니 좆 빠지게 삼겹살 팔아 네 학비도 대주고 했는데 왜 교대 졸업하고 어린이집에서 일하냐고 했죠. 그거 때문에 엄청 싸웠어요. 참 내, 씨발, 교대 나와서 보육교사를 하는 년은 처음이네.”

“어디 교대요?”

“인천이었나, 안산이었나. 암튼 거기 교대 하나밖에 없어요. 아, 몰라요. 정확히는 기억도 안 나. 암튼 졸라 멀어. 그리고 모든 게 다 이상한 년이었어요. 내가 뭐에 꽂혀서 결혼했었는지. 타임머신 타고 가서 그때 나를 만나게 되면 그딴 년한테 결혼하자고 한 제 입부터 불판으로 지져버릴 거예요. 그리고는 그냥 남은 인생 벙어리로 살 거야. 난 입이 문제야. 말 안 하고 살 거야, 그냥."

광춘도 그가 입이 문제라는 데 전적으로 동의했다. 그는 담배를 급하게 빨더니 우람한 손으로 그것을 분질렀다.

"이제 됐죠? 나 출근해야 하니까, 갑니다. 비키슈, 문 닫게."

광춘은 더 이상 얻을 정보가 없을 것 같아 감사하다는 인사를 뒤로하고 탐문을 마무리했다.

광춘은 편의점에 앉아 시원한 생수 한 병을 벌컥벌컥 들이켰다. 수분이 온몸을 빠르게 한 바퀴 돌자 두뇌도 회전을 시작했다.

서고연은 어릴 때 가정폭력의 피해자였다. 첫 번째 결혼은 상습적인 폭행이라고 주장하며 4년 만에 이혼했다. 아무래도 불임이라는 이유로 고부간, 부부간의 갈등이 있었을 것으로 예상된다. 그녀는 교대에 힘들게 들어갔으나, 갑자기 어린이집에 위장 취업하고 거기서 지유를 만났다. 이후 몇 군데의 어린이집을 전전하다 미혼부인 이길호와 재혼한다. 2년 정도 짧게 살다가 2개월 전에 이혼하고, 공교롭게도 몇 주 뒤 지유를 유괴한다.

광춘은 서고연이라는 여자의 삶이 참 기구하다고 느꼈다. 하지만 불쌍한 피해자라는 생각보다 마음이 가지 않는 범죄자로 다가왔다. 그리고 왜 하필이면 지유를 알게 된 지 몇 년이나 흘러서 유괴를 결심하게 됐는지도 의문이었다.

김형사가 옆에 같이 있었다면 "선배님, 근데 서고연은 왜 이런 행동을 했을까요?"라고 분명히 물었을 것이다. 광춘도 형사 초년 시절에는 범행 동기에 상당히 집착했었다. 왜 죽였을까, 왜 성폭행했을까, 왜 토막 냈을까, 왜 불을 질렀을까. 이렇게 범인들이 벌이는 행동보다 그 이면을 파악하려고 많은 시간을 할애했다.

하지만 의찬을 잃고 난 후부터 그가 악행을 바라보는 관점이 바뀌었다. 강력범죄자에게는 특별한 이유가 없다. 그들은 '그냥' 하고 싶은 걸 할 뿐이고, 하필이면 그들을 제대로 막아줄 방어막이 없는 소시민들만 피해자가 된 것뿐이다. 범행 동기는 조서에 한 줄 구색을 갖춰 끼워 넣기 위함이다. 항상 광춘이 잡았던 범죄자들은 깔끔하게 한 문장으로 떨어지는 동기가 없었다.

지금 광춘에게 필요한 건, 서고연의 위치를 빨리 파악하는 것과 체포영장을 받아낼 수 있을 만한 물증뿐이었다.

*****

나는 그 아파트에 있었다. 비디오폰에서 차량이 공동현관을 통과했다는 안내가 들렸다. 나는 서둘러 차 번호를 보기 위해 그 앞으로 갔다. 그런데 발걸음을 옮길수록 턱이 덜그럭거리며 사지에 힘이 잘 들어가지 않았다.

여자아이의 울음소리가 뒤에서 들렸다. 나는 정물화가 **빽빽**이 걸린 기다란 복도를 달려갔다. 깨어진 유리병, 썩어서 문드러진 사과, 어린아이의 낡은 신발, 구부려 버려진 우산…. 온갖 망가지고 쓸데없는 물건들이 이어졌다.

지유의 외침은 점점 커졌다. 아이가 한 번 울 때마다 복도가 흐느적거렸고 그림들도 요동쳤다. 나는 지유가 갇힌 철창 앞에 겨우 도착했다. 지유는 창살을 잡고 흔들었다.

　"왜 이제 와요! 약속했잖아요! 아줌마도 약속 안 지키려고요?"

　지유의 광대뼈가 벌겋게 부풀어 오르더니 일전의 괴물이 되어 창살을 움켜쥐었다. 시뻘건 눈과 시뻘건 얼굴. 시뻘건 침이 흘러내리는 입으로 괴성을 지르자 창살은 엿가락처럼 휘었다. 불쑥 괴물이 얼굴을 내밀었다. 나는 놀라 뒷걸음치다 나자빠졌다.

　첨벙.

　내 손에 물이 닿았다. 주변을 둘러보니 유괴범의 아파트 안에 물이 차오르고 있었다. 나는 달렸다. 괴물이 시뻘건 콧바람을 내뿜으며 복도를 죄다 뜯기 시작했다. 지유의 모습은 이미 그 안에서 사라진 지 오래였다.

　"이쪽이에요!"

　부엌 쪽에서 남자아이의 목소리가 들렸다. 내디디면 꺾이는 허약한 내 다리를 움직였다. 조금 전까지 걸려 있던 정물화는 모두 사라지고 액자 사이로 빗물이 들이닥쳤다. 소낙비가 내 시야를 흔들었다.

　"어서요. 빨리요."

　익숙한 목소리였다. 무너져가는 복도를 벗어나 아이가 있는 곳에 다다랐다. 그런데 아이는 얼굴이 없었다. 사내아이의 몸에 살구색 달걀을 얹어놓은 기괴한 생명체가 나를 뚫어지라 쳐다보고 있었다. 아니 쳐다봤다고도 할 수 없었다. 그냥 어깨의 방향이 나를 향할 뿐이었다.

　"엄마, 저 의찬이에요."

　목소리가 머리통이라고 부를 수밖에 없는 그곳 안에서 울려 나왔다. 나는 소스라치게 놀랐다. 내 아들은 이렇지 않아. 이렇게 생겼을 리 없어.

내 비명에 내 고막이 터져나갈 정도였다.

무릎쯤 오던 물이 급속도로 허리까지 차올랐다. 머릿속이 혼란스러웠다. 돌아보니 괴물은 어느새 부엌 벽도 씹어 먹으면서 이 초현실적인 공간을 부수고 있었다.

아파트 베란다로 나갔다. 나는 뛰어내려서라도 이곳을 탈출해야 했다. 생각보다 너무 높았다. 그런데 놀이터에서 의찬이 비를 맞으며 물장구를 치고 있었다. 그 순간 나를 쫓아오던 괴물도, 얼굴이 달걀인 귀신같은 사내아이도 잊었다.

"의찬아!"

의찬은 내 목소리를 듣지 못하고 배수구 위를 뛰어다녔다.

"엄마, 저 여기 있는데요."

대답은 내 뒤에서 들렸다. 나는 듣지 않았다. 이건 필시 꿈이야. 나는 어떻게든 오른손을 흔들었다. 딸랑 소리가 들리지 않았다. 무당 방울이 없었다. 내 손을 봤다. 화상 자국도 없었다.

"저리 가!"

나는 베란다 난간을 붙잡았다. 뒤를 돌아보니 괴물의 쩍 벌린 아가리 안으로 이 시공간이 찌그러져 빨려 들어가고 있었다. 철창문도 정물화 그림도 심지어 빗물도 괴물의 목구멍 안으로 소멸되어 갔다.

나는 망설임 없이 내 몸을 아파트 난간 밖으로 던졌다. 모든 시간이 멈춘 듯 천천히 빗방울들이 내 눈가를 스쳐 갔다.

눈을 서서히 감자 온갖 소음이 사그라지며 바람이 나를 감싸 안은 게 느껴졌다. 나는 추락하지 않고 떠오르고 있었다. 높이, 높이, 더 높이. 소나기가 내리는 구름 위로 날아오르고 있었다. 이대로 죽는 건가. 그렇다면 이제 우리 아들을 다시 만나볼 수 있는 건가….

※※※※※※

　광춘이 땡볕에서 땀을 흘리며 탐문을 벌이고 있을 때, 영지는 꿈보다 더 깊은 자기의 심연 속에서 허우적대고 있었다. 그녀의 몸에서는 식은땀이 쉼 없이 흘러내렸고 깨어날 기미가 보이지 않았다. 입에서는 간간이 신음이 나왔다. 향리는 물수건으로 영지의 몸을 닦으며 극진히 간호했다. 종석은 슬쩍 나와 보더니 자기 방에서 해열제 수액을 가지고 나와 영지의 팔에 놓았다.

　"점쟁이가 아니라 자기가 고생하는 거 같아서 해주는 거야."

　"그래."

　향리는 이게 자존심이 강한 그만의 화해 방식인 것을 알고 있었다. 그녀는 소리 없이 미소 지었다.

　"이 여자는 왜 이렇게까지 하는 거지?" 종석은 신음하는 영지를 내려다보았다. "당장 걷는 것도 힘든 상태일 텐데."

　"지유를 구하고 싶으니까."

　"그러니까, 왜? 생판 남인데."

　"같은 엄마니까."

　"엄마였다며…. 얼핏 얘긴 들었어. 뭐, 엿들으려고 한 건 아니고 지유가 살아 있다고 하는 거 같던데? 뭐, 이 점쟁이 얘길 다 믿는 건 아니지만."

　"지유한테 빙의해서 살아 있는 것까지는 확인했대. 고형사님은 용의자 찾으러 나갔고."

　"용의자?"

　"응, 안 믿어도 좋아. 그런데 우리 지유한테 가까워지고 있어. 당신도 궁금하면 그냥 서재에서 나와 같이 있어."

"됐어."

종석은 수액이 똑똑 떨어지는 링거줄을 괜히 만지작거렸다. 향리는 그가 어른스럽지만 어떤 때는 꼭 애처럼 보일 때가 있었다. 자신의 감정을 솔직하게 표현하지 못하는 모습이 영락없이 토라진 아이 같았다.

"혹시 당신, 지유 유치원 학예회 때 춤추던 사진, 내 앨범에서 가져갔어?"

향리가 주제를 환기시키며 물었다. 그녀는 잠들어 있는 영지의 이마를 수건으로 닦았다.

"어떤 거?"

"모르는 척하지 말고, 당신 말고 누가 있어? 그거 내가 제일 좋아하는 사진인 거 알잖아. 한 장 태웠기 때문에 이제 몇 장 없어."

"뭐? 그걸 왜 태워?"

종석이 발끈했다.

"왜 이렇게 신경질을 내? 무당님 깨겠어. 빙의하려면 어쩔 수 없이 태워야 했어."

"답답하다. 많고 많은 사진 중에 그걸 왜 태우냐, 너는."

"아무튼, 사진은 나 줘. 당신은 동영상 있잖아."

"그걸 어떻게 알았어?"

종석은 이번에는 당황했다.

"근래 계속 서재에서 유치원 학예회 때 동영상 돌려보잖아."

"어떻게…."

종석은 놀라 꺼벙한 표정이 되었다.

"당신은 나를 맨날 멍청하다고 놀리지만, 나도 알 건 알아. 우리가 산 세월이 몇 년인데. 당신이 지유를 완전히 잊은 냉혈한이라고 생각했다면,

벌써 나는 집을 나갔겠지. 자기는 사랑해도 그리워도 그냥 표현을 못 하는 것뿐이야. 꼭 이 무당님처럼."

"지, 지금 무슨 소리를 하는 거야? 왜 이 여자랑 비교해?"

"지유도 알아."

"지유가 뭐, 뭘 알아?"

종석은 말을 더듬기까지 했다. 반면에 향리는 굉장히 초연했다. 평소에 어리숙해 보이던 그녀의 모습은 온데간데없고, 숭고한 성모의 모습이었다.

"유치원 학예회 때 당신 몰래 와서 보고 갔던 거, 지유도 안다고."

"안 갔어."

종석은 다급한 마음에 거짓말을 했다.

"그럼 그 동영상은 어떻게 찍었어? 나는 당신이 왜 거짓말하는지도 알아. 우리 지유가 춤추는 게 싫은 거지. 나처럼 될까 봐."

"지유는 나 닮았어. 춤 따위는 소질 없어."

종석은 한숨을 내쉬었다. 벌써 3년 전 일이었다. 지유가 유치원을 졸업하는 해에 학예회가 열렸다. 연극, 노래, 악기 연주 등 다른 발표를 충분히 할 수 있었는데도 지유는 춤을 추겠다고 했다. 종석은 그게 못내 마음에 들지 않았다. 지유한테 다른 걸 해보자고 설득했지만, 일곱 살짜리 아이의 고집은 쉽사리 꺾을 수 있는 게 아니었다. 결국, 종석은 학예회를 가지 않겠다고 했다. 본인이 생각해도 유치했다. 그는 곧바로 후회했다.

종석은 향리에게도 알리지 않고 몰래 유치원 학예회에 갔다. 지유가 춤추는 모습을 동영상에 담았다. 지금은 아이가 그리워 연거푸 돌려보지만, 당시에는 또래 친구들보다 몸치, 박치라고 느껴 굉장히 실망했다. 그리고는 덜컥, 겁이 났다. 하나밖에 없는 딸이 좋아하는 것보다 잘하는 걸 찾게 해줘야겠다고 다짐했다.

종석은 자유가 초등학교에 입학하자마자 군기를 잡았다. 춤이랑은 최대한 거리를 두게 했고, 국영수 과목은 자기가 전담해서 가르쳤다. 자유는 워낙 똘똘해서, 또 자신을 닮아서 공부 머리가 있었다. 2학년이 되자 더는 종석에게 춤에 관한 얘기는 꺼내지도 않았다.

"자유는 우릴 닮았어. 다행히도 당신과 나의 가장 좋은 면만. 공부도 잘하는 만큼, 춤에도 소질이 있을 거야."

향리는 씁쓸하게 웃었다. 광춘에게서 전화가 걸려오자 종석은 맥없이 헛기침하며 일어났다. 그는 서재로 돌아갔다.

—영지 씨는 어떻습니까?

"아직 깨어나질 못하고 끙끙대고 있어요. 병원에 데려가야 하는 거 아닌지 모르겠어요, 형사님."

—아닐 겁니다. 대한민국 최고의 의사가 같이 계시잖습니까.

광춘은 비아냥거림이 아닌 진심이었다. 영지의 화상을 치료하는 모습을 보고 의사로서 종석의 능력은 인정할 수밖에 없었다.

"대한민국 최고의 성질머리겠죠. 후후."

향리도 적당히 광춘의 말에 장단을 맞췄다.

—그런데 좀 걱정이 되네요. 아침에 나올 때 보니 연이어 빙의해서 그런지 영지 씨 상태가 말이 아닌 거 같았어요. 제가 가기 전까지는 빙의 의식을 치르지 못하게 좀 말려주세요. 지금부터는 어떻게든 제가 해결하겠습니다.

"제 생각에도 무당님은 쉬어야 할 것 같아요." 향리는 진중하게 말했다. "그런데 형사님, 그 여자에 대해서는 뭐 좀 찾으셨나요?"

—아, 안 그래도 그거 때문에 마침 전화를 드렸는데요. 혹시 자양동에

대해서 아는 거 있으세요? 자양중, 자양고도 좋고요.

"모를 수가 없죠." 향리는 묘하게 입가가 올라갔다. "제가 졸업한 학교이니까요."

―예? 아… 그렇구나.

광춘이 느꼈던 기시감은 그가 이 사건 파일에서 향리의 이력을 읽었던 기억 때문이었다.

"그런데 형사님, 중학교랑 고등학교가 붙어 있어요. 그건 아시죠? 그래서 6년 동안 거의 함께 다니게 되죠."

―아뇨, 전혀 몰랐습니다. 혹시 그럼 동창 중에 서고연이라는 친구 들어보셨어요?

"서고연이라… 아뇨, 제 고등학교 동창인가요? 제가 중3 때부터 기획사 연습생이어서 학교에 거의 못 가긴 했어요."

―지유 유괴범이 서고연이라는 어머님 중학교 동창인 거 같아요. 정확한 건 좀 더 파봐야겠지만.

"서고연? 저도 친구들에게 물어볼게요. 근데 이게 벌써 이십 년 전이라 기억을 할지 모르겠어요."

―어떠한 것도 도움이 됩니다.

향리는 휴대전화 너머로 버스정류장의 안내방송을 얼핏 들었다.

"형사님, 지금 어디로 가시는 중인가 봐요?"

―서고연의 부모를 만나러 가려고요. 외곽이라 조금 시간이 걸릴 거 같습니다.

"네, 수고하세요."

―알겠습니다. 영지 씨 깨어나면 꼭 전화 주세요.

향리는 전화를 끊고 한참을 멍하니 사념에 잠겼다. 지유가 사라지고 종석이 했던 말 중 하나가 떠올랐다.

'유괴는 항상 가까운 사람과 연루되는 법이야. 운전기사, 학교나 학원 선생, 옆집 친구 엄마처럼 우리 집 재산이나 상황을 아는 사람이란 말이야.'

향리는 남편의 말을 듣고 주변에서 자기를 시기하거나 돈을 탐내거나 복수를 일삼을 만한 사람들을 쭉 적어 내려갔다. 성실하고 남에게 피해 주지 않고 살아온 인생이라 자부해서 그런지 그다지 많지도 않았다. 그 명단에 서고연이라는 이름은 없었다.

향리는 베란다에 보관해 둔 세월의 묵은 더께가 낀 상자를 뒤졌다. 자신의 학창 시절 사진과 연애편지 등을 넣어둔 상자였다. 그녀는 우선 중학교 졸업 앨범을 펼쳤다. 1반부터 13반까지 순서대로 서고연이라는 이름을 찾았다. 한 장씩 넘길 때마다 먼지 냄새가 폴폴 났다. 그렇지만 기분 나쁜 냄새는 아니었다. 이십 년 전, 꿈 많던 자신의 청소년기 향수를 자극하는 고소한 아몬드 향이었다.

"벤즈알데하이드랑 에틸벤젠 냄새야." 종석이 뒤로 다가왔다. "오랜 세월 동안 종이가 화학적 분해를 겪으면서 파생되는 물질이 내뿜는 아몬드 향이라고. 그건 왜 열어보는 거야?"

종석은 지극히 현실적인 목소리로 설명해주었다. 청소년기의 향수가 사라지며 그녀는 현실 속 베란다로 돌아왔다.

"졸업 앨범 좀 보려고. 용의자가 내 동창이라는 얘길 했어."

"면식범이라. 진짜 수사를 하긴 하는구나, 용의자를 찾은 거 보니. 자, 여기."

종석은 지유의 사진첩에서 가져갔던 두 장의 학예회 사진을 향리에게 건넸다. 그는 헛기침을 하더니 별다른 말을 덧붙이지 않고 베란다를 벗어났다. 향리는 중학교 졸업 앨범을 다시 살피기 시작했다. 3학년 10반 김향리라는 이름과 사진이 나왔다. 이십 년 전 댄스 가수를 꿈꾸던 자신의 앳된 모습이 지금의 향리를 바라보며 웃고 있었다. 기분이 이상했다.

한 장을 더 넘기자, 3학년 11반에 서고연이라는 여자아이가 있었다. 염색한 파마머리였던 자기와는 달리 야무진 인상의 단발머리였다. 눈가는 어딘가 모르게 우울해 보였다.

향리는 서고연이라는 동창이 상당히 생경했다. 삼 년을 같은 학교에서 보냈을 텐데 털끝만큼의 기억도 없었다. 하긴 오십 명이 넘는 자기 반 친구 중 과반수는 얼굴조차 기억나지 않았으니 어찌 보면 당연한 일이었다.

****

퇴근 시간대의 올림픽대로는 꽉 막힌 차들이 서로의 뒤꽁무니에 찰싹 붙어 있었다. 광춘은 서울의 남과 북을 찍고, 해가 저무는 서쪽으로 이동하는 중이었다. 그가 타고 있는 광역버스도 이 교통체증에서 이렇다 할 묘수가 없어 앞차의 엉덩이를 바짝 따라가고 있었다.

광춘은 맨 앞자리에 앉아 지는 해를 바라보며 한 끼도 먹지 못한 주린 배를 달랬다. 버스에 올라탄 지 벌써 40분 가까이 흘렀다. 그나마 에어컨 바람이 나와서 다행이었다. 광춘은 이런 남는 시간에 어떤 새로운 정보가 있나 싶어 김형사에게 전화를 걸었다.

"뭐 새로 나온 거 없어?"

—서고연의 부모는 완전 엘리트 출신이었던 거 같아요. 둘 다 강남 8학군 출신이었어요. 그런데 인생이 뭐가 잘 안 풀렸는지 서고연을 임신

한 상태에서 자양동, 영등포 등 이 동네 저 동네를 돌아다닌 거 같아요. 그러다 부천에 안착한 지 몇 년 안 된 거 같고요.

"이번에는 둘 다 살아 있고? 둘 다 집에 있는 거겠지?"

광춘은 다른 승객에게 피해가 가지 않도록 조용히 입을 가리며 말했다.

—그거야 저는 모르죠. 근데 선배님 왜 그렇게 소곤대세요? 잘 안 들려요.

"버스야. 그건 그렇고, 서고연이 친구가 별로 없다고 했던 거, 걔가 다녔던 대학교에서 좀 파보면 어때?"

—참, 답답하네요. 이런 식이면 저 선배랑 일 못 합니다.

김형사가 한숨을 쉬며 고개를 푹 숙이는 모습이 그림처럼 눈앞에 그려졌다.

"왜, 인마."

—선배님 제가 드린 자료 대충 보셨죠? 서고연 고졸이라니까요.

"확실해? 첫 남편을 방금 만나고 왔는데, 교대를 다녔다고 하던데?"

—확실해요. 입학한 기록 없어요. 검정고시 따고 끝. 시마이.

"그래? 흠, 알았어. 야, 근데 서고연의 부모, 자세한 주소는 없어? 부천 벨리앰 아파트 4단지. 이것만 갖고는 찾기 빠듯할 거 같은데. 동호수는 더 알 수 없어?"

—네. 죄송한다. 아무래도 선배님께서 발품을 좀 더 파셔야 할 것 같습니다.

김형사는 자기가 불리하면 꼭 상대가 머쓱해지게 깍듯했다.

"네가 뭘 죄송해. 알았어, 뭐 새로 생기면 연락해."

김형사의 말에 따르면 서고연의 부모가 사는 주민등록상의 주소는 자양동으로 나온다. 물론 그들은 그곳에 실제로 살고 있지는 않았다. 자양동의 아파트를 전세로 주고 부천으로 건너와 세 들어 살고 있는데, 어째서 몇 년째 전입신고를 하지 않고 있었다. 김형사는 광진구 관할서의 아는 동기를 통해 그나마 부천의 주소지를 받아낸 것이다. 그의 말에 의하면 서고연의 부모는 꽤 오랜 시간을 빚에 시달려 이리저리 피해 다녔던 상황인 것 같다.

　과연 이곳에서 서고연의 옷깃이라도 한 번 스쳐볼 수 있을까? 광춘은 마른침을 삼키며 버스 창에 머리를 기댔다.

****

　맛깔스럽게 시즈닝 된 일 등급 한우 스테이크 세 개가 각각의 접시 위에서 고소한 풍미를 내뿜었다. 둥근 식탁 한가운데에는 파프리카 샐러드가 올려져 있고, 그 외 감자와 양파구이도 여기저기 플레이팅 되어 있다.

　서고연은 졸업 앨범과 흡사한 단발머리였고, 여전히 삐뚤게 튀어나온 아래턱이 유독 눈에 띄었다. 그 때문인지 그녀의 얼굴을 정면으로 바라보고 있노라면 속이 배배 꼬인 음흉한 뱀이 떠올랐다. 박한 인상도 여전했다. 눈가에 팬 주름을 제외하면, 이십여 년 전의 그 시절에서 얼마 지나지 않은 듯 장년의 나이가 어색한 어떤 미숙함과 소녀성이 느껴지기도 했다. 그녀는 한껏 멋을 낸 물결무늬의 검은 시폰 원피스를 입고 짙은 마스카라로 화룡점정을 찍었다.

　그녀의 옆에는 삐쩍 곯은 남자가, 건너편에는 지유가 앉아 있었다. 지유는 긴장한 얼굴이었지만 이런 식사가 처음은 아닌 것 같았다. 서고연은 자신의 스테이크에 소스를 뿌리며 썰어 먹기 시작했다. 하지만 지유와 남자는 움직이지 않았다. 지유는 잘 훈련된 강아지처럼 허락을 기다렸고 남자는 움직일 수 없었다.

그는 의자가 아닌 휠체어에 두 손과 두 발이 묶여 있었다. 그의 왼손에는 바느질할 때 쓰는 긴 바늘이 족히 마흔 개 넘게 꽂혀 있었다. 손가락 마디를 관통한 바늘도 있었다. 각기 다른 시기에 그의 살집을 뚫고 들어갔는지, 밑에 딱지 진 피고름은 저마다 색깔이 달랐다. 사내의 손은 푸르뎅뎅하게 부어올라 이미 부패한 것처럼 보였다.

남자는 입에 가죽 재갈이 물려 있고 고개를 숙인 채 의식이 없었다. 삐쩍 말라 얼굴이 커 보였지만, 잘 발달된 하관과 몸의 골격으로는 꽤 건장한 사내였을 터였다. 정갈한 식탁과 음식, 그리고 지유의 깔끔한 옷차림과는 상반되게 사내는 초췌하고 꾀죄죄했다. 그리고 그에게서 나는 악취가 음식 냄새와 뒤섞여 불쾌하게 코를 자극했다. 하지만 누구도 냄새에 대해서 불평하지 못했다.

"오늘은 수학하기로 했었죠?"

서고연은 핏물이 채 빠지지 않은 스테이크를 송곳니로 끊으며 물었다. 지유는 대답 대신 불안한 눈으로 그녀를 바라보고 있었다. 서고연은 소고기를 혀로 입안 이리저리 옮기며 맛을 음미했다.

"오늘은 5학년 문제를 풀어보면 좋을 거 같아요. 이 정도 선행학습은 기본이니까, 그렇죠?"

"네."

지유는 자신감 없이 기어들어 가는 목소리였다.

"뭐라고요?" 서고연은 눈을 희번덕였다. "뭐라고 했어요, 딸?"

"네, 엄마."

"그렇죠. 말을 자르면 예의가 없는 거예요."

그제야 서고연의 눈가에 감돌던 긴장이 풀렸다. 그녀는 고기를 삼키며 접시를 내려다보더니 갑자기 뭔가 떠오른 것처럼 히죽 웃었다.

　"분수 약분이 좋겠다." 서고연은 자기 스스로에게 확답을 받듯이 혼잣말을 했다. "지유, 앞에 있는 스테이크를 마음대로 썰어봐요."

　지유는 포크와 나이프를 들었다. 고사리손인지라 고기는 썰린다기보다 삐뚤빼뚤하게 찢겼다. 그때마다 지유는 서고연의 눈치를 살폈다. 지유의 볼록한 이마에 땀이 송골송골 맺혔다.

　"됐어요. 그만."

　서고연이 한마디 하자 지유는 말을 잘 듣는 강아지처럼 포크와 나이프를 내려놓았다. 지유는 철저하게 서고연에게 통제되어 있었다. 지유는 앞으로 다가올 문제에 대한 공포로 얼굴이 허옇게 질려갔다.

　"뭐해요? 썰었으면 먹어야죠. 언제 이렇게 영양가가 풍부한 음식을 먹어 보겠어요."

　서고연의 웃음에는 아리송함이 느껴졌다. 비웃음보다 곧 올 택배 상자를 기다리는 설렘 같은 미소였다. 기다림의 시간이 야속하면서도 한껏 들뜨게 되는 오묘함. 그런 장난기가 그녀에게서 보였다.

　아무리 열 살의 초등학생이라고 하지만 지유도 본능적으로 느끼는 것들이 있었다. 그래서인지 기름진 고기를 아이는 쉽게 삼키지 못했다.

　그녀는 자신과 지유의 접시 위에 놓인 스테이크를 번갈아 보며 말했다.

　"엄마 고기랑 딸 고기 조각을 합치면 몇 개예요?"

　"여덟 개요."

　지유는 자기 접시의 다섯 조각과 서고연의 접시 위 세 조각을 보며 쉬운 덧셈이라 생각하고 자신 있게 대답했다.

　"뭐라고 했어요?"

서고연의 눈이 다시 희번덕였다.

"여덟 개요, 엄마."

지유는 아차 싶어 곧바로 '엄마'를 덧붙였다. 그러나 서고연의 흰자위가 여전히 지유를 압박했다. 그렇다면 호칭이 아니라, 정답이 틀렸다는 뜻이었다.

"그래, 그래. 문제가 조금 어려웠을 수도 있죠. 엄마는 원래 아홉 조각이었죠. 우리 딸은 일곱 조각으로 잘랐고요. 엄마가 힘들게 일해서 번 돈으로 산 고기가 그냥 네 입으로 들어가고 나면 끝이에요? 무슨 경우가 그래요? 분수로 대답을 해야죠, 분수."

서고연은 등받이에 기대며 감정을 잠시 누그러뜨렸으나, 방울뱀이 일격을 가하기 전의 폭풍전야 같은 긴장감은 계속되었다.

"분수! 사람은 분수를 잊으면 안 되지. 그렇고말고."

그녀는 자신의 중의적인 말장난이 재미있다는 듯이 혼자 키득거렸다. 그러더니 나이프를 내려놓고 맨손으로 고기 조각을 집어 들었다.

고기가 게걸스럽게 그녀의 입으로 들어갔다. 소기름과 소스가 범벅이 되어 그녀의 입가와 손가락 사이로 추잡스럽게 흘러내렸지만, 그녀는 아랑곳하지 않고 먹어 치웠다. 식사라기보다 육식동물의 포식처럼 보였다.

그녀는 접시 위의 고기를 다 집어 먹고 나서 손가락에 묻은 양념을 핥았다. 지유는 침을 꿀꺽 삼키며 의식이 없는 남자를 살폈다. 그는 여전히 고개를 숙이고 있었다. 지유는 분수로 답해야 했다.

"9분의 5 더하기, 7분의 3이니까…."

지유는 고개를 좌우로 돌리며 손가락 열 개를 접었다 피면서 계산하려 했다. 이제 겨우 3학년 1학기를 마친 초등학생이 풀기에는 어려운 문제였다.

"됐어요. 그만."

서고연은 식탁을 내리쳤다. 그 덕에 옆에 앉은 사내가 눈을 떴다. 숫자를 세고 있던 손가락 모양 그대로 지유의 손이 굳었다.

"서지유. 너는 내가 남의 애는 잘 가르치면서 자기 새끼는 무식하게 키웠다고 욕먹게 하려고 그러는 거예요? 엄마는 어렸을 때 자판기였어요. 5초 안에 뭐든 정답이 튀어나왔다고요. 여태까지 잘해왔던 애가 오늘따라 왜 이럴까요?"

서고연은 바늘집에서 20센티미터가 넘는 긴 바늘을 꺼냈다. 뾰족한 끝이 백열등을 머금어 유독 예리하게 반짝였다. 그녀는 압착 펜치를 벌려 끝에 바늘을 끼우고 오므렸다. 다른 손에는 가죽 공예 때 쓰는 손바닥만 한 나일론 망치를 들었다.

"자식이 잘못하면 부모가 벌을 받는 거예요."

그녀는 바늘을 남자의 왼손에 갖다 대려 했다. 그런데 고슴도치 등 꺼풀 같은 그의 손에는 이미 너무 많은 바늘이 꽂혀 있어 자리를 잡기가 쉽지 않았다.

"바느질을 너무 열심히 했나." 서고연은 자조적인 혼잣말과 함께, 압착 펜치를 이리저리 대보다가 이내 검지 손톱 밑에 갖다 댔다. "엄마는 우리 딸을 너무 사랑해서 이러는 겁니다."

그녀가 망치를 휘둘렀다. 그 끝이 압착 펜치에 고정된 바늘을 때렸다. 푹.

바늘은 사내의 검지와 손톱 사이를 날카롭게 파고들었다.

"끄윽!"

남자의 입에서 절규와 함께 재갈 주위로 피가 뿜어졌다. 그의 몸이 심하게 발작하며 휠체어 바퀴가 덜덜 떨렸다. 검지에서 흐른 선홍색 피가 휠체어를 타고 내려와 원목 바닥에 떨어졌다. 같은 자리에는 이미 피딱지가 진득하게 눌어붙어 있었다.

서고연은 만족스럽지 않은지 다시 망치를 때렸다. 푹. 20센티미터의 바늘이 손가락을 파고들었다.

"컥!"

남자는 등에 채찍질을 당한 것처럼 상체가 뒤로 활짝 젖혀졌다. 사내의 목에서 힘줄이 터졌다. 휠체어가 덩달아 심하게 뒤뚱거렸다.

그녀가 고개를 돌렸다. 아이가 이 광경을 제대로 지켜보고 있는지 감시하는 표정이었다. 지유는 눈을 감지 않고 정면만 바라보았다. 지유의 동공과 아랫입술이 불안하게 흔들렸다. 도도록한 이마에서 시작된 식은땀은 어느새 턱 아래까지 흘러내렸다.

"여보, 뭐라고?" 그녀는 남자에게 귀를 갖다 대는 시늉을 하더니 지유에게 윙크했다. "봐봐, 너희 아빠도 다 이해해주신 대잖아요. 자, 다음 문제 풀어볼까요?"

"어, 어, 엄마…."

지유는 자신도 모르게 두려움에 압도되어 입이 벌어졌다. 저 아저씨 죽을 거 같아요, 라고 말하려 했지만 가까스로 뒷말을 참았다.

"왜요, 딸?"

"아, 아, 아니에요…."

극심한 공포에 지유는 정신을 잃을 지경이었다. 차라리 방금 삼켰던 스테이크 조각이 목구멍에 걸려 숨을 못 쉬는 상상을 했다. 아이는 남자의 손등에 수십 개의 바늘이 박힐 동안 매일 그것을 지켜봐 왔지만, 공포는 적응되는 게 아니었다.

"싱겁기는…. 흠흠, 무슨 문제가 좋을까."

집 안에는 남자의 신음과 휠체어가 바닥에 불규칙적으로 부딪히는 마찰음, 그리고 오래된 대형 괘종시계에서 나는 똑딱 소리만 들렸다.

"그래, 수학은 응용이지." 서고연은 재미난 생각이 떠올랐는지 입가에 옅은 미소가 스쳤다. "조금 전 그 두 수의 차이를 구해보는 건 어때요?"

지유에게는 당연히 불가능한 문제였다. 분수 더하기도 못 하는데 뺄셈은 할 수 있을 리 만무했다. 그렇지만 아이는 뭐라도 해보려고 눈을 질끈 감고 머릿속으로 그 두 분수를 생각했다. 자기 때문에 고통받는 남자의 모습을 더는 지켜보기 힘들었다. 서고연은 아랑곳하지 않고 고기를 집어 먹었다. 붉은 육즙이 그녀의 이빨 사이로 스며들었다.

"됐어요. 그만."

지유는 놀라 눈을 떴다. 남자는 몸을 앞뒤로 흔들며 발악했다. 서고연은 바늘집을 열었다. 그런데 바늘이 남아 있지 않았다. 그녀는 나일론 망치로 식탁 위를 두들기며 미간을 찌푸렸다. 툭, 툭, 툭. 규칙적인 두들김이 올무처럼 지유의 목을 졸라왔다. 지유는 숨이 쉬어지지 않았다.

댕. 댕. 댕….

오후 6시를 알리는 괘종시계의 종소리에 지유의 어깨도 같이 움찔했다. 서고연은 창밖을 바라보더니 손을 멈췄다.

"에이, 됐다. 곧 나가야 하니까 이따 일 보고 오는 길에 더 사 오지 뭐. 오늘 식사는 여기까지 하고 얼른 옷 입고 나갈 준비 하세요."

"네, 엄마."

지유는 긴장이 조금 풀리자 발가락이 저릿해 쉽게 일어나지 못했다.

"오늘은 무슨 날?"

"주, 중요한 날이요, 엄마."

"똑똑하기도 해라. 중요한 날이니까 예쁜 옷으로 골라 입도록 해요."

지유는 울먹이는 목소리로 대답하며 복도 끝의 철창문이 열린 자기 방을 향해 걸어갔다. 서고연은 여전히 신음하고 있는 남자의 휠체어를 잡아끌었다. 그리고 안방에 밀어 넣고는 문을 세게 닫았다. 쾅 소리에 지유의 등이 또 움찔했다. 서고연은 그런 지유가 귀여운지 입꼬리가 올라갔다. 하지만 눈은 웃고 있지 않았다.

****

하늘까지 날아오르던 내 육신이 어딘가에 안착했다. 이곳은 아들의 교실이었다. 아이는 보이지 않고 대신 그 자리에 지유가 앉아 있었다. 빨간 머리핀에 분홍 원피스, 영혼소에서 보았던 모습 그대로였다. 의찬이 그랬던 것처럼 붉은 교실 뒷문을 바라보며 내게 등을 돌리고 있었다.

이번에도 그 문 너머에서 나는 거대한 창자의 꿈틀거리는 소리로 내 심장이 불안하게 쿵쾅댔다. 교실 밖에서는 비가 추적추적 내리고 있었다. 벽면의 에어컨은 거친 증기를 뿜어내며 요란스러운 고음을 냈다. 모든 소리가 한데 어우러져 내 귀를 어지럽히며 불안함을 증폭시켰다.

말없이 등이 푹 꺾인 지유를 보고 있으니 아들의 기억이 너무 생생하게 떠올랐다. 나는 선뜻 그 아이에게 다가갈 수 없었다. 그런데 내 의지와는 상관없이 어느새 우리 둘 사이에 있는 땅이 왜곡되며 줄어들었다. 눈 깜짝할 새에 나는 아이 옆에 서게 되었다. 내가 지유한테 간 건지, 지유의 의자가 내 앞으로 온 건지 알 수 없었다. 지유는 힘없이 고개를 돌려 나를 올려다보았다.

"늦으시면 어떡해요?"

초등학생 여자아이가 품고 있을 만한 우울함이 아니었다. 눈에도 생명이 꺼져가는 듯 안광이 점점 흐릿해지고 있었다.

"미안해, 지유야."

"늦으시면 어떡해요? 오늘은 중요한 날인데."

"중요한… 날?"

어디선가 내가 들었던 말이었다. 나도 모르게 아랫입술을 뜯으며 생각에 잠겼다. 이 말을 어디서 들었더라? 누군가의 목소리가 흐릿하게 떠올랐다. 좀 더 카랑카랑하고 어른스러운 여자의 목소리였다.

"오늘은 중요한 날이에요."

지유는 온데간데없고 눈앞에 그 주걱턱이 보였다. 유괴범은 멀뚱한 눈으로 나를 쳐다보고 있었다. 그녀는 다그치듯이 나에게 쏘아붙였다.

"뭐해요?"

동시에 삐이익, 하며 증기가 에어컨 송풍구에서 뿜어졌다.

"안 돼!"

영지는 도마 위로 칼이 떨어지는 소리에 신음하며 눈을 떴다. 부엌에서는 압력밥솥의 증기가 배출되며 치이익, 하는 비명을 질러댔다. 깊고 깊은 악몽에서 빠져나와서인지 영지는 자신의 두개골이 두 쪽으로 갈라지는 아픔을 느꼈다.

"일어나셨어요?" 향리가 부엌에서 나오며 말했다. "지금 죽 좀 만들고 있어요. 조금만 더 누워 계세요."

"제가 얼마나 잔 거죠?"

집 안의 형광등이 켜져 있는 것으로 보아 저녁이 다가오는 듯했다.

"반나절 정도 된 거 같아요."

향리는 부엌으로 돌아가며 대답했다. 영지가 벽시계를 올려다보니 오후 6시에 가까운 시간이었다.

"광춘 씨는요?"

향리는 부엌에서 요리를 준비하느라 영지의 말을 듣지 못했다. 별수 없이 영지는 자신의 팔에 꽂힌 링거액의 바늘을 빼고 부엌으로 향했다. 머리가 어지러워져 주저앉을 뻔했다.

"지유 어머님, 광춘 씨는요?"

"여기저기 알아볼 게 있다고 나가셨어요."

향리는 눈짓으로 냉장고에 붙은 쪽지를 가리켰다. 오전에 광춘이 적어 놓은 쪽지였다. 꽤 세월이 지났지만, 그녀는 단번에 광춘의 손 글씨를 알아볼 수 있었다.

"제가 잊고 있었던 게 생각이 났어요."

"네?"

"유괴범은 오늘이 중요한 날이라고 했어요."

향리가 국자를 내려놓았다. 영지의 음성에서 불길한 기운을 감지했기 때문이다.

"무슨 중요한 날이요?"

"모르겠어요. 얼른 광춘 씨한테 알려야 해요."

"중요한 날? 지, 지유한테 또 무슨 일이….."

향리의 아랫입술이 떨렸다. 아침까지만 하더라도 자신의 딸을 찾을 수 있겠다는 희망에 알게 모르게 몸에 기운이 돌았다. 영지를 위해 따뜻한 죽이라도 한 그릇 해 먹여야겠다는 마음마저 일었다. 그런데 그녀의 불길한 말에 향리는 다시 머리가 텅 비었다.

"그게 다였어요. 그런데 벌써 저녁인 거 보니 빨리 움직여야 할 거 같아요. 한 번 더 빙의할 테니 어머님만이라도 도와주세요."

영지의 다급한 말에 향리는 정신이 번쩍 들었다. 빙의라는 단어가 마치 중요한 스위치였던 것처럼 비었던 향리의 머릿속을 금세 인지능력으로 채웠다. 일단 심호흡할 필요가 있었다. 3초 빨아들이고 5초 내뱉는다. 향리는 긴장되는 공연을 앞두고 항상 심호흡으로 자신의 마음을 다스렸었다.

"후… 일단 무당님, 먼저 이거 좀 드세요. 제가 고형사님께 연락할게요."

"어머님."

의외로 향리가 침착하게 대꾸하자 영지가 의아했다.

"조금만 더 쉬세요. 지금 이 상태로는 무당님 아무것도 못 해요. 그 정도 해주신 것만으로도 충분히 감사하게 생각해요."

"할 수 있어요. 지금 해야 합니다."

영지는 완강했다. 그렇지만 그녀의 두 다리는 제대로 서 있지 못해 후들거리고 있었다. 사실 그녀는 깨어났을 때부터 손에 힘이 들어가지 않아 주먹을 쥐기도 힘들었다.

"저도 그 누구보다 그렇게 하고 싶어요. 하지만, 지금은 안 돼요. 보세요, 얼굴이 반쪽이잖아요. 저희는 마라톤을 뛰는 거지, 단거리를 하는 게 아니잖아요. 이번만큼은 고형사님 한 번 믿어 보죠, 우리."

향리는 '우리'라는 말에 힘을 실으며 애호박을 채썰기 시작했다. 그녀답지 않게 딱 부러지는 말본새에 영지는 다시금 자신의 상황을 냉정하고 객관적으로 파악하게 되었다.

"알겠습니다. 광춘 씨한테 전화는 제가 할게요."

영지는 광춘에게 전화를 걸었다.

―영지 씨. 건강은 좀 어때요?

"살만해요. 어디예요?"

―그래요, 영지 씨 고생 많았어요. 지금 서고연의 부모가 살던 주소지로 가고 있어요. 다 영지 씨 덕분이에요.

"방금 생각난 건데, 그 여자가 오늘이 중요한 날이라고 지유에게 말했어요."

―중요한 날이요?

광춘의 목소리에 힘이 들어갔다. 그는 걷는 중인지 전화기 뒤로 인파와 자동차 소리가 묻어났다.

"네, 중요한 날! 정확히는 모르겠지만 기분이 굉장히 좋지 않아요."

―예, 그건 금방 알아볼 테니까, 너무 걱정하지 말아요. 신비사로는 언제 돌아갈 생각이에요?

"돌아가다니요?"

영지는 의아했다.

―걱정돼서 할매보살님과 통화했어요. 일주일에 한 번만 빙의해도 엄청 무리라면서요? 영지 씨, 지금 며칠 사이에 여러 번 했잖아요. 영지 씨는 충분히 본인 몫, 그 이상을 해냈어요.

"광춘 씨, 나 안 돌아가요."

―하아… 영지 씨. 지금은 쓸데없는 고집을 부릴 때가 아니에요. 아이 구하려다가 본인이 타 죽을 거예요? 원래 한 번만 빙의하기로 했던 거잖아요.

"맞아요, 그런데 광춘 씨가 나를 더 설득했죠. 그리고 나는 지유랑 약속했어요. 멈추지 않을 거예요."

―영지 씨, 영지 씨. 이제 우리한테 맡기고 쉬는 게….

영지는 광춘의 말이 끝나기도 전에 통화 종료 버튼을 눌렀다. 평정을 유지했던 목소리와 달리 그녀의 얼굴이 발갛게 상기되었다. 물론, 처음에는 한 번의 의식만 치르고 돌아갈 생각이었다. 그러나 지유와 약속했다. 집으로 돌아오는 여정을 끝까지 함께 하기로.

광춘에게서 계속 전화가 왔지만, 영지는 받지 않았다. 어차피 그는 같은 말을 할 게 뻔했다. 영지는 더 이상 아들과 남편에게 보호를 받아야 하는 환자가 아니었다. 그녀는 휴대전화를 무음 상태로 바꿨다. 그러자 부엌에서 향리가 광춘과 통화하는 소리가 들렸다.

"무당님, 고형사님이 좀 바꿔 달라고 하시는데요?"

영지는 전화기를 건네받자마자 또 종료 버튼을 눌렀다. 향리가 놀라서 물었다.

"왜 그러세요?"

"시간이 없어요, 어머님. 지유 구해야죠. 지금 저를 도와줄 수 있는 사람은 어머님밖에 없네요. 상 차리는 걸 좀 도와주세요."

향리의 휴대전화로 광춘의 연락이 계속 왔다. 향리는 고래 싸움에 새우 등 터지듯, 이도 저도 하지 못하고 있었다.

"이런 자기 파괴적인 사람을 봤나. 당신 말이야, 우리 딸을 구하고 싶은 거야, 아니면 그 핑계로 죽고 싶은 거야?"

종석이었다. 그가 서재 문을 열고 나왔다.

"아버님과 실랑이할 시간 없습니다."

"실랑이가 아니라 의사로서 걱정돼서 그래. 그런 건강 상태로는 아무것도 할 수 없어. 서 있는 게 신기할 정도라고 지금."

순간, 허리를 구부리던 영지가 휘청하며 비틀거렸다. 들고 있던 교자상이 엎어지며 와르르 놋그릇이 쏟아졌다.

"무당님 마음은 충분히 알아요. 그런데 보세요, 지금 제대로 걷지도 못하시잖아요. 죽 드시면서 조금만 회복해요, 우리."

향리는 공들여 끓인 죽이 담긴 쟁반을 내밀었다. 영지는 고민했다. 자신이 봐도 지금 빙의할 수 있을 것 같지 않거니와 만약에 한다 해도 집중력이 떨어져 그리 오랜 시간을 유지할 수도 없었다.

"후, 예전엔 이 정도는 아니었는데… 알겠어요."

영지는 쟁반을 받았다. 죽에서는 고소한 참기름 냄새가 솔솔 올라왔다.

"방에서 편안하게 드세요."

영지는 조용히 손님방으로 죽을 가지고 들어갔다. 그녀는 피와 땀이 묻은 삼베 무복을 벗고 일전에 입었던 편한 운동복으로 갈아입었다. 죽을 한술 뜨자 온몸에 온기가 돌았다. 향리의 말이 맞았다. 오래 달리기 위해서는 체력을 비축해야 했다. 영지는 빙의를 할 수 있을 최소한의 몸 상태로 회복하기 위해 억지로 수저를 들었다.

중요한 날

*

  지유는 시원하게 눈에 들어오는 연푸른 원피스에 하얀 운동화를 신었다. 서고연은 시폰 드레스 대신에 짙은 회색 바지와 감색 티셔츠로 갈아입었다. 아웃렛에서 살 수 있는 흔한 모자도 푹 눌러써 최대한 눈에 띄지 않는 복장이었다. 그녀의 손에는 검은 스포츠백이 들려 있었다. 마치 잘 꾸민 아역배우가 매니저를 대동하고 화보 촬영을 떠나는 행색이었다. 둘은 엘리베이터를 기다렸다.

  "지유는 얼마 만에 밖에 나가는 거죠?"

  "잘 모르겠어요, 엄마."

  "정확히 13일이에요. 근데 지유는 지난번에 같이 나갔던 오빠가 어떻게 됐는지 왜 안 물어봐요?"

  그녀에게서는 수학 문제를 냈을 때의 그 아리송한 조소가 피어나려 했다. 본인만 답을 알고 상대는 모를 때의 그 짜릿함이 묻어 있는 웃음이었다. 지유는 본능 깊숙이 그 오빠에 관해 물어보면 무서운 대답이 돌아온다는 사실을 직감했다. 그래서 한 번도 입 밖으로 꺼내지 않았다.

  "역시 이래서 우리 딸이 제일 좋아요. 똑똑하거든. 엄마의 사랑을 고마워할 줄 모르는 놈은, 우리 가족이 될 자격이 없었어요."

  "네, 엄마."

  지유는 힐끗 올려다보았다. 내려오던 엘리베이터는 위층에서 잠시 멈쳤다. 서고연은 지유의 속마음을 간파했는지 쭈그려 앉아 지유에게 눈높이를 맞췄다.

"너도 도망가려고요?"

그녀의 흰자위가 불쑥 지유의 눈앞으로 다가왔다.

"아, 아뇨."

"엄마가 지유 손도 바느질하게끔 만들지 말아요. 그거 당해보면 보기보다 매우, 아주 많이 아파요."

서고연은 과장되게 입을 벌리며 지유의 어깨를 붙잡은 손에 힘을 주었다.

"네… 엄마."

지유는 침을 꿀꺽 삼켰다.

"그래, 다른 사람 보면 티 내지 말고요."

지유가 억지로 볼살을 늘여 웃자 때마침 엘리베이터 문이 열렸다. 안에는 윗집에 사는 신혼부부가 타고 있었다. 남편이 차고 있는 아기 띠에 이제 막 100일이 지난 듯한 젖먹이가 방긋방긋 서고연을 보며 웃었다. 아내는 쉬이, 하는 소리를 내며 아기의 손을 잡고 있었다.

서고연은 지유의 손을 잡고 엘리베이터 안으로 들어갔다. 그녀는 모자를 푹 눌러쓰고 지하 2층을 눌렀다. 이미 지하 3층이 눌러져 있는 것으로 보아 신혼부부는 그들보다 한 층 더 아래로 내려가는 중이었다. 서고연은 지유의 손을 꽉 쥐며 무언의 압박을 가했다. 입 다물고 조용히 앞만 보고 있어, 라는 뜻이었다.

"마마마마마."

얌전히 있던 아기가 갑자기 서고연의 뒤통수를 보고 옹알이를 했다.

"오야, 오야, 아줌마한테 안녕하세요, 라고 하는 거야? 아랫집 아줌마야. 옳지, 그렇지."

아기 엄마는 아기에게 말을 걸면서 간접적으로 서고연에게 인사를 건넸다. 서고연은 정면만 응시하며 굳이 대꾸하지 않았다.

"아아오오아아."

이번에는 아기가 지유의 머리통을 내려다보며 작은 손을 오므렸다 펴면서 지유의 머리를 잡으려 했다.

"오야, 언니 머리카락이 궁금했어요, 우리 딸? 예쁜 언니 머리카락이 궁금했어요? 언니 안녕하세요, 하고 인사해야지."

이번에는 아기 아빠가 자신의 가슴팍에 매달린 젖먹이를 앞으로 숙이며 인사하는 시늉을 했다. 지유는 아이의 얼굴과 아빠의 얼굴을 동시에 바라보았다. 순간, 이 사람들이라면 자기를 구해줄지도 모른다는 생각이 들었다. 남자의 선한 인상과 듬직한 덩치를 보아, 서고연쯤은 쉽게 제압할 수 있을 것처럼 보였다. 지유는 망설였다. 엘리베이터는 어느새 1층에 가까워지고 있었다. 지유는 서고연을 올려다보았다. 그녀는 아래턱에 힘을 한껏 주고 있었다.

그녀가 안 보는 사이 손을 놓고 그냥 와락 이 아저씨에게 안길까? 살려주세요, 라고 소리치면서 그냥 자지러질까? 지하 2층에서 엘리베이터 문이 열리면 안 내리고 버틸까? 지유의 머릿속에서는 온갖 생각이 지나갔다.

"아아아아오오아아."

아기는 계속 입을 오므렸다 벌리면서 지유에게 무슨 말을 하려 했다. 그러자 아기 입에 고여 있던 굵직한 침이 지유의 얼굴 위로 흘러내렸다.

"앗."

차가운 감촉이 이마에 떨어지자 지유는 자기도 모르게 입 밖으로 소리를 질렀다. 그전까지 무시하고 있던 서고연이 휙 돌아보면서 신혼부부를 노려보았다. 얼굴이 시뻘겋게 달아올라 거의 폭발하기 직전이었다.

"어머, 미안합니다."

아기 엄마는 당황해서 물티슈를 꺼냈다. 엘리베이터가 지하 2층에 도착하고 문이 열렸지만, 물티슈가 지유의 얼굴에 닿기도 전에 서고연은 지유를 와락 껴안아 들었다. 번쩍, 지유의 몸이 공중으로 떠올랐다. 무서운 괴력이었다.

"더러운 손 치워, 이 새끼들아!"

서고연이 소리를 질렀다. 그녀의 눈 밑에 경련이 일며 핏대가 벌겋게 섰다. 당장이라도 그 부부를 찢어발길 듯한 분노를 간신히 참고자 아래턱이 불안하게 덜그럭거렸다. 그녀는 지유를 안은 채로 엘리베이터 밖으로 성큼 걸어 나왔다. 얼음처럼 굳은 신혼부부의 얼굴 앞으로 엘리베이터 문이 닫혔다.

차 키를 찾는 서고연의 손이 떨리고 있었다. 아직도 분이 가시지 않는지 고개도 불규칙적으로 돌렸다. 지유는 그녀의 오른쪽 겨드랑이 밑에서 버둥거리고 있었다. 서고연은 입가에 흰 거품이 묻어날 정도로 혼자 욕을 해댔다. 키를 꺼낸 그녀는 버튼을 누르며 불안하게 주차장을 이리저리 왔다 갔다 했다. 멀리서 승합차의 전조등이 깜박거렸다.

그녀는 승합차 조수석의 문을 열고 지유를 앉혔다. 조수석에 있는 포켓 물티슈를 하나 꺼내 지유의 이마에 묻은 아기의 침을 닦았다. 손에 힘이 엄청 들어가 있었다. 지유의 이마가 시뻘게졌다. 어느 정도 닦이자 그녀는 차 문을 쾅 닫았다. 그녀는 신경질적으로 운전석에 올랐다.

서고연은 갑자기 양손으로 핸들을 내리치며 정신 나간 듯이 욕을 해댔다. 지유는 놀라 울기 직전이었다.

"울지 마세요, 서지유 어린이."

그녀는 지유에게 환자위를 희번덕거렸지만, 말투는 온화한 존댓말이었다. 그 소름 돋는 괴리가 지유의 온몸에 털을 곤두서게 했다. 서고연은 핸들을 두 손으로 다시 내리쳤다. 승합차가 흔들렸다. 멀리서 누가 본다면, 어두운 구석에서 승합차가 귀신들린 것처럼 이리저리 좌우로 혼자 움직인다고 생각할 정도였다. 잠시 뒤 그녀는 어느 정도 분이 풀린 듯 차의 시동을 걸었다.

"후아… 자, 이제 오빠 만들러 가야죠."

은색 승합차는 주차장을 부리나케 빠져나갔다. 차량의 번호판은 '5842'였다.

**

서고연의 승합차가 입주자 전용 주차장에서 튀어나와 골목길을 유유히 빠져나가는 동안 광춘은 아파트 단지로 걸어 들어오고 있었다.

광춘이 손목시계를 보니 오후 6시 10분이었다. 그는 직원들이 퇴근하기 전에 관리사무소에 도착하고자 서둘렀다.

아파트 단지 중간에 있는 2층짜리 건물에 다다르자, 짐작대로 남자 직원이 퇴근 준비를 마치고 중앙유리문을 잠그려 하고 있었다. 광춘은 서둘러 그 남자를 제지하고 신분증을 보여주었다.

"잠시만요. 오래 안 걸리니까 잠깐만 뭐 좀 물읍시다."

"지금요? 저희 업무 끝났는데….""

아직은 앳돼 보이는 남자가 귀찮은 듯 짜증을 내비쳤다.

"여기 입주민들의 안전과 관련 있는 강력 범죄입니다."

"들어가야 하는 건가요?"

나무늘보처럼 눈꼬리가 처지고 우둔한 인상의 사내는 불이 꺼진 관리사무소 안을 힐끗 쳐다보았다.

"예, 입주민 정보가 좀 필요해서요."

광춘은 그가 또 영장 나부랭이 같은 헛소리를 지껄이면 어떡하나 싶었다. 하지만 관리사무소 직원은 입주민과 관련된 사건이라는 말에 순순히 문을 열며 말했다.

"필요하신 게 뭔데요?"

직원은 정말 귀찮은지 실내등도 켜지 않고 컴퓨터만 달랑 켰다. 빨리 끝내고 집에 가고 싶다는 무언의 메시지였다.

"4단지에 사는 서고연이라는 사람의 동호수가 필요합니다."

"잠시만요." 직원은 이리저리 컴퓨터 자판을 두들기며 말했다. "그런 사람 없는데요."

"그럼 아버지 이름으로 찾아봐 주세요. 서창수."

"없어요."

광춘의 예상대로였다. 다른 사람의 명의로 살고 있거나 혹은 이 아파트에 살고 있지 않을 수도 있었다.

"그러면 혹시 4단지 주민 중에 차 번호가 58로 시작하는 차가 있습니까?"

"예?"

사내의 처졌던 눈꼬리가 놀랍도록 치켜 올라갔다. 그는 머뭇댔다.

"왜 그러십니까?"

"저희 입주민들이 개인정보에 좀 민감해서 전산으로 처리를 안 하거든요. 주차 카드는 수기로 등록하는 거라, 일일이 문서를 다 뒤져봐야 하는데요. 혹시 몇 동인지도 모르세요?"

"모릅니다. 왜, 오래 걸립니까?"

"어… 4단지만 이천 세대가 넘어요. 그걸 일일이 다 손으로 찾다가는…, 내일 찾으면 안 되는 거겠죠?"

관리소 직원은 지친 듯 두 손으로 턱을 괴었다. 이천 명의 이름을 뒤져가며 야근하는 자신의 모습을 상상한 듯 직원이 한숨을 쉬었다. 광춘이 생각하기에도 시간이 오래 걸리는 비효율적인 일이었다.

"혹시, 그러면 근래에 4단지에서 인테리어 공사를 했거나 하는 집이 있습니까?"

"잠시만요. 11세대가 지금 공사하고 있어요."

"그중에서 10층 이상인 집은 몇 군데입니까?"

"음, 네 군데 있네요."

"그럼 그중에서 차 번호가 58번으로 시작하는 집만 찾아내면 될 거 같은데요?"

"아…" 관리소 직원은 또 뭐가 내키지 않는지 머뭇거렸다. "그게 자동차 대장이 동호수 순서대로 되어 있는 게 아니라 가나다순이에요. 그래서 그것도 결국 이천 세대를 일일이 뒤지는 거랑 별반 다를 게 없어서요."

광춘은 기가 찼다.

"됐습니다. 그냥 그 네 집 동호수만 적어주세요."

광춘은 자기가 발로 뛰어 알아내는 게 훨씬 빠를 거라고 판단했다. 직원은 서둘러 메모지에 네 곳의 주소를 적어 건넸다.

광춘은 영지가 빙의 당시에 본 내용을 떠올렸다. 그녀는 아래층에서 드릴이나 망치질 같은 공사 소음이 올라오는 것 같다고 했다. 그렇다면 관리소 직원이 알려준 집의 윗집, 혹은 대각선 윗집을 일일이 둘러보면 된다.

광춘은 쪽지에 적힌 순서대로 먼저 두 곳을 돌았다. 그 윗집과 대각선 윗집을 살펴보았지만, 전혀 상관없는 사람들이 살고 있었다. 광춘은 목록에서 세 번째 집으로 향했다.

405동 1605호.

광춘은 1층 로비로 들어섰다. 입주민 공지 게시판에는 온갖 광고지가 붙어 있었다. 명문대 수학 과외, 피아노 영재교육, 영어 유치원 안내 문구 등을 따라가다가 한 집의 인테리어 공사 안내문에 눈이 고정되었다.

'405동 1605호 인테리어 공사. 기간 8월 2일~26일. 소음에 양해 바랍니다.'

광춘은 그 윗집인 1705호와 1706호를 주시했다. 오랜 형사의 감이 가끔 발동할 때가 있는데, 지금이 그랬다. 광춘의 목덜미로 소름이 훑고 지나갔다. 왠지 자신이 서고연에게 가까워지고 있다는 기분이 들었다.

***

광춘에게서 온 부재중 전화가 영지의 휴대전화에 열 통 남짓 남아 있었다. 영지는 일부러 그의 연락을 받지 않았다. 같이 아이를 찾자면서, 정작 중요한 순간이 오면 자신을 뒷전으로 빼려는 듯한 그의 태도가 야속했다. 광춘의 걱정과는 별개로 영지는 본인이 지유를 구하는 데 더 큰 몫을 해낼 수 있다고 믿었다.

그녀가 거의 죽을 다 먹어 갈 때 즈음 노크 소리가 들렸다.

"안 그래도 다시 가져다드릴 참이었어요."

영지는 빈 그릇을 들고 일어났다. 그런데 문 앞에는 종석이 서 있었다.

"흠, 흠, 그게…. 궁금한 게 있어서…."

그는 헛기침을 하며 방문턱에 어정쩡하게 서 있었다. 며칠 사이 더 야윈 듯한 느낌이었다.

"예, 들어오세요."

영지는 빈 의자를 내밀었다. 종석은 쭈뼛거리며 그녀의 맞은편에 앉았다.

"나는 의사니까, 지유 상태를 말해줘. 모습이라든가, 혈색이라든가."

"건강해 보였어요. 적어도 어제까지는요."

"그런 것보단 좀 더 구체적인 걸 말해봐. 뭐, 빙의인가 뭔가 해서 자세히 봤을 거 아냐."

"외형은 건강했어요. 문제는 마음이죠."

영지는 자신의 가슴을 검지로 가리켰다.

"그게 무슨 말이야?"

"지유가 집으로 돌아올 의지가 없다고요."

"그건… 왜 그런 거지?"

"굳이 말씀드리지 않아도 아실 텐데요."

영지의 검지가 이번엔 가볍게 종석을 향했다.

"이봐! 당신도 부모였잖아. 그럼 내 마음을 알 텐데? 자식이 춥고 배고픈 길 대신 꽃길만 걷게 해주고 싶은 건 당연한 거야."

"제가 가진 이 능력은 그냥 수단이에요. 중요한 건 아이의 마음이지요. 상처는 없는지, 있다면 어떻게 치유해야 하는지가 훨씬 중요한 거예요. 그런데 지유는 아버님을 무서워하고 어려워해요."

"나는…, 아니, 그쪽 말이 맞아. 나도 저 골방에 틀어박혀 꽤 반성하고 있다고. 그러니까 굳이 들쑤시지 마."

"지유의 의지를 살려내야 나와 아이의 합도 더 좋아지고, 빙의 시간도 길어져요. 물론, 아이를 구할 수 있는 확률도 훨씬 올라가겠죠."

영지는 단호히 말했다. 종석은 헛기침을 하더니 아까부터 손에 쥐고 있던 뭔가를 테이블 위에 내려놓았다. 굉장히 조악하게 잘리고 붙여진 녹색과 보라색 색종이였다. 꽃 같기도 하고, 어떤 각도에서 보면 종처럼 생기기도 했다. 반짝이 가루가 묻어 있었다.

"이게 뭔가요?"

"그때 그랬잖아. 아이가 애착하는 물건을 태울수록 당신의 능력이 배가 된다고."

"그랬죠."

"다음에 빙의할 때 이걸 써줘." 종석은 보라색 색종이를 밀었다. "카네 이션이야."

"지유 솜씨인가요?"

"이번에 받은 건데, 고맙다는 말을 못 했어. 괜히 어색해서 쓸데없는 거 만들 시간에 책이나 한 자 더 보라고 했지."

"아버님답네요."

영지는 본인도 모르게 실소가 새어 나왔다. 종석도 자조적인 웃음을 뱉었다.

"병신이었지, 나는. 담임선생이 빨간색 꽃으로 만들라고 했는데, 내가 보라색을 좋아하는 걸 알고 지유가 굳이 보라색 색종이를 썼대. 그런 애야, 지유는. 당신이 나 대신 고맙다는 말 좀 해줘. 어쩌면 내가 직접 보면서 말하지 못할지도 모르잖아…."

종석의 몰골은 말이 아니었다. 밥은 제대로 먹지도 않아 이목구비에 붙은 살까지 다 빠져서, 안 그래도 모기처럼 볼품없던 얼굴이 이제는 초파리쯤 되어 보였다.

"힘든 결정을 하셨네요."

"지유를 설득하는 데 도움이 될 거야. 혹시, 이걸 직접 지유한테 보여줄 방법은 없어? 그 무의식의 영혼소인가 뭔가 하는 곳에 이 카네이션을 들고 갈 수는 없는 거야? 직접 아이한테 보여주는 게 더 효과적일 텐데. 내가 소중하게 간직하고 있었다고 말이야."

"저는 지유의 영혼소에 손님으로 가는 겁니다. 제가 뭘 들고 갈 수는 없어요. 하지만 잘 설명할게요."

"그래, 고마워. 영지 무당."

종석은 머쓱했는지 서둘러 의자에서 일어났다. 영지가 말로 그를 붙잡았다.

"아버님, 지유… 정말로 좋은 아이예요."

"알아, 내 딸이니까."

그는 헛기침을 몇 번 하더니 방문을 열고 나갔다. 테이블 위에는 지유가 서툴지만 오밀조밀하게 잘라놓은 보라색 카네이션이 있었다. 영지는 자신의 목에 걸린, 의찬의 유품인 부적을 꺼내 나란히 놓았다. 보라색 카네이션과 노란색 부적.

아이들은 부모가 생각하는 것보다 더 속이 깊었다. 이 어린아이가 언제 클까 싶지만, 엄마가 인지하는 시간보다 훨씬 더 빨리 의젓한 아들과 딸이 된다. 의찬이 그랬고 지유도 그랬다. 영지는 부적과 카네이션을 챙겨 넣었다. 그녀는 지유와 지켜야 할 약속이 있었다.

****

　17층 엘리베이터 문이 열리고 광춘이 내렸다. 계단식 아파트라 양옆으로 두 세대만 있었다. 광춘은 1705호 앞에 섰다. 벨을 눌렀다. 그런데 한참이나 반응이 없었다. 또다시 벨을 눌렀지만, 인기척은 느껴지지 않았다. 그는 김형사를 불러 또 문이라도 따야 하나 싶었다. 그렇지만 전자 도어록이라 김형사가 할 수 있을지 의문이었다.

　바닥부터 쿵쿵거리는 울림이 광춘의 귀에 전해졌다. 한 층을 내려갔다. 인부들이 1605호의 문을 활짝 열어놓고 자재를 실어 나르고 있었다.

　"실례합니다, 경찰입니다."

　"경찰이요? 또 민원 들어왔어요? 아이고, 죄송합니다. 저희 금방 끝내고 갈 거니까 30분만 시간 주세요."

　근육질의 인부는 들고 있던 목재를 내려놓았다. 그의 얼굴에는 땀이 뻘뻘 흘러내리고 있었다.

　"아니, 민원 아닙니다. 뭐 하나만 물어봅시다. 이 단지 안에서 인테리어 시공 많이 하시죠?"

　"이 아파트 단지는 저희가 꽤 하죠."

　"혹시 윗집도 했습니까?"

　"1705호요? 글쎄요, 잠시만요. 김형, 김형! 잠시만!"

　인부는 집 안을 향해 크게 소리쳤다. 그러자 안쪽에서 또 다른 덩치 좋은 인부가 나왔다.

　"형님, 우리가 여기 윗집 한 적이 있었던가?"

　"왜, 작년 여름쯤에 했었잖아."

　김형이라는 남자 역시 얼굴에 땀이 흥건했다. 그는 서글서글한 인상에 말투가 구수했다.

"혹시 철문 같은 걸 단 적은 없습니까?"

광춘은 뭔가 느낌이 왔는지 다급히 물었다.

"철문이라면, 뭐 쇠판 같은 거 말씀하시는 건가?"

"예, 쇠봉, 쇠판, 철창문 같은 거요. 아니면 시건장치 같은 거요."

"그런 특이한 거라면 제가 기억했을 텐데, 그건 잘 모르겠고요. 윗집은 방음 작업으로 조금 까다롭게 굴었어요."

"방음 장치요?"

광춘의 눈빛이 예리해졌다.

"예, 뭐 본인이 자는 방은 조용하고 어두웠으면 좋겠다고 창문 위로 그냥 방음판을 덧대 달라고 했어요. 어찌나 깐깐하게 구는 여자던지, 진땀 좀 뺐습니다."

김형은 이마의 땀을 닦으면서 말했다. 광춘은 점점 서고연에게 가까워져 손을 뻗으면 이제 잡을 수 있을 것 같았다. 광춘은 서둘러 주머니에서 서고연의 사진을 꺼내 내밀었다.

"맞는 거 같아요. 흐흐, 근데 실물은 좀 더 표독스러워요."

광춘은 확신했다. 서고연이었다.

"아저씨, 오함마 좀 빌립시다."

"잉? 그건 왜요?"

인부 둘은 멀뚱히 광춘을 쳐다보았다.

슬레지해머는 거대한 반원을 그리며 그대로 전자 도어록에 떨어졌다. 둔탁한 소리와 함께 도어록이 찌그러지며 뒤로 배선을 뱉어냈다. 음질이 좋지 못한 경보음이 울렸다. 광춘은 아랑곳하지 않고 또다시 해머를 크게 휘둘렀다. 파직, 파열음과 함께 도어록은 그대로 부서졌다. 복도를 메우던 경보음도 힘없이 꺼졌다.

광춘은 거대한 망치를 땅에 내려놨다. 지금 자신의 행동이 나중에 커다란 문제를 불러일으킬 수도 있었다. 그렇지만 더는 지체할 시간이 없었다. 이 정도의 심증이라면, 광춘에게는 확실한 물증이나 다름없었다. 그는 권총집 버튼을 풀고 38구경에 손을 얹었다. 문고리를 당기자 1705호의 현관문이 열렸다. 차가운 공기 안에서 피비린내가 묻어났다.

*****

십수 년 전, 서울역 지하에서 노숙자끼리 싸움이 붙어 한 남자가 목숨을 잃은 적이 있었다. 광춘에게는 잊지 못할 강력계 생활의 첫 출동이었다. 시신을 처음 봤던 충격도 있었지만, 그 지하도로 들어갈 때 났던 냄새를 잊을 수 없었다. 시체가 썩은 냄새가 아닌, 이미 썩을 대로 썩은 사람의 죽어 있는 냄새. 비슷한 것 같지만 엄연히 다른 악취였다. 향기에도 저마다 이름이 있듯이 악취도 저마다 달랐다. 그런데 지금 그 냄새가 집 안을 휘감고 있었다.

천장 에어컨에서 엄청난 강풍이 나왔다. 쏴, 하는 소리는 마치 눈을 감고 들으면 공장에서 터빈이 돌아가는 소리처럼 거칠게 들렸다. 그리고 아까 전부터 덜컹덜컹하며 어떤 물건이 굴러가는 소리가 멀리서부터 광춘에게 점진적으로 들려왔다. 고무 탱탱볼이 푹신한 카펫 바닥에 아주 힘차게 튕기는 답답한 마찰음 같기도 했다.

집 안은 어두웠다. 광춘이 그림이 걸려 있는 쪽으로 가자, 깨진 유리병과 시든 장미꽃이 그려진 정물화가 대여섯 개 걸려 있었다. 영지가 묘사했던 그대로였다. 그리고 그 끝에 방문이 있었다.

광춘은 조심스레 문을 열었다. 그러자 그 뒤에 굵은 철창문이 떡하니 그를 기다리고 있었다.

문제의 그 방이었다. 지유가 감금되어 있던 그 방. 광춘은 서고연의 소굴에 제대로 온 것이다. 광춘의 심장 박동이 빨라졌다.

방 안은 비어 있었다. 광춘이 철창문을 밀자 자물쇠는 굳건히 팔짱을 끼고 움직이지 않았다. 불행 중 다행인 건, 피비린내가 이 방에서 나는 게 아니라는 점이었다. 금속성의 철문과는 어울리지 않게 방 안은 도리어 섬유유연제의 향긋한 냄새마저 났다.

덜커덕 쿵. 덜커덕 쿵.

어떤 물체가 굴러가며 여기저기 부딪히는 소리는 반복적으로 복도 끝에서 들려왔다. 광춘은 자신의 권총을 꽉 움켜쥐고 반대편으로 걸어갔다. 복도 끝에 다다르자 방문이 하나 더 있었고, 그 안에서 불길한 소음이 들리고 있었다. 광춘은 심호흡하며 문고리를 조용히 돌렸다. 그리고 먼저 총구를 어두운 공간으로 들이밀었다. 다른 손으로 벽면을 더듬으며 스위치를 찾았다. 그의 손가락 끝에 플라스틱의 딱딱한 촉감이 닿자마자 눌렀다.

일반적인 형광등보다 곱절은 강한 빛에 일순간 앞이 안 보였다.

이내 광춘의 시야에 먼저 들어온 건, 바닥의 갈색 타일이었다. 도축장처럼 바닥과 벽면이 전부 갈색이었고, 벽 끝에는 세탁기와 건조기가 한 대씩 있었다. 다음에 광춘의 눈에 들어온 건 배수구 쪽에 있는 플라스틱 대야였다. 대야의 끝으로 붉은 물이 흘러내리고 있었다. 그는 발가락 끝이 선뜩거려 내려다보니 자신의 신발에 물이 스며들고 있었다.

벽면 건조대에는 알록달록한 유아용 옷들이 걸려 있었고, 그 밑의 드럼 세탁기는 맹렬히 돌아가고 있었다. 전면의 투명한 플라스틱을 통해 안에

어떤 물체가 이리저리 빨랫감에 부딪히며 같이 돌아가는 게 보였다. 탈수
단계인 듯 세탁기는 탈탈거리는 중이었다. 광춘의 긴장감은 고조되었다.
광춘의 심장이 그의 귀 안에서 펄떡펄떡 뛰었다.

　그는 조심스레 세탁기의 정지 버튼을 눌렀다. 빨리 달리다가 점점 느려
지는 발소리처럼 세탁기 안의 둔탁한 울림이 잦아들었다. 광춘은 세탁기
문을 열었다. 손을 넣고 한꺼번에 빨랫감을 밖으로 쏟아냈다. 와르르 나오
던 빨랫감 사이에 커다란 남성용 구두가 유독 눈에 띄었다. 이 구두가
세탁기 안을 이리저리 부딪치며 불규칙한 소음을 만들어낸 것이었다.

　광춘은 옆의 대야를 내려다보았다. 붉은 물 안에 뻘겋고 허연 덩어리가
보였다. 그는 몸을 숙이고 살폈다. 허연 덩어리는 흔히 볼 수 있는 소꼬리
부위였다.

　광춘은 자신의 안 좋은 기대가 기분 좋게 배신당하자 긴장이 풀려 숨을
내뱉었다. 이 방은 다행히 평범한 가정집에서 볼법한 세탁실이었다.

　그는 세탁실의 불을 끄고 조용히 문을 닫고 부엌과 거실로 향했다.
그런데 덜커덕 쿵, 하는 소리는 여전히 어둠 속에서 광춘을 쫓아왔다.
세탁실이 아니었던가? 그가 부엌으로 다가갈수록 악취는 심해졌다. 인덕
션 쪽에서는 고기를 구운 냄새가 썩은 냄새랑 뒤섞여 있었다. 조금 전에
요리를 한 흔적이 있었다. 아마도 유괴범이었을 것이다.

　거실의 거대한 유리창 너머로 부천이라는 도시의 네온 조명이 반사되
었다. 위에서 굽어보니 꽤 멋들어진 도시라는 착각이 들 정도로 화려했다.
거실에는 별다른 게 없었다. 광춘은 집 구조상 가장 끝에 있는 안방으로
향했다.

　덜커덕 쿵, 덜커덕 쿵, 쿵.

　가까이서 들은 타격음은 더 불규칙했다. 광춘은 안방 문에 귀를 댔다.

미약하지만 누군가의 신음이 들렸다. 광춘은 뒤로 물러서서 왼쪽 허벅지에 딴딴하게 힘을 주었다. 그리고 육중한 오른발로 힘차게 안방 문을 걷어찼다. 문고리가 나무 홈을 붙잡고 같이 튕겨 나갔다. 꿍음과 함께 나무로 된 문이 부서졌다.

광춘은 38구경의 총구를 정확히 안방 안쪽으로 겨눴다. 그렇지만 방은 비어 있었다.

덜커덕, 쿵. 쿵. 쿵. 쿵.

소음은 안방에 딸린 조그마한 드레스룸에서 들려왔다. 광춘은 벽면의 스위치를 찾아 눌렀지만, 똑딱 소리만 날 뿐 형광등의 불은 들어오지 않았다. 다시금 심장이 귀 안에서 이리 뛰고 저리 뛰었다. 총을 잡은 광춘의 손이 땀으로 인해 미끈거렸다.

드레스룸은 두 개의 우레탄 미닫이문이 가운데에서 만나 잠기는 구조였다. 그런데 판 손잡이에 쇠사슬이 묶여 있고 자물쇠가 잠겨 있었다. 안에서 무언가가 문을 쿵 치면 자물쇠가 붙잡고 있는 쇠사슬이 덜커덕거렸다. 쿵, 덜커덕, 쿵, 쿵, 덜커덕.

광춘은 이 소리가 위협보다는 누군가의 구출 신호처럼 느껴졌다. 그는 자물쇠를 발로 걷어찼다. 그러나 꼼작도 하지 않았다. 그는 38구경의 총열을 잡고 거꾸로 들었다. 손잡이 부분으로 힘껏 자물쇠를 내리쳤다. 쩍, 소리와 함께 자물쇠가 벌어졌다. 광춘은 한 번 더 내리쳤다. 자물쇠가 쇠사슬과 함께 힘없이 바닥으로 떨어졌다. 선배 형사들의 말이 맞았다. 장전된 권총은 쏘는 게 아니라 휘둘러야 제맛이었다.

광춘은 손잡이를 잡고 미닫이문을 확 열어젖혔다. 코를 톡 쏘는 고약한 냄새에 헛구역질이 나 고개를 돌렸다. 그런데 그 안을 다시 보자 마치 메두사와 눈이 마주친 것처럼, 이번에는 광춘의 몸이 굳어버렸다.

******

　　그녀의 눈이 먹잇감을 쫓는 독사처럼 광기를 품으며 좌우를 훑었다. 그녀와 지유가 탄 승합차가 가로등 불빛을 받으며 대치동 학원가로 막 들어서던 참이었다. 여름 방학이었지만 이 학원가는 아이와 학부모들로 득실댔다.

　　저녁을 간단히 때우고 밤 수업에 가는 아이들의 분주한 모습이 차창 밖으로 지나갔다. 서고연은 핸들을 꺾으며 인도로 차를 붙였다. 잠시 정차하고 그녀는 말없이 유리 너머를 쏘아보았다.

　　열 살 전후로 보이는 통통한 남자아이가 엄마의 손을 뿌리치고 있었다. 화려하고 도회적인 인상의 아이 엄마는 파란 보온 도시락통을 억지로 남자아이의 책가방에 넣어주고 있었지만, 아이는 완강하게 거부하고 있었다. 엄마는 화가 났는지 소리를 빽 지르며 들고 있던 도시락을 아이 등짝을 향해 던졌다. 그러자 통 안의 음식물이 아스팔트 도로 위로 쏟아졌다. 서고연은 그 광경을 똑바로 지켜보고 있었다.

　　"또, 또, 또! 고마운 줄도 모르고 저러네."

　　서고연은 혼자서 곱씹는 투로 중얼거렸다. 그녀는 자기에게 말할 때면 반말을 썼다. 지유도 그걸 알기에 굳이 대답하지 않고 조수석에서 불안하게 서고연의 눈치만 곁눈질로 살폈다.

　　"길바닥에서 저러면 안 되지. 못 배운 티를 한참 내네."

　　뭐가 그녀의 심기를 건드렸는지 핸들을 쥔 손에 힘이 꽉 들어갔다. 핸들을 감싼 가죽이 비틀리는 소리가 들렸다.

　　"지유도 그렇게 생각하죠?"

　　"네? 네… 엄마."

지유는 갑작스러운 질문에 우물쭈물 망설였다. 서고연은 지유를 쳐다보지 않고 계속 밖을 바라보며 말했다.

"저, 저 분명히 어디서 춤이나 추고 노래나 불렀던 골 빈 성형중독자 하나 데려와 앉혔겠지. 조강지처 쫓아낸 첩일 거야. 맞아, 분명해."

서고연은 바닥에 주저앉은 아이가 아니라, 아이를 홀로 내버려 두고 가버린 엄마의 뒤통수를 쏘아보고 있었다. 혼자 남은 꼬마는 울지도 않고 책가방을 들고는 반대 방향으로 터벅터벅 걸어갔다. 아이는 걸을 때마다 굳게 앙다문 입 옆의 소복한 볼살이 위아래로 앙증맞게 움직였다. 벌써 여러 번 반복되었던 일인 양 아이는 개의치 않아 보였다.

"서지유, 뒷자리로 옮겨 타세요."

지유는 영문도 모른 채 승합차의 2열 좌석으로 옮겨갔다. 서고연은 룸미러로 지유가 앉은 걸 확인하자, 다시 시동을 걸었다. 디젤차 특유의 괄괄한 소리가 들리면서 승합차는 앞으로 나아갔다. 서고연은 차를 천천히 움직이며 아이의 뒤로 따라붙었다.

뚱뚱한 남자아이는 학원 건물로 들어가지 않고 근처 편의점으로 들어갔다. 컵라면 하나를 사서 창문가의 의자에 앉아 스마트폰을 보고 있었다.

"쯧쯧, 한창 칼슘, 철분이 부족할 나이인데."

그녀는 정말로 안타깝다는 듯 혀를 끌끌 찼다. 승합차는 정차했다. 서고연은 시동을 켜 놓은 채로 남자아이가 컵라면을 다 먹을 때까지 기다렸다. 편의점 근처의 가로등이 하나씩 켜지기 시작했다. 길고 긴 여름 해가 빌딩 숲 너머로 사라지면서 서서히 어둠이 그 자리를 하나둘 채워나갔다.

"민준이는 이제 학교 운동장 한 바퀴 도시려고요?"

서고연은 남자아이의 이름까지 알고 있었다. 그녀는 마치 민준과 대화하는 것처럼 말했다. 민준은 편의점에서 나오더니 정말로 사명초등학교

방면으로 터벅터벅 걸어갔다. 그녀는 브레이크에서 발을 떼며 다시금 민준의 뒤를 서서히 미행했다.

초등학교 앞의 어린이보호구역에 진입하자 서고연은 더 이상 민준을 따라가지 않았다. 그늘진 학교 담벼락 옆의 노상주차장에 차를 주차한 후 그녀는 뒤를 돌아보았다.

"지유야, 이제 네가 가서 저 오빠 데려오면 돼요."

"예?"

지유는 서고연의 눈동자를 정면으로 마주 보자 그 서늘함에 몸이 돌처럼 굳었다. 그녀는 느물느물하게 웃었다.

"딸, 엄마 말 못 들었어요? 저기 앞에 가는 민준 오빠를 이 차로 데려오면 된다고요."

서고연은 검지로 지유 옆의 빈 의자를 가리켰다. 지유는 차 앞 유리로 점점 멀어져 가는 민준을 쳐다보았다.

"여자는 사근사근하게 남자와 대화할 줄도 알아야 해요. 자, 이제 내리세요."

부드럽지만 강압적인 말투였다. 서고연이 운전석에서 버튼을 누르자 뒷문이 스르륵 옆으로 열렸다. 지유는 그녀의 흰자위가 넓어지며 희번덕이자 얼떨떨하게 뒷문으로 내렸다. 도무지 지금 상황이 어떻게 돌아가는지 파악할 수 없었다. 그런데 서고연이 시키면 지유는 해야 했다. 공포로 인한 주입식 교육이 그렇게 되어 있었다. 지유가 양손을 만지작거리는 사이 앞 창문이 내려왔다.

"지유야, 이러다가 민준이 놓치겠어요. 그러면 안 되겠죠?"

"네? 네, 네. 엄마."

지유는 침을 꿀꺽 삼키고 초등학교 쪽으로 걸어가는 민준의 뒤를 쫓아갔다.

'저기 보이는 민준이라는 아이를 이 차로 데려오면 어떻게 되는 거지? 왜 아줌마가, 아, 아니 엄마가 직접 안 가고 나에게 시키는 거지? 이건 일종의 시험인가? 데려온 다음에는? 아니 만약에 데려오지 못하면, 나는 어떻게 되는 거지? 무서워….'

지유는 한 걸음 한 걸음 발을 옮길 때마다 새로운 의문이 머릿속에 떠올랐다. 점점 더 부정적인 궁금증이 자신을 괴롭힐 때마다 다리가 후들거리기 시작했다. 다 큰 성인이었다면 이때가 기회라 생각하고 부리나케 도망갔을 수도 있다. 심지어 사명초등학교는 지유가 3년 가까이 다녔던 학교이기 때문에 구석구석을 누구보다도 잘 알았다. 꼭꼭 숨기만 하면 서고연의 손아귀에서 벗어날 수 있을지도 몰랐다.

하지만 지유는 아직 열 번째 생일이 채 지나지 않은 어린아이였다. 압도적인 공포에 길든 지유는 오로지 맹목적으로 자신에게 부여받은 임무만 생각하느라 조그마한 머리가 터질 지경이었다.

지유는 땅바닥만 보며 걷다 보니, 어느새 자신의 시야에 민준의 신발이 들어와 화들짝 놀라며 멈칫했다. 지유는 쭈뼛거리며 어떻게 눈앞의 남자아이에게 말을 걸까 고민했다. 민준도 인기척을 느꼈는지 뒤를 흠칫 돌아봤다.

"뭐, 뭐야?"

민준은 자신의 뒤에 서 있는 예쁘장한 여자아이를 의아하게 훑어보았다. 지유는 다리를 배배 꼬며 어떻게 말을 꺼내야 할지 몰라 머뭇거렸다. 그런데 민준은 지유를 한참 보더니 갑자기 반색했다.

"너, 잠깐만! 아닌가? 애들이 너 전학 갔다고 했던 것 같은데."

민준은 지유를 알아보았다. 학년 구분 없이 웬만한 학생들은 적어도 지유의 얼굴을 알고 있었다. 사랑스러운 외모와 함께 앨리스로 활동한 유튜브 방송이 아이들 사이에서 꽤 유명했기 때문이다. 반대로 지유는 민준을 알지 못했다.

서고연은 차 안에서 이 상황을 관찰하고 있었다. 지유는 별다른 말 없이 계속 몸을 이리저리 틀고만 있었다.

"카메라 켜놓고 혼자 춤은 잘 추더니, 왜 저러는 거야."

그녀는 답답한지 미간을 찡그리고 있었다. 그때 지유가 갑자기 뒤돌아서더니 차를 향해 걸어왔다. 민준은 뭔가 아쉬운 표정으로 지유의 뒷모습을 쳐다보고는 시야에서 멀어지자 다시 초등학교 안으로 걸어 들어갔다.

"저 병신이!"

서고연은 쓰고 있던 모자를 벗어 던졌다. 지유는 무서운 듯 차 앞에서 움직이지 못하고 얼어붙어 있었다.

"타세요."

서고연은 자신의 분을 꾹꾹 눌러 담으며 간결하게 툭 던졌다. 지유는 열린 뒷문으로 불안하게 차에 올랐다.

"죄송해요, 엄마."

서고연은 정면만 응시한 채 차를 출발시킬 뿐 지유를 돌아보지 않았다. 지유가 자리에 앉자 차는 건너편 차선의 후미진 골목에 정차했다. 여전히 초등학교 정문이 보이는 위치였다.

"죄, 죄송해요, 엄마."

지유의 목소리가 가늘게 떨렸다. 그녀는 대답하지 않았다. 가끔은 아이들에게 침묵이 더 무섭다는 걸 서고연은 누구보다 잘 알고 있었다. 그녀는 주머니에서 막대사탕을 하나 꺼내 뒤로 던졌다. 지유는 영문을 몰라 서고연의 뒤통수만 쳐다보았다.

"맛있게 물고 있으세요."

서고연은 화로 엉클어진 머리를 단정하게 정리하며 자신이 직접 나설 준비를 했다.

****

"우욱!"

저도 모르게 헛구역질이 올라왔다. 광춘은 이십 년 가까이 강력계 생활을 하며 온갖 엽기적인 사건들을 접했지만, 눈앞의 풍경은 혀를 내두를 정도였다.

휠체어에 묶인 남자의 뒷모습이 보였다. 빈사 상태에 가까워 보이는 사내가 반 평 남짓 되는 좁은 공간에서 간신히 움직이는 오른팔을 이용해 휠체어를 앞뒤로 밀며 드레스룸 문과 벽을 이리저리 부딪쳐 소리를 내고 있었다. 그 위에는 두 구의 쭈글쭈글한 시신이 매달려 있었다. 거죽이 심하게 말라 미라화가 된 상태였다. 한 시신에는 긴 머리카락이 남아 있어 여자로 추정됐고, 다른 한 구는 골격이 조금 커 남자로 예상되었다.

광춘이 드레스룸을 부수며 그 소란을 벌였는데도 이 남자는 인기척을 느끼지 못한 것 같았다. 청각이 이미 손실된 걸까? 광춘은 조심스레 남자의 어깨에 손을 얹었다. 그러자 남자는 자리에서 튕겨 오를 듯이 발악했다.

"으으어어어! 사르즈스!"

사내는 덥수룩한 머리칼을 좌우로 흔들며 굉음을 냈다. 광춘이 스마트폰 불빛으로 자세히 얼굴을 비췄다. 남자는 혀가 없었다.

"이봐요, 경찰입니다. 괜찮아요? 이런 젠장!"

광춘은 서둘러 휠체어를 끌고 나왔다. 사내는 광춘이 자신을 헤치려 한다고 생각했는지 심하게 바동거리며 벗어나려 했다.

"겨, 경찰입니다. 진정해요!"

광춘은 진땀이 났다. 그는 불이 켜진 거실 쪽으로 휠체어를 끌고 나온 뒤 곧바로 김형사에게 전화를 걸었다.

—넵, 선배님.

"김형사, 서고연 부모 집이야. 찾았어! 빨리, 빨리 이쪽으로 구급차 보내고 가까운 지구대라도 얼른 보내! 박팀장한테 연락해서 있는 인원도 깡그리 긁어 보내고!"

—서고연은 찾았어요? 예, 예, 알겠습니다. 제가 드린 아파트 주소 말씀 하시는 거죠?

"어어, 맞아! 빨리 와!"

광춘은 얼이 빠져 제대로 생각할 수 없었다. 자신의 손이 아직도 덜덜 떨리고 있었다. 광춘이 이토록 흥분하는 것은 서고연이 저지른 범죄에 소스라치게 놀라기도 했지만, 이곳에 지유가 없다는 점이었다. 그래서 영지가 전화로 말한 서고연의 '중요한 날'이라는 것이 굉장히 거슬리게 다가왔다.

광춘은 휠체어에 쇠로 칭칭 감긴 사내의 양손과 발을 풀었다. 손에 무참히 박힌 바늘들은 광춘이 도저히 수습할 수 없을 것 같아 침대에서 베갯잇을 벗겨 일단 감쌌다. 그리고 피범벅인 몸을 어깨로 부축해 복도로 끌고 나가려 했다. 그러자 남자는 상체를 비틀며 광춘에게 업히기를 거부 했다.

"왜 이래요? 지금 나가야 합니다. 저 경찰이라고요."

광춘이 다시 그를 안아 들려 하자, 남자는 허리를 튕겨 바닥에 쓰러졌다. 오랜 시간 서 있지 못해 그의 다리 근육에는 힘이 들어가지 않았다.

"아드, 아드."

"뭐라고요?"

광춘은 그가 무슨 중요한 말을 하려는 거 같아 귀를 가까이 댔다.

"아드, 아뜨!"

혀가 뜯겨나간 사내는 악을 썼다. 그가 알 수 없는 말을 뱉어낼 때마다 검붉은 피가 광춘에게로 튀었다.

"아프다고요? 알겠어요. 알겠으니까, 일단 여기서 나가요."

광춘은 강제적으로 남자의 허리를 끌어안고 일으켜 세웠다. 남자는 이상하게도 자꾸 거부했다.

"아뜨르!"

"아뜨? 설마 아들? 지금 당신 아들 말하는 거예요?"

광춘은 이 긴박한 순간에 웬 정신 나간 스무고개인가 싶었지만, 그가 제대로 정답을 맞혔는지 사내는 고개를 세차게 끄덕였다. 그런데 그 모습이 어딘가 낯이 익었다. 하마터면 지저분한 더벅머리에 가려 놓칠 뻔했지만, 그의 턱이 꽤 뾰족하게 각이 져 있었다.

"잠깐만, 설마 이길호 씨?"

이길호는 서고연과 불과 두 달 전에 이혼하고 사라진 전남편이었다. 이길호는 고개를 힘없이 주억거렸다.

"아들도 같이 납치된 거예요? 근데 이 집엔 지금 당신이랑 저 시체밖에 없어요. 당신 아들은 없다고요."

"아느! 아냐!"

이길호는 깡마른 사지를 힘차게 펄떡였다.

"알겠어요, 알았다고! 동료들한테 찾아보라고 할 테니까 일단 여기서 나갑시다. 위험해, 이러다가 당신 죽을 수도 있다고."

광춘은 자신의 아들을 먼저 찾아달라며 발악하는 이길호를 더는 설득할 자신이 없자, 그를 어깨 위에 둘러업고 서둘러 그 집을 뛰쳐나왔다.

엘리베이터는 지하 3층에 멈춰 있었다. 사내가 피를 왈칵 쏟아냈다. 더는 기다릴 수 없자 그는 비상구 문을 박차고 정신없이 계단 아래로 뛰어 내려갔다.

17층, 16층, 15층…….

****

향리의 손에 힘이 꽉 들어갔다. 김형사의 말을 듣고 심장이 쿵쾅거리고 있었다.

—어머님, 유괴범의 위치를 찾은 거 같아요! 방금 고선배한테서 연락이 왔는데요. 제가 주소 찍어드릴 테니까, 아버님이랑 일단 오세요!

"저, 정말요? 알겠어요. 바로 갈게요. 여보, 여보! 지, 지유 찾았대!"

향리는 전화를 끊고 종석을 애타게 불렀다. 부부는 서둘러 옷을 갈아입었다. 그들은 김형사의 통화를 잘못 알아듣고 지유를 찾았다고 믿었다. 물론 김형사의 잘못은 아니었다. 그도 광춘의 전화를 받고는 워낙 경황이 없었던 터였다.

"찾았대요?"

영지는 옷을 갈아입는 부부를 보며 다가왔다.

"네, 네. 지금 주소가 왔어요. 진짜 감사해요. 영지 무당님 아니었으면…, 진짜 제가 어떻게 감사를 드려야 할지….."

"나중에요, 얼른 출발하세요."

영지는 손을 들어 보이며 횡설수설하는 향리를 말렸다. 종석은 고맙다는 의미로 영지에게 눈인사를 했다. 영지는 옅은 미소로 화답했다. 부부는 얼굴이 상기된 채 현관문으로 뛰어나갔다.

지유가 눈치를 보며 막대사탕의 비닐 포장을 벗길 때쯤 학교 정문에서 민준이 뒤뚱거리며 나왔다. 핸들에 기대 웅크리고 있던 서고연의 고개가 번쩍 올라갔다. 독사가 다시 먹잇감을 발견한 것이다. 민준이 승합차가 정차된 골목 쪽으로 걸어왔다. 충분히 차에 가까워지자 그녀는 시동을 걸고 민준을 따라가며 앞창을 내렸다.

"민준 어린이, 집에 가는 길이죠?"

서고연의 얼굴에 온화한 미소가 퍼졌다. 지유는 그 가식적인 미소를 보자마자 온몸에 소름이 돋아 하마터면 물고 있던 막대사탕을 깨물 뻔했다. 비 오는 날, 학원 앞에 나타나 저 미소를 보여주고 지유를 납치했었다. 지유는 저 또래 친구가 자신처럼 이 악마의 소굴로 끌려들어 오기 직전이라는 것을 깨달았다. 어린아이의 심장이 콩닥 뛰었다. 지유는 언제 그녀가 독침을 드러낼지 불안했다. 그렇지만 딱히 할 수 있는 게 없었다.

"아줌마는 누구세요?"

"엄마 친구예요."

독사는 입에 침도 바르지 않고 태연하게 거짓말을 했다.

"엄마 친구 누구요? 난 아줌마 잘 모르겠는데."

민준은 무던한 듯 핵심을 찔렀다. 둔해 보이는 체형에 비해 눈망울은 굉장히 또랑또랑했다.

"왜요, 나는 민준 어린이 아는데? 오늘도 도시락 안 먹겠다고 엄마랑 싸웠죠?"

"네? 그걸 어떻게 아세요?"

민준은 솔깃한지 차로 한 걸음 다가왔다. 어떻게 알긴, 계속 널 따라다녔으니까, 라고 말하고 싶은 그녀는 쿡쿡 비어져 나오는 기쁨을 참으며 계속 연기를 이어나갔다.

"우리 민준이 공부도 엄청 잘해서 벌써 중학교 수학 푼다면서요? 엄마 한테 얘기 많이 들었어요."

"네? 그렇긴 하죠."

"잘생겼는데, 공부까지 잘하네요" 아이는 아이다. 칭찬에 민준의 볼이 불그스름하게 상기되었다. "엄마가 민준이한테 미안하다고, 맛있는 거 먹으로 같이 가자고 전화 왔어요."

서고연은 이때다 싶어 운전석 옆의 버튼을 눌렀다. 승합차의 뒷문이 자동으로 스르르 열렸다. 그 안에는, 둥지에 잘 잡혀 있는 미끼인 양 지유가 막대사탕을 물고 민준을 빤히 내려다보고 있었다.

"어, 너는?"

민준은 조금 전에 자신을 뒤따라오던 지유를 알아보았다.

"우리 딸이에요. 다음 학기에 민준 어린이랑 같이 방과 후 수업 들을 거니까 가는 길에 미리 인사도 하면 좋죠."

독사의 거짓말은 날개를 달았다.

"얼른 타요, 민준 어린이. 이러다가 늦겠어요."

"엄마가 모르는 사람 차를 타지 말라고 했는데…."

"왜 모르는 사람이에요? 민준이 시원아파트 102동 살죠?"

"네."

"거봐요. 나는 민준이 이름도 알고, 집도 알고, 엄마도 알고, 민준이는 우리 딸이랑 이제부터 알아갈 거잖아요. 그럼 가족끼리 친구인 거죠."

서고연은 뱀눈으로 지유를 쳐다보며 무언의 압박을 가했다. 여기서 네가 제대로 해내지 못하면 독침이 저 아이가 아니라 너의 목에 박힐 테야, 라고 겁박하는 눈깔이었다. 지유는 막대사탕을 빼고 빨개진 입술로 웃었다.

"반가워."

"으, 응."

민준은 부끄러운지 지유를 똑바로 바라보지 못했다.

"얼른 타."

지유는 안쪽으로 옮겨 앉으며 자리를 내주었다. 민준은 서고연과 지유를 번갈아 보았다. 교양을 갖춘 온화한 엄마와 자기와 비슷한 또래의 예쁜 딸. 민준의 모래성 같던 경계심은 금세 와르르 무너졌다. 아이가 승합차 뒷자리에 올라타자 자동문이 철컥 닫히며 잠겼다.

"꼴에 남자라고."

서고연은 새금한 군침을 삼키며 희열을 감추지 못해 중얼거렸다. 사냥감을 실은 승합차는 어린이보호구역에서 벗어나 높이 차오른 달빛조차 미치지 않는 어둠 속으로 유유히 사라졌다.

****

밤이 깊어 가고 있었다. 아파트 단지 안에는 국립과학수사연구소의 승합차와 경찰차가 세워져 있고, 요원들이 이리저리 분주하게 움직였다. 동네 주민들은 호기심 가득한 눈으로 하나둘 웅성웅성 모여들었다. 방송 기자들도 연신 카메라를 들이밀며 현장을 촬영했다.

광춘은 보도블록에 걸터앉아 고개를 푹 숙이고 있었다. 그의 거대한 덩치가 유난히 작아 보였다. 김형사가 옆에 앉으며 시원한 캔 커피를 건넸다.

"선배님도 한 대 드릴까요?"

김형사는 담뱃갑을 열었다. 광춘은 캔 커피만 받고 고개를 저었다.

"하! 현장 지독하네요, 진짜."

"이길호는?"

"방금 구급차에 실어 보냈어요. 대원 말로는 팔 하나를 잘라야 할지도 모른대요."

"손이 아니고?"

"예, 팔 하나를 다요."

김형사는 씁쓸한 표정으로 담배에 불을 붙였다.

"그래…. 이길호 아들 시신은 찾았어?"

"아뇨, 근데 안방에 있던 시신은 아무래도 서고연의 부모인 거 같아요. 치아가 거의 없어요."

"이길호 아들도 없고, 지유도 없고… 네 생각은 어떠냐?"

"선배님은 최선을 다하셨어요."

"늦어버린 걸까."

광춘은 두 손으로 머리를 감쌌다. 너무 참혹한 현장이라 캔 커피를 마시고 싶은 입맛도 없었다. 그냥 뭐라도 쥐고 있어야 마음이 편해질 것 같았다.

사실 김형사가 오기 전에 아파트 뒤에서 한 번 토했었다. 시신을 훼손한 방법으로 보아 서고연은 무자비했다. 광춘은 이 사건을 맡았던 순간부터 오랫동안 품고 있던 불안함과 마주했다. 그간 계속 외면하고 모른 체했던 사실이었다. 어쩌면, 지유는 죽었을지도 모른다. 서고연이 말한 중요한 날이 살인을 의미하는 말인지도 몰랐다.

"선배님, 이것 좀 보세요."

김형사는 불쑥 자신의 스마트폰을 들이밀었다. 거기에는 어떤 영상이 재생되고 있었다.

"김형사, 나중에 보면 안 돼? 지금은 좀⋯."

"서고연 안 잡으실 거예요? 아뇨, 지금 보셔야 해요."

김형사는 강건하게 말하며 스마트폰의 볼륨을 높였다. 영상은 조잡하게 흔들려 등장인물의 얼굴도 제대로 잡히지 않는 아마추어의 솜씨였다.

"이게 뭔데?"

광춘의 짜증에도 김형사는 일단 더 지켜보라는 듯이 턱짓을 했다. 화면이 바뀌자 카메라는 차에 거치된 듯이 쭉 펼쳐진 일직선 도로를 따라갔다. 그러더니 누군가가 카메라를 휙 돌려 운전석을 비췄다.

그곳에 서고연이 앉아 있었다.

"뭐야, 이거?"

광춘은 자신도 모르게 스마트폰으로 손을 가져갔다. 서고연은 굉장히 잘 차려입은 화사한 원피스 복장이었다. 광춘이 상상했던 그녀의 이미지와는 너무 달랐다. 뽀얀 피부와 살랑거리는 눈웃음, 그리고 끊임없이 웃고 있는 저 입가. 영지가 묘사했던 몽타주와는 딴판이었다. 여러 번의 살인을 저지른 정신병자라고는 믿을 수 없는 가식이 화면 밖으로 뚝뚝 떨어졌다. 잠시 뒤 그녀는 카메라에 대고 독백을 시작했다.

―엄마가 미안해. 바빠서 우리 딸 제대로 된 여행 한 번 못 데리고 갔네. 오늘은 엄마랑 학교도 땡땡이치고 신나게 놀아볼까?

서고연은 혼자서 몇 분을 떠들더니 이내 화면은 바닷가 근처의 카페로 전환되었다. 그녀 앞에는 아이스 아메리카노가 한 잔 놓여있고 화면 바로 앞에 바나나 딸기 스무디가 놓여 있었다.

"이게 랜선 엄마라는 건데요."

"랜선 엄마?"

"예, 뭐 가족이나 사람한테 상처받으면 이런 식으로 가상의 온라인 가족을 시청하며 위로받는 거예요."

"지금 쟤가 지유한테 지껄이는 거야?"

"아니에요. 그냥 불특정 다수가 볼 수 있게 엄마와 딸 놀이를 하는 거죠."

"이게 뭔 짓거리야? 이런 걸 애들이 본다고?"

"아이뿐만 아니라 어른도 봐요. 정신적 자위 같은 거죠. 아마도 서고연은 타깃으로 삼은 상처받은 아이들한테 접근한 다음, 이런 영상을 올린 자기의 유튜브 채널을 공유하면서 아이스 브레이킹을 해갔던 거 같아요."

"세상이 단단히 미쳐 돌아가네."

광춘은 고개를 절레절레 저었다. 속이 더 뒤틀리는 심정이었다.

저 멀리서 SUV 한 대가 노란 폴리스 라인 근처까지 와서 끽음을 내며 멈췄다. 시동이 켜진 채로 문이 열리며 향리가 뛰어나왔다. 정신 나간 사람처럼 시선이 범죄 현장을 이리저리 훑었다. 종석도 마찬가지였다.

"아! 좆됐다."

김형사의 얼굴이 퍼렇게 질렸다.

"지유 부모님이 여긴 왜 온 거야?"

"아, 잠시만, 잠시만요. 어떡하지. 아우, 이게 다 선배님 때문이에요."

"뭐야?"

"아, 저는 선배님이 지유를 구했다는 전화인 줄 알고, 지유 어머님께 찾았다고 바로 연락을 했었어요. 근데 아니라고 다시 연락을 못 했죠."

김형사는 투덜거리며 머리를 싸맸다. 그는 어색하게 웃으면서 향리에게 달려갔다. 향리는 광춘을 보더니 급하게 방향을 꺾었다. 김형사와 순경 몇몇이 그녀를 막아섰다.

"고형사님, 고형사님! 우리 자유는요? 예? 우리 자유 어딨나요? 저 아이 엄마예요. 왜 못 들어가게 하는 거예요!"

종석은 순경을 옆으로 밀쳤고, 급기야 김형사의 멱살을 잡으면서 왜 안 들여보내 주는 거냐고 고성을 버럭버럭 질렀다. 무슨 기삿거리라도 없을까 굶주린 하이에나처럼 뻗치기를 하던 기자들은 연신 사진을 찍어 댔다. 현장은 순식간에 아수라장이 됐다. 예리한 몇몇 기자는 '혹시 저 사람 제니 아냐?'라면서 향리를 알아보는 이도 있었다.

광춘은 고개를 돌렸다. 자유를 구하겠다고 큰소리 떵떵 친 자신이 못나 도저히 그녀를 볼 면목이 없었다.

"고형사! 이봐! 당신!"

종석이 소리쳤다. 김형사는 그를 제지하며 광춘에게 빨리 시야에서 벗어나라는 의미로 고갯짓을 했다. 광춘은 어찌해야 할지 몰랐다. 그래도 향리와 종석에게는 자신이 직접 얼굴을 보고 현재 상황을 말하는 게 도리라고 생각했다.

'다 찾아봤지만, 유괴범이랑 따님은 없습니다. 그래도 제가 찾아내겠습니다. 어떻게 찾을 수 있을지는 솔직히 모르겠습니다. 더 이상 단서가 없어요.'

이렇게 말을 하는 수밖에 없는 걸까? 저를 믿어주십시오, 라고 말하기에는 너무 처참하게 실패했다.

"어이, 야야! 저쪽 막아! 기자랑 다 막아!"

익숙한 목소리가 들렸다. 달마 과장이 폴리스 라인을 걷어내며 안으로 들어왔다. 웃는 건지 화난 건지 모를 묘한 인상이었다.

"오, 고광춘! 너 오랜만에 보네."

"과장님이 왜 직접 오셨어요? 박팀장은요?"

"이리 큰 연쇄 유괴 살인사건인데 안 올 수가 없지. 네가 동네방네 하도 소문을 내서 곧 있으면 서장님도 오실 거야."

"그러길래 제가 유괴 사건이라고 인력 더 지원해 달라고 했잖습니까."

달마의 비아냥거림에 광춘도 신경질이 났다. 자신이 수사할 동안 송파 경찰서 강력팀은 도대체 해준 게 뭐가 있었던가.

"인력이고 지랄이고 간에, 이미 내 손을 떠나버렸다."

"예?"

"광춘아, 너 때문에 병살에 쓰리 아웃이라고. 사건 본청 형사과로 넘어갔다."

"본청으로는 왜요?"

"이 현장을 보고도 그 말이 나오나? 판이 너무 커졌잖아."

달마 과장은 광춘의 옆에 털썩 앉았다. 그는 광춘의 어깨 위로 찝찝한 손을 얹었다.

"너, 내 눈 똑바로 봐."

그는 바짝 붙어서 광춘의 눈을 정면으로 응시했다. 형사 생활 이십 년이면 반무당이라고 불렀다. 그는 광춘의 속을 꿰뚫어 보듯 바라보았다.

"왜, 왜 이러세요, 간지럽게."

"너, 이번 사건에 무당 끌어들였냐?"

광춘은 형사과장을 상대로 거짓말할 수 없었다. 이미 어디선가 정보를 듣고 온 게 분명했다. 김형사가 말실수했을 수도 있고, 어쩌면 기자가 냄새를 맡아 경찰서 내에 소문이 돌았을 수도 있다. 광춘이 섣불리 대답을 못 하자 과장이 말을 이었다.

"그래, 네가 여기까지 개긴 건 눈감아줄 테니, 그 무당 잡아 와."

"무당 아니었으면 여기 찾아내지도 못했어요."

"뭐? 이 빈집 말하는 거야? 됐고, 너는 지금 사태 파악이 그리 안 되냐? 본청으로 사건 넘어갔다고. 시체가 둘에, 팔 하나 잃을지도 모르는 중환자가 하나야. 애는 살았는지 죽었는지도 모르고, 유괴범은 코빼기도 안 보이지, 기자들은 냄새 맡아 판이 커졌어. 최대한 보도를 늦게 해달라고 누르고 있지만, 그것도 몇 시간이다. 만약 여차해서 이 사건이 잘못 틀어지게 되면 우리 형사과가 무당말을 들어 이 사달이 났다고 온통 덮어쓰게 되는 거야."

달마 과장은 광춘에게 더 바짝 다가왔다.

"과장님, 제가 책임질게요."

"하아, 이 멍청아. 네놈 모가지 하나 갖고는 해결되는 게 아니란 말이야. 내가 도와줄 수 있는 게 없어. 서장님이 일단 무당 데려오란다."

"아, 몰라요."

광춘이 일어나려 하자 어깨를 누르고 있던 달마 과장의 손아귀에 힘이 세게 들어갔다. 광춘은 다시 털썩 앉았다.

"우리 팀 전체가 깨지기 전에 일단 막아야 한다."

"제 와이프예요."

"뭐가?"

"무당이 제 아내라고요. 못 데려와요."

"허허, 이 미친놈. 아무리 마누라라고 하지만 무당을 사건에 끌어들여, 형사라는 놈이? 무슨 쌍팔년도 아니고."

광춘은 달마 과장의 손을 뿌리치고 일어났다. 폴리스 라인 밖에서 향리가 주저앉아 울고 있는 게 보였다. 지유를 찾지 못했다는 말을 김형사가 전한 것 같았다. 김형사와 종석이 난감한 듯이 광춘 쪽을 돌아보고 있었다.

"너 미쳤어? 서장님이 너부터 잡아들이라는 거, 내가 겨우 막았단 말이야. 네가 네 손으로 무당 데리고 돌아가면 사죄하는 그림이 된다고. 그러면 서장님도 카바쳐주실 거다."

"저 살자고 제 아내를 팔아요? 못 해요."

"누가 팔라 그랬어? 그냥 서에 가서 좀 기다리다가 사건 종결되면 다시 풀어줄 거라고 됐고, 고광춘! 넌 지금 고집부릴 타이밍이 아니야. 제수씨 모시고 가서 책임지는 모습을 보여."

"제가 끝까지 범인 잡는 게 책임지는 거예요."

"본청으로 넘어갔으니까, 손때라고."

"저 막지 마세요."

광춘은 완강하게 고집을 꺾지 않았다. 달마 과장은 광춘에게 삿대질하기 시작했다.

"얀마, 고광춘! 그래, 그래. 네 맘대로 해라. 대신 총 내놓고 가."

"없어요."

"지랄 떨지 말고, 내놔."

"진짜 없어요."

"너 또 예전처럼 범인 쏴버리면, 이번에는 나도 못 도와준다."

"몰라, 떨어뜨린 거 같아요."

"고광춘, 이 새끼!"

달마 과장은 결국 폭발하며 광춘의 뒤통수를 후렸다. 광춘보다 머리통 하나가 더 작았기에 과장은 볼품없게 뛰어올라 그를 때려야 했다.

"아, 씨발. 형까지 진짜 왜 이래? 안 그래도 다 죽여 버리고 싶으니까 건들지 마!"

광춘도 꾹꾹 참아왔던 무기력과 분노가 응집돼서 애먼 과장에게 터졌다.

"이 새끼가 미쳤나. 그래, 알았다."

달마 과장은 스마트폰을 집어 들고 박팀장에게 전화를 걸었다.

—예, 과장님.

"너 이쪽으로 올 필요 없이 당장 아이 엄마 집으로 가서 무당 하나 잡아 와. 너도 보면 누군지 알 거야. 그리고 애들 몇 명 이쪽으로 보내서 고광춘이 좀 붙들어 놔. 완전히 미친 망아지다."

과장은 단호한 명령을 끝으로 전화를 끊었다. 그는 광춘에게 배은망덕한 놈이라고 내뱉으며 현장 쪽으로 걸어갔다. 기자들은 달마 과장에게 이런저런 질문을 하며 붙었다. 향리는 어느새 근처 구급차에 기대어 앉아 몸을 가누고 있었다. 광춘은 머리가 지끈거렸다.

'잠시만, 지금 저 부부가 현장에 있다면, 영지 씨는 집에 혼자 있는 건가?'

불안감이 뇌리에 스치자, 광춘은 서둘러 영지에게 전화를 걸었다. 박팀장이 그녀를 잡으러 가기 전에 얼른 그곳을 벗어나라고 일러줘야 했다. 잘못하면 지유를 구하지도 못한 채 서고연을 놓친 책임을 영지가 덤터기 쓸지도 몰랐다. 통화 연결음은 하염없이 흘렀지만, 영지는 응답하지 않았다.

나흘이었지만, 사 년 같은 시간이었다. 부부에게도 영지에게도 그리고 지유에게도 피 말리는 순간이었다. 영지는 조용히 손님방으로 가서 자신의 짐을 챙겼다. 부부가 돌아오기 전에 집을 비울 생각이었다. 그녀에게 어색한 마지막 인사는 딱 질색이었다. 인연이 있으면 다시 만날 것이다.

영지는 입고 있던 운동복을 벗고 처음 왔을 때 입었던 복장으로 갈아입었다. 기쁘면서도 허무했다. 실제 지유를 보고 갈까 싶었지만, 가족의 감격스러운 재회의 순간에 자신이 끼어들고 싶진 않았다.

그녀는 처음으로 거실의 암막 커튼을 확 열어젖혔다. 집 안은 달빛을 받아 은은한 기운을 머금었다.

캐리어에 그간 고생한 제의 도구들을 하나씩 집어넣었다. 지화와 놋그릇 그리고 자신이 길을 잃지 않게 항상 버팀이 되어준 무당 방울을 챙겼다. 그런데 갑자기 무당 방울이 그녀의 손에서 미끄러지며 바닥에 툭 떨어졌다. 산산조각이 나며 대에 붙어 있던 방울들이 알알이 흩어졌다. 굉장히 불길한 징조였다.

괴괴한 침묵을 깨고 현관 벨이 울렸다. 영지는 무당 방울을 이따가 수습하기로 하고 현관문으로 향했다. 쾅쾅쾅, 누군가 문밖에서 심하게 두들겼다. 다급하면서도 위압적이었다. 영지는 주인이 없는 집에 본인 혼자만 있다는 사실을 자각하며 문을 열길 망설였다.

쾅쾅쾅, 그런데 문밖의 낯선 이는 돌아갈 생각이 없는지 연이어 문을 두들겼다. 사건도 종결됐고 지유도 구했다고 하니, 영지는 사실 머뭇거릴 이유가 없었다. 그녀는 조심스럽게 문고리를 당겼다.

심연

　　　　　　　　　　　　*

　문 앞에는 할매보살이 축 늘어진 커다란 짐짝을 들고 서 있었다. 보따리
는 할매보살 몸만 했다. 할매가 짐을 들고 온 건지 짐이 할매를 끌고
온 건지 모를 정도였다.

　"할매, 어떻게 온 거야?"

　"뭘 어떻게 와? 버스 타고 왔지. 이년아, 무거우니까 이거부터 받아."

　노파는 다짜고짜 보따리 하나를 영지한테 던졌다. 텅, 붉은 보자기에
싸인 물체는 금속성의 소리를 내며 바닥으로 떨어졌다.

　"할매, 진짜 어떻게 알고 왔어?"

　"뭘 자꾸 물어. 만신'이니까 계시를 받고 왔지."

　"할매, 신(神)발 떨어진 거 누구보다 내가 잘 알아."

　영지는 이상하게도 할매보살과 대화를 나눌 때면 천진해지며 마음이
가벼워졌다. 노파가 편해서일 수도 있고, 둘이서 동고동락하며 보낸 시간
덕에 서로를 너무 속속들이 잘 알고 있어서일 수도 있다.

　"염병할 놈, 귀찮게 오라 가라야."

　"설마 광춘 씨가 연락한 거야?"

　"너 죽어간다고, 도와달라고 얼마나 설레발을 치던지. 덩칫값 못하고."

　할매보살은 무더위에 강화도에서 대중교통을 이용해 오느라 뿔이 날

---

* 무녀를 높여 이르는 말. 한자를 빌려 '萬神'으로 적기도 한다.

대로 나 있었다. 영지는 보따리의 매듭을 풀었다. 신기하게도 그 안에는 자신에게 필요한 무복과 제의 도구들이 들어 있었다. 그리고 화상으로 일그러진 오른손을 가려줄 새로운 빨간 장갑도 들어 있었다.

광춘은 영지의 의지가 꺾이지 않을 것을 알기에 할매보살에게 도움을 청한 것이다. 영지는 광춘의 마지막 통화를 매정하게 끊은 게 못내 마음에 걸렸다.

"참, 못 말리겠네. 근데 어쩌지? 사건 해결됐어. 나 짐 싸는 거나 도와 줘. 같이 돌아가자, 할매."

"뭣이라? 이제 막 도착했는데 돌아가자고? 이 염병할 놈은 왜 다시 나한테 전화를 안 준 거야."

"그러게."

"근데 저 방울은 왜 저렇게 됐어?" 할매보살은 바닥에 굴러다니는 무당 방울을 잡았다. "이거 흉조인데!"

"아냐, 내가 떨어뜨려서 부러진 거야. 할매, 빨리 이 집 비워줘야 해. 그러니까 나 짐 싸는 거 도와줘."

할매보살은 투덜대면서 영지를 도왔다. 그런데 또다시 현관 벨이 울렸 다. 띵동띵동. 몇 번의 돌림노래처럼 멜로디가 이어졌다. 향리나 종석이 벌써 돌아왔을 리는 없었다. 광춘과 김형사라면 열쇠가 있을 테니 굳이 벨을 누를 이유도 없었다. 문밖에서 인기척이 들렸다.

띵동띵동. 벨 소리는 이어졌다.

"왜 안 열어주는 거야?"

할매보살이 의아해서 물었다.

"기다려봐, 할매."

영지는 불현듯 이상한 기운이 스쳤다. 그녀는 휴대전화를 확인했다.

광춘에게서 16통의 부재중 전화가 와 있었다. 필시, 좋지 않은 징조였다. 영지는 광춘에게 전화를 걸었다. 신호음이 들렸다. 띵동띵동. 벨은 세 번째로 자신의 존재를 알렸다.

"아, 시끄러워. 누군데 그래? 그냥 열어줘."

할매보살은 시끄러운 건 딱 질색이라며 현관문 고리를 잡고 돌리려 했다.

—영지 씨! 거기서 나와!

수화기 너머로 광춘이 외쳤다. 영지는 다급하게 할매보살에게 잠깐만, 이라며 불렀다. 할매보살은 손잡이를 돌리려다가 말고 뒤돌아보았다.

"할매, 열지 마! 광춘 씨, 무슨 일이에요?"

—영지 씨를 잡으려고 경찰이 갈 거야. 사건 끝나기 전까지 어디 숨어 있어요.

"그게 무슨 말이에요? 제가 왜 잡혀가요?"

—설명하자면 길어요.

"지유… 못 찾은 거죠?"

영지가 묻자, 전화 너머에서는 짧지만 강한 침묵이 흘렀다. 쾅쾅쾅, 현관문 밖에서는 인내심이 바닥났는지 손바닥으로 문을 두들기는 소리가 들렸다.

"송파경찰서에서 나왔습니다. 이영지 씨, 안에 계시죠? 문 열어주세요."

할매보살은 그제야 분위기를 파악하고 뒷걸음질을 치며 불안하게 영지를 바라보았다.

"이게 무슨 일이야?"

"몰라. 할매, 잠시만. 광춘 씨, 서고연은요?"

―미안해요. 서고연도 지유도 못 찾았어요. 최선을 다한다고 했는데….

"아이 찾았다는 전화는 뭐였어요?"

―오해가 있었어. 지금 중요한 건 그게 아니에요. 내가 그쪽으로 가기 전까지만 어디 숨어 있던지, 피해 있어요. 잘못하면 영지 씨가 다 덮어쓸 지도 몰라요.

"빌어먹을… 최선을 다하고 있는 거 맞아요?"

영지는 발끈했다. 그녀의 예민함이 날카롭게 수화기를 뚫고 광춘을 찔렀다.

―당신이 고생하는 만큼, 나도 여기저기 뛰어다니고 있어요.

영지는 머리를 싸맸다. 쾅쾅쾅, 현관문 밖에서 기다리던 박형사와 동료 는 더 세게 문을 두들겼다.

―근데 어떡해! 당장 영지 씨만이라도 살아야지.

영지는 보따리에서 꺼낸 붉은 장갑을 바라보았다. 살아 있는 생명체처 럼 장갑은 달빛을 머금으며 영롱하게 빛났다. 그 옆에는 종석이 그녀에게 꼭 도움이 되길 바란다며 준 보라색 카네이션이 놓여 있었다. 지유의 영이 녹아든 소중한 물건이었다.

"오지 마세요."

―뭐?

"여긴 할매랑 제가 알아서 할게요. 그러니까 오지 마시라고요. 끝까지 그 여자 쫓아가요."

―영지 씨, 사건이 너무 커져 버려서 이대로 경찰한테 잡히면 안 된다 니까. 사건도 본청으로 넘어갔고, 우리 쪽은 당장 손쓸 방법이 없어요.

"내가 어떻게든 단서를 찾을게요. 그 사이 뭐라도 하고 있어요!"

―영지 씨, 그렇게 혹사하다가 죽어! 잡히기 전에 빨리 거기서 나오라

니까!

영지는 전화를 매몰차게 끊었다. 그녀는 할매보살이 가져온 보자기 안에 내용물을 담아 넣었다. 할매보살은 지금의 상황이 어떻게 돌아가는 것인지도 모르고 일단 영지를 도왔다. 영지의 주머니에서는 스마트폰 진동이 계속 울렸다.

"뭐 하는 거야?"

"할매, 내가 이거 옮기는 거 좀 도와줘."

영지는 보따리와 거실에 펼쳐진 교자상과 도구들을 모두 종석의 서재로 옮겼다. 현관문 너머로 박형사는 '이런 식이면 저희가 부수고 들어갈수밖에 없습니다'라며 협박조로 으르렁댔다.

"이년아, 뭐 하려는 거야? 말이라도 해줘야지."

"딱 한 번만 더 빙의할 시간만 벌어주면 돼. 10분, 아니 5분이면 돼. 5분만 버텨줘."

영지는 서재 문을 걸어 잠그고 종석의 책상을 방문을 향해 밀었다. 책장도 끌어와서 쓰러뜨렸다. 형사들이 들어오지 못하게 문을 잠가 방어벽을 만든 것이다. 그녀는 접이식 상을 펴고 그 위에 제의 도구들을 펼쳤다. 할매보살은 능숙하게 준비를 도왔다. 커튼이 쳐졌다. 놋그릇에 지화와 지유가 만든 카네이션을 올렸다. 할매보살이 형광등을 껐다. 문밖에서는 여전히 형사들이 현관문을 두들기는 소리가 들렸다.

"할매, 불붙여."

"너 그 옷으로 할 거야?"

"아."

영지는 서둘러 삼베 무복으로 갈아입었다. 그러는 사이 할매보살은 성냥을 켜 지화에 불을 붙였다. 지유의 카네이션 가장자리가 검은 테두리를 그리듯이 타들어 갔다. 할매보살은 이번에 향에 불을 붙였다. 습기를 머금은 향은 파직, 하는 소리와 함께 힘겹게 불이 붙었고 이내 그녀가 입김을 불자 뻘겋게 끝이 달아오르며 뭉근하게 타들어 갔다. 고소한 향냄새가 서재를 감돌았다.

"할매, 나 깨우지 마."

영지는 눈을 감고 숨을 크게 들이쉬고 내쉬었다. 자신의 몸이 어느 정도까지 버텨줄지 모르지만, 그녀는 끝까지 해볼 생각이었다.

"할매, 왜 대답 안 해? 나 깨우지 마. 내가 알아서 한다고."

"아유, 알겠어."

할매보살은 역정에 가까울 정도로 짜증을 냈다. 영지는 무릎을 꿇고 서서히 신장대와 무당 방울을 흔들었다. 딸랑딸랑. 튼튼한 새 무당 방울이 전보다 더 크게 서재를 울렸다. 그 소리가 어찌나 청아하고 우렁찬지 할매보살의 귀 안까지 덩덩거렸다.

딸랑딸랑
버리는 애기라도 이름이라도 지서주면은……

영지의 바리데기 무가가 향냄새와 오묘하게 섞이며 방 안에 영험한 기운을 불어넣었다. 할매보살은 영지의 뒷모습을 지긋이 쳐다보았다. 유난히 영지의 몸뚱이가 작고 초라하다고 생각했다. 물가에 내놓은 아이처럼 그 뒤태가 어딘지 모르게 아슬아슬하게 보였다.

딸랑딸랑
버리고 버리데기 던져도 던져데기……

광춘이 할매보살에게 연락한 건 영지의 빙의를 도와달라고 부탁하기
위해서가 아니었다. 광춘은 영지를 말리고 싶었다. 나흘이 채 안 되는
시간 동안 연거푸 빙의를 시도해서 그녀가 위험할지도 모른다고 할매보
살에게 알린 것이다. 그러나 광춘도 할매보살도 영지의 고집을 꺾을 수
없다는 걸 잘 알고 있었다. 그래서 광춘은 할매보살에게 영지의 빙의가
길어져 다치기 전에 꼭 깨워달라고 신신당부한 것이다.

딸랑딸랑

할매보살은 완강한 영지를 보며 결정적인 순간에 어떤 결정을 내려야
할지 고민했다.

**

"제기랄!"
광춘은 일방적으로 통화가 끊긴 전화기를 내려다보며 고뇌에 빠졌다.
7년 전 그날과 모든 게 비슷했다. 아내와 유괴범 사이에서 어느 한쪽을
택해야 했다. 과거에는 아내를 두고 유괴범을 쫓았다. 결과는 아내도 잃
고, 아이도 잃었다.
같은 상황에 또 직면하자 이번에도 유괴범을 쫓으면 아내가 더 잘못될
지 모른다는 불안감이 엄습했다. 서고연과 지유는 이미 놓쳤고 별다른
단서도 없었다. 막다른 길이었다. 더군다나 자신이 지금 달려가 영지를
구하지 않는다면, 그녀는 경찰에 잡혀갈 것이다. 더 나쁜 상황은 또 빙의

를 시도해 그녀가 불타버릴지도 몰랐다.

광춘은 어찌해야 할지 망설였다.

"오지 마세요."

영지의 단호한 목소리가 계속 광춘의 귓가에 맴돌았다. 그는 아파트 단지 구석에서 황급히 김형사에게 전화를 걸었다. 멀리서 달마 과장이 경찰서장을 현장으로 안내하는 모습이 보였다.

─선배님, 도대체 어디세요?

김형사는 소곤거렸다.

"잘 들어! 우리 원래 둘이서만 쓰는 주파수로 바꿔. 그리고 과장이나 다른 사람 없는 데서 나한테 무전 좀 줘."

─선배님 부탁은 왜 항상 불안한 거죠?

"빨리."

광춘은 전화를 끊고 무전기 주파수 채널을 돌렸다. 김형사의 연락을 기다리는 사이 영지에게 전화를 걸어봤지만, 그녀는 여전히 받지 않았다. 몇 초 지나지 않아 무전기 인이어 이어폰으로 김형사가 말했다.

─선배님, 말씀하세요.

"김형사, 잠시만 지유 어머님이랑 아버님한테 핑계 대고 거기 빠져나와. 그리고 관리사무소 가서 이 아파트 단지 내에 시시티브이 출입기록 좀 빨리 돌려봐."

─선배님이 하시면 되잖아요.

"지금 나 눈에 띄면 신분증이랑 총 다 뺏기고 잡힐지도 몰라. 그니까, 네가 좀 확인하고 나한테 연락 줘."

─하아, 알겠슴. 근데 선배님 어디세요?

"나 지금 단지 뒤편 네 차 근처에 숨어 있어. 빨리 서둘러."

―그 덩치로 제 차 뒤에 숨어지겠어요? 아무튼 알겠슴다.

김형사는 피로에 찌든 목소리였다. 광춘은 아파트 건물 뒤에 숨어서 폴리스 라인이 쳐진 현장을 바라볼 수밖에 없었다.

내 영혼이 떠올랐다. 몸주신이 가리키는 방향으로 정신을 집중해 지유의 영혼을 만나러 날아갔다. 천도(薦度)*하지 못한 망자들의 절규가 나를 관통하며 극심한 고통을 주었다. 분노, 슬픔, 회한 등 해소되지 못한 감정들이 내 심장을 할퀴며 지나갔다. 저 많은 영혼 중에는 의찬도 있을 것이다. 어디를 어떻게 떠돌고 있는지 알 수 없지만, 아들의 영이라도 한번 만나보고 싶었다. 하지만 모든 이치가 내 뜻대로 되는 게 아니었다.

나는 현실과 저승의 그 좁은 틈새를 파고들었다. 입으로는 끊임없이 바리데기 무가를 독경하며 뒤틀리는 시공간으로 내 영혼을 밀어 넣었다. 커다란 검은 구체 안으로 내 영혼이 빨려 들어가자, 번쩍 섬광이 터졌다. 눈앞에서도 터지고 눈 뒤에서도 터지고, 심지어 머리 안에서도 번개가 내리쳤다. 온몸의 사지가 뜯겨나가는 고통이 내 몸을 휘감았지만, 지유를 구할 생각으로 이를 악물고 참았다.

번쩍.

시야에 보인 하늘은 어두웠다. 8비트 도트 게임 같던 연파랑의 만화동산, 천공을 뚫고 사라진 높은 석탑, 그리고 지유가 살던 움막은 온데간데없었다. 대신에 축축하고 불쾌한 진흙이 내 손가락을 감쌌다.

맙소사, 설마 내가 불시착한 것인가. 지금 내가 다른 이의 영혼소에 들어온 건가. 빙의하는 과정에 아들을 생각하다가 집중력이 흐려진 건가. 하지만 여태까지 단 한 번도 이런 적이 없었다.

---

* 죽은 이의 넋을 극락세계로 인도하는 일을 뜻하는 불교 용어.

아니, 어딘가 모르게 이 영혼소가 익숙하다. 같은 공간인데 다른 계절로 잘못 와 있는 듯한 기분이었다. 이곳은 분명히 지유의 영혼소였다. 지유의 체취와 온기를 느낄 수가 있었다.

똑.

얼굴에 빗방울이 떨어졌다. 밤바람을 타고 고소한 향냄새가 코언저리를 스쳤다. 제대로 된 정보를 얻어서 현실로 돌아가지 못한다면 내가 이 고생을 할 이유가 없었다. 내게는 많은 시간이 주어진 게 아니었다. 나는 서둘러 움직였다.

어쩐 일인지 나는 향리의 운동복을 입고 있었다. 무의식적으로 지유를 찾기 위해 많이 뛰어야 할지도 모른다고 생각했던 것 같다. 발목과 손목을 풀고 달릴 준비를 하려는데, 손바닥이 간질간질해져 살펴보았다. 처음 지유의 영혼소에 왔을 때 동아줄에 매달렸다가 쓸렸던 상처 부위였다. 핑크색 토끼 모양의 반창고를 떼니 어느새 상처는 다 아물어 피부가 말끔했다.

갑자기 반창고가 내 손에서 벗어나더니 공중으로 떠올랐다. 핑크색 토끼가 나를 빤히 내려다보고 있었다. 그러고는 반창고 전체가 분홍빛으로 발광했다. 마치 작은 반딧불처럼 내 눈앞에서 두 바퀴 돌더니 어둠을 밝히며 앞으로 날아갔다. 앨리스가 있는 곳을 알려줄게, 라고 내게 말하는 듯했다.

반창고는 나아가는 방향 이곳저곳에 걸려 있는 호롱 하나에 자신을 부딪쳤다. 호롱불이 하나둘 켜지면서 길거리를 은은하게 밝혔다. 그제야 내가 있는 곳을 정확히 알 수 있었다.

나는 외딴 시골의 쓰러질 듯 위태로운 초가집 앞에 서 있었다.

마당에는 밤나무가 지붕을 훌쩍 넘겨 초가 위에 거대한 그림자를 드리웠고, 그 아래에는 깊은 우물이 있었다. 초가는 홑집이라 방이 하나밖에 없었다. 그 안에는 사람이 있는 듯 등불이 켜져 있었고 창호 밖으로 그림자가 아른거렸다.

"엄마야?"

내 발소리를 듣고 안에서 여자아이가 외쳤다.

"지유야, 영지 아줌마야."

안쪽에서는 대꾸가 없었다. 나는 조금 더 가까이 다가갔다.

"못 믿겠어요. 문틈으로 손 좀 보여주세요."

아직 변성기가 지나기 전의 미성이었다. 생전 처음 들어보는, 힘이 없는 음색의 남자아이 목소리였다. 시간이 부족했지만, 지유의 비위를 거슬러서 좋을 게 없기에 방 안으로 손을 밀어 넣었다.

"반창고가 없잖아요. 손도 멀쩡하고."

지유는 경계심이 바짝 오른 목소리였다. 당황스러웠다. 반창고가 반딧불이가 되어 여기로 안내하고는 사라졌다고 말할 수는 없는 노릇이었다.

"지유가 힘을 보태줘서 다 나아서 그래."

"저 말 믿지 마. 괴물일지도 몰라, 쿨럭."

지유가 아니라 남자아이였다. 아무리 봐도 지금 상황은 전래동화 〈해님과 달님〉이었다. 아이들은 내가 자기 엄마를 잡아먹은 호랑이라고 생각하는 모양이다.

그렇지만 한 가지 이상한 것이 있었다. 해와 달이 된 오누이는, 부모를 잃은 남매의 우애를 다룬 전래동화가 아니었던가. 그런데 지유는 외동딸이다. 오빠가 없다. 친하게 지내는 오빠가 있다는 얘기도 향리에게 듣지 못했다.

영혼소에 주인이 아닌 다른 누군가가 있다면, 이는 영혼이 아니라 그

주인이 생각하는 어떤 대상이 투영된 것이다. 즉, 지유는 이 남자아이를 현실 어디에선가 만났고, 그 인상이 강력하게 뇌리에 박혀 무의식까지 관계가 이어진 것이다.

지유의 심기를 거슬러 괴물이 되어버리지 않게 접근하는 것이 중요했다. 장단을 맞춰주며 대화해야 한다. 일단, 이 영혼소에 갑작스레 등장한 새로운 인물을 알아보기로 마음먹었다.

"근데 넌 누구니?"

"그건 왜 물으시는데요?"

사내아이는 제법 아랫배에 힘을 딴딴하게 주며 센 척했다. 꼬마는 아무리 나이가 많아도 초등학교 5학년이나 6학년쯤일 것이다.

"네가 지유랑 그 안에 같이 있을 자격이 있는지 물어보는 거야."

"네?"

남자아이는 역공격에 제법 당황했다.

"너야말로 못 믿겠어. 너는 지유에 대해서 얼마나 알아?"

"아줌마보다 많이 알아요."

"지유 엄마는 무슨 일 하셔?"

내 말이 끝나기가 무섭게 안에서 속닥거리는 말소리가 얇은 창호지 너머로 들렸다.

"가, 강사예요. 춤 가르친대요."

"가르친대요? 마치 방금 지유한테 들은 말을 그대로 나한테 옮기는 거 같네."

"아, 아니에요. 이상한 아줌마야. 왜, 왜 이래요? 가세요."

남자아이가 얼굴이 뻘게져서 씩씩거리고 있는 모습이 상상되었다.

"좋아, 하나만 더 물을게. 너 지유 집 주소 알아?"

내 질문이 끝나자마자 꼬마 둘이 속삭이는 소리가 또 들렸다. 나는 그 찰나를 놓치지 않고 문을 활짝 열었다. 지유는 자신의 집 주소를 사내아이에게 말해주던 그 입술 모양 그대로 굳어버렸다. 입술이 동그랗게 오므라진 것으로 보아 송파'동' 쯤인 것 같았다. 남자아이도 현행범으로 긴급체포되기 직전의 소매치기 같은 얼굴이었다.

"헉."

남자아이는 과장되게 뒤로 넘어졌다. 통통한 뱃살이 충격을 말해주듯 위아래로 출렁거렸다.

"지유야, 영지 아줌마야. 맞지? 이거 너희 엄마 운동복인데 몰라보겠어?"

지유는 금세 알아봤는지 이내 안심하고 한숨을 내쉬었다.

"근데 저 아이는 누구야?"

"민준 오빠예요."

"네 이름이 민준이구나. 반가워. 난 영지 아줌마야."

"아, 안녕하세요. 쿨럭쿨럭."

민준은 어정쩡하게 고개를 숙이다가 갑자기 기침을 했다. 아이의 얼굴에서는 식은땀이 꽤 흐르고 있었다. 열린 방문으로 비바람이 들이치면서 동시에 현실의 향냄새까지 같이 들어왔다. 냄새로 보아 내겐 5분 정도의 말미가 있었다. 그렇지만 더 중요한 건 형사들이 들이닥치기 전에 이 빙의를 빨리 마무리 지어야 한다는 점이었다. 아흔 살에 가까운 노파가 얼마나 버텨줄 수 있을지 장담할 수 없었다. 빨리 지유의 육신으로 빙의해야 했지만 빨간 문이 보이지 않았다.

"지유야, 우리 저번처럼 빨간 문으로 다시 들어가야 해."

"민준 오빠는요?"

지유에게서 굉장히 강한 보호 의식이 묻어 나와 나는 적잖이 놀랐다.

"쟤는 왜?"

"저 때문에 이렇게 됐거든요."

"아쉽지만 같이 갈 수 없어. 그 붉은색 문은 혹시 어디 있어?"

지유는 대답 대신 손가락으로 마당을 가리켰다. 나는 지유의 손가락 끝이 향하는 곳으로 걸어 나갔다. 점점 더 비가 거세졌다. 마당 끝에는 처음 이 집에 들어왔을 때 봤던 밤나무와 우물이 있었다. 밤나무를 살폈지만 특별한 게 없었다.

"우물이요."

지유는 답답했는지 손가락을 허공에 한 번 더 찔렀다. 밤의 그림자에 가려 잘 구분하지 못했지만, 가까이서 보니 우물 뚜껑이 붉은색이었다. 그렇다면 이 뚜껑을 열고 우물 안으로 떨어져야 지유의 육체에 도달할 수 있다는 얘긴데, 뭔가 께름칙했다. 일단 나는 물이라면 질색이었다. 그리고 추락해야 한다는 점도 불길함을 더했다.

"지유야, 얼른 와. 가야 해."

그렇지만 내게는 별다른 선택권이 없었다. 지유에게 손을 내밀자, 지유는 대청에서 성큼 내려와 내 옆으로 왔다. 나는 우물 뚜껑을 힘껏 밀어서 떨어뜨렸다. 고개를 넣어 우물을 내려다보자, 바닥을 알 수 없는 검은 물이 잔잔하게 나를 올려다보고 있었다.

"여길 내려가는 거예요?"

지유도 이상한 낌새를 알아챘는지 멈칫했다.

"응."

"저 오빠 내가 챙겨야 하는데⋯."

지유는 뒤돌아 초가집을 보았다. 민준은 비를 맞기가 싫었는지 방 안에서 연거푸 기침하며 물끄러미 우리를 지켜볼 뿐이었다.

"여길 내려가야 저 오빠도 도울 수 있고, 집에도 갈 수 있어."

나는 지유를 힘껏 안아 올린 후 심호흡하며 잠시 망설였다. 매캐한 향냄새가 진하게 났다. 이제 진짜 뛰어내려야 했다.

"지유야, 지난번보다 더 무서운 일들이 일어날 수 있어. 하지만 꼭 아줌마가 끝까지 함께할게."

지유는 고개를 끄덕였다. 나는 그런 지유를 힘주어 안고 우물 안으로 몸을 던졌다. 우리의 영혼이 수면에 닿자 첨벙 소리가 우물 안을 공명했다. 분명히 아래로 뛰어내렸는데, 우리는 무중력 상태에서 위로 날아오르는 것처럼 기분이 들떴다. 나는 지유의 머리를 내 가슴팍으로 끌어당겼다. 꼭 지켜줄게. 이번에는 꼭 지켜줄게.

* * *

빵!

자동차 경적에 귀가 아찔했다. 눈두덩에 힘을 주자 지유의 눈이 떠졌다. 손끝에 정신을 집중하자 지유의 손가락도 조금씩 꼼지락거렸다.

출렁.

나는 한 뼘만큼의 높이로 떠올랐다가 좌석으로 떨어졌다. 지유는 지금 차 안에 있었다. 누군가가 거칠게 운전하는 승합차 뒷자리에서 안전벨트도 하지 않은 채로 파묻혀 있었다. 정신을 차릴 새도 없이 승합차는 급하게 우회전을 했다. 순간 지유의 몸이 쏠리면서 창문에 부딪힐 뻔했다. 내가 지유의 육신에 빙의를 온전히 마무리하기도 전에, 이 조그마한 아이의 몸은 위태롭게 뒷자리에서 이리저리 휩쓸리고 있었던 것이다.

정신을 차리고 얼굴 근처에 기를 집중하자, 지유의 야들한 목이 부드럽게 돌아갔다. 다음으로 지유의 발로 힘차게 도약하는 상상을 하며 기지개 켜듯이 몸을 늘였다. 그러자 지유의 발가락도 조금씩 움직였다. 드디어 나보다 30센티미터가 작고, 30킬로그램이나 가벼운 지유의 몸에 성공적으로 빙의한 것이다.

"씨발, 운전 좆같이 하네."

나는 룸미러로 서고연의 찡그린 이마를 보았다. 서고연이 욕을 한마디 할 때마다 승합차는 차선을 휙휙 바꿔가며 심하게 꿀렁였다. 갑자기 내 뒤로 쿵, 하며 묵직하게 뭔가가 떨어지는 소리가 들렸다.

"딸, 오빠도 좀 챙겨줄래요?"

서고연은 언제 그랬냐는 듯이 내게 웃으면서 말했다. 나는 뒤돌아보았다. 승합차의 3열 좌석 밑에 통통한 남자아이가 의식을 잃고 쓰러져 있었다. 지유의 영혼소에서 만났던 민준이었다. 민준은 서고연의 승합차가 과속방지턱을 빠른 속도로 넘어도 깨지 않았다. 굉장히 강한 진정제가 투여된 것처럼 보였다.

민준을 의자에 앉히려다가 나도 같이 미끄러져 버렸다. 금세 또 내가 어린 여자아이의 유약한 몸에 들어와 있다는 걸 망각했다.

"난리 났네, 아주. 됐다, 됐어요. 다 왔으니까 그냥 내버려 두세요."

서고연은 한심하다는 듯이 고개를 돌리며 혀를 찼다. 거친 운전이 조금씩 얌전해지며 승합차가 그녀의 아파트 단지로 들어섰다. 주차차단기가 올라가고 지하 주차장으로 내려가려던 차가 갑자기 멈췄다. 서고연은 급하게 좌회전을 하더니 단지 가장 끝의 조용한 구석으로 갔다. 그리고 부리나케 전조등과 시동을 껐다.

"씨발, 씨발."

서고연은 욕을 한 번 내지를 때마다 핸들을 주먹으로 내리쳤다. 나는 영문을 몰라 허리를 세워 창밖을 내다보았다. 녹색 사이렌 불빛이 요란하게 다가오고 있었다. 그 경광등은 점점 밝아지다가 내가 탄 승합차를 지나쳐 아파트 단지 정문으로 빠져나갔다.

그녀의 승합차 옆으로는 주차된 차가 몇 대 없었다. 주민들이 잘 사용하지 않는 응달진 공간이었다. 내가 탄 승합차에서 꽤 멀지 않은 곳에 어떤 익숙한 실루엣이 걸어가는 걸 발견했다.

김형사였다.

지유와 민준이 탄 이 승합차에서 불과 삼십 미터도 안 되는 거리에 김형사가 걸어가고 있었다. 서고연은 아직 그를 알아보지 못했는지 여전히 핸들에 머리를 파묻고 욕지거리를 내뱉었다. 경찰이 이미 서고연의 집을 덮쳤고, 그녀 역시 그것을 동물적인 본능으로 직감해서 저리도 광분하는 것이었다.

나는 앞자리에 앉은 그녀의 뒷모습을 슬쩍 보았다. 절망에 빠진 건지, 고민하는 건지 미동이 없었다. 지금 내가 이 뒷문을 열고 살려달라고 외치며 뛰쳐나간다면, 지유는 구할 수 있다. 나는 승합차의 뒷문 손잡이를 슬쩍 잡았다. 서고연의 눈치를 살폈으나 다행히 그녀는 움직임이 없었다.

갑자기 덜컥 겁이 났다. 나보다 머리 하나는 작은 이 아이의 육체를 그렇게 재빨리 움직일 수 있을까. 괜히 섣부른 행동을 했다가 지유의 목숨을 위태롭게 하는 게 아닐까. 그런데 뒷자리에 누운 저 아이는 어떻게 하지? 만에 하나 서고연이 도주한다면, 짐이 되는 민준을 바로 죽일 것이다.

훅, 꿉꿉한 향냄새가 목덜미를 타고 올라왔다. 시간은 없고 생각할 거리는 너무 많았다. 둘 다 살릴 수 없다는 결론을 내렸다. 나는 지유의 목숨을 먼저 구하는 게 옳다고 믿었다.

나는 최소한의 동작으로 뒷문에 붙었다. 손잡이를 잡고 이 슬라이딩도 어를 밀기만 하면 된다. 재차 뒷자리를 돌아보았다. 차 바닥에 민준이 입을 벌린 체 짐짝처럼 쓰러져 있었다. 나는 질끈 눈을 감고 힘껏 손잡이를 옆으로 밀었다.

철컥.

무슨 일인지 문이 꼼짝도 하지 않았다.

"너, 뭐 하세요?"

서고연의 거대한 흰자위가 나를 돌아봤다. 나는 길 한가운데로 뛰어들었다가 갑작스레 다가오는 자동차의 상향등을 마주한 고라니처럼 댕그란 눈빛으로 그녀를 올려다보았다.

김형사는 사건 현장을 조금 벗어나 아파트 관리사무소로 걸어가는 길이었다. 달마 과장에게서 전화가 왔다.

—김형사, 왜 무전에 응답 안 해?

"아, 죄송합니다. 지금 잠시 뭘 알아보는 중이라서요."

김형사는 자신의 무전기 주파수 채널을 광춘과 맞춰서 과장의 무전을 듣지 못했던 것이다. 그는 대충 둘러댔다.

—너, 광춘이 못 봤어?

"아뇨. 저는 지금 관리사무소입니다."

—그래, 광춘이 보면 꼭 붙잡아 둬. 무전 때리면 잽싸게 대답하고.

"예, 금방 가겠습니다."

김형사는 전화를 끊고 관리사무소로 들어갔다. 퇴근하려던 관리소 직원은 경찰과 구급차가 단지 내로 밀고 들어오자, 정신 차리고 제자리에 붙어 있었다.

"아이고, 고생이 많으십니다. 저쪽 현장에 출동한 경찰인데요."

김형사는 서글서글하게 웃으며 신분증을 직원에게 보였다.

"네, 안녕하세요."

"저, 차량 하나만 조회할 수 있겠습니까?"

"어렵지 않습니다. 번호가 어떻게 되죠?"

"은색 카니발이고요, 번호는 5842입니다."

직원은 그 어느 때보다 빠른 손놀림으로 키보드를 두들기며 모니터 화면을 주시했다.

"보자, 나간 지는 한 시간 반 정도 됐고…. 어? 조금 전에 다시 단지로 들어온 기록이 있는데요?"

"예?"

김형사는 직원의 모니터 받침대를 잡고 휙 돌렸다. 저녁 8시 38분에 5842번 은색 카니발의 전면 사진이 캡처되어 있었다.

"혹시 이 차 어디로 갔는지 알 수 있습니까?"

"잠시만요."

관리소 직원이 탁탁 몇 번 키보드를 치자 화면에는 아파트 4단지 내 시시티브이 화면 수십 개가 작은 섬네일로 펼쳐졌다. 그는 3분 전 정문에 설치된 카메라 영상을 확인하면서 고개를 틀었다. 그가 바라보는 쪽은 지하 주차장 옆으로 난 어두운 뒷길이었다.

"저기로 갔다가 나온 흔적이 없네요. 저 골목에 지금 차를 세워 놓은 거 같아요."

모니터 하단에 서고연의 승합차가 버젓이 세워져 있는 게 보였다. 김형사의 눈이 번쩍 뜨였다.

"지금 저기가 정확히 어딥니까?"

"바로 저 끝이에요."

관리소 직원은 창문에서 내려다보이는 단지 구석을 검지로 가리켰다.

"차에서 내린 사람은 없습니까?"

김형사의 질문이 떨어지기도 전에 관리소 직원은 빠른 감기로 시시티브이 영상을 돌렸다. 서고연의 승합차에서는 아무도 내리거나 타지 않았다. 김형사는 황급히 광춘에게 무전을 넣었다.

"선배님, 서고연의 차가 있어요. 단지 정문 출입구 지하 주차장 옆길이에요. 빨리 오세요."

그는 곧바로 서고연의 승합차가 세워진 골목을 향해 뛰었다. 테이저건을 쥔 김형사의 손에 힘이 바짝 들어갔다.

****

"서지유 어린이, 지금 뭐 하시냐고요."

그 눈이었다. 무당으로 살면서 정신 이상한 인간들을 여럿 봤지만, 내가 유일하게 내면을 읽을 수 없었던 그 뱀 같은 눈.

절체절명의 순간이었다. 내가 지금 말을 잘못하면 지유와 민준은 죽는다. 만약에 살려달라고 발악하며 소리친다면 멀리 있는 김형사가 듣고 달려올 수 있을까.

"화, 화장실이 너무 급해서요, 엄마."

나는 일단 위험 부담이 적은 방법인 변명부터 먼저 해보기로 했다.

"그런데요?"

"엄마가 핸들에 머리를 대고 생각하시는 거 같아서, 방해 안 하려고…."

나는 일부러 지유의 성대를 쥐어짜 최대한 연약한 음성을 내려고 했다.

"지유, 거짓말. 엄마가 안 보는 동안 도망치려고 한 거잖아요."

낙담했다. 서고연은 지유를 전혀 가엾게 여기지 않았다. 그녀의 눈이 커지며 나를 쏘아봤다. 내 몸이 얼어붙었다. 올라가는 지유의 심장 박동을 잘 다스려야 했다. 지난번처럼 지유의 무의식이 다시 깨어난다면, 모든 게 끝이었다.

"아, 아니에요. 엄마, 진짜예요. 화장실이 너무 급했어요."

목소리에 호소력을 실어보려 했다.

"지유야, 지난번에 그 도망간 애새끼 어떻게 됐는지 내가 자세히 안 말해줬죠? 길호 씨 아들 말이에요. 네 예전 오빠."

서고연은 히죽히죽 웃었다. 나는 고개를 가로저었다. 젠장, 고개를 저을 게 아니라 머리를 써야 했다. 분명히, 분명히 지유를 살릴 방법이 있을 것이다.

"걔가 발이 빠르잖아요. 그래서 다시는 못 뛰게 아킬레스건을 바느질해 줬어요." 서고연은 정말 재미있는 구전동화를 지유에게 읊어주듯이 말했다. "근데, 지금은 달리지를 못하고 수영을 하고 있네요. 둥둥 떠다니면서."

나는 서고연의 말을 하나도 알아들을 수 없었다. 그녀는 구렁이가 담을 넘어오는 것처럼 소름 돋는 몸짓으로 뒷자리로 넘어와, 내 목을 움켜잡으려다 갑자기 멈췄다. 서고연이 고개를 휙 들었다. 나도 그녀의 시선이 머무르는 차창 밖을 반사적으로 돌아보았다.

아파트 정문 쪽에서 김형사가 좌우를 두리번거리며 우리가 있는 승합차로 다가오고 있었다. 서고연은 갑자기 주머니에서 호신용 전기충격기를 꺼냈다. 나는 발버둥 쳤다. 지유의 발이 그녀의 가슴팍을 찼다. 하지만,

내가 인지하기도 전에 지유의 팔다리가 축 처졌다. 안 돼, 지금 이러면 안 돼. 내 영혼이 또 지유의 몸에서 튕겨 나가고 있었다.

김형사는 가로등을 피해 세워져 있는 승합차로 다가갔다. 차 번호 5842. 분명히 서고연이 끌고 나갔다 온 차였다. 그는 테이저건을 재차 확인했다.

승합차는 어둠 속에서 우두커니 김형사를 기다리고 있었다. 차의 시동은 켜져 있고 운전석 문이 열려 있었다. 마치 잠시 정차해놓은 것처럼 보였다. 김형사는 승합차가 자신을 기다리고 있는 덫처럼 느껴져 불길했지만, 가까이 가서 살펴볼 수밖에 없었다.

김형사는 상체를 최대한 수그리며 다가가 뒷유리를 살폈다. 승합차의 사면이 새까맣게 선팅되어 있어 안이 잘 보이지 않았지만 분명 뭔가 있는 것 같았다. 그는 뒷문을 옆으로 밀었다. 슬라이딩도어는 잠겨 있었다. 조수석 문도 마찬가지였다.

그는 어쩔 수 없이 운전석으로 발길을 돌렸다. 김형사는 테이저건을 겨누고 앞자리를 살폈지만 아무도 없었다.

"으…."

승합차 뒷자리에서 신음이 들렸다. 그가 뒷자리로 손전등을 비추자 어린아이 둘이 쓰러져 있는 게 보였다. 김형사는 주변을 돌아보았지만, 근처에 서고연의 기척은 느껴지지 않았다.

그는 운전석을 통해 승합차로 들어갔다. 뒷자리로 건너가자 지유와 다른 남자아이 하나가 보였다. 김형사는 지유의 콧구멍에 귀를 대보았다. 미세하지만 다행히 숨은 쉬고 있었다.

"지유야. 이지유!"

김형사는 지유를 흔들었다. 지유는 의식이 몽롱한 상태였다. 김형사는 좁은 차 안에서 두 아이를 동시에 꺼낼 수는 없다고 판단해 지유를 먼저 둘러업었다. 뒷문을 당겼다. 그러나 철컥 소리와 함께 잠금장치는 안에서도 열리지 않았다. 김형사는 끙끙대며 지유를 업고 앞 좌석을 통해서 나갈 수밖에 없었다. 그는 좁은 차 안에서 힘들게 앞으로 넘어가려 했다.

그때, 승합차의 슬라이딩도어가 갑자기 스르륵 열렸다. 당황한 김형사는 황급히 테이저건을 밖으로 겨눴다. 그 바람에 업힌 지유가 통로로 떨어졌다.

"누, 누구야!"

김형사는 충혈된 눈으로 테이저건을 황급히 사방으로 움직였다. 그러나 밖에는 빈 어둠뿐이었다.

김형사가 우왕좌왕하며 지유를 다시 업으려는 사이, 옆에 세워진 차 뒤쪽에서 서고연이 슬금슬금 모습을 드러냈다. 그녀는 승합차로 다가가며 자동차 키의 버튼을 눌렀다. 그러자 이번에는 승합차의 반대편 슬라이딩도어가 열렸다. 양면이 열리자 안에 있던 김형사가 기겁했다.

"뭐, 뭐야!"

그는 땀을 뻘뻘 흘리며 허깨비에 홀린 양 반대편으로 테이저건을 겨눴다. 이 틈을 놓치지 않고 서고연은 김형사의 목 뒤에 조용히 전기충격기를 갖다 댔다. 파지직, 작은 불꽃이 튀었다.

"악!"

김형사는 움찔했으나 바로 반사신경으로 팔꿈치를 뒤로 휘둘렀다. 서고연의 안면에 묵직하게 꽂혔다. 김형사는 반쯤 넋이 나간 채로 그녀의 윗도리를 잡았다. 어떻게든 연속으로 주먹을 때려 넣을 심산이었다. 그런데 서고연도 김형사의 어깨를 잡았다.

그녀의 입가로 주룩 피가 흘렀지만, 흔들림 없이 곧바로 김형사의 울대에 전기충격기를 꽂아 넣었다. 파지지지지직.

"끄으으으윽!"

김형사는 사지가 부르르 떨리면서 이내 흰자위가 차오르며 풀썩 쓰러졌다. 그가 힘겹게 잡고 있던 서고연의 웃옷에서 손이 미끄러졌다.

서고연은 김형사의 바지춤을 힘차게 끌어당겨 바닥에 내동댕이쳤다. 그녀는 바로 운전석에 올라탔다. 그녀는 입가에 흐른 피를 손바닥으로 훔치고 전속력으로 차를 후진했다. 승합차는 그대로 아파트 단지 정문으로 나갔다.

광춘은 단지 정문으로 뛰어갔다. 주변의 가로등이 일시적으로 고장이 난 건지, 아니면 원래 이렇게 어두운 건지 시계가 명확하지 않았다. 후미진 노상주차장에는 차가 몇 대뿐이었다. 그나마 세워져 있는 것도 오래된 고물차뿐이었다.

"으…."

어둠 속에서 신음하던 김형사가 머리를 잡고 몸을 일으켰다.

"인마, 어떻게 된 거야?"

"으, 젠장! 죄송합니다, 놓쳤어요…."

"야! 에이씨, 빨리 차 갖고 와. 쫓아가야지."

"네."

김형사는 지끈거리는 목덜미를 부여잡고 자기 승용차로 달려갔다. 광춘은 그사이 관리소 직원에게 방금 나간 차에 관해 물었다.

"아저씨 저쪽으로 가면 뭐가 있습니까?"

"이 동네에는 별거 없죠. 상권도 다 죽고. 저 끝으로 가면 난방공사

서경지점이 있고, 교대 하나 있고, 그 뒤로 대창집 유명한 거 하나 있고…."

"자, 잠시만요. 교대요?"

"예, 서경 교대가 저쪽에 있잖아요."

교대라는 말에 강력한 깨달음이 광춘의 머릿속으로 내리쳤다. 분명히 서고연의 첫 남편은 그녀가 교대에 다녔다고 했다. 그런데 서고연의 학력 기록은 고졸까지만 표기되어 있었다. 당시에는 별것 아닌 실수라 넘겼지만, 지금 광춘에게는 어마어마한 단서로 다가왔다. 서고연은 필시 그곳으로 향한 것이다.

*****

나는 바닥에서 뿌려대는 비를 맞으며 눈을 떴다. 초가집 처마가 얼핏 시야에 보였다. 나는 지유의 영혼소로 또 튕겨 나온 것이다. 거센 폭풍우가 몰아쳤다. 오래 묵은 땔감이 타오르는 진한 냄새가 현실에서 불어왔다. 시간이 너무 부족했다.

마지막 기억이 뭐였더라. 그래, 내가 분명히 김형사를 보았고, 그녀가 지유의 목을 조르려다가 전기충격기를 꺼냈는데… 그 뒤로 깨보니 도로 이 영혼소였다.

내가 누워 있는 땅도 흔들렸다. 곧 거대한 해일이 밀려올 것 같았다. 뇌우가 영혼소를 휩쓸어 버릴 정도로 몰아쳤다. 이건 최악의 신호였다. 영혼소가 사라지려 했다. 지유의 무의식 세계가 소멸한다는 것은, 지유가 죽을지도 모른다는 얘기였다. 빨리 지유부터 찾아 깨워야 했다.

초가집 문을 박차고 열었다. 안은 비어 있었다. 지유도 없고 민준도 없었다. 그때 우지끈거리는 굉음과 함께 마당에 박혀 있던 밤나무가 뜯겨 내게로 날아왔다. 몸을 날려 피했지만, 나무는 초가집 처마를 세게 박으며 함께 회오리바람 속으로 빨려 들어갔다.

　모든 것이 무너지고 있었다.

　"지유야! 이지유!"

　내 목소리조차 바람 소리에 묻혔다. 설마 지유는 죽은 건가. 또 이렇게 늦어버린 건가. 위태롭게 위아래로 흔들거리는 붉은 우물 뚜껑이 갑자기 내 목으로 날아왔다. 나는 급하게 고개를 젖혀 피했다. 하마터면 내 모가지가 잘릴 뻔했다.

　그래, 이렇게 감상에 젖어 있을 때가 아니었다. 나는 혹시나 하는 마음에 우물로 달려가 내려다보았다. 물이 말라 밑바닥이 거의 드러나 보였다. 지유가 그곳에 누워 있었다.

　"지유야!"

　지유야, 지유야, 유야, 유야. 내 목소리는 메아리쳐 지유를 흔들었지만, 지유는 움직이지 않았다. 나는 옆에 놓인 두레박을 우물 안으로 조심히 떨어뜨렸다. 다행히 줄은 길이가 충분해 두레박은 우물 바닥에 안착했다.

　나는 잘 꼬아진 두레박 밧줄을 타고 조심히 내려갔다. 밑으로 점점 내려갈수록 어두워져 내 몸을 가누기가 쉽지 않았다. 팔이 후들거리기 시작했다. 순간, 아귀에 힘이 빠져 나는 미끄러졌다. 물이 약간 있는 우물 밑바닥에 내 엉치뼈로 떨어졌다. 찌릿한 고통이 넓적다리를 타고 중추신경을 흔들었다. 손바닥에도 밧줄에 쓸리며 뻘건 진피가 다 드러났다.

　"지유야, 일어나."

　태풍의 눈에 들어와 있는 것처럼 우물 아래는 고요했다. 오롯이 내 목소리만이 이 공간을 채웠다. 지유는 모든 건 다 귀찮다는 듯이 대답도 없고 움직이지도 않았다.

"집에 가자."

"아줌마. 저 그냥 이대로 여기서 쉬면 안 돼요?"

지유는 눈을 감은 채 내게 물었다. 어쩐지 그 모습이 가여워 보였다. 부모의 관심과 사랑이 한창 필요한 나이였다.

"아줌마가 이야기 하나 해줄까?"

나는 내 손바닥의 상처를 만졌다. 벗겨진 피부 사이로 피가 흘러나오고 있었다.

"지유가 내 다친 손에 반창고를 붙여줬었지? 너무 고마웠어. 믿진 않겠지만, 아줌마가 한때 정말 몸이 너무너무 아팠어. 조금만 걸어도 숨이 차 기절하고 그랬거든. 근데, 우리 아들이 내 병간호를 오래 해줬어. 그게 고마워야 하는 게 맞는데, 이상하게 아들이 너무 미운 거야. 내가 우리 아들의 꿈을 갉아먹으면서 하루하루 살고 있구나, 그런 생각이 계속 들었거든. 아들만 보면 그런 죄책감이 들어서 자꾸 내가 나쁜 엄마, 쓸모없는 사람처럼 느껴졌지. 그래서 그냥 다 싫고, 전부 사라져 버렸으면 좋겠다고 생각했는데…."

나는 말을 이으려다 멈추었다. 어느새 지유는 눈을 뜨고 나를 올려다보고 있었다.

"그런데요?"

"그런데, 진짜 없어져 버린 거야. 의찬이가."

"왜요?"

"나쁜 사람이 데려갔는데, 집으로 다시 데려오질 못했어. 나는 우리 아들 의찬이가 그랬던 것처럼, 지유도 그렇게 하고 싶지 않아."

"아저씨는요?"

얌전히 내 이야기를 듣고 있던 지유가 대뜸 내게 물었다. 전혀 생각지 못했던 질문이었다.

"응?"

"의찬이가 사라졌을 때 아저씨는 어땠어요?"

"의찬이 아빠도 그때 나만큼 힘들었겠지…. 하지만 잘 모르겠어. 금방 털고 일어나는 사람이어서…."

"아닐 거예요. 우리 집도 엄마보다 아빠가 더 약해요. 아빠가 더 센 척하지만, 은근히 엄마가 더 독하더라고요. 아저씨도 그랬을 수도 있어 요."

"그랬을까?"

"아빠는 항상 엄마랑 저한테 강한 모습만 보이려고 노력했었어요."

지유는 어느새 내 얘기에 동화되어서 자신의 아빠를 생각하는 것 같았다. 나는 아이의 조그마한 눈망울에 잠시지만 집에 대한 그리움이 스치는 걸 보았다. 나는 지유의 손을 꽉 잡았다.

"지유 엄마랑 아빠는 지금 누구보다 더 지유를 기다리고 있을 거야. 다만 너한테 표현하는 게 서투른 것뿐이야. 엄마랑 아빠가 모든 걸 다 알고 있는 것 같고 모든 걸 다 잘하는 것 같지만, 너를 키우면서 사실은 모든 게 처음인 거야. 네 아빠가 카네이션을 받고도 제대로 고맙다고 못 한 것처럼 말이야."

"카네이션이요?"

지유의 올망졸망한 작은 손에 움찔하며 힘이 들어갔다.

"응, 어버이날 아빠한테 드린 카네이션. 학교에서 선생님이 보라색 쓰지 말라고 했는데, 굳이 네가 보라색 썼다며? 아빠가 그 색깔 좋아한다고 해서."

"네…. 그런데 아줌마가 그걸 어떻게 알아요?"

"네 아빠한테 들었어. 고맙고, 그리고 미안하다고 꼭 전해달래."

"거짓말. 아빠는 미안하다는 말 안 해요. 미안하다는 말은 약한 사람이나 하는 거랬어요."

"거짓말이 아니야. 너희 아빠는 단 한 순간도 네가 그립지 않은 적이 없었어. 지유가 돌아가서 아빠한테 카네이션 꼭 다시 달아줘야지."

지유는 말없이 고개를 숙였다. 아이는 소리 없이 울고 있었다. 갑자기 보글보글 끓는 소리와 함께 우물 바닥의 물이 차올랐다. 따뜻한 감촉이 아픈 엉치뼈를 보듬으며 내 등을 타고 올라왔다. 수면이 어느새 내 목젖까지 차올랐지만, 이상하게 두렵거나 무섭지 않았다. 지유를 꽉 잡았다. 물은 나를 꽉꽉 채우며 더 위를 향해 올라갔다. 따뜻했다. 마치 엄마의 양수에 들어가 있는 것처럼.

정신이 아득해지며 의찬을 생각했다. 지유를 생각했다. 그리고 내 절실한 마음에 대해 생각했다. 그렇게 나는 지유에게 빙의해 들어갔다.

******

"야, 저쪽 방부터 뒤져."

박형사와 그의 동료 목소리가 어느새 집 안에서 들렸다. 할매보살은 최대한 기대어 서재 방문이 열리지 않게 받치고 있었다.

"영지야, 서둘러라."

할매보살은 수척해진 얼굴로 눈을 감았다. 아주 미세하지만 향이 아닌 꿉꿉한 쇠 냄새가 공기 중으로 퍼졌다. 할매보살은 이마를 찌푸렸다. 그녀는 영지에게 가까이 다가가 손부채질을 했다. 자세히 보니 그녀의 하얀 무복 위로 아지랑이 같은 것이 스멀스멀 피어오르고 있었다. 영지의 손가락 끝에서 회색의 얇은 입자가 부유하는 게 어렴풋이 보였다. 할매보살은 벽시계를 보았다. 예상했던 것보다 훨씬 더 일찍 영지가 타오를지도 몰랐다. 영지는 빙의를 할 수 있을 만큼 회복이 제대로 되지 않았던 것이다.

"이렇게 보니까 꼭 단란한 가족 같네."

서고연의 웅얼거림이 귀를 간질였다. 듣기 거북할 정도로 간교한 음성이었다. 나는 서서히 눈두덩에 집중해 자유의 눈꺼풀을 들었다. 보통 육체에 빙의하면 천장이 먼저 보이기 마련이었다. 그런데 서고연의 다리가 눈앞에서 이리저리 분주하게 움직이는 게 보였다. 바닥의 아스팔트 먼지가 입가로 들어왔다. 나는 모로 누워 있었다. 그런데, 이곳은 어디지?

목에 힘을 주자 자유의 머리가 살짝 돌아갔다. 마감 시공이 안 된 시멘트 천장이 보였다. 수도랑 환기 배관이 잘 박제된 동물 뼈처럼 툭 튀어나와 있었다. 어둡고 습하고 먼지가 가득한 이 공간은 어딜까?

자유의 손과 발에 내 영혼을 확실하게 밀어 넣으려 했다. 그런데 웬일인지 자유는 움직이지 않았다. 최대한 집중하고 자유의 손바닥을 움켜쥐려 했지만, 기껏해야 손가락 하나 까닥할 뿐이었다.

왜 이런 거지?

두 가지 이유가 떠올랐다. 자유가 전기충격을 받아 몸에 일시적인 마비가 왔거나, 혹은 너무 잦은 빙의로 인해 내 영혼의 기력이 감퇴한 것이다. 영혼도 육신처럼 영력이 있기 때문이다.

그런데 자유의 촉감이나 청각 등이 살아 있는 것으로 보아, 전자는 아니었다. 단지 내 영혼이 너무 지쳐 있는 것이었다. 젠장, 조금 더 휴식을 취하고 빙의할 걸 하는 후회가 밀려왔다. 향냄새가 끊긴 걸 보아하니,

빙의 시간도 끝난 것 같았다. 하지만 버틸 수 있는 데까지는 이대로 버텨야겠다고 생각했다.

서고연은 어둠 속으로 사라지더니 이내 끼익, 쿵, 쾅, 하는 소리가 울려왔다. 잠시 뒤 그녀는 그림자 속에서 걸어 나왔다. 그녀는 손바닥끼리 부딪치며 먼지를 털어냈다.

"딸, 일어났어요?"

그녀가 안쓰럽다는 듯이 나를 내려다보았다. 그 모습이 어찌나 서늘한지 안 그래도 굳어 있는 지유의 몸뚱이가 차갑게 얼어붙었다.

서고연이 나를 안아 들었다. 시멘트 천장이 계속 휙휙 시야에 지나갔다. 천장의 주홍빛 나트륨램프들도 덩달아 스쳐 갔다. 밝아졌다가 어두워지고 다음 전등이 나타나자 다시 밝아졌다가 어두워지길 여러 번, 나는 어느새 전등이 고장 난 어둑한 천정을 바라보고 있었다.

나는 지유의 발가락에 간절히 기를 보냈지만, 미동조차 하지 않았다. 서고연은 나를 들고 있는 상태로 간이 사다리를 타고 올라갔다. 지유의 몸은 거대한 스테인리스 물탱크 위에 눕혀졌다. 이 더운 여름에도 차가운 금속의 한기가 등으로 소름 돋게 전해졌다.

"지유야, 누구와도 비교되지 않게 최고로 널 키워왔는데 왜 도망가려고 했어요?"

국어책을 읽는 듯 감정 없는 말투였다. 그런데 서고연은 스스로에게만큼은 진심인 양 눈두덩이 벌겋게 부어올랐다.

"나는 누구와 달리 우리 딸에게 손도 한번 댄 적 없고, 욕한 적도 없어요. 심지어 최고급으로 먹이고 입히고 공부도 시켜주고요. 엄마로서의 의무를 다했는데, 어째서 지유는 엄마를 상처 줘요?"

나는 뭐라도 해야 했다. 그런 게 아니에요, 라는 애달픈 의미로 지유의 눈을 좌우로 움직였다. 그렇지만 그녀는 혼자만의 독백에 흠뻑 젖어 나를 신경 쓰지 않았다. 그러고는 지유의 몸을 번쩍 안아 올리고 일말의 망설임도 없이 물탱크 안으로 던졌다. 마치 느린 화면처럼 서고연의 얼굴부터 천장의 시멘트 질감이 내 눈에 찬찬히 새겨졌다.

쿵.

지유의 등이 밑바닥에 부딪히자 묵직한 저음을 만들어냈다.

"너도, 너와 똑 닮은 거 한번 낳고 키워봐야 내 맘을 알 텐데."

서고연은 물탱크의 뚜껑을 세게 닫았다. 곧이어 끼릭, 하는 소리와 함께 굳게 잠겼다. 완전한 어둠이 찾아왔다. 지유의 가쁜 호흡만 들렸다. 아무리 노력해도 지유는 움직이지 않았다.

쏴아아, 하는 물소리가 바닥으로 전해졌다. 바깥에서 흐르는 빗물 소리가 아니었다. 그때 멀리서 딸랑딸랑, 하는 방울 소리가 들렸다. 음파가 몸을 흔드는 것으로 보아 현실에서 울려오는 것이었다. 빙의가 서서히 풀리고 있었다. 그런데, 이상했다. 나는 무당 방울을 흔든 적이 없었다.

****

벼락이 내리쳤다. 가늘던 빗줄기는 장대비로 변했다. 자동차의 와이퍼가 어지러이 좌우로 움직였다. 광춘과 김형사가 탄 차가 서경교육대학교 안으로 들어섰다. 밤 9시가 넘어간 시간이라 광활한 학교에는 인적이 없었다.

"선배님, 헛다리 짚은 거 아닐까요? 분명히 서고연 고졸이라고 전산에 떠 있단 말이죠."

"첫 번째 남편은 분명히 서고연이 교대 다닌 것으로 알고 있었어. 진짜

로 다녔든 아니었든, 서고연은 서경교대와 관련 있어. 발로 뛰어서 얻은
정보는 거짓말하지 않아."

김형사는 큰 소리를 내지 않으려고 서행하며 학교를 돌았다. 서고연이
끌고 온 승합차가 분명 어딘가에 세워져 있길 바랐다. 광춘도 두 눈을
부릅뜨며 어둠 속에서 회색 승합차를 찾았다.

"선배님, 또 공포탄 다 빼놓으셨죠?"

김형사는 광춘의 손에 들린 38구경을 곁눈질로 힐끗거렸다. 광춘은
자신도 모르게 어느새 권총 손잡이를 힘주어 잡고 있었다. 그는 김형사의
말을 듣고 있지 않았다.

그의 눈에 고라니 한 마리가 도로 옆을 뛰어가는 모습이 보였다. 일전에
봤던 어미 고라니의 환영이었다. 쏟아지는 비를 맞으며 애처로운 시선으
로 광춘을 쳐다보던 고라니는, 이내 고개를 돌리더니 어둠 속으로 사라졌
다.

"제가 좀 주제넘은 말인지도 모르는데요."

김형사의 계속 주절거리는 소리가 광춘의 귀에 닿기 시작했다.

"뭘 새삼스럽게, 주제는 오래전에 넘었으니까 그냥 말해."

"박팀장님한테 들었어요, 총기 오발로 징계받고 좌천된 거라면서요?"

차는 학교 본관 뒤의 오르막길을 올라가는 중이었다. 광춘은 차창 밖으
로 시선을 고정하며 대꾸하지 않았다.

"선배님은 모르시겠지만, 저는 선배님이랑 파트너로 오래 일하고 싶습
니다. 그러니까 이번에는 공포탄 좀 채워 넣으시죠."

"오발 아니었어."

"예?"

김형사는 우회전하다가 하마터면 건물에 자신의 차를 긁을 뻔했다.

"조심해. 네 차 또 긁겠다."

"박팀장님 말로는 선배님께서 유괴범을 잡다가 실수로 쏘셨다고 하시던데."

김형사의 차는 어느새 교대 옆의 부설초등학교 쪽으로 내려가고 있었다. 굵은 빗줄기 때문에 시계가 명확하지 않았다. 주변에 간간이 보이는 세단들은 있지만, 커다란 승합차는 보이지 않았다.

"그냥 유괴범이 아니었어. 내 아들을 죽인 놈이야."

김형사는 갑자기 브레이크를 밟아 차를 세웠다. 그는 놀라 광춘을 바라보았지만 광춘은 김형사의 눈길에 아랑곳하지 않고 전방을 뚫어지라 주시했다. 광춘의 눈매가 매서워졌다.

차 번호 5842. 서고연의 승합차였다.

낮고 긴 건물 앞에 승합차는 아무렇게 세워 놓은 듯 대각선으로 튀어나와 있었다. 거리가 꽤 멀어 정확한 차량의 상태나 아이의 행방까지는 파악할 수 없었다. 김형사는 승합차와 거리를 둔 채 시동을 껐다.

그들은 조심스럽게 차에서 내렸다. 광춘은 거대한 멧돼지가 다가가듯 느릿하지만 위협적으로 승합차를 향해 다가갔다. 승합차 안에는 민준만 의식을 잃은 채 누워 있었다.

"얘는 누구야?"

"모르겠어요. 아까 지유랑 같이 차에 있었어요."

"먼저 얘부터 데리고 가서 응급조치하고 와."

"선배님 혼자 들어가시게요?"

"서고연을 더 자극하면 지유한테 무슨 일이 생길지도 모르니까, 인원 요청해서 내가 무전 때리기 전까지 밖에서 대기해. 다른 출구도 확실하게 봉쇄하고."

"선배님, 서고연은 전기충격기 갖고 있어요. 조심하세요. 만만하게 보다가 제 꼴 납니다."

김형사는 민준을 안았다. 통통한 몸집이 그의 팔에 딱 알맞게 안겼다. 민준은 얼굴에 빗방울이 떨어지는 걸 느꼈는지 조금씩 움직였다. 김형사는 아이를 자신의 승용차 뒷자리에 태우고는 황급히 병원으로 출발했다.

광춘은 홀로 남아 자신이 서 있는 건물 주변을 둘러보았다. 기숙사가 있는 언덕 아래에 슬레이트 패널로 지은 기다란 건물이었다. 꼭 광춘이 군 생활 시절 보았던 보급대나 시설대 건물처럼 기름 냄새와 시끄러운 환기구 소리가 어울리는 분위기였다. 거침없이 쏟아지는 빗물이 이 근처로 흘러내리는 것으로 보아, 꽤 저지대에 있는 듯했다. 지붕 밑에 달린 포충기에는 비를 피한 날벌레들이 달라붙으며 불꽃이 이따금 튀었다.

광춘은 묵직한 철문을 옆으로 밀었다. 이미 자물쇠는 끌러져 있었다. 그는 자신의 뒤로 문을 닫았다. 그러자 언제 비가 내렸냐는 듯이 빗소리가 먹먹해졌다. 이 안은 외부와 다른 백색소음이 들리며 소리가 차단되었다.

밖에서 봤던 것보다 내부는 상상 이상으로 넓었다. 축구장만 한 공간에 광춘의 키보다 높은 스테인리스 재질의 물탱크가 반대편까지 쭉 늘어져 있었다. 어림잡아도 족히 백 개는 넘어 보였다. 나트륨등에서 뿜어져 나오는 주황색 조명 때문인지 이곳은 조금 전 광춘이 있던 곳과는 전혀 다른 별세계처럼 느껴졌다.

밤인지 낮인지도 구분하지 못하고 계속 모이를 먹으며 산란하던 닭들이 공장 속 부품처럼 진열되어 있던, 어린 시절 광춘의 아버지가 운영했던 대형 공장식 양계장이 떠올랐다. 닭들은 A4용지보다 작은 넓이의 배터리 케이지에서 컨베이어 벨트로 실어 나르는 모이를 쪼아 먹으며 매일 알을 하나씩 낳았다. 자기가 낳은 새끼를 품어보지도 못하고 전염병에 걸려

폐사하거나 도계장으로 팔려나갔다. 모가지가 축 처진 닭 사체를 치우고, 정신착란을 일으키는 닭이 지려대는 똥오줌을 버리는 건 항상 광춘의 몫이었다.

광춘의 아버지가 밥을 주면 먹고, 불을 끄면 밤이라 믿고 닭들은 잤다. 철저하게 주인의 필요에 따라 통제되었던 수용소였다. 지금 이곳의 주인이 자기 아버지가 아니라, 서고연이라는 정신 나간 유괴범이자 살인범이라서 더욱 끔찍했다.

광춘은 소름 돋는 유년기 시절을 떨쳐내려 고개를 흔들며 물탱크 사이를 걸어갔다. 바닥의 오랜 먼지가 신발 밑창에 달라붙었다. 따뜻한 불빛을 받으며 부화가 되기를 기다리는 이름 모를 짐승의 알처럼 몇몇 물탱크 안에서는 꿀렁거리는 소리가 들렸다.

오래전에 지어지고 유지보수가 안됐는지 군데군데 조명이 나가 있었다. 광춘은 땅바닥에 난 젖은 신발 자국을 따라가며 더 안쪽으로 걸어들어갔다. 점점 주변이 어두워졌다. 멀리 불빛 언저리에서 사람의 뒷모습이 움직이는 게 보였다.

서고연이었다.

광춘이 상상했던 것보다 키는 작았지만, 굉장히 다부진 뒤태였다. 짙은 검정 바지에 운동화를 신어 언제라도 도망칠 준비가 되어 있는 기동성이 느껴졌다. 광춘은 발소리를 죽이며 서고연의 측면으로 다가갔다.

"선생님은 뒤통수에도 눈이 달렸어요."

서고연은 뒤돌아 있는 채로 말했다. 광춘은 멈췄다. 그녀는 어째서인지 이미 광춘이 다가오는 것을 눈치채고 있었다.

귀화: 도깨비불

*

"서고연, 지유 어딨어?"

광춘은 윽박질렀다.

"대학교 4학년 때였나? 맞아, 졸업반. 현장학습 나갔을 때니까, 맞아."
서고연은 스스로에게 사실을 확인하듯이 중얼거렸다. "4학년 때였어요.
비가 엄청나게 오는 날이었는데, 학교 옥상에 있던 물탱크가 터져 수업
중에 천장이 내려앉았어요. 난리가 났죠."

"넌 가짜야. 이 학교에 다닌 적도 없고, 제대로 엄마가 되어본 적도
없어. 그러니까 이런 연극은 집어치우고, 빨리 지유 어디 있는지나 말해."

"그런데…." 서고연은 잠시 주춤했다. "그런데요, 그 물난리에 수업이
취소되니까, 애들이 공강이라고 좋다고 웃고 떠드는 거예요. 힘들게 학교
에 들어와서 자기들 돈 내고 듣는 수업인데. 병신들처럼."

빗발이 더 거칠어졌는지 슬레이트 지붕을 때리는 빗소리가 더욱 커졌
다. 서고연이 뒤돌아선 채로 떠들 동안 광춘은 옆으로 슬금슬금 다가가려
했다.

"다 보인다고요."

광춘은 발을 멈췄다. 그녀가 초능력을 쓰는 게 아니라면, 어딘가로 반
사되어 광춘을 보고 있거나 혹은 카메라를 주변에 심어 놓고 지켜보고
있을지 몰랐다. 그보다 광춘이 꺼림칙하게 여겼던 건, 서고연은 무슨 꿍꿍

이가 있는지 계속 등을 자신에게 보인다는 점이었다. 르네 마그리트의 이목구비가 없는 그림처럼 뒤통수가 정말로 광춘을 바라보는 듯한 기이한 느낌이 들 정도였다.

"서고연! 다 끝났어. 손들고 돌아서."

"근데 저를 어떻게 찾았어요? 아, 아빠 엄마가 말해줬구나. 하여튼 노친네들은 입이 항상 문제라니까. 늙으면 죽어야 해요."

"마지막이야. 손들고 돌아서!"

광춘은 더는 시간을 지체할 수 없었다. 그는 총구를 그녀의 등으로 겨눴다.

"대한민국 경찰이 뒤통수에 대고 총을 쏘시게요?"

서고연은 이번에도 광춘의 동작을 다 꿰뚫어 보았다. 광춘은 벽면과 천장 구석을 살폈다. 카메라는 보이지 않았다.

"다 됐다. 하여튼 경찰들은 항상 늦어요."

서고연은 버튼을 눌렀다. 그러자 갑자기 쏴아, 하며 광춘을 둘러싸고 있는 모든 물탱크로 빗물이 채워지는 소리가 들렸다. 백여 개의 물탱크에서 순차적으로 비슷한 음이 나며 조용했던 공간은 순식간에 어마어마한 폭포수 밑처럼 요란해졌다.

광춘이 움찔하는 사이 서고연이 뛰었다. 광춘은 방아쇠를 당겼다. 탕! 서고연이 서 있던 자리의 물탱크에 둥근 구멍이 뚫리며 물이 줄줄 새어 나왔다.

"젠장!"

광춘은 서둘러 그녀가 만지고 있던 조작 패널로 달려갔다. 서고연은 왜 갑자기 물탱크 안으로 물을 집어넣은 걸까. 불길한 기운이 들어 광춘은 방금 그녀가 누른 스위치를 취소하고 싶었으나, 환장하게도 버튼이 너무 많았다. 섣불리 버튼을 누르기 겁났다. 이제 남은 방법은 서고연을 잡아 정신없이 볶아쳐서 지유의 위치를 알아내는 것뿐이었다.

갑자기 광춘이 들어왔던 입구의 불이 꺼졌다. 점차 한 열씩 천장의 나트륨등이 나가더니, 광춘이 서 있는 곳까지 순식간에 어두워졌다. 다다 닥, 서고연의 달리는 발소리가 광춘의 귓가를 건드렸다. 광춘의 눈은 어둠 에 적응하지 못하고 방금까지 지켜봤던 그녀의 잔상을 쫓느라 정신없었 다.

엄청난 괴력이 영지의 목덜미를 잡아당기듯 그녀의 상체가 바깥으로 심하게 꺾였다. 할매보살은 신명 나게 흔들던 무당 방울을 그제야 내려놓 았다. 영지는 얼굴을 오만상으로 찌푸리며 바닥에 쓰러졌다.

"할매야?" 고통도 고통이었지만, 영지는 의아함을 이기지 못해 성을 냈다. "쿨럭, 할매가 깨운 거지? 어?"

영지의 안면은 땀과 함께 녹아내리는 듯 보였다. 그녀는 기침과 쇳소리 를 번갈아 내며 온전히 서 있기도 힘든지 구부정한 자세로 일어섰다.

"그래, 네년이 타 죽기 전에 내가 깨웠어. 이년아, 그러다가 너 저승길 로 엎어져."

"할매 미쳤어? 지금 지유가 얼마나 위험한데!"

"그만해, 애를 살리고 싶은 거야, 이참에 그냥 죽고 싶은 거야?"

"뭘 그만해! 내가 분명히 깨우지 말라고 했….'

화를 낼수록 영지의 호흡이 가빠지더니 머리가 핑 돌았다. 영지는 일어 난 지 얼마 되지 않아 다시 바닥에 쓰러졌다.

할매보살의 몸이 들썩였다. 노파가 기대고 있는 문이 거칠게 밀리고 있었다. 방문 앞에 엎어 놓은 책장과 책상이 박형사가 어깨로 밀칠 때마다 쿵쿵하며 널뛰었다. 경찰들이 거의 문을 뜯고 들어오기 직전이었다.

"긴급체포입니다. 이런 식으로 공무 방해하면 도움이 될 게 없어요, 이영지 씨!"

박형사가 조금 열린 문틈 사이로 외쳤다. 영지는 형사가 들어오든 말든 아랑곳하지 않고 바닥에 나뒹구는 무당 방울을 집었다.

"뭘 하려고? 너 지금 무당 방울 하나도 제대로 못 쥐잖아."

할매보살의 말은 사실이었다. 영지의 빨간 장갑은 경련이 일어 손가락 부분이 불규칙적으로 떨렸다. 툭, 무당 방울이 그녀의 손가락 사이로 미끄러져 나갔다. 그러나 영지는 또 잡았다. 그녀는 무섭도록 놀라운 집념을 보였다.

"이년아, 소용없어. 영매가 너무 약해서 빙의조차 안 돼."

영지는 주변을 둘러보았다. 하필이면 도망쳐 온 곳이 종석의 서재였다. 지유의 방이었다면 뭐라도 붙잡고 태웠을 텐데, 이곳에는 아무것도 없었다. 서가를 뒤졌지만 죄다 의료서적이나 소설이었고 그 흔한 가족사진 하나 없었다. 영지는 어쩔 수 없이 타다 남은 카네이션 조각에 재차 향불을 붙였다. 그녀는 이를 악물고 왼손에는 신장대를, 오른손에는 무당 방울을 쥐고 흔들었다. 바리데기 무가를 부르는 그녀의 목소리에는 생명이 꺼져가는 듯 힘이 없었다.

"소용없다니까! 지금 그걸로는 빙의할 수 없어."

영지는 노파의 말을 무시하며 오른손에 힘을 꽉 주고 무당 방울을 흔들었다.

"버리고 버리데기, 던져도 던져데기…."

딸랑딸랑딸랑.

무당 방울은 야속하게 울리기만 할 뿐 몸주신을 불러오지 않았다. 영지는 자신의 영혼이 벗어나지 못하고 아직 그대로 육신에 머물러 있다는 것을 깨달았다. 더 세차게 손을 흔들었다.

딸랑딸랑딸랑딸랑딸랑딸랑딸랑, 딸랑, 딸랑, 딸랑….

"젠장."

하늘로 높이 치솟았던 영지의 손이 힘없이 떨어졌다. 빙의가 되지 않았다.

"할머니, 문에서 비키세요. 저희 부수고 들어갑니다. 다치시니까 비키시라고요!"

박형사와 동료가 서재 방문을 발로 차며 말했다. 할매보살은 힘없이 앞쪽으로 나뒹굴며 엎어졌다. 서재 방문은 쩍, 하며 일부가 뜯겨나갔다. 박형사의 얼굴이 파열된 틈 사이로 보였다. 안색이 시뻘게져서 거친 호흡을 씩씩 내뿜고 있었다.

"야, 더 밀어. 더 부숴!"

영지는 낙담했다. 더 이상 그녀가 할 수 있는 것이 없었다. 영지는 무릎 꿇은 자세로 힘없이 고개를 푹 숙였다. 자기 아들의 죽음을 목도했을 때와 같은 무기력함이 찾아왔다. 독경, 춤, 노래를 예닐곱 시간씩 매일 칠 년 동안 하며 하루도 거르지 않고 육체와 정신을 가다듬었다. 작두를 타고, 유리를 밟으며 남들은 이해할 수 없는 고행을 해왔지만, 정작 중요한 순간에 아무것도 할 수 없는 자신이 원망스러웠다.

그녀는 광춘에게 전화를 걸었다. 자신이 봤던 걸 광춘에게 빨리 전달하는 게 지금으로서 자신이 할 수 있는 차선이었다. 통화연결음만 한없이 이어질 뿐 광춘은 받질 않았다. 어쩔 수 없이 김형사에게 연락했다.

—네, 무당님. 안 그래도 전화드리려고 했는데.

"지유가 창고 안에 어떤 쇠로 된 커다란 탱크 같은 데 갇혀 있어요.

그 여자가 다른 애들도 물에 떠 있다는 이상한 말을 했고, 흐르는 물소리가 근처에서 들리는 것으로 봐서 물탱크 안에 지유가 있는 것 같아요. 빨리 구해야 하는데 광춘 씨가 전화를 안 받아요."

─제가 안 그래도 지금 서경교대에 거의 다 왔습니다. 꼭 선배께 전달할게요. 근데 무당님은 괜찮으세요? 혹시 다른 형사들 안 갔습니까?

"야! 뭐 해? 빨리 들어가서 저 전화기부터 뺏어."

김형사의 말이 끝나기가 무섭게 빠직하는 굉음과 함께 박형사가 어깨로 방문을 밀쳤다. 여태까지 힘겹게 바리케이드를 쳐주던 책장과 책상이 조금씩 방 안으로 밀려 들어왔다. 영지는 전화를 끊었다. 그녀는 길게 한숨을 내쉬었다.

눈을 감자, 지유의 육신에서 마지막으로 보았던 서고연의 악마 같은 얼굴이 느린 화면처럼 지나갔다. 비뚤어져 튀어나온 아래턱, 덩달아 기울어진 얄팍한 콧대, 그리고 차가운 심장이 오롯이 투영된 뱀 같은 눈.

영지는 이쯤에서 포기하고 경찰들에게 문을 열어주려 했다. 그런데 어쩐 일인지 무당 방울이 그녀의 손에 철써덕 붙어서 떨어지지 않았다.

"당신들 뭐 하는 거야!"

모든 걸 내려놓으려던 찰나, 문밖에서 다른 사내의 고함이 들렸다. 아주 신경질적이고 날카로워서 듣는 이가 그 예민함에 베일 듯한 목소리였다.

"이 씨발, 당신들 내 집에서 뭐 하는 거냐고!"

종석이 재차 소리를 질렀다. 좀 전까지 열성적으로 문을 부수고 들어오려던 박형사와 동료가 얼어붙었다.

"아, 저… 지유 아버님이시죠? 저희가 지금 안에 들어가야 하는데…"

박형사는 당황했는지 말이 제대로 나오지 않았다.

"근데? 뭐 영장 같은 건 들고 왔어? 지금 사유 공간에 들어와서 그것도 내 방문을 저딴 식으로 박살을 낼 용기가 어디서 난 거지?"

종석은 전보다 더 예리한 얼굴로 형사들을 쏘아봤다.

"문은 저희가 변상해드리겠습니다. 근데 저 안에 사기 전과를 가진 무당이 있어서 부득이하게 저희가 긴급체포를…."

"내가 불렀어."

"예?"

"저 무당님 내가 모셨다고!" 종석은 단호했다. "내 손님이니까, 이만 가시라고."

박형사와 동료는 어리둥절하게 서로를 바라보았다. 유괴된 아이의 집을 이렇게 부수고 들어온 것도 신경 쓰였는데, 당사자가 무당을 옹호하자 상황이 더욱 난감해졌다.

"일없으니까, 이만 꺼져. 여기서 이럴 시간에 가서 내 딸이나 찾아."

종석이 형사들을 현관 쪽으로 밀쳤다.

"아, 아버님! 긴급체포는 영장이 필요 없습니다. 이런 식으로 방해하시면 아무리 아버님이라도 공무집행방해로 처벌될 수 있습니다."

"당신들 진짜 미쳤어? 저 여자 죄명이 뭔데? 누굴 사기 쳤는데? 내가 사기 아니라잖아. 그럼 된 거 아냐? 당사자가 사기 안 당했다는데 뭔 소리 하는 거야? 이봐, 무당! 영지 무당! 내 말 들려?"

종석은 부서진 문짝에 등을 대며 자신의 몸으로 방어벽을 쳤다. 그는 문틈 사이로 영지를 불렀다. 영지는 감았던 눈을 떴다.

"무당, 부탁할게. 집 다 태워 먹어도 좋으니까 우리 딸 좀… 제발 찾아 줘."

"아버님, 이리 나오시라니까요."

박형사가 종석을 문에서 떼어내려 하자 종석은 완강히 버텼다.

"놔! 안 놔? 이거 놔! 이봐, 영지 무당! 내 말 들려? 지유 좀 제발 찾아줘!"

종석은 이를 악물고 버텼다. 그의 절박한 심정이 오롯이 영지에게 전달됐다. 그녀는 뭐라도 해야 했다. 하지만 지유에게 빙의할 수 없었다. 설령 지유한테 재차 빙의해 들어간다고 해도 어차피 아이의 힘으로 커다란 물탱크에서 탈출하는 건 불가능이었다. 그녀는 다른 방법을 서둘러 생각해야 했다.

"할매, 한 번만 더 도와줘."

영지는 소란 속에서 평정심을 되찾았다. 그녀는 상 위의 놋그릇과 향불을 정비했다.

"뭘 하려고?"

할매보살은 불길한 예감에 인상을 심하게 찡그렸다. 얼굴의 잔주름이 물결의 잔향처럼 퍼져나갔다.

"나, 광춘 씨한테 들어갈 거야."

"이게 말이야, 방귀야? 성인한테는 빙의하는 거 자체가 불가능하다고 내가 말 안 했어? 대가리가 굵어진 연놈들은 영혼을 내어주지도 않아."

"귀에 딱지 나게 들어서 알아. 공짜로 집을 내어주는 미친놈이 어딨겠냐고 할매가 맨날 얘기했던 거. 근데, 광춘 씨라면 내게 내어줄지도 몰라."

"영지야." 할매보살은 세상이 꺼질 듯 한숨을 내쉬었다. "설령 네가 몸까지 빙의해 들어간다고 해도, 어른들은 자의식이 너무 강해서 언제 튕겨 나올지 몰라. 광춘이 그놈 고집이 좀 세냐? 더 힘들 거야."

순간 찌릿하며 무릎관절에 칼이 박히듯 쑤셨다. 영지는 털썩 주저앉았다. 그렇지만 그녀는 고통을 느낄 새도 없이 해결책을 찾았다는 설렘에 미소 지었다.

"고집은 내가 더 세."

"지랄병 났네. 만신 인생 팔십 년에 이런 건 처음 본다. 턱도 없는 짓 하느라 진 빼지 말아."

할매보살은 학을 떼듯이 말했다. 노파가 떠들거나 말거나 영지는 향을 꽂고 놋그릇에 물을 부으며 교자상 위를 차리고 있었다. 제의 도구들이 자기 자리를 갖추자 영지는 그 앞에 무릎을 꿇었다.

서재 밖에서는 종석과 형사들이 한데 뒤엉키며 실랑이를 벌였다. 문을 부수고 들어오려는 자와 어떻게든 막으려는 자의 절박한 육탄전이었다. 영지와 할매보살은 책장과 책상 등을 재차 방문 쪽으로 밀치며 방어벽을 견고히 했다. 그녀는 길게 심호흡을 내쉬었다. 진짜 마지막 기회였다.

"그래! 시도한다 치고, 그럼 매개는 뭘 태우려고? 광춘이 그놈 물건이 없잖아."

"있어."

영지는 무복 안주머니에 손을 깊이 찔러 넣었다.

**

총소리에 지유는 정신이 들었다. 뒤통수가 화끈거리고 눈앞이 칠흑같 이 어두웠다. 철렁거리는 물소리가 공포를 가중시켰다. 지유는 지금 자신 이 어디에 있는지 알지 못했다. 분명히 민준을 차에 태우고 어딘가로 가고 있었는데….

"엄마… 살려주세요."

지유는 갈증이 났다. 입안이 바작거렸다. 지유는 태평양 밤바다 한가운

데를 뗏목 하나에 올라타 위태롭게 떠내려가는 상상을 했다. 자신이 아무리 목숨을 구해 달라 외치고, 헤엄치려 해도 평생 혼자 이 바다에 떠 있다가 목말라 죽는 악몽이었다.

갑자기 오한이 들었다. 시큼한 찬물이 조금씩 차오를 때마다 죽음에 가까워지는 느낌이었다. 얼른 몸을 움직여서 물탱크의 가장자리로 갔다. 아이는 쇠 벽을 두들기며 살려달라고 외쳤다.

역한 비린내에 헛구역이 올라왔다. 지유는 자기에게 왜 이런 일이 닥치는 건지 서러움에 목 놓아 울었다. 집에 가고 싶고, 엄마 아빠가 보고 싶고, 그리고 살고 싶었다. 지유의 절박한 두들김은 서서히 힘을 잃어갔다.

암흑 속의 광춘은 요란하게 들려오는 경찰의 사이렌 소리에 귀를 기울였다. 분명 서고연도 들을 수밖에 없는 커다란 데시벨이었다.

—선배님, 절대로 물탱크 쏘지 마세요. 다시 말해요. 절대로 물탱크 쏘지 마세요. 무당님 말로는 그 안에 지유가 있대요.

김형사의 목소리가 광춘의 무전기 인이어에서 들렸다. 사실이라면 광춘은 총을 쏠 수가 없었다. 이 창고는 죄다 물탱크였다. 실수로 탄환이 그중 한 개라도 잘못 뚫고 들어가 지유가 다친다면 돌이킬 수 없는 실수를 저지르는 셈이었다. 광춘은 오로지 완력으로 그녀를 제압해야 했다.

—선배님, 지금 밖에 인원 대기하고 있어요. 들어가요?

김형사가 물었다. 광춘은 잠시만, 이라고 작게 소곤거렸다. 시간이 조금 더 필요했다. 혹시 또 다른 장치가 있을지도 몰랐다. 지유의 생사가 달린 문제여서 서고연을 최대한 자극하고 싶지 않았다.

"서고연, 도망갈 수 없어. 지금 모든 출구를 경찰이 봉쇄하고 있어.

내가 무전 때리면 바로 들어올 거야. 그러니까 네가 지유 있는 곳만 알려주면 협조적이었다고 나가서 말할게. 나중에 형량을 조금이라도 줄일 수 있게 해준다고."

광춘은 어떻게든 그녀를 회유하려 했다. 그러나 대답 대신 서고연의 신발이 시멘트 바닥 위로 달리는 소리만 들렸다. 그런데 이전과 다르게 물기를 머금은 촉촉한 소리가 났다. 몇몇 물탱크의 문을 개방했는지 바닥이 흥건했다. 광춘의 발 근처로도 웅덩이가 만들어지고 있었다.

파지직.

어둠 속에서 서고연의 호신용 전기충격기가 위협적으로 짖어댔다. 광춘은 서둘러 웅덩이에서 발을 뺐다.

"마지막이야. 지유만 내놓으면 네가 스스로 투항했다고 내가 말 잘해줄게!"

타다닥, 파지직.

광춘은 서고연이 자신의 주변을 맴돌며 위협하다가 한순간에 일격을 가해올 것에 대비해야 했다. 그는 자신의 귀에 모든 신경을 집중했다. 지금 서고연은 자신의 위치를 어떤 이유에서인지 알고 있었다. 이 상태라면 그녀를 제압하기 힘들었다.

슬레이트 지붕 틈새로 들어오는 달빛에 실내가 익숙해졌다. 광춘은 천장 구석을 다시 살폈다. 이렇게 어두운 상태라면 분명히 카메라가 적외선 모드로 바뀔 것이다. 그렇다면 카메라 렌즈 주변으로 빨간 점들이 켜지므로 그 불빛을 충분히 발견할 수 있었다.

"김형사, 우리 팀만 조용히 뒷문으로 들어와. 서고연 자극하지 말고 물탱크만 몰래 살펴봐."

—예. 저희 넷만 들어갑니다, 그럼.

김형사는 무전을 끊었다. 광춘은 서고연이 도주할 법한 탈출구 쪽을 향해 다가갔다. 물탱크 위쪽에 빨간 점이 여러 개 빛나는 카메라가 잘 숨어 있었다. 광춘은 다가가서 카메라가 빈 벽을 향하게 목을 꺾어 돌려버렸다.

"씨….'

어둠 속에서 서고연의 진심 어린 분노가 들렸다. 광춘이 제대로 그녀의 시야를 죽인 것이다.

타다닥타다닥.

젖은 발소리가 그에게 가까워졌다. 광춘은 리볼버를 소리가 나는 방향으로 치켜들었다. 검은 그림자가 순식간에 좌에서 우로 확 뛰었다. 광춘은 방아쇠에 손가락을 걸고 있었지만 당기지 않았다. 광춘은 조심스럽게 서고연의 그림자가 마지막으로 사라진 방향으로 다가가 총구를 꺾었다. 아무도 없었다. 그런데 광춘의 옆에 있던 물탱크의 수문이 폭발하듯 열리더니 광춘에게로 물이 부지불식간에 와락 쏟아졌다. 성난 코뿔소 한 마리가 들이박는 듯한 고통이 전해지며 그는 바닥에 나뒹굴었다. 손에 들려 있던 권총도 튕겨 나가 수막 위를 미끄러져 나갔다.

광춘의 육중한 덩치에 물까지 머금자 몸이 시멘트 바닥에 찰싹 붙어버렸다. 서고연은 이때를 놓치지 않고 달려 나와 광춘에게 전기충격기를 들이댔다.

파지지지지직.

어둠 속에서 퍼런 전기가 튀며 광춘의 얼굴로 날아왔다. 그는 급하게 몸통을 돌려 피했다. 서고연은 넘어지지 않고 재차 광춘의 목을 노렸다. 결국, 그의 턱 아래로 5만 볼트의 전압이 흐르며 벌 천 마리가 동시에 쏘아대는 고통이 전해졌다. 얼마나 찌릿한지 발가락까지 경련이 일었다.

"아아아악!"

고통의 순간, 광춘은 처음으로 서고연의 얼굴을 정면으로 볼 수 있었다. 그녀는 달빛에 추악하게 일그러진 어두귀면을 들이밀었다. 귀신들린 듯한 눈에는 핏발이 서 있었다. 광춘은 그 찰나에 자신이 바라보고 있는 이 여자의 안색이 사체처럼 서늘하다고 느꼈다.

광춘은 시야가 빙글빙글 도는 것을 느꼈다. 그대로 의식을 잃을 뻔했으나, 그는 이를 악물었다. 마지막이었다. 이번이 그의 인생에서 마지막 기회였다. 서고연이 지금 자신의 앞에 있었다.

그는 아들을 구하지 못한 고통 속에서 하루하루를 돌 씹는 심정으로 살았다. 그런데 이깟 고통쯤이야 백 번이고 천 번이고 견디어낼 수 있었다. 아니, 만 번이라도 좋았다. 아니, 죽을 때까지 평생 고압 전류를 목젖으로 넣어 삼키라고 해도 이겨낼 수 있었다. 자유만 구할 수 있다면. 그는 자유를 구하는 것이 과거 아들을 살리지 못한 자신에 대한 일말의 속죄라 믿었다.

광춘의 흐릿했던 눈에 안광이 일었다. 그는 한 손으로 자신의 턱에 박힌 전기충격기를 잡아 내렸다. 아찔한 전기가 광춘의 손바닥을 태우기 시작했다. 살가죽이 익는 악취가 뿜어졌다.

서고연은 당황했다. 김형사도 그랬지만 웬만한 성인 남자는 고압 전류 3초면 의식을 잃고 바로 쓰러지기 때문이다. 하지만 광춘은 달랐다. 그는 얼굴이 터질 듯 빨개지면서도 기절하지 않았다. 서고연은 전원 버튼을 끄려 했지만 도리어 광춘의 손이 스위치를 끄지 못하게 그녀의 손 위를 두툼하게 감쌌다.

광춘은 자신의 멱살을 잡은 서고연을 바라봤다. 그녀도 어느새 바닥에 뒹구느라 물에 젖어 있었다. 광춘은 과열되어 미쳐 날뛰는 전기충격기를 둘 사이에 넣고, 우직한 손으로 그녀의 등을 바짝 당겼다. 서고연은 광춘에게서 벗어나려 발악했다.

파지직, 하는 소리와 함께 순식간에 고압 전류는 서고연에게 옮겨가며 혈관을 터뜨렸다.

"까아아악!"

서고연은 고막을 찢는 비명을 내지르며 사지를 뻗었다. 전기충격기가 물웅덩이 위로 떨어졌다. 광춘과 서고연은 동시에 그 위로 털썩 넘어졌다. 그녀는 움직이지 않았다.

어디선가 콩콩거리는, 쇠 합판을 두들기는 소리가 들렸다. 지유의 구조 신호였다. 광춘은 안간힘을 쓰며 둔탁한 소음이 나는 쪽을 바라보았다. 십여 개의 물탱크가 광춘의 시야에 들어왔다. 빨갛게 점멸하는 불빛이 이상하게 아까부터 그의 눈에 거슬렸다.

아까 그 카메라인가? 저기 어디에서 소리가 나는 것 같은데… 김형사에게 알려야 하는데….

이윽고, 창고 안의 모든 전등이 환하게 켜지며 광춘의 각막에 생채기를 냈다. 광춘은 갑자기 밝아진 불빛 속에 적응하려 눈을 찌푸렸다. 그런데 어쩐 일인지 시야가 뿌옇게 흐려졌다. 그 사이로 김형사가 자신에게 달려오는 모습이 보였다. 광춘은 인지하기도 전에 의식을 잃었다.

***

할매보살이 계속 다그치자 영지는 대답 대신, 삼베 무복의 안주머니에서 누렇고 가장자리는 거무튀튀한 부적을 꺼내 보였다. 의찬이 영지를 위해 품었다가 유품처럼 남기고 간 그 부적이었다.

"그거⋯."

계속 딱따구리처럼 영지를 쪼아대던 할매보살도 의찬의 부적을 보자 입을 다물었다.

"이거라면 광춘 씨와도 깊이 연관되어 있어서 영까지 가는 데 무리는 없을 거야."

"그거, 태우는 거야. 사라진다고, 후회할 짓 하지 말아."

할매보살은 영지가 그 부적을 얼마나 소중히 여기며 품고 살았는지 옆에서 지켜봐 왔기에 적극적으로 만류하려 했다.

"할매! 어차피 후회할 거라면, 해보고 후회할게. 가끔은 놓아야 잡을 수 있는 거잖아."

"하지 말아, 하지 마. 이년아, 천추의 한이 된다니까. 경찰이 가고 있다 잖아. 네가 뭘 도와줄 수 있다고?"

"물탱크 안에 갇혀 있다는 정보만으로는 힘들지도 몰라. 내가 마지막으로 본 걸 기억해내 광춘 씨를 움직여야 해. 지금 그게 더 빨라."

영지는 무당 방울을 들었다. 새 장갑 때문인지 유달리 손잡이가 묵직하게 잡혔다. 할매보살은 입을 떡 벌렸다. 영지는 진짜로 광춘에게 빙의할 심산이었다.

"할매, 나를 이 세계로 끌어들이고, 죽은 아들의 몸에 빙의하게 했어도 할매를 원망한 적 한 번도 없어. 다 팔자겠거니 하고 사는 게 우리 삶이니까. 그런데 이번에도 나를 깨운다면, 나는 할매를 다시 볼 자신이 없어."

영지는 차갑다 못해 서늘한 목소리였다. 그녀는 전쟁에 나가기 전의 투사처럼 결연한 자세로 무릎을 꿇고 심호흡을 했다. 고소한 향냄새가 그녀의 코로 기분 좋게 들어왔다. 조금 전까지 축 처지던 사지에 알 수 없는 기운이 솟았다. 할매보살은 더는 말을 잇지 않았다. 노파는 어떠한 말로도 지금 영지의 고집을 꺾을 수 없다는 걸 알았다.

"청개구리 같은 년, 나 살자고 이러는 줄 아냐."

할매보살은 볼멘소리로 구시렁댔다. 노파는 전등을 끄고 지화와 의찬의 부적에 불을 붙였다. 손바닥만 한 부적은 삽시간에 재로 변했다. 영지는 속으로 속삭였다.

'의찬아, 이번에는 네가 엄마 무적으로 만들어줘야 해.'

무당 방울을 흔들었다. 바리데기 무가도 불렀다. 그녀는 호기롭게 말했지만, 본인조차도 과연 이게 가능한지 의구심이 들었다. 영지는 처음으로 어른의 영혼소로 들어가는 시도를 하려는 참이었다.

딸랑딸랑….

다른 이가 아닌, 자신과 같은 상처를 품고 사는 남편의 깊은 심연과 마주해야 했다.

딸랑딸랑….

그 말인즉, 자기의 심연과도 마주해야 한다는 얘기다. 영지는 과연 그 고통을 감당하고 이겨낼 수 있을까.

딸랑딸랑….

영지의 영력이 견뎌낼 수 있을까.

딸랑딸랑….

무당 방울을 높이 흔들던 영지의 손이 스르륵, 우아한 곡선을 그리며 아래로 떨어졌다.

어둡고 습하고 정말이지 가혹할 정도로 추웠다. 내 의지와는 상관없이 이가 서로 부딪치며 턱이 덜덜거렸다. 광춘 씨가 아닌 다른 이의 영혼소에 들어온 게 아닌가 하는 착각이 들었다.

평소 푸근하고 능글맞던 그이의 영혼소가 이토록 처참하고 살벌한 교도소의 모습일 거라고는 상상조차 하지 못했다.

나는 어쩐 일인지 의찬이 실종됐을 즈음 주로 입던 복장이었다. 항상 침대에 누워 있어 엉덩이와 무릎이 늘어난 파자마 차림이었고, 수면진정제에 취해 잠들 때마다 쓰던 안대가 목에 걸려 있었다. 꿉꿉한 쉰내가 나는 옷부터 불길한 징조를 보였다.

녹슨 쇠창살이 굳게 쳐진 감방이 기다란 복도 양옆으로 끊임없이 뻗어 있었다. 소실점 끝까지 무한대로 이어져 있어, 셀 수 없을 만큼의 감방이 있는 것처럼 보였다.

일어났다. 바닥의 한기로 인해 발바닥이 시렸다. 나는 신발도 신지 않은 채 힘겹게 한 걸음 한 걸음 앞으로 나아갔다. 다행인 건 광춘 씨답게 이 영혼소의 구조가 꽤 직관적이고 단순한 일직선이라는 점이었다. 특히 그를 찾아 헤맬 필요가 없을 것 같았다. 내가 아는 그는, 그냥 직진하다 보면 이 복도 끝에서 빨간 문을 지키고 있을 거라 예상됐기 때문이다.

"선배님! 고선배!"

김형사는 물을 머금은 쌀가마처럼 묵직하게 땅에 붙어 있는 광춘의 몸을 이리저리 흔들었다. 광춘은 깨어나지 못하고 있었다.

"구급차, 구급차 좀 빨리 불러주세요."

김형사는 무전에 대고 소리쳤다. 곧바로 수십 명의 경찰이 저수 창고의 문을 열고 들어왔다. 다른 강력팀원들은 의식을 잃고 바닥에서 침을 흘리고 있는 서고연의 상태를 살폈다.

"구급차는? 이러다가 고선배 죽겠어요."

김형사는 광춘의 코에 귀를 갖다 대며 숨을 쉬는지 살폈다. 호흡이 없었다. 광춘의 목과 손바닥에 검붉게 타들어 간 화상 자국에서 진득한 피고름이 나왔다. 김형사는 광춘의 위로 올라타 심장 부근을 두 손으로 누르며 심폐소생술을 시작했다. 김형사가 무게를 실어 흉부를 압박할 때마다 광춘의 우람한 상체는 공기 빠진 풍선처럼 나풀거렸다.

나도 모르게 그 자리에 굳어버렸다. 첫 번째 수용실 안에는, 의찬이 갓 태어났을 때의 모습으로 아기 침대에 누워 있었다. 산부인과에서 데려온 지 기껏해야 이틀 정도 지났을까. 눈도 제대로 뜨지 못하는 어린것이 속싸개 속에서 팔과 다리를 꼼지락댔다. 나도 모르게 감옥 문을 잡았다. 힘껏 잡아당겼지만, 문은 열리지 않았다. 나는 쇠창살 너머로 의찬을 하릴없이 쳐다봤다.

어떻게 잊을 수 있을까. 산부인과에서 받은 속싸개를 어떻게 싸야 할지 몰라서 허둥댔었다. 아기를 낳을 생각만 했지 어떤 식으로 키울까에 대한 실질적인 고민은 해보지 않았던 철없는 시절이었다. 애는 낳으면 그냥 알아서 자라는 줄 알았다.

아기 울음이 옆방에서 들려왔다. 나는 귀신에 홀린 듯 다음 수용실로 옮겨갔다. 의찬이 뒤집기를 시도하다가 마룻바닥에 머리를 찧고 울고 있었다. 백일 정도 지난 모습이었다. 손발이 떨렸다. 내 심장이 뜨거워졌다.

"열어줘."

쇠창살을 잡고 흔들었다. 어느새 나는 목적을 잊고 흥분하기 시작했다. 만지고 싶었다. 안고 싶었다. 의찬의 냄새를 맡고 싶었다. 머리라도 쓰다듬고 싶었다.

"의찬아, 울지 마."

아들은 내 목소리를 듣지 못했다. 나는 다음 칸으로 달려갔다. 의찬이 미음을 숟가락으로 받아먹으며 웃고 있었다. 그리고 내가 먹여주고 있었다. 마치 신기루처럼 눈앞에 십여 년 전의 나와 의찬이 즐거운 한때를 보내고 있었다.

나는 달렸다. 그다음이 보고 싶었다.

의찬이 처음 어린이집에 가서 적응을 못 하고 울며 집에 온 날, 의찬이 설날에 꼬까 한복을 입고 거의 엎어지듯이 절을 해 가족이 다 같이 자지러지던 날, 처음으로 초콜릿을 먹어보고 눈이 휘둥그레져 더 달라고 막 떼쓰던 날….

나는 또 달렸다. 그다음을, 그다음을, 그리고 또 그다음을 미치도록 갈망했다. 나이가 들며 커가는 의찬의 모습이 보고 싶었다. 파자마 안으로 찬 바람이 불어왔지만, 어느새 나는 추운 것도 잊고 있었다.

수용실마다 광춘이 기억하는 의찬의 생애가 파노라마처럼 뻗어 있었다. 중요한 순간마다 내가 같이 있었다. 이곳은 광춘만이 아닌 어찌 보면 나의, 우리 부부의 기억이 담긴 수용소였다.

그런데 어느 순간부터 수용실 안에 내가 없었다. 무병이 난 이후 아들과 시간을 같이 보내지 못한 시점부터였다. 초등학교 2학년 이후의 아들은 차가운 감옥 안에 혼자 있었다. 혼자 공부를 하는 모습, 혼자 게임을 하는 모습, 혼자 장난감을 가지고 놀고 있는 모습….

끝으로 갈수록 광춘이 기억하는 의찬의 마지막 무렵 모습들이 있었다.

초등학교 3학년 여름, 방에서 램프 하나 켜놓고 공부하고 있는 의찬의 뒷모습이 보였다. 가슴이 아렸다. 두 뼘 넓이의 좁고 굽은 그 등을 보고 있자니 어찌할 바를 몰랐다. 나는 이곳을 벗어나고 싶지 않았다. 나는 갑자기 무기력하게 바닥에 주저앉았다. 여기서 평생 쇠창살 너머 아들의 모습을 지켜보고 싶었다.

쇠창살을 붙잡고 흔들었지만, 굳게 잠겨 있었다. 손에서 힘이 빠져나갔다. 이내 손가락 끝이 따끔했다. 뭐지? 향이 이렇게 빨리 타들어 간다는 말인가. 그러고 보니 조금 전부터 이상하게 현실의 향냄새가 거의 나지 않았다.

영지가 빙의를 시작한 지 얼마 되지 않아, 향불이 급격한 속도로 타들어 갔다. 이전 빙의보다 서너 배는 빠른 속도였다. 1분도 채 지나지 않았는데 어느새 향은 발목밖에 남지 않았다. 할매보살은 불안하게 영지의 손가락 끝을 주시했다.

"할머니, 벌써 타들어 가는 거예요? 왜 이렇게 빨라?"

종석은 타는 냄새를 맡자 몸싸움을 멈추며 물었다.

"영력이 다 빠진 거야. 생각보다 불이 빨리 붙을지도 몰라. 그러니까 너희들 그만 싸우고 물이랑 이불 가져와."

"뭔 소리예요?"

종석이 박형사의 멱살을 놓았다. 박형사도 문틈 너머로 손에 불이 붙은 영지를 보자 어리둥절하게 손을 내렸다.

"야, 말 더럽게 안 듣게 생긴 놈."

할매보살이 말한 건 박형사였다.

"예?"

"얼른 물 가져와! 송장 치우고 싶지 않으면."

할매보살이 매섭게 소리를 질렀다. 그녀는 고개를 푹 숙이며 앉아 있는 영지의 소매를 살폈다. 영지의 손이 빨갛게 익고 있었다. 코를 가져다 대고 몇 번 킁킁거렸다. 살갗이 그을리는 거북한 냄새가 올라왔다.

할매보살에게 영지는 유일한 혈육이었다. 영지가 지유를 살리고 싶듯이 할매보살도 영지를 살리고 싶은 건 매한가지였다.

****

계기판의 바늘은 시속 140킬로미터를 넘어가고 있었다. 향리는 자신의 SUV를 미친 듯이 밟아대며 밤거리를 뚫고 나갔다. 서경교대까지는 대략 5분 정도 남았다. 핸들 위에 얹은 두 손이 부르르 떨렸다. 두려움과 분노와 기대가 담겨 있는 복합적인 떨림이었다.

그녀는 김형사에게서 서경교대에 지유가 있을지도 모른다는 말을 들었다. 드디어 딸을 만날 수 있었다. 제발 살아있기를, 제발 그 예쁜 얼굴을 볼 수 있기를. 향리는 간절히 기도하듯 읊조렸다.

아이에 대한 그리움이 커질수록 자연스레 서고연에 대한 분노도 비례하며 자랐다. 어째서 제대로 말 한번 섞어본 적 없는 자신의 딸을 납치한 건지 이해할 수 없었다. 광춘의 말로는 그녀가 어린이집을 여러 군데 떠돌면서 무작위로 아이들을 유괴했을 것 같다고는 했지만, 그래도 왜 하필 그게 지유였는지 답답하고 억울했다.

만약 중학교 때 서고연이라는 친구를 알고 그녀가 힘들었을 때 손을 내밀어 주었다면, 지금 자신의 딸이 이런 업보를 겪지 않았을지도 모른다는 생각까지 미쳤다. 하지만 향리는 곧바로 고개를 저었다. 그렇게까지 그녀를 연민하고 싶은 마음은 추호도 없었다. 어쨌거나 자신의 딸을 유괴한 파렴치한이었다.

심지어 향리의 옆을 수없이 스쳐 지나갔을 그녀가 자신의 딸을 긴 시간 노려왔다는 사실에 무섭도록 소름이 끼쳤다.

목적지까지 1킬로미터가 남았다는 이정표가 지나갔다. 향리의 손은 점점 더 전율했다. SUV는 옹골찬 엔진음을 내며 가로등 불빛 속으로 나아갔다. 그녀의 시선 끝에 서경교육대학교가 밤안개 사이로 아스라이 보였다.

물탱크 안에 물이 점점 차올랐다. 앞은 보이지 않았지만, 지유는 부력으로 인해 몸이 떠오르고 있다는 걸 느꼈다. 물탱크 바닥에 닿던 발이 물속을 허우적댔기 때문이다. 지유는 무서워서 소리 내어 울었다. 그러면서도 꾸준하게 물탱크를 두들기는 건 잊지 않았다.

지유는 유치원 때부터 꾸준히 다녔던 수영학원에서의 기억을 떠올렸다. 그토록 가기 싫었던 수영학원이었지만, 종석은 언제 어떤 일이 닥칠지 모른다면서 강제로 학원을 보냈다. 심지어 작년에는 '어린이 한강 건너기 수영대회'에도 참가하게 했었다. 잠실대교 남쪽의 도선장에서 출발해 주황색 끈 하나와 구명조끼에 의지해 1킬로미터나 헤엄쳐 다리 북단에 도착하는, 아홉 살짜리 꼬마가 완주하기에는 구역질 나오게 힘든 코스였다.

대회를 앞둔 지유에게 강조했던 수영 선생의 말이 떠올랐다. 당황할수록 몸에 힘을 빼라, 강물은 수영장의 물과 달리 수면 아래에서 파도가 일어 상상 이상으로 물살이 거세다, 공포에 질려 몸에 힘을 잔뜩 주면 사고가 날 수 있다.

그렇게 하기 싫었던 수영 때문에 그나마 지유는 아직 기절하지 않고 물탱크 안을 떠다닐 수 있었다.

"살려주세요!"

텅….

허우적거리던 지유의 손이 물탱크 천장에 닿았다. 삽시간에 1톤짜리 물탱크가 빗물로 차오르고 있었다. 자유는 순간, 절망과 함께 공포로 아랫입술이 떨렸다. 빼야지, 빼야지, 하면서도 몸에 자꾸 힘이 들어갔다. 그럴수록 아이는 점차 어두운 물 아래로 가라앉았다.

내가 복도 끝에 다다르자 커다란 빨간 문이 정면에서 기다리고 있었다. 그리고 그 옆에 마지막 수용실이 보였다. 아마도 광춘이 기억하는 가장 마지막 순간의 아들 모습이 있을 터였다.

내가 기억하는 아들의 마지막 모습은 놀이터에서 놀다가 사라진 그날의 모습이다. 왜냐하면, 나는 아들의 장례식에 가지 않았기 때문이다. 그때까지도 아들이 죽지 않았다고 나는 믿고 싶었다. 아들의 유골함을 안아 들면 정말로 의찬을 떠나보내게 될까 봐, 그래서 나는 돌연 사라졌던 것이다.

또 하나의 이유가 있었다. 신내림을 받아 강신무가 되기로 한 순간부터 가족을 모두 등져야 했다. 그게 섭리였고, 내 운명이었다. 그렇지 않으면 가족이 화를 입게 되었다. 결국, 광춘 씨만 홀로 아들의 장례를 치르게 되었다.

끄트머리의 옥방은 다른 방과는 달리 매우 조용했다. 그래서 더욱 불안했다. 아이의 목소리도, 내 목소리도 들리지 않았다. 선뜻 내 발이 떼어지지 않았다.

"고형사, 아무래도 나가는 게 나을 것 같은데."

내가 다가갈수록 중년의 목소리가 쇠창살 너머로 크게 들렸다. 처음 들어보는 음성이었다. 광춘 씨와는 꽤 친분이 있는 듯한 말투였다.

"하세요."

짧고 굵은 남편의 대답이 들렸다. 이 많고 많은 감옥 중에 광춘 씨가 어디 있나 했더니, 끝 방에 있었구나. 당연히 그럴 수 있었다. 마지막을 지켜주지 못한 죄책감은 항상 사람들을 최후까지 붙잡고 늘어지니까.

끝 방 옆에 서서 소리만 들었다. 광춘과 저 남자가 무엇을 하고 있는지 예상할 수 있었다. 그렇지만 눈으로 볼 자신이 없었다.

이내 서걱, 하며 고기를 써는 소리가 들렸다. 나도 모르게 소리를 지를 뻔해 손으로 입을 막았다.

"폐에 물이 가득 찼어."

"그래서요?"

너무 낯선 광춘 씨의 차가운 어투였다.

"그러니까 마지막까지 물을 먹었다는 건… 하아, 알잖아, 고형사 무슨 얘긴지. 내 입으로 굳이 얘기해?"

"네, 부검의로서 정확한 검시를 요청하는 겁니다."

"나 참, 이거 너무 곤란한 상황이네." 가운을 입은 아저씨는 머리를 긁적였다. "고의찬 군은 죽은 뒤 땅에 묻힌 게 아니라… 야, 안 돼. 이거 그만하자."

나는 충격에 눈물조차 나오지 않았다. 예상대로, 이곳은 아들의 시신을 마지막으로 부검했던 검안소였다. 저 남자는 국과수 부검의일 테고, 그의 앞에는 내 아들의 차가운 시신이 놓여 있을 것이다.

"기도로 빗물이 넘어가 폐에 가득 찰 때까지 엄청 고통스러운데, 그 2분을 넘는 시간 동안 발버둥이라도 치고 싶은데 몸은 마취되어 있어서, 속으로 소리만 지르다가 익사했다는 거잖아요."

"그래, 이제 그만하자. 너는 왜 이렇게 자신을 괴롭히는 거야?"

"분노라도 붙잡아야 미치지 않고 살 수 있으니까요."

"나머진 감정서에 정리된 거 읽어. 나 좀 봐줘라."

부검의는 곤혹스러운지 진땀을 흘렸다.

"부검 감정서에서는 이 내용 빼주세요."

"아유, 야, 너 또 뭐라는 거야?"

"형님, 이건 부검의가 아니라 친한 형으로 부탁드리는 거예요. 그냥 진정제 과다 복용으로 아들이 떠났다고 해주세요."

광춘의 음성이 미세하게 떨렸다. 나는 숨을 죽여가며 둘의 대화를 들었다. 처음 듣는 충격적인 사실이었다. 나는 여태까지 의찬이 약물에 취해서, 그래서 그나마 편안한 죽음에 이르렀다고 알고 있었다. 그런데 이건….

"나중에 아내한테는 의찬이 약에 취해서 고통 없이 갔다고 얘기할 거예요. 혹여나 기자들이 냄새 맡아 뉴스라도 나오면, 그 사람 감당 못 해요. 본인을 더 원망하고 자책할 거라고요. 이건 저 혼자 묻어두고 가야 해요."

"그렇게는 못 해. 아니, 안 해. 고형사, 아니, 광춘아. 나를 더 곤란하게 만들지 마."

"형님, 이 일은 우리 둘만 아는 거예요."

"광춘아."

"형님도 애 아빠잖아요. 형수한테 말한다고 생각해보세요."

"그래도 이건…."

"저는 믿고 갑니다."

"광춘아, 고광춘!"

부검의가 외치는 소리를 뒤로하고 광춘 씨는 대답 없이 감옥 문을 열고 나왔다. 쇠창살이 서로 세게 쾅 부딪히며 닫혔다. 그리고 그는 나와 바로 맞닥뜨렸다. 나도 그이도 같이 얼어붙었다.

"여보, 여긴 어떻게…."

오랜 시간이 지났어도, 그의 무의식에서는 내가 아직 '여보'로 불렸다. 내가 안절부절못하자 광춘 씨가 다가오더니 부드럽게 나를 안았다. 그간 참았던 눈물이 나도 모르게 터져 나왔다.

"광춘 씨는 나보다 더 끔찍한 악몽에서 살고 있었구나."

나는 최대한 진정하려 했다. 그는 별다른 말을 하지 않았다. 광춘 씨는 내 등을 쓰다듬더니 나를 떼어냈다. 나는 환자복인지 잠옷인지 모를 누더기를 걸친 채 눈물로 추하게 일그러진 모습을 보이고 싶지 않아, 고개를 황급히 돌렸다.

"웃어주면 더 좋으련만." 그가 푸근한 미소를 보였다. "여긴 어떻게 왔어?"

"의찬이가 줬던 부적을 태워야 했어."

"그거 당신이 갖고 있었구나."

광춘 씨는 이해할 수 없는 말을 했다.

"광춘 씨가 나한테 준 거잖아."

"뭐를? 아니야. 내가 준 게 아니야."

"그러면?"

나는 이해가 잘되지 않았다. 어떻게 현실 속 아이의 목에 감겨 있던 물건이 내 손으로 이동했는지를. 광춘 씨는 내 생각을 읽은 듯했다.

"나도 잘 모르겠지만, 당신의 강한 의지가 시공간을 뛰어넘어 전달해 준 거 아닐까."

"말도 안 돼."

"당신은 나보다 의찬이를 살리기 위해 많은 걸 포기해야 했으니까. 그만큼 집념도 컸던 거겠지."

광춘 씨는 씁쓸하게 웃었다. 내가 미처 대답하기도 전에 갑자기 바닥이 덜덜거렸다. 천장의 백열등이 깜빡거리며 좌우로 불안하게 흔들렸다. 영혼소가 조금씩 무너지고 있었다. 현실에서 광춘 씨의 신변에 문제가 생긴 것이다. 빨리 저 붉은 문을 열고 같이 나가야 했다. 광춘 씨는 의아하게 주변을 둘러보았다.

"왜 이러지?"

"광춘 씨, 내 말 잘 들어야 해."

"난 당신이 그렇게 말할 때가 제일 무섭더라."

광춘 씨는 이 와중에도 너스레를 떨었다. 어떻게 그를 미워할 수 있을까. 항상 긍정적인 그의 성격 때문에 내가 비빌 수 있는 언덕이, 또 쉴 수 있는 나무 그늘이 되어주었던 남편이었다.

"우리 당장 여기서 나가야 해."

나는 적극적으로 그의 팔을 잡아당겼다.

"당신은 오자마자 나가려고 해? 저 문이 여기 있는 것도 잊고 지냈네. 저게 열리긴 열리는 거야?"

"나랑 같이하면 열 수 있어."

"굳이 뭐하러, 저 밖에 뭐가 있는데?"

"두 번째 기회."

내가 모든 단어에 무게를 실어 말하자, 광춘 씨의 얼굴이 금세 진지해졌다. 그는 쇠창살 너머 부검실 침대 위 하얀 천으로 덮인 의찬을 돌아보며 감상에 빠졌다. 눈망울이 유난히 깊어 보였다. 땅바닥에 금이 가면서 영혼소가 위태롭게 위아래로 넘실거렸다. 진짜 시간이 없었다.

"그런데 내가 당신한테 도움이 될까?" 광춘은 굳은 얼굴로 물었다. "당신은 모르겠지만, 난 그냥 사람이야. 남들보다 조금 더 크고 힘이 센 거뿐이라고. 의찬이 구하려고 나도 죽도록 노력했었어. 물론 당신 입장에

413

서는 부족했겠지만."

"내가 언제 광춘 씨가 최선을 다 안 했다고 했어? 그냥 나를 좀 더 일찍 믿어주지 그랬어."

"나도 매일 후회해. 그때 당신이 한 말을 흘려듣지 않았다면 어땠을까, 하고 말이야."

"이번엔 서로 믿고 끝까지 가보는 거야."

나는 그이의 두툼한 손을 잡았다. 견뎌온 세월만큼 거칠고 투박한 손바닥은 잔 흉터로 까끌까끌했다. 여전히 광춘 씨의 눈은 의찬에게 향해 있었다. 아들을 보면서 오만가지 생각을 하는 듯했다.

"그래, 세 번 이상 거절하면 나쁜 거니까."

광춘은 고개를 천천히 주억거렸다. 그와 아들이 항상 입버릇처럼 하던 말이었다. 나는 녹슨 철문을 살짝 당겼다. 삐걱거리며 붉은 녹가루가 틈새로 휘날렸다. 현실에서 불어오는 바람에서 꿉꿉한 비 냄새가 났다. 내가 심호흡을 하며 그의 손을 꼭 쥐자, 광춘 씨도 맞잡은 손에 힘을 주었다. 나는 두꺼운 쇠문을 당기며 활짝 열었다. 광명이 영혼소 안으로 들이닥치며 눈앞이 하얘졌다.

*****

"씨, 구급차는 언제 오는 거야!"

김형사의 목소리는 흥분으로 떨렸다. 이상하게 가슴이 너무 답답했다. 나는 기운을 얼른 광춘 씨의 눈에 집중해 눈꺼풀을 힘겹게 들었다. 눈이 부셨다. 천장의 조명이 바로 광춘 씨 위로 내리쬐고 있어 앞을 보기 힘들었다. 서서히 눈이 빛에 적응하자 김형사가 광춘 씨 위에 올라타 흉부를 압박하고 있는 것을 알아차렸다.

손가락과 발가락의 끝에 혼신의 집중력으로 내 의식을 밀어 넣었다. 그러자 광춘 씨의 사지가 조금씩 꿈틀거렸다. 그런데 지유에게 빙의했을 때와는 달리, 움직이는 데 더 많은 기운을 써야 했다. 내 영력이 얼마나 버텨줄지 몰랐다.

"어? 어? 선배님, 선배님! 저 보이세요?"

김 형사가 반색하며 물었다. 나는 고개를 천천히 끄덕였다. 그러고는 간신히 몸을 일으켰다. 광춘 씨의 육신은 상상 이상으로 무거웠다. 나보다 30센티미터나 크고 30킬로그램이나 더 나가는 덩치를 움직이는 게 쉬울 거라고는 생각하지 않았지만, 예상을 넘어서게 버거웠다.

"선배님, 일어나실 수 있겠어요? 지금 구급차 오고 있습니다."

김 형사는 어깨를 부축했다. 그런데 어쩐 일인지 목소리가 쉬이 나오지 않았다. 목젖 아래가 심하게 고통스러웠다.

"안 되겠어요, 조금 기대서 앉아 계세요. 목의 상처 때문에 그런 거 같아요. 그러니까 제가 전기충격기 조심하라고 했잖아요. 제 꼴 난다고."

다그치는 김 형사 뒤로 의식을 잃고 바닥에 쓰러진 서고연이 보였다. 그녀 옆으로 몇몇 형사가 붙어 이리저리 흔들고 있었다.

"지, 지유는?"

나는 간신히 목젖을 쥐어짜 말을 했다.

"지금 다 같이 찾고 있어요. 여기 안에 있는 거 맞겠죠?"

김 형사 뒤에는 강력계 형사들이 물탱크를 일일이 열어젖히며 플래시 불빛을 비추고 있었다. 그렇지만 손이 턱없이 부족해 보였다. 이 인원으로 어느 세월에 이 많은 물탱크를 일일이 확인한다는 말인가. 나는 광춘 씨의 장딴지에 힘을 주어 일어섰다.

"선배님, 저희가 찾을 테니까 앉아서 쉬고 계세요."

"안 돼."

나는 김형사를 밀어내고 앞으로 나아갔다. 지유의 육체에 내 영혼이 깃들었을 때 마지막으로 보았던 장면을 떠올리려 했다. 비틀린 이목구비로 뒤틀린 웃음을 지었던 서고연의 역겨운 얼굴, 그리고 천천히 보이던 천장, 반쯤 전등이 나간 어둑한 불빛….

비슷한 천장을 본다면 얼추 찾아낼 수 있을 것 같았다. 그렇지만 여전히 명확하게 떠오르지 않았다. 파편화된 기억을 조합해서 하나의 큰 퍼즐을 완성해야 했지만, 시간이 너무 촉박했다. 지금 지유는 백여 개가 넘는 물탱크 중 하나에 갇혀서 허우적거리고 있을 텐데….

"찾았습니다!"

멀리서 순경 한 명이 외쳤다. 다른 물탱크를 뒤지던 사람들이 일제히 그쪽으로 뛰어갔다. 김형사가 내 눈치를 보더니 잽싸게 그쪽으로 달려갔다.

"우욱!"

그런데 물탱크를 열었던 순경이 갑자기 위액을 게워내며 뒤로 자빠졌다. 그가 들고 있던 손전등이 바닥으로 떨어지며 요란하게 산산조각이 났다.

설마 지유는… 죽은 건가.

나는 없는 힘을 쥐어짜며 광춘 씨의 육중한 몸을 걸어보려 애썼다. 그의 체력도 이미 바닥이었고 그걸 조종하는 내 영혼의 영력 또한 없는 거나 마찬가지여서, 한 걸음 내디딜 때마다 끊어질 듯한 고통과 거친 호흡이 수반되었다.

먼저 달려가서 물탱크 안을 살폈던 김형사가 내 쪽을 돌아보았다. 양손을 교차하며 커다란 엑스자를 그렸다.

"지유가 아니에요."

물탱크 안에는 양 발목이 묶여 푸르죽죽하게 부패한 사내아이의 시신이 등을 돌린 채 수면 아래로 고개를 처박고 떠 있었다.

그렇다면 지유는 어디 있을까.

"여기도 있습니다!"

또 다른 순경이 외쳤다. 김형사가 재빠르게 물탱크 사다리를 타고 올라갔다. 그는 긴 막대기로 아이의 몸을 자신 쪽으로 끌어왔다. 그는 탱크 안에 떠 있는 불어터진 시신을 뒤집는 것 같더니, 역시 이번에도 두 팔을 교차해 내 쪽으로 커다란 엑스자를 만들어 보였다.

"여자아이긴 한데, 너무 커요. 아, 근데 대체 이게 다 뭐야."

내 심장이 쪼그라드는 것 같았다. 지유가 아닌 걸 다행이라고 할 수 있을까. 도대체 얼마나 많은 아이가 이 물탱크에 잠겨 있는지 가늠할 수가 없었다.

나는 한쪽 다리를 절다시피 하며 광춘 씨를 뛰게 했다. 이미 오른팔에는 감각이 없었다. 아마도 현실의 내 육신이 타들어 가는 것이겠지. 깨어나면 불구가 될지도 몰랐다. 하지만 내가 견딜 수 있을 때까지는 견뎌야 했다.

분명히 지유가 빈 물탱크에 던져졌을 때, 천장에 달린 조명에 금이 가 있었다. 이 정보만 가지고는 지유를 찾아낼 수가 없었다. 워낙 오래된 창고이다 보니 금이 가고 깨진 전등이 한둘이 아니었다. 그렇다고 일일이 다 뒤질 수도 없었다. 지금 지유는 똥물을 먹어가며 겨우 버티고 있을 만큼 시간이 촉박했다.

'할 수 있어.'

광춘 씨의 목소리가 갑자기 들려왔다. 그의 무의식이 깨어나 내게 말을 건 것이다. 그런데 빙의가 튕길 것 같은 불안한 느낌은 들지 않았다.

"광춘 씨?"

나도 모르게 그의 이름을 불렀다. 그가 내 목소리를 들을 수 없다고 여겼는데 그가 대답했다.

'지유가 있는 물탱크 주변에 카메라가 있었어.'

우린 샴쌍둥이처럼 한 개의 몸 안에 두 개의 의식으로 공존하면서 대화를 할 수 있었다. 오랜 시간 빙의를 해봤지만 이런 경우는 처음이었다.

놀라움도 잠시, 나는 서둘러 카메라를 찾아다녔다. 그런데 몇백 평이나 되는 창고 안에서 손바닥만 한 카메라를 찾는 건 한강에서 잃어버린 오백 원짜리 동전을 찾는 격이었다.

"광춘 씨, 불가능이야."

'불을 꺼. 그러면 카메라가 적외선 모드로 바뀌면서 빨간 불빛이 보일 거야.'

"빨간 불? 알았어. 불을 꺼주세요! 천장 불을 꺼주세요!"

나는 서둘러 창고 입구로 달려갔다. 김형사가 내 말을 듣고 따라왔다.

"선배님 무슨 일이에요?"

"김형사님, 시간 없어요. 이 창고 불을 모두 꺼야 해요."

"선배님, 왜 갑자기 존댓말이에요?"

"빨리!"

"아, 예. 예!"

김형사는 맞은편 벽면을 향해 내달렸다. 이 창고에는 앞뒤로 문이 있었다. 나는 가까운 문의 스위치를 모두 차단했다. 창고 천장에서 내리쬐던 조명의 반이 꺼졌다. 물탱크 오십여 개가 어둠 속에 잠겼다. 열심히 창고를 뒤지던 경찰들이 일제히 멈췄다.

"뭐야? 누가 불을 껐어? 어떻게 찾으라는 거야."

형사들이 웅성거렸다. 김형사가 반대쪽 벽면의 스위치를 내리자 이번에는 창고 안에 깜깜한 어둠이 내려앉았다. 나는 당황하지 않고 소리쳤다.

"빨간색 불빛을 찾아요! 그 근처 물탱크에 귀를 기울여요!"

나는 광춘 씨가 쓰러져 있던 창고 후문 쪽으로 돌아가 구석구석을 돌며 점멸되는 붉은빛을 찾았다. 시야가 뿌예졌다. 광춘 씨의 눈을 비볐다. 그이도 나도 피로가 끝까지 쌓인 것이다.

나는 고개를 들었다. 내가 지유에게 빙의했을 때 보았던 그 천장의 모습을 찾으려고 했다. 목덜미에 우지끈거리는 소리가 나며 뻐근했다. 이 빙의를 얼마나 더 버틸 수 있을지 알 수 없었다. 하지만 나는 절박하다. 목이 부러지고 내 몸이 다 타올라 평생 반편이가 되더라도 지유를 구해내야 한다.

******

향불이 꺼지면서 파란 도깨비불이 영지의 손가락에 옮아 붙어 야금야금 그녀의 살갗을 씹어 먹고 있었다.

"이봐요, 할머니! 저 사람 타들어 가잖아!"

박형사는 어떻게든 서재 안으로 들어가려 발버둥 쳤다. 할매보살이 보기에도 더는 무리였다. 살갗이 타는 냄새가 집 안을 메우기 시작했다. 형사들이 서재 문을 부수고 안으로 들이닥쳤다.

"기다려! 귀화(鬼火)가 육체에 옮겨붙을 때 무당의 빙의 능력이 더욱 향상돼. 어떻게 했는지 몰라도 저년이 광춘의 육신에 빙의했어. 지금 깨우면 진짜로 네 딸 구할 수 있는 마지막 기회를 놓치는 거야."

할매보살은 엷게 뜬 눈매로 일행을 쏘아봤다. 종석은 엉거주춤한 자세로 서 있었다. 아이를 구하자니 의사로서 사람이 불타는 모습을 지켜봐야 하고, 그걸 말리자니 혹시라도 자기 때문에 지유를 못 살릴 거 같은 불길한 생각이 들었다. 옆에서 이불을 들고 있던 박형사도 잠시 주춤했다.

"내려놔. 때가 되면 내가 먼저 저년 깨울 테니까."

할매보살이 이번에는 부드럽게 타일렀다. 사실 누구보다 속이 끓는 건 그녀였다. 영지가 얼마나 심한 고통 속에 있는지는 누구보다 본인이 더 잘 알았다.

영지의 팔을 휘감은 화마는 그녀의 한쪽 어깨를 씹어 먹으며 타들어 갔다. 영지의 육신이 어지럽게 흔들리며 파란 불똥이 마구 튀었다. 여차하면 천장과 바닥으로도 불이 번질 것 같았다.

"더는 안 되겠어! 이러다가 무당이 죽어."

종석이 대야에 물을 받아 서재 안으로 확 뿌렸다. 차가운 물이 영지의 몸에 닿자 그녀는 미세하게 신음했다.

머리가 깨질 듯이 아팠다. 시야가 어지러이 돌면서 앞도 잘 보이지 않았다. 캄캄한 안개 속을 걷는 기분이었다. 광춘 씨의 다리마저 후들거리기 시작했다. 이젠 몸통까지 저릿저릿했다. 향냄새가 아닌, 도깨비불에 내 살갗이 잡아먹히며 나는 고약한 냄새가 현실에서 불어왔다.

결국, 여기까지인가….

번쩍, 조그마한 불빛이 밤바다의 등대처럼 빛났다가 사그라졌다. 어둠 속에서 나는 눈에 힘을 주며 그 빨간 불빛만을 향해 걸어갔다. 카메라에서 뿜어져 나오는 적외선 등이었다.

똑, 하고 물방울 하나가 내 이마에 떨어졌다. 정신을 차리고 올려다보자, 마지막으로 지유의 눈을 통해 본 그 천장 문양이 보였다.

이 물탱크다!

나는 허겁지겁 물탱크의 사다리를 타고 올랐다. 둥근 뚜껑을 잡고 힘껏 돌렸다. 끼리릭, 비명과 함께 물탱크는 열렸다.

물탱크 안에는 시커먼 물이 가득 차 있었다. 얼른 휴대전화 불빛을 비추자 조그마한 물체가 수면 아래서 흐느적거렸다. 연푸른 원피스가 내게 빨리 오라고 손짓하듯 넘실거렸다.

지유였다. 지유가 저기 있다.

나는 곧장 안으로 뛰어들 기세로 상체를 구부렸다. 그런데 순간, 내 의지와는 상관없이 손발이 굳어버렸다. 하필이면 지금 이 순간에, 내 트라우마가 마음속 깊은 심연에서 튀어 올라 머릿속에 커다란 태풍을 만들었다.

의찬이 그렇게 죽은 후, 나는 물에 들어간 적이 없었다. 심지어 거센 빗물에 몸이 닿으면 간질을 일으키고 발작했다. 그런 내가 저 안에 들어가 지유를 꺼낼 수 있을까? 하물며 익숙하지도 않은 광춘 씨의 육신으로? 도저히 자신이 없었다.

'같이 해. 할 수 있어.'

광춘 씨가 생각을 읽었는지 내게 말했다. 그러자 조금 전까지 꿈쩍도 하지 않던 손에 혈기가 돌았다. 그의 손과 발이 마치 내 것인 양 자연스럽게 느껴졌다. 관절과 근육, 세포 하나하나가 내 육신인 것처럼 어색함이 없었다. 우린 혼연일체가 되었다.

나는 시커먼 물을 보았다. 그래, 저 안에 내가 구해야 할 아이가 있다. 아들의 마지막 남은 유품까지 태우고 이곳에 왔다. 남편과 함께였고, 아들과 함께였다.

나는 무적이었다.

물탱크 안으로 뛰었다. 옛 악몽의 굴레에서 벗어나기 위해 내 검은 심연 속으로 뛰어들었다. 첨벙 소리와 함께 수면 아래로 내려갔다. 조그맣게 보이던 실루엣은 지유가 맞았다. 지유는 이제 막 호흡을 멈췄는지 콧구멍에서 미세한 기포가 새어 나왔다. 나는 지유를 붙잡았다. 조금만 힘을 주면 부러질 것처럼 작았다.

지유의 축 처진 육체를 물탱크 위로 꺼냈다. 아이는 흠뻑 젖은 채로 의식이 없었다. 나는 지유를 안아 엎고 사다리를 내려가려 했다. 그런데 갑작스레 팔다리에서 힘이 쭉 빠지며 순식간에 내 영혼이 튕겨 나갔다.

****

종석이 휘두른 이불은 영지에게 옮겨붙은 도깨비불을 잠재우기는커녕, 도리어 성질만 돋워 화마는 이불까지 삼키며 몸집을 키웠다. 영지는 마치 열반에 오른 승려처럼 미동도 없이 자신의 어깨를 화염에 내주었다.

형사들과 할매보살은 서둘러 화장실로 달려가 대야에 물을 받아 영지에게 세차게 뿌렸다. 푸른 불은 잠잠해지는가 싶더니 영지의 몸에 확, 하고 다시 붙었다. 종석은 영지의 어깨 위로 솜이불을 재차 던져 덮었다.

"쿨럭, 쿨럭"

불이 진화되면서 매캐한 연기가 방 안을 자욱하게 채웠다. 영지의 상체가 스르르 가라앉더니 그대로 풀썩 쓰러졌다. 다행히 불은 모두 소멸했다. 그런데 영지가 의식이 없었다.

"이봐, 이봐! 구급차 좀 불러주세요!"

종석은 영지의 뺨을 톡톡 두들겼다. 그는 영지의 눈꺼풀을 들었다. 홍

채에 초점이 없었다. 영지의 팔과 어깨에 벌겋게 익은 수포가 부풀어 올랐다. 심각한 통증이 오는지 영지의 입가로 신음이 삐져나왔다.

"다행히 근육층까지 손상되진 않았어. 빨리 의복부터 벗겨요. 이대로 두면 위험해."

종석의 말이 끝나기 무섭게 할매보살은 가위로 영지의 무복을 잘라냈다. 그녀의 손에 끝까지 쥐어져 있던 무당 방울 역시 떼어냈다. 종석은 미온수에 담겼던 수건을 그녀의 어깨와 팔에 감쌌다. 그는 의식을 잃어가는 영지를 업고 집 밖으로 뛰쳐나갔다.

영지의 영혼이 순간적으로 빠져나가자, 광춘의 사지가 힘을 잃고 무너졌다. 그의 어깨에 업혀 있던 지유도 덩달아 미끄러졌다.

광춘과 지유는 그대로 2미터 높이의 사다리 꼭대기에서 뒤로 떨어졌다. 하지만 신비하게도 광춘이 무의식적으로 허리를 비틀어, 지유가 다치지 않게 먼저 바닥에 닿았다. 지유는 안전하게 광춘의 위로 떨어졌다. 쿵 소리와 함께 바닥에 진동이 퍼졌다.

김형사가 구급대원을 데리고 황급히 달려왔다. 광춘과 지유, 둘 다 의식이 없었다. 구급대원은 들것에 지유를 먼저 올렸다.

"이보세요! 형사님, 정신이 드세요?"

다른 구급대원이 광춘에게 달라붙어 그의 안색을 살폈다. 김형사도 얼굴이 퍼렇게 질려 광춘을 지켜보았다. 광춘은 서서히 눈을 떴다. 극심한 두통이 함께 오는지 그는 오만상을 찡그리며 머리로 손을 가져갔다.

"선배님, 정신이 드세요?"

"어떻게 된 거야? 지유는? 서고연은?"

영지가 그에게 빙의됐을 때 일어난 일이니, 광춘은 당연히 기억하지 못했다.

"와, 지금 이 타이밍에 장난치시는 거예요? 대단하시네."

"뭔 소리야? 서고연 잡았어?"

"선배님이 통닭 만들었잖아요. 방금 의식 차려서 연행해갔어요."

"지유는 찾았어?"

광춘이 다급하게 묻자 김형사는 진짜 의아하다는 듯이 구급대원과 광춘을 번갈아 보았다.

"머리를 너무 심하게 다친 거 아니에요? 선배님이 방금 지유 꺼내오셨잖아요. 저기 구급차로 가잖아요."

"내가 언…."

광춘은 되물으려다가 멈칫했다. 서고연에게 전기충격을 가한 후 기절한 그 잠깐, 왠지 영지와 대화를 나눈 듯한 이상한 기분이 들었기 때문이다. 광춘은 들것에 실려 어둑한 창고를 벗어나는 지유를 보았다. 그는 일어났다. 다리가 아직 저리고 걸음이 불편했지만, 지유가 깨어나는 순간까지 직접 따라가고 싶었다.

"선배님, 어디 가세요?"

김형사가 광춘의 뒤에 붙따랐다. 광춘은 어안이 벙벙한 채로 들것을 들고 가는 구급대원들의 꽁무니를 쫓아갔다.

비가 세차게 쏟아지고 있었다. 서경교대는 경찰과 구급차의 사이렌 불빛으로 어둠이 무색하게 오색찬란했다. 향리는 셔츠 앞섶을 여미며 차에서 내렸다. 경찰차들의 뻘건 경광등 불빛이 눈에 들어왔다.

형사로 보이는 건장한 남자 두 명이 어떤 여자의 양옆에 붙어서 경찰후송차로 데려가고 있었다. 빗물에 흠뻑 젖어 꼭 뱀이 머리통에 엉겨 붙은 것 같은 단발머리, 기이하게 튀어나온 눈, 사선으로 돌아간 주걱턱, 서고연이었다.

향리는 달려가 그녀의 머리통을 내리치며 멱살을 잡아 흔들었다.

"내 딸 어딨어? 이 미친년아, 왜 그랬어?"

한이 섞인 절규가 향리의 입에서 뿜어져 나왔다. 형사들은 향리를 말렸지만, 그녀는 완강했다. 향리는 제지하는 형사들에도 불구하고 서고연의 멱살을 놓지 않았다. 서고연은 웃음인지 찡그림인지 모를 이상한 표정으로 향리의 손이 이끄는 대로 그냥 이리 휘둘리고 저리 휘둘렸다.

형사 하나가 결국 향리를 떼어냈다. 성난 황소처럼 씩씩거리며 향리는 잠시 자신의 분노를 다스렸다. 서고연은 빗물에 젖어 뱀 비늘처럼 볼품없이 기름진 자신의 앞머리를 태연하게 손으로 넘겼다.

"교양 없게 저한테 왜 이러세요, 어머님."

"뭐?"

"비 온 뒤에 땅이 더 굳는 데잖아요."

서고연은 가볍게 웃으며 밤하늘을 올려다보았다. 형사들은 그녀의 팔을 잡아채며 끌고 갔다. 향리는 메두사의 눈빛을 보고 돌이 되어버린 것처럼 생명력을 잃고 그 자리에 굳어버렸다. 한 달 넘게 자기를 피 말리게 했던 유괴범은 너무나도 천연스럽게 그녀의 곁을 지나쳤다.

"비켜주세요. 비켜요! 아이가 지나갑니다!"

구급대원 둘이 소리를 지르며 들것을 들고 구급차를 향해 달려오고 있었다. 그 뒤로 광춘과 김형사가 뛰어왔다.

지유다! 지유가 저 들것에 실려 있다!

향리는 구급차로 마주 달려갔다. 그녀의 딸이 바로 눈앞에 있었다. 거칠게 요동치는 들것 위로 지유의 연약한 몸통이 흔들렸다. 모든 것이 느린 화면처럼 하나하나 향리의 눈에 담겼다.

"지유야! 제가 엄마예요." 향리는 딸아이의 차가운 볼을 만지고 손을 붙잡으려 했다. "내가 잘못했어, 지유야! 엄마가 잘못했어. 앞으로 잘할 게. 지유야, 제발 그러니까 일어나 봐."

"조금만 물러서세요!"

구급대원은 연신 위험하니까 떨어져 달라 주문했지만, 향리는 들것과 함께 구급차 안으로 올라탔다. 뒤이어 광춘도 올라타자 구급차는 뒷문을 닫으며 출발했다.

향리는 달리는 구급차 안에서 차가운 지유의 팔을 주무르며 온기를 불어넣으려 했다. 그녀가 지유의 손바닥을 펼치자 그 안에는 보라색 종이가 있었다. 물을 머금은 색종이는 꽃 같기도 하고 종 같기도 한 희한한 형태였다. 워낙 지유가 꼭 쥐고 있어서 향리는 쉽사리 손에서 떼어내지 못했다.

종합병원 응급실로 차량 두 대가 동시에 진입했다. 한 대는 지유가 타고 있던 119구급차였고, 다른 하나는 종석과 할매보살이 영지를 태우고 온 사설 구급차였다.

먼저 문이 열린 건 119구급차였다. 뒷문이 열리자 구급대원 두 명이 들것과 함께 내렸다. 곧바로 대기하고 있던 의사들이 지유를 베드로 옮겼다. 조수석에서 광춘이 부리나케 내리며 거들어주었다.

뒤이어 사설 구급차의 뒷문이 열리며 영지가 들것에 실려 나왔다. 그녀는 진통제 수액을 맞으며 상반신이 거즈로 덮인 상태였다.

"영지 씨!"

"지유야!"

광춘은 영지를, 종석은 지유를 동시에 알아보고 서로의 가족에게 교차해 달려갔다. 하마터면 둘은 부딪칠 뻔했다.

"지유야, 아빠가 미안해. 아빠가 잘못했어."

종석은 지유의 들것을 붙잡으며 흐느꼈다. 구급대원이 아무리 말려도 종석은 지유의 곁에서 떨어질 줄 몰랐다.

광춘은 들것 위에서 거칠게 숨 쉬고 있는 영지 곁으로 다가갔다. 다행히 그녀는 의식이 있었다. 그렇지만 몰골이 말이 아니었다. 화상을 입은 피부는 부어오르고 뭉개졌고, 군데군데 걸치고 있던 삼베 무복이 검은 조각으로 고름과 함께 들러붙어 있었다.

"지유는 괜찮아요?"

영지는 힘겹게 물었다. 매우 작은 목소리였다.

"괜찮을 거래요."

광춘은 영지의 손을 잡았다. 부들부들 떨리는 게 힘이 하나도 없었다.

"고생했어요, 당신."

그간 무표정하게 그를 대해왔던 영지의 얼굴에서 옅은 미소가 퍼져나갔다. 의료진은 광춘을 떼어내고 영지를 응급실 안으로 힘차게 밀고 들어갔다. 광춘은 할매보살과 함께 보호자용 출입구로 따라갔다.

그들이 들어가고 구급차마저 다 사라지자, 언제 그렇게 호들갑스러웠냐는 듯이 응급실 밖은 고요해졌다. 거짓말처럼 비가 멈췄다. 소나기가 그치며 열대야의 더위를 함께 데려갔는지 선선한 갈바람이 불어왔다.

****

영지는 가습기에서 쉬익, 하며 나오는 수증기 소리에 눈을 떴다.

"정신이 좀 들어요?"

광춘이 불쑥 얼굴을 들이밀었다. 영지는 찌푸린 눈으로 주변을 살폈다. 그녀는 병실 안에 있었다. 상체를 들어 보려고 했지만, 몸이 맘 같지 않았다. 특히 거추장스러운 붕대가 자신의 어깨 아래로 감겨 쉬이 움직일 수 없었다.

"조금만 더 있다가 일어나요."

향리였다. 그리고 그 옆에 김형사가 서서 오렌지 주스를 먹고 있었다.

"지유는 구한 거죠? 제가 얼마나 의식이 없었던 거죠?"

영지는 자신의 팔에 힘을 주었다. 그녀는 깊은 잠에서 깨어나듯이 고개를 한 바퀴 돌렸다. 생각보다는 가뿐했다.

"지유는 무사히 구했어요. 그리고 한 삼 주 정도 된 거 같은데요."

김형사는 주스를 꿀꺽꿀꺽 삼키며 영지의 질문에 대답했다.

"고생하셨어요, 김형사님."

"아유, 제가 뭘 한 게 있나요. 다 같이 고생한 거죠."

"아니에요, 김형사님이 안 보이는 곳에서 제일 고생하셨죠."

향리가 김형사를 칭찬하는 데 거들었다. 그러자 김형사는 마시던 오렌지 주스를 내려놓으며 본격적으로 입에 모터를 돌리려고 시동을 걸었다.

"아유, 아닙니다. 진짜 한 거 없어요. 저는 단지 동네 애들 과자나 사 주면서 정보 좀 캐오고, 다른 사건 맡았지만 어떻게든 짬 내서 서고연 뒷조사해 고선배한테 힘 실어드리고, 강력팀이랑 구급차 연락해서 선배랑 지유 늦지 않게 살려내고, 또…."

"또 방심하다가 전기충격기 처맞아 기절이나 하고."

광춘이 끼어들었다. 향리랑 영지가 갑자기 풋, 하고 웃었다.

"아, 진짜 환장하겠네. 선배님은 이 얘기 언제까지 우려먹으려는 거예

428

요?"

"김형사, 너 재혼할 때까지."

"나 참, 졌다. 졌습니다. 제가. 네에, 네에, 알겠습니다요."

김형사가 얇은 목소리로 이방이 아첨하듯 흉내를 내자 다들 유쾌하게 웃었다. 영지는 자신의 가슴팍이 아직 찌릿했지만, 크게 걱정할 정도는 아닌 듯했다. 문득 그녀는 자기가 오랜만에 이렇게 시끌벅적한 상황에 놓였다는 사실에 새삼 기분이 좋았다. 고독하지 않고 외롭지 않았다.

"그런데 김형사님은 이름이 어떻게 돼요? 다들 김형사라고만 부르길래."

영지는 침대에서 몸을 일으키며 김형사에 부드럽게 물었다.

"모르셨구나."

김형사는 게슴츠레 뜬 눈으로 좌우를 두리번거렸다. 향리와 영지는 영문을 몰라 서로를 쳐다보았다.

"뭘요?"

"제 이름이 형사예요. 김형사. 빛날 형에 조사할 사. 열심히 조사해서 어둠의 도시를 빛내라. 아버지가 경찰이 되라고 이렇게 지은 거예요."

"장난이신 거죠?"

"진짭니다. 본 투 비 내추럴 강력계죠. 아버지의 기대에 부응한 아들이기도 하고요. 시골 내려가면 제가 우리 동네 자랑이에요."

김형사는 과장되게 어깨까지 으쓱해 보였다. 영지와 향리는 광춘의 눈치를 살폈다. 지금 이게 농담인지 사실인지 분간하기 어려웠다.

"맞아. 쟤 이름 진짜 김형사예요. 우리도 처음에 듣고 놀랐어요. 아직도 이름 부를 때마다 어색해."

광춘은 무심히 너털거렸다. 이쯤 되면 농담이 아니었다.

"맙소사!"

향리가 어이가 없다는 식으로 웃자 김형사는 서운하다는 듯이 목소리를 높였다.

"아니, 다들 제 이름 갖고 왜 그러세요? 저는 충분히 만족하며 살았구면."

"하긴 그 이름 아녔으면, 강력4팀에서 너 같은 신삥을 받을 이유도 없었지. 근데 뽑아놓으니까 이런 폐급이 들어올 줄은 몰랐지. 이름만 형사야. 어휴."

광춘은 고개를 저으며 과장되게 한숨을 내쉬었다.

"진짜 다들 왜 이러세요. 나만 여기서 이름이 이상한가. 다들 같은 처지끼리 이러지 맙시다."

김형사의 목소리가 더 커지자 특유의 미성이 얇게 갈라지며 볼품없게 들렸다. 그러자 모두 긴장이 풀리며 스스럼없이 웃었다. 어느새 영지는 그들과 격 없이 농담을 주고받고 있는 자신에게 놀랐다. 그녀의 표현을 빌리자면, 그들은 이미 그녀와 고락을 함께한 동지였기 때문에 가능한 일이었다.

"흠흠."

입구 쪽에서 헛기침이 들렸다. 의사 가운을 걸친 종석이 어색하게 서 있었다. 그간 다른 옷을 입었을 때와는 달리 하얀 가운이 그의 마른 체형에는 꽤 근사하게 어울렸다.

종석 뒤에서 지유가 빼꼼 고개를 내밀었다. 노란 머리띠와 상큼한 물방울무늬 치마를 귀엽게 입고 있었다. 언제 그런 고된 시간을 보냈냐는 듯이 건강해 보이는 얼굴이었다. 지유는 모든 이들이 어색한지 자신의 아빠 뒤에 숨어 있었다.

"여기 화상전문센터가 크흠, 전국에서 제일 유명해요. 크흠, 학과장이 내 선배라 특별 관리해 달라고 부탁했죠. 크흠."

종석은 뭐가 그리 어색한지 연신 헛기침을 했다.

"고마워요."

"대한민국에서 화상 흉터 제일 잘 처리하는 선배니까, 뭐, 아무튼 그렇다고요."

"특별히 신경 써 주셔서 진짜 감사해요, 지유 아버님."

영지는 온화한 미소를 지었다.

"아이, 뭐, 칭찬받자는 건 아니고, 크흠. 아무튼 영지 무당님이 제일 수고하셨으니까."

종석은 혼잣말인지 아닌지 모르게 중얼거리더니 멀쩡히 서 있던 지유를 톡톡 치며 앞으로 보냈다. 지유는 쭈뼛쭈뼛하며 영지에게로 다가갔다.

"안녕하세요, 영지 무당님. 저를 위해 힘써 주셔서 감사합니다. 다 나으시면 집으로 초대할게요."

지유는 종석이 예행연습을 시킨 대본을 읽듯이 어색하게 말하고 고개를 꾸벅 숙였다. 그 모습이 귀여운지 영지가 소리 내어 웃었다. 광춘은 그런 그녀를 깊은 눈으로 흐뭇하게 바라보았다.

"그래, 네가 지유구나. 아줌마 누군지 모르겠지?"

"네에."

지유는 아직 어색한지 다리를 배배 꼬았다. 둘은 영혼소에서만 만난 사이라 당연히 지유는 그녀를 기억하지 못했다. 그렇지만 지유는 영지가 낯설지 않고 친근했다.

"너 구해주신 선생님이셔."

향리는 어색해하는 지유의 허리에 손을 얹고 침대로 당겼다.

"엄마 아빠한테는 말했어?"

영지가 입을 가리고 지유에게만 들리게 소곤거렸다. 그러자 지유는 궁금한지 한 걸음 더 다가왔다.

"뭘요?"

"춤추고 싶다면서, 앨리스."

"네?"

지유는 갑자기 화들짝 놀라며 종석의 눈치를 살폈다. 처음 보는 아줌마가 어떻게 그걸, 이란 의미였다.

"후후, 난 무당이라 모르는 게 없지. 천천히 말씀드려 봐. 이제는 분명히 네 말을 들으실 거야."

"네에…. 영지 무당님, 저를 위해 힘써 주셔서 감사합니다. 다 나으시면….."

지유는 민망한지 종석이 주입한 대사를 또 읊었다. 종석은 얼굴이 화끈거려 급하게 지유의 입을 막았다.

"자, 그만하면 됐고, 크흠, 아직 완전히 회복된 게 아니니까, 이제 무당님 쉬게 해야죠."

종석은 지유와 향리에게 손짓하며 나가자는 신호를 보냈다. 향리도 알아듣고 옷가지를 챙겨 일어났다. 그런데 김형사가 눈치 없이 멀뚱히 서 있자 향리는 그의 옷깃을 잡아끌었다.

"김형사 씨도 나오시죠."

향리는 김형사에게 눈짓했다. 향리는 광춘과 영지에게 따로 시간을 주고 싶었다. 그제야 김형사도 장단을 맞췄다.

"아, 주스를 많이 마셔 그런가, 나이를 먹어서 그런가, 오줌이 자주 마렵네. 선배님 저 화장실 좀 다녀오겠습니다."

누가 봐도 어색한 연기였지만 아무도 지적하지 않았다. 다들 나가자 광춘과 영지만 어색하게 병실에 남았다. 7년 만에 만나 폭풍 같은 나흘을 보내고 드디어 단둘이 남게 되었다. 할 말은 태산이었지만 막상 얼굴을 마주하니 티끌조차 입 밖으로 쉽게 나오지 않았다.

"저 양반 말로는 큰 흉터는 없을 거래요. 초기 조치를 잘했나 봐."

광춘은 영지의 팔을 보며 그녀와 시선을 마주하지 않았다. 그는 담뱃갑만 괜히 만지작거렸다.

"담배 다시 피워요?"

"며칠 안 됐어요."

또 어색한 침묵이 감돌았다. 가습기에서 내뿜는 수증기 소리만 들렸다. 이번에는 영지가 정적을 깼다.

"서고연은 어떻게 되는 거예요?"

"사형받겠죠. 뭐, 실제 집행은 안 하겠지만."

광춘은 짧게 대답했다. 서먹서먹한 선보는 자리처럼 둘의 대화는 계속 끊겼다.

"지유, 건강해 보여 다행이네요."

"심리치료도 잘 따르고 있대요. 애들은 괜히 애들이 아닌가 봐, 안 좋은 기억을 그렇게 빨리 잊는 게 부럽기도 하고…."

광춘은 아차 싶어 어미를 흐려서 말하며 담배에 눈을 돌렸다. 영지는 그를 물끄러미 쳐다보았다.

"의찬이 장례식에 함께 하지 못해 미안해요."

"그땐… 영지 씨가 참 미웠는데…. 요 며칠 같이 있어 보니까, 이젠 이해해요. 나를 위한 거였겠지."

"고마워요."

433

영지는 광춘에게 엷은 미소를 보였다.

"이 자식은 변기에 빠진 거야, 왜 이렇게 안 와? 오면 같이 가려고 했는데." 광춘은 어색한지 병실 입구를 쳐다보며 이내 일어섰다. "그럼 쉬고 있어요, 영지 씨. 퇴원할 때 다시 올게요."

영지는 우직하게 병실 문을 나서는 광춘의 뒷모습을 한참 바라보다가 창밖으로 고개를 돌렸다. 그녀가 꽤 오랜 시간 의식이 없었는지 벌써 나뭇잎들이 노랗게 물들어가고 있었다.

****

할매보살은 신비사의 대청에 앉아 대문을 바라보며 꾸벅꾸벅 졸았다. 어찌나 햇볕이 따뜻한지 졸지 않고는 배길 수 없는 푸근한 날씨였다. 앞마당은 정갈하게 정리되어 있어 누가 봐도 손님을 기다리는 모양새였다.

노파는 감은 눈을 이따금 뜨면서 대문 밖을 살폈다. 작고 굽은 등허리였지만 언제라도 튀어 나갈 준비가 되어 있었다. 이윽고 차바퀴가 신비사 입구를 지르밟는 소리가 들렸다. 할매보살은 일어났다. 흰색 세단이 얌전히 대문 밖에 섰다. 차에서는 광춘과 영지가 내렸다. 할매보살은 잰걸음으로 다가갔다.

"이년아, 온다고 한지가 언젠데 이렇게 늦게 와?"

"할머니, 안녕하세요."

광춘은 가볍게 목례했다.

"그놈의 년년 소리. 그래도 오랜만에 들으니까 반갑네."

영지는 큰 걸음으로 할매보살에게 다가가 안아주었다. 노파는 좋으면서 괜히 그녀를 떼어냈다.

"계집한테 년이라고 하는 게 뭐가 어때서. 안 그래 이 사내놈아?"

할매보살은 괜스레 가만히 있는 광춘에게 화살을 돌렸다.

"맞습니다."

광춘은 사람 좋게 웃으며 트렁크를 열고 짐을 뺐다. 뜨거운 여름밤에 영지를 위해 싸워주었던 제의 도구들이 가득했다. 놋그릇, 향대, 신장대, 무당 방울, 그리고 타고 남은 삼베 무복까지 챙겨왔다. 광춘은 그것들이 든 상자를 들었다.

"영지 씨, 어디다 놓을까요?"

"그냥 저 위에 올려놔요. 제가 알아서 치울게요."

영지가 가리키는 대청마루 끝에 광춘이 상자를 내려놓았다. 그는 두 손을 털면서 신비사를 둘러보았다. 느릿느릿, 어슬렁어슬렁. 딱히 용무가 있는 건 아니었지만 선뜻 발이 떼 지지 않았다.

"일 끝났으면 가."

할매보살이 핀잔을 주자 광춘은 뒷머리를 긁을 뿐 갈 생각을 하지 않았다.

"할매."

영지가 할매보살에게 눈치를 주었다. 둘이 잠시 인사할 시간을 달라는 의미였고, 그녀는 바로 알아듣고 욕을 구시렁거리며 안방으로 들어갔다. 나무문이 닫히자 신비사 앞마당에는 둘이 어색하게 서 있었다.

"앞으로 볼일은 없겠네요."

광춘이 입을 열었다.

"그게 좋은 거죠."

영지는 시선을 바닥에 두며 무표정했다. 광춘은 담뱃갑을 열고 개비

하나를 꺼냈다.

"이것만 태우고 갈게요."

그는 대청마루 끄트머리에 앉아 멀리 보이는 강화도 해안을 바라보았다. 파란 바다를 보는 것만으로도 마음이 시원하게 정화되는 기분이었다. 영지는 웬일인지 광춘 옆에 와서 앉았다. 둘은 함께 멀리 바다를 내다보았다.

"의찬이가 살아 있다면 곧 성인이 되겠네요."

영지의 시선은 수평선에 가 있었다.

"군대에서 딱 삥이칠 나이네요."

"아마 까불거리며 해병대 간다고 했을걸요."

영지는 씩씩한 의찬의 모습을 떠올리자 굳어 있던 얼굴 근육의 긴장이 풀렸다. 광춘은 담배 한 모금을 내뱉었다. 그는 가만히 퍼져나가는 담배 연기를 바라보며 말했다.

"영지 씨가 내 안에 들어갔다 나온 거죠?"

"당신의 무의식을 만난 거죠. 영혼."

"당신이라, 오랜만에 듣네." 광춘은 머리를 긁적였다. "그래, 어떻대요? 내 맑은 영혼은 잘 있대요?"

광춘이 천연덕스럽게 농담을 던지자 영지는 한참을 생각하며 대답하지 않았다. 알맞은 말을 신중히 고르는 건지, 아니면 같이 맞받아칠 농담을 생각하는 건지 알 수 없는 표정이었다.

"보기보단 나약하던데요?"

"누가요? 이 고광춘이가? 그럴 리가 없을 텐데. 영지 씨도 늙었구나. 나만큼 기억력이 안 좋아지셨네."

광춘이 얼굴을 붉히며 발끈하자 영지는 옅은 미소를 지었다.

"늙어가는 게 아니라 같이 조금씩 익어가는 거죠."

따사로운 햇살이 영지의 얼굴에 떨어지자 그간 냉랭해 보이던 그녀의 얼굴이 더할 나위 없이 온화했다. 세월의 인장처럼 느껴졌던 짙은 주름도 어딘가 모르게 연해 보였다.

광춘은 담배를 다 태우고 일어났다. 그러자 영지는 잠시 부엌에 갔다 오더니 손에 막걸릿병을 하나 들고나왔다.

"이 맛있는 걸 왜 자꾸 차에 양보하래."

영지가 꼿꼿이 병을 들고 있자 광춘은 어쩔 수 없이 받았다.

"이번에는 진짜 바퀴에 뿌리세요. 올해까지는 조심해야 한다니까요."

"갈게요."

광춘은 오른손을 내밀며 악수를 청했다. 영지는 자신의 오른손을 들려다가 멈췄다. 화상으로 인해 흰 붕대가 칭칭 감겨 있어 선뜻 내밀기가 어려웠다. 그녀는 잠시 고민하더니 왼손을 내밀었다.

"영지 씨, 티브이 보니까 아프리카의 어느 부족은 왼손잡이면 왕위를 계승하지 못한대요, 불길하다고."

"당신이 그런 미신을 믿는지 몰랐네요."

"이제부턴 믿어볼까 해요."

광춘은 큼지막한 오른손을 내리지 않고 공중에서 한 번 더 튕겼다. 그의 손바닥 안에도 전기충격기로 인해 녹아내린 화상 자국이 있었다. 영지는 어쩔 수 없이 오른손을 내밀었다. 광춘은 붕대 위로 그녀의 손을 잡고 투박하게 위아래로 흔들었다. 둘은 말없이 한동안 서로 쳐다보다가 영지가 손을 뺐다.

"가세요, 이제. 저도 굿 준비해야 해요."

"엎어진 김에 좀 쉬었다 하지…. 그래요, 건강 잘 챙기고요."

광춘은 돌아서기 힘들었다. 발이 흙바닥에 뿌리라도 내린 양 잘 떼어지지 않았다. 그렇지만 가야 했다. 그는 힘겹게 돌아섰다. 큰 고목이 걸어가듯 그의 뒷모습은 천천히 신비사 대문을 나갔다.

흰색 세단이 강화 해안도로를 질주했다. 광춘은 창문을 내리고 불어오는 싱그러운 바닷바람을 맞았다. 언제 여름이었냐는 듯이 가을이 왔다. 끝나지 않을 것 같았던 지난여름이 이젠 하나의 꿈처럼 아득해졌다.

광춘의 세단이 마니산을 벗어나자, 신비사에서 시작된 우렁찬 취타 장단이 들려왔다. 큰북이 둥둥 울리며 광춘의 심장을 때렸고, 곁피리와 목피리의 신명 나면서 아름다운 선율이 흥을 돋웠다. 아마도 영지랑 할매 보살이겠지. 얼핏 무당 방울 소리가 그를 붙잡는 듯했지만 광춘은 돌아보지 않았다.

그의 세단이 굽은 해안도로의 코너를 돌 때마다, 뒷자리에서 텅텅 빈 막걸리 통이 데구루루 좌우로 굴러다녔다. 광춘은 흐뭇하게 씨익, 미소 지었다. 차바퀴는 흔들림 없이 매끄럽게 차선을 지키며 앞으로 나아갔다. 신비사에서 울려오는 무악(巫樂)은 광춘이 지나간 길을 한동안 그대로 따라왔다.

〈끝〉

증발 : 도깨비불

1판 1쇄 발행 2021년 9월 25일

지은이 민려

발행인 박광운
편집인 박재은

발행처 손안의책
출판등록 2002년 10월 7일 (제25100-2002-000081호)
주소 서울 노원구 노원로18길 19, 210동 1204호
전화 02-325-2375 팩스 02-6499-2375
카페 http://cafe.naver.com/bookinhand
이메일 bookinhand@hanmail.net

ISBN 979-11-86572-70-2 03810

정가는 뒤표지에 있습니다.
파본이나 잘못된 책은 구입하신 곳에서 교환해 드립니다.

사냥꾼 이야기

임정희 장편소설

…귀신 골목. 사람들은 그곳을 귀신 골목이라고 불렀다.
누가 이름 붙였는지는 알 수 없다.
골목 입구에 서면 초행길의 외지인이라도 대부분 고개를 끄덕였다.
좁은 길에 텅 빈 가게가 줄지어 선 골목은 낮에도 어두웠고 사계절 내내 습했다.
다 큰 어른이 팔을 뻗으면 벽과 벽이 손에 닿을 정도로 비좁아서 낮은 건물 그림자에도 해가 넘어 들지 못했다.
뭐든 반갑지 않은 것이 나타날 것 같고 뭐든 좋지 않은 일이 일어날 것만 같다는 말이 이해가 되는 것이다…

오래된 물건에 혼이 깃들어 태어나는 '도깨비'.
인간의 얼굴과 인간의 행동을 모방하며 살아가는 도깨비는 죽으면 돈이 되는 골동품으로 변한다.
그런 도깨비를 사냥해 생계를 이어가는 사냥꾼 '김철수'와 골동품 거래를 도우며 그를 아들처럼 살피는
헌책방 홍사장. 그리고 귀신 골목을 어슬렁거리는 의문스러운 남자 '고씨'.
비 오는 어느 밤, 이들은 우연한 기회로 술자리에 마주 앉게 되는데….

도깨비보다 더 도깨비 같은 탐욕 덩어리 '인간'들과 그 속에 섞여 살아가는 도깨비,
그런 도깨비를 사냥하는 어느 남자의 이야기가 시작된다.